T0268348

El amor de
Dafne

El amor de Dafne

Originally published in English under the title:
Romancing Daphne
© 2017 Sarah M. Eden

Spanish translation © 2022 Libros de Seda, S.L.
    Published under license from Covenant, Inc.
    ALL RIGHTS RESERVED. No part of this work may be reproduced in any
    form or by any means without permission in writing from the publisher.

© de la traducción: Tatiana Marco Marín

© de esta edición: Libros de Seda, S.L.
Estación de Chamartín s/n, 1ª planta
28036 Madrid
www.librosdeseda.com
www.facebook.com/librosdesedaeditorial
@librosdeseda
info@librosdeseda.com

Diseño de cubierta: Nèlia Creixell
Maquetación: Rasgo Audaz

Imágenes de cubierta: © Lee Avison/Trevillion Images.
    Flores de la contraportada: Maja Cvetojević, Pixabay

Primera edición: diciembre de 2022

Depósito legal: M-26868-2022
ISBN: 978-84-19386-00-7

Impreso en España – Printed in Spain

SARAH M. EDEN

El amor de Dafne

Libros de seda

Para Jewel, que leyó cada una de las encarnaciones de esta historia y me ayudó con destreza a decidir qué mantener, qué cambiar y qué fingir que, desde el principio, jamás había escrito.

Capítulo 1

Londres, octubre de 1806

Dafne Lancaster se ocultaba entre las sombras de la terraza de su cuñado, espiando la presentación en sociedad de una joven de belleza incomparable. La reina del baile de aquella noche no era otra que su propia hermana mayor. Atenea siempre había sido deslumbrante de un modo inexpresable; sin embargo, a nadie le habían faltado nunca las palabras para describir cuán poco agraciada era Dafne.

El primer comentario de aquel tipo lo había oído en boca de la señora Carter cuando tenía seis años.

—Los Lancaster son una familia de aspecto encantador —le había dicho la señora Carter a su hermana—, excepto por la pequeña Dafne.

—Sí —había sido la firme respuesta—. Es una muchachita tímida. No tiene ni una pizca de la belleza de su madre, pobre niña. Me temo que no será gran cosa en lo que al aspecto se refiere.

Tras escuchar aquella conversación, había pasado un mes entero tratando de arreglar su falta de atractivo. Se había puesto lazos en el pelo y había sacado brillo a sus zapatos dos veces al día. Sin importar lo intenso que fuera su deseo de correr y jugar, había permanecido quieta y tranquila y, por lo tanto, impolutamente limpia y con buena presencia.

Unos meses después, la esposa del pastor le había señalado lo agradecida que debería sentirse por no poseer la belleza de sus hermanas, puesto que un poco de fealdad solía evitar que las jovencitas se volviesen demasiado descaradas. Estaba segura de que la esposa de un pastor sabía de lo que hablaba respecto a ese asunto.

Después de aquello, había dejado de molestarse con los lazos, pero, en secreto, seguía deseando que alguien le dijese que se había convertido en una muchacha encantadora. Nadie lo había hecho nunca.

Ahora, con doce años, había aprendido a aceptar que nunca recibiría la atención que antaño había deseado. Era demasiado baja, demasiado fea, demasiado tímida e innecesaria.

Atenea, sin embargo, era todo lo contrario.

La mansión del duque de Kielder estaba repleta de vestidos bonitos y joyas resplandecientes. Las voces se colaban a través de las puertas de cristal, colmando el aire nocturno. La muchedumbre entraba y salía; nadie permanecía quieto.

Contemplar el baile de Atenea era lo más cerca que Dafne estaría de ser admirada por la alta sociedad. No era que desease, realmente, que la aristocracia le prestase atención. Aunque nunca se lo había contado a nadie, en lo más profundo de su ser soñaba, deseaba y esperaba que alguien se enamorase locamente de ella.

«No seas tan sensiblera», se reprendió Dafne mentalmente. Toda su vida había sabido que, probablemente, acabaría siendo una solterona. «No eres bonita, pero eres práctica. Algo es algo».

Sin embargo, mientras contemplaba cómo Atenea encandilaba a los presentes, lo poco que tenía para ofrecer le parecía igual a no tener nada.

Se dio la vuelta, sintiendo cómo se desanimaba a cada momento que pasaba. Se apoyó en la baranda que recorría la terraza y alzó la vista hacia el cielo, suspirando de una forma más dramática de lo que habitualmente se permitía a sí misma.

—Y bien, ¿qué puede haber motivado un suspiro tan afligido? —Se puso rígida. La voz le resultaba desconocida. ¿Quién era aquel hombre que la había encontrado a solas en la terraza? Se volvió hacia él con cautela—. ¿La han desterrado a la habitación de los niños cuando anhelaba unirse a la fiesta? —preguntó él.

Efectivamente, le habían pedido que permaneciese en su habitación. Posó la mirada en el rostro del desconocido y le pareció que esta la atrapaba. Era muy joven, posiblemente tan joven como Atenea, que acababa de cumplir diecinueve años. Tenía unos ojos marrones preciosos, iluminados por un farol cercano. Los ojos de Dafne también eran marrones, pero de un tono tristemente similar al del barro. Los de aquel extraño resplandecían con un brillo dorado que recordaba al cobre.

Se adentró en un rincón de la terraza desierta que quedaba a la sombra, sintiendo de forma abrumadora lo poco atractiva que debía de resultarle. Tan solo aquel caballero se había aventurado a ir hasta la terraza; si se escabullía, nadie más se enteraría de que había desobedecido las órdenes de Adam de quedarse en su habitación.

—No tema, gorrioncillo, no voy a delatarla. —El hombre le dedicó una sonrisa casi compasiva—. A veces, uno sencillamente necesita echar un vistazo a todo lo que se está perdiendo. —Hizo un gesto en dirección a las puertas, que estaban lo bastante lejos como para que no se pudiera ver lo que ocurría en el interior.

Parecía que entendía su necesidad de observar, de ver lo que solo había podido escuchar vagamente e imaginar con frustración.

El joven caballero se acercó de forma despreocupada hasta donde estaba; ella se adentró todavía más en su rincón. Había aprendido a encogerse y hacerse pequeña desde que era una niña.

—Supongo, gorrioncillo, que está usted emparentada con el duque o la duquesa, dado que parece ser una invitada en esta casa. —El gesto del caballero seguía siendo amable, aunque había adquirido un matiz de conspiración. Sintió cómo sus nervios se calmaban un poco—. He oído por ahí que todos los Lancaster reciben el nombre de personajes mitológicos griegos. Imagino, sin embargo, que usted no fue bautizada como Medusa. —Dafne negó con la cabeza, consciente de que estaba bromeando. Era una experiencia muy extraña—. Ah, sonríe usted, después de todo. —El brillo de su mirada se suavizó mientras hablaba—. Una hermosa jovencita como usted debe sonreír.

«Una hermosa jovencita». ¿De verdad había dicho que era hermosa? Nunca nadie lo había hecho antes, ni su padre ni ninguno de sus hermanos. Ni siquiera su querido Adam, con quien tenía una relación más estrecha de lo que suponía que ningún cuñado había tenido jamás con la hermana de su esposa, había llegado a decirle algo semejante. Aunque ninguno de ellos había hablado de forma desagradable o poco halagadora sobre su apariencia, no podía recordarlos llamándola hermosa.

—Ahora, a cambio de haberme mostrado su sonrisa, lo que empiezo a sospechar que no ocurre a menudo, voy a proporcionarle una información que estoy seguro de que encontrará crucial.

Dafne no había apartado la mirada de su rostro. Simplemente, no era capaz de retirar la vista. Quizá se quedara y hablara con ella un poco más. Si volvía a sonreír, tal vez le dijera de nuevo que era hermosa. La verdadera suerte sería que volvería a llamarla «gorrioncillo». No sabía decir por qué, pero le gustaba mucho el apelativo que había inventado para ella.

—En estos momentos, el duque de Kielder se dirige a las puertas a través de las cuales ha estado usted espiando el baile —le advirtió el joven caballero—. Si son sus órdenes las que está desafiando, sería buena idea que escapase antes de que su cruel excelencia descubra su fechoría. Como seguro que ya sabe, tiene una reputación notablemente siniestra.

Asintió. Conocía la reputación de Adam y sabía que se la había ganado a pulso. También sabía que, bajo aquella fachada, tenía un corazón amable y cariñoso. Sin embargo, no estaría contento de descubrirla en la terraza a pesar de sus instrucciones. Estaba demasiado acostumbrado a que le obedecieran en todo.

—Vuele lejos, gorrioncillo —dijo el joven caballero.

—Por favor, no le diga al duque que estoy aquí fuera. —Suplicó en un susurro; raras veces alzaba la voz.

—No está realmente en peligro, ¿verdad? —preguntó él; sus palabras estaban dotadas de preocupación genuina.

—No, pero se enfadará mucho conmigo.

—Le doy mi palabra de que no revelaré su secreto, y le aseguro que una promesa de James Tilburn es sagrada. —Una inclinación de cabeza del joven le hizo saber que aquel era su nombre.

Tenía la sensación de que decía la verdad, de que era alguien de confianza.

—Gracias, señor.

—No hay de qué.

Antes de regresar con lentitud al centro de la terraza, él le dedicó la más leve de las reverencias y una última sonrisa. Dafne le observó durante un instante interminable. James Tilburn. Grabó el nombre en su memoria. James Tilburn, que le había dicho que era guapa en lugar de ignorarla sin más. James Tilburn, que la había llamado «gorrioncillo» y había hablado con amabilidad a una jovencita a quien, por lo general, todos desestimaban tras el primer vistazo.

Él no volvería a dedicarle un pensamiento. Desde luego, era probable que ya la hubiera olvidado. Ella, por otra parte, supo que siempre atesoraría su recuerdo.

Perdida en sus pensamientos, Dafne se coló en la biblioteca vacía y subió las escaleras traseras hasta su habitación. Probablemente, en los días y semanas que la esperaban descubriría que su mente regresaba al joven una y otra vez. Tal vez volviera a verle, o escuchara hablar de él en las conversaciones de aquellos que la rodeaban.

«Algún día —se dijo a sí misma—, me encantaría casarme con un caballero que fuese exactamente como James Tilburn».

❀ ❀ ❀

James retrasó su regreso al salón de baile todo lo posible. Con tan solo dieciocho años, no encajaba en ningún sitio. Era muy joven para ser un pretendiente, todavía más joven para relacionarse con las matronas y los caballeros más veteranos, y demasiado mayor para quedarse en casa, donde preferiría estar.

Su padre, el conde de Techney, tenía opiniones muy firmes sobre los deberes de su heredero: asistir a los eventos más notorios de la alta sociedad, estudiar en Oxford, no en Cambridge, pertenecer a cualquier club de caballeros que aceptase la solicitud de una familia que solo había empezado a formar parte de la nobleza dos generaciones atrás, conducir con precisión, ser habilidoso en el manejo de sus finanzas y mortal con el acero. Lord Techney no permitía que su hijo participase en las decisiones sobre sus actividades o su futuro.

En el salón de baile de Falstone House, la pieza que había estado sonando llegó a su fin. James recordó a la jovencita diminuta y de cabello oscuro a la que había encontrado espiando en la terraza. Se coló casi en completo silencio en una sala adyacente, de camino, sin lugar a dudas, a su habitación. Esperaba que la pobre niña lograse escapar de la ira de su anfitrión. ¿Cómo de íntima sería su relación con el duque aterrador? Si la obligaban a estar en su presencia a menudo, no era de extrañar que pareciese tan tremendamente tímida. Estaba seguro de que muy pocas personas habían sido obsequiadas con la visión del adorable hoyuelo de su sonrisa.

Con resignación, volvió a sumergirse entre la muchedumbre. Había momentos en los que deseaba de todo corazón poder desaparecer con tanta facilidad como lo había hecho aquella jovencita; temía que, en algún momento, su padre acabase encontrando la forma de controlarlo por completo.

Capítulo 2

Londres, abril, seis años después

—¿**D**eseaba verme, padre? —James estaba en la puerta de la biblioteca de su padre, pero no tenía ni idea de por qué le había mandado llamar, ya que nunca requería su presencia a menos que necesitara que hiciese algo incómodo o desagradable.

—Siéntate, Tilburn.

Siempre se dirigía a él con su título de cortesía y jamás dejaba entrever ningún atisbo de afecto paterno. El hombre hizo girar su anillo de sello en torno al dedo meñique. James reconoció aquel gesto petulante: algo había provocado que su padre se sintiera excepcionalmente satisfecho consigo mismo, lo cual nunca era un buen presagio. Los labios de su progenitor se curvaron en una sonrisa complacida.

—El duque de Kielder me ha citado en su casa esta tarde.

Los pulmones de James dejaron de funcionar de golpe. En todo el reino, ningún hombre suscitaba un miedo tan paralizante como el duque. Su presencia en cualquier evento llevaba a la alta sociedad a quedarse helada de puro asombro. La mera mención de su nombre hacía que los caballeros, tanto viejos como jóvenes, se echaran a temblar. Por lo general, no se consideraba que una cita con el duque aterrador fuese un giro afortunado de los acontecimientos. Su padre siguió dando vueltas al anillo de sello con el rostro encendido por una expectación entusiasta.

—Su excelencia ha admitido sentirse impresionado por nuestra familia.

James dudaba mucho que aquello fuera cierto. Nadie con semejante posición podría sentirse maravillado por la familia de un conde poco conocido cuyo bisabuelo no había sido más que un pequeño propietario de tierras en un rincón insignificante de Lancashire.

—Habló muy bien de nosotros. De hecho, habló muy bien de ti; aunque estoy seguro de que no comprendes lo importante que es eso. —Su padre se inclinó sobre el escritorio; sus ojos, fijos en él, mostraban un regocijo incipiente—. Esta es tu oportunidad, Tilburn. Has captado la atención de un hombre que tiene a la alta sociedad en la palma de la mano. Su aprobación puede llevar hasta al más humilde de los nobles a posiciones de significativa influencia.

Le importaba muy poco la opinión superficial e inconsistente de la *crème de la crème* de la alta sociedad. Iba a Londres durante la temporada y, hasta cierto punto, participaba en el tumulto social, pero siempre se había centrado en cultivar su posición en los círculos políticos. Cuando, en el futuro, tomase el título de su padre, deseaba ser capaz de desempeñar sus obligaciones parlamentarias con cierto grado de competencia. Que hubiese encontrado su lugar, por humilde que fuese, entre los miembros de la alta sociedad y hubiese recibido invitaciones para algunos eventos era agradable, pero no crucial para su felicidad.

—Su excelencia me hizo una sugerencia —añadió su padre, sin percatarse de su falta de entusiasmo—. Yo, por supuesto, la acepté en tu nombre.

Un nudo de aprensión comenzó a formarse en el estómago del joven.

—¿Qué es lo que ha sugerido exactamente?

—Me habló de su cuñada, esa muchacha tímida cuyo nombre nadie consigue recordar nunca. —Era cierto que no podía ponerle nombre a la joven dama. Por más que lo intentara, ni siquiera podía recordar sus facciones—. Posee una dote de veinte mil libras, y está relacionada con las mejores familias del país.

—Es muy afortunada. —No podía pensar en nada más que añadir. Por todos los santos, ¿por qué le estaba hablando del caché social de una dama que no tenía ninguna relación con ellos?

—Sugirió que podrías mostrarle ciertas atenciones.

Desde luego, era una petición extraña.

—No lo entiendo.

—Pocas veces lo haces —contestó el conde con sorna—. Esa jovencita se ha presentado ante la reina y pronto debutará en sociedad. A diferencia de su hermana mayor, su próximo debut no ha causado demasiada expectación o entusiasmo. Según se dice, es bastante poco agraciada y se siente incómoda en compañía de otros. Sus relaciones evitarán que sea un completo desastre, pero sus defectos harán que a su excelencia le resulte más difícil casar a la chica de lo que le gustaría. Desea facilitarle el debut al pedirte que vayas a visitarla, que la cortejes.

—¿Quiere que la corteje?

Estaba seguro de que su excelencia no había querido decir aquello. El fervor ardía en los ojos de su padre: sin duda, ya había empezado a calcular lo bien que aquello le vendría a la posición de la familia Tilburn. Su heredero sería visto en compañía del duque de Kielder y, probablemente, encontraría la manera de que a él también se le incluyera. Ni siquiera los enclenques niños que trabajaban escalando y deshollinando las chimeneas de todo Londres podrían jactarse de tener las mismas ansias de ascender que el conde de Techney.

A James, la idea de que aquella jovencita sin nombre y sin rostro fuese un medio para los fines sociales de su padre le gustaba tan poco como la forma insensible en la que, al parecer, el conde y el duque habían hablado de ella. Pero ¿cómo podía librarse de aquello cuando sabía que, para su padre, nada era más importante que trepar por los peldaños de la alta sociedad?

—Ha dicho que no era un mandato, sino una sugerencia.

—Su excelencia no hace sugerencias. —La mirada incisiva de su padre confirmó lo que había escuchado sobre el duque aterrador—. Desea que formes parte del debut de su cuñada esta temporada, y así será. Es probable que Kielder esté cada vez más decidido a evitar el desastre. —Estaba tomándose muchas confianzas al referirse al duque de un modo tan informal; James dudaba que tuviese permiso para hacerlo—. Su invitación te ha otorgado una oportunidad excepcional, le ha otorgado una oportunidad a esta familia, y sacarás partido de ella.

No. Negó con la cabeza ante lo absurdo de todo aquello. Su padre debía de haberlo malinterpretado.

—Puedo entender que el duque desee asegurarse de que la joven tiene parejas de baile en la próxima fiesta o de que alguien se acercará a su palco en el teatro, pero ¿por qué se arriesgaría a que aparezca un pretendiente que, inevitablemente, no va a estar a la altura?

El hombre apoyó los codos sobre el escritorio.

—No creo que vaya a arriesgarse a eso. Si eres consciente de la oportunidad que te ofrece y pretendes cortejar a la chica con seriedad, estoy seguro de que su excelencia espera que «estés a la altura». Sin embargo, si no piensas aceptar la totalidad de su oferta y tan solo buscas hacer un poco más fácil su entrada en la alta sociedad gracias a tu amistad y tus atenciones, te pedirá que seas muy prudente y no le crees expectativas.

—Es un camino que hay que recorrer con pies de plomo. —Era demasiado arriesgado para su gusto.

Su padre asintió con firmeza:

—Pero, aun así, lo harás. Esta familia ha permanecido en las sombras durante demasiado tiempo. El duque y yo hemos servido en el Parlamento durante toda su vida adulta; ambos nos hemos establecido en Londres cada temporada, y en todo este tiempo apenas ha hecho nada más que percatarse vagamente de mi existencia.

James y su excelencia habían hablado en varias ocasiones sobre asuntos del gobierno y revueltas internacionales. Sus tendencias políticas eran similares, quizá incluso idénticas. De ningún modo diría que eran amigos, pero tampoco eran completos desconocidos. Si su padre había fracasado en dejar huella en la memoria del duque, no era culpa de su hijo.

—Es desafortunado que sus ambiciones no hayan dado fruto, padre. También lamento que la joven vaya a comenzar su debut bajo semejantes expectativas, pero no deseo aceptar la tarea que me han presentado. Opino que es un papel con demasiados inconvenientes.

Se puso en pie. Su padre permaneció tranquilo, sereno.

—Kielder espera que vayas a tomar el té mañana, durante la primera reunión que va a ofrecer esta temporada.

—Sencillamente, tendrá que informarle de que ha hablado usted por mí antes de tiempo.

James le ofreció una inclinación de cabeza antes de dirigirse hacia la puerta.

—¿De verdad vas a rechazar esta oportunidad? —La sorpresa del hombre no podría haber sido más aparente en su tono de voz—. ¿Por qué demonios quieres hacer algo tan descabellado?

Él permaneció en su sitio, a pocos pasos de la puerta, pero se volvió para enfrentarse a su padre.

—Me está pidiendo que mienta. Eso es algo que me niego a hacer, incluso por usted.

—No te he pedido nada semejante.

—Es exactamente lo que ha hecho. —Quizá no había utilizado el término preciso, pero aquella pantomima no dejaría de ser una mentira—.

Me ha pedido que me dirija a esa joven dama, a la que no conozco y de la que ni siquiera puedo recordar su aspecto, y finja que ha captado mi atención. Cada momento que pasase con ella estaría basado en una mentira.

Su padre soltó un suspiro corto e irritado.

—Desde luego, sería así si aparecieras en su puerta, profesaras tu amor eterno hacia ella y dijeras que es la respuesta a todas tus plegarias. —Mientras hablaba, se levantó y se acercó hasta llegar casi adonde estaba él—. No te estoy pidiendo que hagas eso. Visítala, Tilburn. Conócela. Invítala a un paseo a caballo por el parque, o quítate el sombrero ante ella si la ves cuando esté de compras o tomando un sorbete. No son mentiras, son meras atenciones sociales.

Si bien tenía razón, la idea le seguía pareciendo poco honesta.

—Son atenciones que jamás hubiera decidido mostrar, en las que ni siquiera hubiera pensado. —¿Cómo podía expresar con claridad su incomodidad cuando él mismo era incapaz de dar con el quid de la cuestión?—. No tenemos relación con esa familia; están completamente fuera de nuestro alcance.

—Y, aun así, el duque ha considerado conveniente acortar la brecha que nos separa. Ha llegado al punto de abrirte la puerta para unirte no solo a su círculo sino, en caso de que aceptes la invitación, a su familia.

James se apoyó contra la pared más cercana a la puerta, con su padre a apenas unos metros de él.

—Esto no me gusta.

—No estoy insistiendo para que te cases con la cuñada de Kielder y, en realidad, él tampoco insiste en ello. Ha concebido la posibilidad. Incluso el más mínimo cumplimiento de su petición implicaría poco más que ser amigo de alguien que está muy necesitado de uno. Esa es una buena obra, ¿no? —Aquello era inusualmente amable por parte del conde, que, por lo general, ignoraba a quienes pensaba que merecían ser desatendidos—. Seguro que eres lo bastante caballeroso como para no darle la espalda a una dama en apuros.

No podía discutirle eso, pero seguía teniendo dudas.

—Todavía hay algo en todo esto que no me gusta.

Su padre se dirigió al aparador y abrió un decantador de jerez.

—No nos corresponde juzgar negativamente lo que el duque de Kielder ha decidido que es bueno.

—¿Está seguro de que no está confundiendo a su excelencia con el Todopoderoso?

—Conozco las diferencias, Tilburn. Uno posee un poder ilimitado, porta en sus manos el destino de las naciones y es temido universalmente tanto por los santos como por los pecadores. El otro es...

—El Todopoderoso —contestó James con retintín. Conocía bien aquella broma; la había escuchado en diferentes versiones durante años—. Tal vez ustedes no tengan reparos sobre este arreglo, pero ¿qué hay de la señorita Lancaster? ¿No merece opinar al respecto?

El hombre se sirvió un poco del licor de color ambarino.

—No puede ignorar cómo funciona la alta sociedad, y debe de ser consciente de cuán inadecuada resulta para la tarea que se le presenta. Sin duda, su cuñado habrá reclutado a muchos jóvenes para que sean sus amigos. No arengará a las tropas sin que ella lo sepa.

—Suena como una persona fría y calculadora. —No le gustaba en absoluto la imagen que le estaba presentando de ella.

—¿Quién no lo es entre los peldaños más altos de la sociedad? —Su padre se encogió de hombros y le dio un trago a su bebida—. Nos guste o no, así son las cosas. Si deseamos formar parte de los círculos más eminentes, debemos conocer las reglas del juego.

James negó con la cabeza.

—Ese no es un juego al que desee jugar.

Su padre se dirigió hacia una de las ventanas altas con el vaso todavía en la mano.

—Yo tampoco lo deseo. —Hasta entonces, James nunca le había oído decir aquello—. Sin embargo, no puedes entender las dificultades a las que me he enfrentado debido a la falta de prestigio de nuestra familia. Algunas cosas, cosas importantes, solo pueden conseguirse con las relaciones adecuadas. Aquellos que tienen posiciones de riqueza e influencia pueden abrir puertas que para otros permanecen cerradas.

—¿Qué puertas de importancia han permanecido realmente cerradas para nosotros, padre? —Aquella era una queja habitual: la había escuchado durante toda su niñez. En realidad, siempre había creído que era así hasta que había viajado a la ciudad y comprobado por sí mismo cómo eran las cosas en realidad—. Puede que no nos inviten con demasiada asiduidad a los salones de la reina o a los bailes y entretenimientos más exclusivos, pero no nos han negado la membresía de nuestro club y, durante la temporada, recibimos más invitaciones de las que podemos aceptar. Con un asiento en la Cámara de los Lores, nuestra familia tiene la oportunidad de decidir sobre el futuro del reino.

—Por supuesto, su padre raras veces asistía a la Cámara de los Lores; esa era precisamente la razón por la que él sentía la necesidad de relacionarse con los líderes de los partidos y quienes elaboraban las leyes. Algún día, el asiento abandonado de los Techney sería suyo—. No son cosas insignificantes, padre.

Sin embargo, el conde ya había comenzado a negar con la cabeza.

—No vienes lo suficiente a la ciudad ni eres lo bastante mayor como para recordar las limitaciones de nuestra posición, que son muy reales.

—No somos de la realeza —le recordó James—, claro que nuestra posición tiene límites.

—Tu madre procede de la alta burguesía —dijo el hombre.

—Sí, lo sé. Una familia muy respetable.

Su padre dio otro trago a su bebida.

—Respetable, sí, pero a los ojos de la aristocracia, prácticamente irrelevante. No fue criada en la alta sociedad y no tiene conocidos en ella. Sus dos primeras temporadas en la ciudad fueron tras nuestro matrimonio. No contaba con una sola amiga entre las damas de la flor y nata, organizaba fiestas en casa a las que nadie asistía y jamás recibió invitaciones para Almack's. Aunque yo era el posible sucesor de un conde, no tenía el estatus necesario para facilitarle el camino.

A James se le rompió el corazón al pensar en su madre, tan discreta y sensible, soportando tales humillaciones. Se tomaba los problemas muy a pecho y se sentía dolida con facilidad.

Su padre vació el contenido del vaso.

—Evita Londres como si aquí todavía existiera la peste. —Negó con la cabeza—. Nunca he conseguido convencerla para que regrese, aunque no puedo culparla. La puerta de la alta sociedad permanece cerrada para ella, y ni tú ni yo tenemos la capacidad de abrirla.

—Madre no ha vuelto a la ciudad desde antes de que yo empezase a venir, y de eso hace seis años. —James siempre había supuesto que, sencillamente, no le apetecía dejar su casa.

—No ha visitado la ciudad desde hace veinte años, Tilburn. La mera idea de hacerlo le provoca el llanto. —El hombre dejó la copa en la repisa de la ventana, con la mirada perdida en la calle empedrada de abajo.

—Siempre supuse que no venía porque suele estar delicada de salud.

—No seas mentecato. Su salud poco fiable debería haberla empujado a la ciudad. Aquí tendría acceso a los mejores médicos y cuidados, pero aun así se mantiene alejada. ¿Por qué crees que lo hace? —James había aprendido hacía mucho tiempo a reconocer cuándo le estaban planteando una pregunta retórica. Ya no se molestaba en malgastar energías para contestar—. No es capaz de soportar el rechazo o la soledad. Yo he intentado convencerla de que venga. ¿Qué has hecho tú, su hijo mayor, para allanarle el camino?

—¿Qué podría haber hecho? No sabía nada sobre esto.

Su padre lo contempló con frialdad.

—¿Y ahora que ya lo sabes? Contar con el amigo adecuado, incluso un solo amigo con influencia, supondría una gran diferencia.

James se alejó un poco, con la mente llena de revelaciones, posibilidades y preguntas.

—¿El duque le allanaría el camino?

No, aquello no podía ser. Todo el mundo sabía que aquel hombre despreciaba, en general, a todo el mundo.

—El duque no; la duquesa. Ella misma tiene orígenes humildes, pero se hizo un nombre entre la aristocracia por su cuenta. Es poco probable que menospreciase a tu madre por haberse casado por encima de sus posibilidades. Su excelencia podría susurrar una o dos cosas en los oídos correctos y tu madre tendría los aliados que necesita.

James se apoyó en el respaldo alto de la silla en la que se había sentado poco antes. Nunca había pensado demasiado en el aislamiento de su madre en el campo; siempre había insistido en que no deseaba viajar a la ciudad, y él le había tomado la palabra. ¿De verdad había estado evitando la ciudad todos aquellos años a causa de la humillación o de la falta de amistades? Debía de haber deseado unirse a él cuando hacía su viaje anual a Londres. Había necesitado visitar a médicos competentes. Si él lo hubiera sabido, podría haber hecho algo.

Pero ¿qué podría haber hecho? Casi todas sus amistades eran no solo políticas sino mayoritariamente masculinas; aunque, siendo un soltero que iba a heredar un título y que contaba con una pequeña pero respetable fortuna esperándole, sí recibía invitaciones para un buen número de bailes y veladas. Muchas de las madres casamenteras de la ciudad lo veían como un partido decente para sus hijas, siempre y cuando no apareciese alguien de mayor rango. Sin embargo, no creía estar lo bastante solicitado como para garantizar que se enviaran invitaciones a nombre de su madre para tomar el té o asistir a los eventos para las damas.

«No tienes la capacidad de abrir esas puertas».

—El duque te ha brindado la oportunidad de ayudar a tu madre, de darle a probar un pedazo de la alta sociedad; una amiga o dos. En Londres podría recibir los cuidados de un médico. Podrías mejorar su vida por completo y, aun así, te niegas a hacerlo porque te resultaría incómodo. —La reprimenda de su padre acertó en la diana—. ¿De verdad eres tan insensible?

Con algo similar a un presentimiento, James se dio cuenta de que el conde tenía más razón de lo que había creído. Tenía la oportunidad de hacer algo por su familia, pero se estaba negando. Estaba seguro de que podía encargarse de algo tan sencillo como cultivar la amistad de una jovencita. Su cuñado había sugerido un cortejo, pero, al parecer, en realidad no requería uno.

—¿Debo fingir que me presento por voluntad propia?

La posible falta de franqueza era la única parte del acuerdo que realmente le incomodaba. Sería muy prudente con sus atenciones, de modo que nadie que les observase pudiera pensar que la estaba cortejando de verdad. Aun así, simular una conexión entre ellos cuando esta no existía no era precisamente honesto.

—No puedes llegar a su casa declarando que solo te presentas porque el duque te ha obligado a hacerlo. —Su padre negó con la cabeza con evidente desaprobación—. Si bien puede que esa sea la verdad, sería muy poco caballeroso decírselo a una dama.

James se permitió sonreír. Aunque, en realidad, la conversación no había sido amistosa, porque con su padre nunca lo eran, era una mejora con respecto a la mayoría de las que mantenían.

—No sé si yo lo hubiera explicado con esas palabras.

—Espero que no. —El hombre hacía oscilar su vaso con gesto ausente—. No tienes que fingir que sois los mejores amigos. Encuentra un equilibrio que te satisfaga.

Por un instante, su determinación vaciló, pero entonces pensó en su madre, que estaba sola en Lancashire. Ni siquiera Bennett, el hermano pequeño de James, se había quedado para hacerle compañía, pues tenía una hacienda propia, aunque esta estuviera realmente destartalada. Con las amistades adecuadas era posible que, algún día, su madre volviese a la ciudad en lugar de quedarse sola. Tal vez, al fin, recuperase la salud.

—Si tengo cuidado, es posible que pueda recorrer ese camino —dijo.

Su padre comenzó a darle vueltas una vez más al anillo de sello y dejó caer una mano firme sobre su hombro.

—Una decisión sabia, Tilburn. La cuñada de Kielder se beneficiará de tu ayuda y tú conseguirás un buen grupo de nuevos conocidos. Con el tiempo, puede que tu madre se beneficie también de tus acciones.

Asintió. En realidad, pasar algo de tiempo con una dama a quien apenas conocía no era pedirle demasiado. Y si tanto el duque como su cuñada conocían el motivo de sus atenciones, no estaría engañando a nadie.

«Esto va a salir bien. Saldrá bien».

Eso esperaba.

Capítulo 3

Dafne estaba sentada en el tocador, contemplando la imponente figura de su cuñado a través del espejo.

—Estoy totalmente decidida a hacer una petición a la Cámara de los Lores para que prohíban esta forma específica de tortura.

Adam se limitó a encogerse de hombros.

—La mayoría de ellos no entenderían una sola palabra de lo que dijeras.

La joven no pudo contener una sonrisa. En más de una ocasión, Adam se había referido a los miembros de la Cámara como «una colección de gelatinas mohosas apiladas unas encima de otras sin una sola buena idea entre todas ellas».

—Les hablaré con frases cortas y sencillas —dijo ella—. Eso debería aumentar sus posibilidades de entender el asunto que nos concierne.

—Tu hermana tenía tantas ganas de su primera temporada que recurrió a conspiraciones deshonestas y al uso de tácticas de distracción. —No parecía más contento con esa parte de la historia de lo que lo había estado seis años atrás, cuando había ocurrido.

—Las circunstancias eran diferentes en el caso de Atenea. —La mirada de Dafne vagó de nuevo hasta su reflejo, un reflejo menudo y poco agraciado, nada excepcional—. Para empezar, ella era mayor que yo. Además, disfruta mucho con los eventos sociales. Y también tenía a Harry.

—Pero no sabía que tenía a Harry —replicó Adam.

—No sabía que tenía a Harry de la forma en la que tenía a Harry, pero, aun así, le tenía.

—Buscarle tres pies al gato no te servirá de nada, Dafne. —Adam se acercó y se colocó junto al espejo, mirándola directamente en lugar de a través del reflejo. Aunque Dafne no creía que su rostro lleno de cicatrices incomodase de verdad a su cuñado, se había dado cuenta de que pocas veces se miraba en los espejos—. Te guste o no, vas a tener tu propia temporada.

—Pero no deseo tenerla. —Prefería la tranquilidad del hogar y la compañía de aquellos que comprendían sus reticencias y la aceptaban tal como era—. Ya me he presentado ante la reina. ¿No podemos decidir que eso es dolor y sufrimiento suficiente y regresar al castillo de Falstone?

—Estamos hablando de la alta sociedad; el dolor y el sufrimiento nunca son suficientes.

—Qué tranquilizador. —Se volvió sobre la silla y le clavó la mirada—. Sabes que odio estas cosas tanto como tú. Estoy condenada a que mi debut acabe en fracaso.

—Si no le gustas a la alta sociedad, Dafne, no será culpa tuya. Te expresas muy bien, eres inteligente...

—Dime cuándo fue la última vez en la que un caballero de tu club le dio una palmada en el hombro a su amigote y dijo: «Por ventura, ¿no ha conocido al nuevo diamante de Londres? Todos los caballeros de la ciudad quieren ganarse su estima porque se expresa muy bien y es inteligente» —concluyó con tono apagado.

—Dudo que el noventa por ciento de los caballeros de Londres conozca la expresión «por ventura», y mucho menos que sepan utilizarla de forma correcta en una frase.

Dafne no ocultó su desilusión.

—¿Y esas son las joyas con las que Perséfone quiere que pase los próximos meses?

Estaba claro que Adam no deseaba discutir al respecto. Permaneció callado, esperando. Dafne intentó usar un enfoque diferente:

—¿Por qué no podemos pasar la tarde como solemos hacerlo? ¿No sería más placentero pasar una hora en tu biblioteca, discutiendo los asuntos del día o leyendo tranquilamente?

Había comenzado a pasar todas las tardes con Adam poco después de ir a vivir con su hermana y con él, años atrás. Sin embargo, Perséfone insistía en que Dafne debía ir de visita y recibir visitantes como las demás damas de la aristocracia. No solo la obligaban a mantener interacciones sociales, algo que le disgustaba muchísimo, sino que también le negaban sus preciadas tardes en compañía de Adam.

—Eres lo bastante lista como para saber que no voy a contradecir a tu hermana. —El duque era absolutamente leal a su esposa.

No podría eludir sus obligaciones. Respiró hondo para tomar fuerzas, algo que el propio Adam le había enseñado cuando era pequeña y, a menudo, demasiado tímida como para salir de casa.

—Supongo que debo dirigirme al salón para la reunión que celebra Perséfone. —Se acercó a la puerta—. ¿Debería presentarte un informe detallado después?

—En realidad, me voy a unir a vosotras. —Se acercó hasta ella y la condujo hacia el pasillo.

—¿Vas a asistir a una reunión? ¿Tú? ¿Alguien ha avisado al *Times*? Esta noticia podría ir en portada. —Aunque estaba bromeando, era cierto que la presencia de Adam en el té era algo totalmente nuevo.

—Un comentario más como ese y haré que te encierren en Almack's y te obliguen a escuchar a *lady* Jester parloteando sin parar durante horas hasta que te disculpes con abyecta humillación, niña descarada.

Dafne sonrió para sus adentros. A Adam le gustaban las amenazas extravagantes.

Cuando Adam y Dafne llegaron al salón, encontraron a Perséfone en el centro, supervisando cómo preparaban el té y los aperitivos para los invitados que esperaban recibir.

—¿Vas a unirte a nosotras esta tarde? —bromeó Perséfone, obviamente convencida de que su marido no tenía intención de quedarse.

—Eso voy a hacer —contestó él.

El gesto de sorpresa en el rostro de la hermana de Dafne fue casi cómico.

—¿Puedo preguntar qué es lo que ha causado este cambio inesperado? Dudo que, de pronto, sientas cariño por la alta sociedad.

—Nada me gustaría más que verlos a todos caerse en el Támesis y no volver a oír hablar de ellos en la vida.

Perséfone frunció el ceño.

—¿Estás planeando esperarlos aquí para conducirlos hasta sus tumbas acuáticas? Porque, te lo advierto, no permitiré secuestros durante mi fiesta, Adam Boyce.

—No raptaré ni dispararé a ninguno de tus invitados. Más allá de eso, no prometo nada.

Con una gracia que Dafne nunca había poseído, Perséfone se deslizó hasta situarse junto a su marido y le tomó de la mano, arrastrándolo a un sofá cercano. Se sentó cerca de él, con una sonrisa asomando a su rostro. A Dafne le gustaba verlos juntos. Ser tan amada por otra persona era algo que había deseado toda su vida.

Cuando solo tenía doce años, James Tilburn le había robado el corazón. Siempre pensaba en él como James Tilburn, con nombre y apellido. Sin embargo, era probable que él no tuviese ningún recuerdo de aquel encuentro o de la niña tímida a la que había conmovido con su amabilidad. Le había visto en la ciudad en algunas ocasiones, pero nunca había conseguido armarse de valor para hablar con él más allá de los corteses saludos de rigor entre quienes no se conocían demasiado.

—Tengo la sensación de que has urdido algún tipo de plan, Adam —dijo Perséfone—. Debes contarme de qué se trata.

—No es un plan, querida. —Sujetó la mano de su esposa entre las suyas.

—Entonces, ¿por qué te quedas? Pocas veces lo haces.

—Porque hoy he invitado a alguien. —Su mirada se dirigió brevemente hacia Dafne.

¿Un invitado?

—¿Y quién es ese invitado? —Era evidente que había despertado la curiosidad de su esposa.

—No intentes sonsacarme información, ya que no tengo intención de dártela.

Dafne notó que Perséfone pretendía hacer justo eso y, en silencio, animó a su hermana. ¿A quién podría haber invitado? Adam no toleraba la compañía de nadie que no fuera de su círculo de familiares y amigos más íntimos.

—*Lady* Genevieve —anunció el mayordomo desde la puerta del salón.

Perséfone le lanzó a su esposo una mirada de interrogación.

—¿Tu invitada? —susurró.

—No invitaría a ese viejo murciélago ni a mi funeral —refunfuñó Adam.

—Compórtate —le regañó la hermana de Dafne mientras se ponía en pie y se acercaba a saludar a la primera visitante de la tarde.

Adam también se levantó, aunque, probablemente, nadie podría interpretar, por su expresión, que estuviera complacido. *Lady* Genevieve pareció alarmada por su presencia y su aura en general. Con rapidez, encontró un asiento lo bastante lejos de él como para, al parecer, volver a sentirse segura. Él le hizo una reverencia y masculló un saludo antes de escoger una silla bajo las ventanas altas, lo más lejos posible de la zona designada para la reunión sin tener que abandonar la habitación.

Perséfone se sentó junto al juego de té, tal como debía hacer la anfitriona. Dafne se sentó a su lado, consciente de que se esperaría que ayudase a servir a los invitados.

¿Por qué no podía Perséfone haberse quedado sola? No quería participar en nada de aquello. Un futuro como la tía anciana y soltera de la familia le resultaba más atractivo que desfilar por la ciudad con la esperanza de que alguien con una inteligencia, una conversación y una higiene razonables se fijase en ella.

Lady Genevieve la observó con aire de evidente curiosidad. Dafne dudaba que llegara a acostumbrarse a eso. Durante dieciocho años, había sido la hermana Lancaster en la que nadie se fijaba.

—Entiendo que quiere debutar esta temporada, señorita Lancaster. Aplaudo su determinación. Nunca me pareció que fuese usted alguien capaz de causar sensación en la alta sociedad londinense.

Desde su lejano asiento, Adam se aclaró la garganta con demasiada fuerza como para que pareciese un acto accidental. *Lady* Genevieve, obviamente sobresaltada, echó un vistazo en su dirección. La penetrante mirada asesina del dueño de la casa no se apartó de la invitada.

Durante un instante, *lady* Genevieve pareció muy incómoda:

—Quiero decir que me siento muy complacida de que honre a la alta sociedad con su presencia.

En silencio, los labios de Adam formaron las palabras «viejo murciélago» mientras sus ojos se desviaban hacia la ventana. Era conmovedor que se ofendiera en nombre de Dafne, aunque innecesario. Sabía bien que todo Londres estaba sorprendido por su debut y que, además, esperaban que fracasase estrepitosamente.

La presencia del duque aterrador tuvo el efecto magnífico de acortar la visita de *lady* Genevieve. No se quedó ni un minuto más del cuarto de hora que se esperaba de ella y pasó toda la visita mirando de reojo en dirección a su anfitrión con intranquilidad.

Las expresiones que variaban desde la aprensión hasta el miedo absoluto parecían la orden del día. Muchos invitados desfilaron aquella tarde por el salón; cada uno de ellos se paraba en seco al divisar al duque. Algunos incluso se daban la vuelta y se marchaban a toda velocidad. Perséfone apenas podía esconder que la situación la divertía, pero a menudo mostraba su irritación. Por su parte, Dafne prefería las visitas cortas.

Casi habían pasado las dos horas establecidas sin que su cuñado hubiese dado la más mínima muestra de anunciar que su invitado había llegado. Cada vez que alguien aparecía, miraba rápidamente en dirección a Adam, preguntándose si su misterioso conocido había llegado al fin. Cada una de las veces, el duque parecía tan poco complacido como la anterior.

El reloj de bronce dorado anunció a la habitación vacía que había pasado otra media hora. Dafne casi había cumplido con sus obligaciones sociales del día.

—Parece que tu invitado ha decidido no asistir —dijo Perséfone.

Parte de la tensión que Dafne había sentido se aligeró ante aquella posibilidad. Esas dos horas de conversación y de educadas interacciones sociales habían sido agotadoras. Prefería con mucho la soledad y la tranquilidad.

—Vendrá —dijo él, sin un atisbo de duda.

—Por Dios santo, Adam, ¿a quién has invitado? —Los ojos de su hermana resplandecían; era evidente que disfrutaba del misterio.

A Dafne le desagradaban enormemente las sorpresas, en especial aquellas que tenían que ver con personas con las que se esperaba que interactuara.

—A un caballero —contestó—. Uno que, sorprendentemente, no me parece un idiota.

Para el infame duque de Kielder, aquello contaba como un cumplido. Perséfone mordisqueó un sándwich de berros.

—Debe de ser extraordinario.

Oyó el sonido distintivo de alguien llamando a la puerta principal. Se preparó mentalmente. ¿Se trataba de aquel caballero al que su cuñado había invitado? Todas las invitadas de aquel día habían sido mujeres casadas mucho mayores que ella. Ninguna de las otras jovencitas que iban a debutar se había presentado y, desde luego, tampoco ningún caballero. Cuando debutó Atenea, la casa había estado repleta de pretendientes solteros y ansiosos desde el primer momento. Adam se volvió hacia las puertas del salón.

—Creo que ese es él.

La joven aguantó la respiración. El invitado de Adam, un caballero y, probablemente, un desconocido, había llegado. Al pensarlo, el corazón le latió con fuerza en el pecho. Cómo desearía tener el coraje de sus hermanas. Aunque todavía desearía más no estar en Londres, para empezar.

En el pasillo se escucharon unos pasos. Se levantó y se volvió hacia las puertas ligeramente abiertas. Se repitió a sí misma que podía enfrentarse a otro visitante. Si una hora y media de socializar no había acabado con ella, seguro que otros treinta minutos tampoco lo harían. La puerta se abrió poco a poco. El mayordomo se dirigió a Perséfone, tal como marcaba el protocolo.

—Lord Tilburn, excelencia.

La mente de Dafne se quedó en blanco, centrada tan solo en aquel nombre. Lord Tilburn, el título de cortesía de James Tilburn. James Tilburn estaba en Falstone House. Seis años de leer sobre él en los periódicos, de escuchar embelesada cada vez que su nombre aparecía en una conversación, de aprender todo lo que podía sobre él y su forma de ser y, de pronto, sin previo aviso, estaba en su casa. Le había admirado en secreto durante un tercio de su vida y allí estaba, en la puerta de su salón.

Siempre cuidaba su apariencia, pero nunca dirían de él que era un dandi. Sus modales eran siempre impecables sin resultar pretenciosos. Había muchas cosas que le gustaban de él, pero, con su llegada, no sentía más que turbación.

Su mirada se cruzó con la de Adam. «No voy a salir viva de esto», imploró en silencio, consciente de que su agitación debía de reflejarse en su rostro. Él frunció los labios en un gesto de censura. Solo notaba de verdad todas sus cicatrices cuando la miraba exactamente de aquel modo. Durante los últimos años se había acostumbrado tanto a su desfiguración que apenas la advertía de forma consciente; pero aquel gesto, que siempre significaba que esperaba de ella más valentía de la que estaba mostrando, marcaba sus cicatrices de un modo que hacía que les prestara atención de nuevo, recordándole que no solo era su querido Adam, sino el duque aterrador, cuyos dictados eran inamovibles.

Asumió la derrota. No podría escapar de aquel encuentro inesperado, ni tendría oportunidad de prepararse para estar en compañía de James Tilburn. Su cuñado condujo a su invitado hasta ella.

—Dafne, te presento a lord Tilburn de Techney Manor, en Lancashire.

La joven consiguió mantener la calma lo suficiente como para llevar a cabo una reverencia encomiable. «Santo cielo. James Tilburn». Si hubiese sabido que era a él a quien estaban esperando, habría escogido un vestido más bonito o le hubiera pedido a su doncella que dedicase algo más de tiempo a su peinado. Aunque en el fondo sabía que, si hubiese conocido aquel plan, probablemente hubiera utilizado cualquier excusa imaginable para evitar el encuentro. Soñar con su presencia no era, ni mucho menos, tan perturbador como estar con él.

James Tilburn le dedicó una reverencia muy correcta.

—Creo que es posible que haya coincidido con la señorita Lancaster cuando estaba en su compañía en un par de ocasiones, su excelencia.

Aquellas palabras la sorprendieron. ¿De verdad recordaba aquel encuentro en Gunther's, hacia el final de la anterior temporada? Habían intercambiado muy pocas palabras, pero él le había preguntado si disfrutaba de los diferentes entretenimientos que Londres podía ofrecer y se había mostrado complacido al escuchar que había pasado unas semanas agradables en la ciudad. A pesar de la presencia de su grácil hermana mayor y su hermosa hermana pequeña, él había reparado en ella, justo como había hecho en la terraza años atrás.

—¿Té, lord Tilburn? —preguntó Perséfone, guiándole con suavidad hasta un asiento cercano al servicio que acababan de reponer.

Dafne le lanzó una mirada a Adam. Él se acercó a ella lo suficiente como para poder hablar en susurros.

—Si te desmayas, te desheredaré de forma pública e irrevocable.

—¿Cómo has podido hacer esto sin decírmelo? —Mantuvo su tono de voz lo bastante bajo como para que no la escuchasen.

—¿Y darte la ocasión de huir? —Él arqueó ligeramente una ceja—. Te conozco lo suficiente como para saber que esto te asusta. Sin embargo, espero que hagas acopio de toda tu valentía para aprovechar esta oportunidad.

—¿Oportunidad? —¿Hasta qué punto entendía sus sentimientos? Se le pasó por la cabeza una idea horrible—. No le has obligado a venir, ¿verdad?

—No, tan solo le envié una invitación. —Él la observó con gesto adusto, pero amable—. En cualquier caso, pienso obligarte a que te acerques allí. He soportado una hora y media de cháchara sin sentido esperando a que ocurriera esto, y todo por tu bien. No pienso malgastar mi sacrificio.

—¿Le has invitado a que haga algo más que venir a visitarnos? —Sintió un nudo en el estómago ante aquella posibilidad.

—Una visita, Dafne. Venir una tarde a tomar el té. No le sugerí nada más que eso.

El alivio que sintió no tardó en mezclarse con una gran presión. James Tilburn había acudido, únicamente, para una visita; si disfrutaba de ella, aunque solo fuese un poco, tal vez regresara. Sin embargo, si no era así, puede que aquella fuese su única oportunidad de disfrutar de su compañía.

—¿Y qué pasa si me derrumbo? —Todavía no se había recuperado de la imagen inicial de James Tilburn, de pie en su salón.

—Te sugiero que no lo hagas, ya que me niego a recomponerte de nuevo.

¿Acaso tenía idea de lo cerca que estaba de, sencillamente, desmoronarse?

—No parece el tipo de caballero en cuya presencia debiera sentirme nerviosa —dijo, tanto para sí misma como para Adam.

—No hubiese invitado al muchacho si hubiese creído que no era así. De todos modos, le mataré de un disparo si intenta hacer algo inapropiado o poco caballeroso. —Tras aquella declaración, volvió a su silla, alejándose.

—Le prometiste a Perséfone que no dispararías a nadie.

—Entonces le atravesaré con algo. De todos modos, eso sería más satisfactorio. —Adam le indicó que se marchara.

Esforzándose cuanto podía por parecer serena, Dafne regresó al asiento que había ocupado toda la tarde.

—Lancashire es un condado precioso —decía Perséfone—. Hemos pasado por allí muchas veces de camino a Shropshire.

—No soy demasiado imparcial con Lancashire —dijo su invitado—. He vivido allí toda la vida.

Dafne le observó a hurtadillas, recordando una vez más la primera vez que le había visto y cuán afectada se había sentido por él. Tal vez no arrancase suspiros o provocase desmayos entre las otras damas, pero nadie podría decir con sinceridad que no era guapo. Además, su rostro denotaba una amabilidad que ella siempre había apreciado.

—Debe de extrañar su hogar cuando se encuentra en la ciudad durante la temporada. —Las habilidades conversacionales de su hermana eran mucho mejores que las suyas; tenía un don para hacer que sus invitados se sintieran a gusto.

—Hay muchas cosas que añoro de mi hogar. —El joven sonrió con cariño.

Durante un brevísimo instante, su mirada se cruzó con la de Dafne. Ante aquella conexión inesperada, un escalofrío le recorrió el cuerpo. Hizo acopio de todo el valor que pudo, poniendo en práctica las frases que había memorizado para cuando le pidieran que hablase con alguien que la ponía nerviosa.

—Estamos encantados de que haya venido a visitarnos.

Él desvió la vista rápidamente a otro punto de la habitación, dejando de mirarla.

—Me temo que no hago demasiadas visitas sociales. Es algo en lo que estoy intentando mejorar. —Hablaba con tono distraído, sin dejar de contemplar la habitación, notablemente vacía.

¿Era ese el motivo de su incomodidad? ¿La falta de otros visitantes? Bastantes personas habían entrado y salido durante la primera parte de la reunión. Si hubiese sido una gran belleza o se hubiese sentido más cómoda con la alta sociedad, tal vez la casa hubiese estado rebosante de visitas durante dos horas enteras. Sintió cómo se le encendía el rostro poco a poco, algo que, con toda probabilidad, él advertiría.

—Creo que muchos caballeros siguen una estrategia diferente a la suya —dijo Perséfone mientras le tendía una taza de té—. En lugar de tratar de acudir a más visitas sociales, hacen todo lo posible para evitarlas.

—Es un milagro que logremos ver a los caballeros en sociedad —contestó él. Su hermana sonrió.

—Desde luego.

Dafne permaneció sentada en su silla, en silencio, sintiéndose muy desdichada. James Tilburn había ido a visitarles solo para encontrarse con un salón que parecía una caverna llena de eco. Debía de creer que era la dama más patética que había conocido. Aunque Adam lo negase, abrigaba muchas sospechas de que, de algún modo, había forzado aquella visita.

Perséfone se encargó de mantener viva la conversación con el visitante. Dafne descartaba enseguida cada posible comentario que se le pasaba por la cabeza, considerándolos banales o imperdonablemente estúpidos. Las pocas veces en las que se le ocurría una observación que podría haberla dejado en buen lugar, pasaba demasiado tiempo convenciéndose a sí misma para hablar y se le escapaban las oportunidades.

El tiempo destinado a las visitas llegó a su fin sin que hubiese hablado más que media docena de veces, y en pocas de ellas habían pronunciado más de dos o tres palabras. James Tilburn se levantó, despidiéndose, tal como se esperaba de él.

El ánimo de Dafne se hundió por completo. Aquella había sido su única oportunidad para conocer al caballero al que había admirado durante tanto tiempo, y la había desaprovechado del mismo modo en que, con toda probabilidad, lo haría durante el resto de su debut. ¿Por qué no había sido bendecida con al menos una pizca de las habilidades sociales de sus hermanas?

Hizo una reverencia en respuesta a la de él:

—Gracias por visitarnos, lord Tilburn. —Aquella era otra frase que había memorizado antes de embarcarse en su presentación en sociedad. Los saludos y las despedidas ocurrían con tanta frecuencia que debían surgir del hábito más que del pensamiento. Él contestó con un «ha sido un placer» tan automático que Dafne sospechó que también estaba hablando de memoria.

Mientras él se dirigía a la puerta del salón, ella se volvió hacia Adam. Se estaba hundiendo en su propia miseria. ¿Cómo conseguía fracasar en todos y cada uno de sus encuentros sociales? Él le lanzó una de aquellas miradas que querían decir: «mantén tu coraje donde debe estar».

Junto a la puerta, James Tilburn se volvió hacia ellos. Miró primero a Adam y después a Perséfone.

—Confieso que no estoy seguro de quién es la persona adecuada para preguntarle esto, pero me pregunto si se me permitiría llevar a la señorita Lancaster a dar un paseo mañana, por el parque.

Dafne sintió como si toda la sangre se le escapara del rostro para regresar después a toda velocidad y con mayor fuerza. El corazón le martilleó tan fuerte contra los oídos que apenas pudo escuchar la respuesta de Perséfone. Le concedieron permiso y acordaron una hora.

—Entonces, hasta mañana, señorita Lancaster —dijo él, haciendo una reverencia junto a la puerta.

Nunca antes habían invitado a Dafne a dar un paseo y, al no haber esperado recibir semejante invitación, tampoco tenía preparada una respuesta. Murmuró algo que ni siquiera ella pudo comprender y consiguió devolverle al joven una reverencia decente.

Pasaron unos instantes en silencio. Era probable que Adam y Perséfone estuviesen tan sorprendidos como ella. La pareja salió de la habitación, caminando con los brazos entrelazados. Perséfone le dedicó a su hermana una sonrisa amplia y feliz. Adam, que parecía tan sorprendido como intrigado, se limitó a despedirse con un asentimiento de cabeza.

Capítulo 4

James se encontraba frente a la residencia de los Kielder por segunda vez en dos días. Sus caballos relincharon, irritados, desde la calle a su espalda. Un paseo vespertino con una completa desconocida no estaba, ni mucho menos, entre su lista de excursiones preferidas. El día anterior había pedido permiso para ello en el último momento tras darse cuenta de que se había esforzado muy poco en conocer a la señorita Lancaster. Lo cierto era que apenas había cruzado dos palabras con ella.

El mayordomo de Falstone House aceptó la tarjeta de James. Su conducta, sumamente desinteresada y profesional, no hacía sino aumentar la intimidación que uno sentía ante aquella residencia majestuosa. Resistiendo la necesidad de aflojarse el pañuelo que llevaba al cuello y que, de pronto, parecía muy apretado, indicó que estaba allí para llevar a la señorita Lancaster de paseo y, de forma bastante apresurada, añadió que le estaban esperando.

Con el sombrero en las manos, siguió al silencioso sirviente al interior y a través de un tramo de escaleras. Su nerviosismo aumentó conforme se acercaban a las puertas abiertas del salón. No iba a tener ningún tipo de alivio, pues su excelencia estaba dentro, sentado en una silla, contemplando su entrada.

—Buenas tardes, su excelencia.

—Siéntese. —El duque señaló una silla vacía con un breve gesto de la mano—. Así que va a llevar a Dafne a dar un paseo por Hyde Park esta tarde.

Asintió. El hombre no parecía demasiado complacido con aquel plan, aunque no había expresado verbalmente sus objeciones el día anterior. De hecho, había sido él quien había puesto en marcha todo el asunto.

—Si vuelca el coche de caballos con ella dentro, le mataré de un disparo. —Afirmó aquello sin ningún rastro de duda y con una sinceridad absoluta—. Le mataré —repitió con énfasis.

—Me esforzaré por conducir con cuidado, se lo aseguro. —No tenía intención alguna de ganarse la ira del duque aterrador.

—Asegúrese de que así sea. —La postura de su excelencia no cambió un ápice, pero su mirada se volvió mucho más amenazante. James se mantuvo quieto, decidido a no mostrar inquietud a pesar de su incomodidad creciente—. Y ha de saber algo —no había en su voz ni un ápice de cordialidad—: si me entero de que le ha hecho daño de cualquier manera, yo mismo le sacaré el hígado con una cuchara, le pediré a mi chef que lo cocine con cebolla y disfrutaré inmensamente comiéndomelo. Y, entonces, le mataré.

—Me educaron para ser un caballero y tengo toda la intención de estar a la altura de las expectativas.

El duque arqueó una ceja. Aunque aquel fue el único cambio que alteró su rostro, el efecto resultaba escalofriante. La maraña de cicatrices transformaba sus rasgos, convirtiendo al ya temible caballero en algo estremecedor. James nunca había creído del todo los rumores acerca de él, pero aquella imagen provocó que le invadiera una ola de inquietud. Por primera vez, comenzó a creer que aquel hombre podía ser capaz de todo aquello que se le atribuía.

—Le aseguro, su excelencia, que su cuñada no sufrirá ningún daño mientras esté conmigo. —Trató de sonar y parecer convincente. El peso de la mirada del duque le ponía muy nervioso.

—Descubrirá que no doy mucho crédito a la palabra de un caballero al que no conozco demasiado bien. Preciso pruebas de su fiabilidad.

Si alguna vez había recibido un claro aviso, era aquel. El duque estaría pendiente de él, una idea no demasiado reconfortante. Además, estaba confundido: ¿acaso no había pedido él que fuera a visitar a su cuñada? Su padre había dicho que incluso había llegado a sugerir que cortejase a la joven. Entonces, ¿por qué actuaba como si desconfiara de él, como si James fuera un ladrón de aspecto sospechoso?

—Iré a ver si Dafne todavía desea salir a pasear con usted. —Su excelencia no dio muestra alguna de que creyese que la señorita Lancaster fuese a hacer otra cosa que negarse en rotundo o, si se sentía de especial buen humor, invitarle con cordialidad a que desapareciera de su vista.

La marcha del hombre no alivió la tensión de James. Se puso en pie y atravesó la habitación, luchando con la necesidad de deambular o de salir huyendo. En mayor o menor medida, el duque le había obligado a visitar a la dama y, aun así, difícilmente lo podría haber recibido peor. Y cuando había estado allí el día anterior, no había nadie más visitándoles. Había esperado entrar en una habitación llena de gente esforzándose por aparentar ser amigos íntimos de la señorita Lancaster. Había algo raro en aquel acuerdo, pero no conseguía discernir el qué.

—Espero que se dé cuenta de que el duque no está siendo dramático cuando profiere esas amenazas. Dice en serio cada palabra.

Se dio la vuelta en dirección a la voz, que pertenecía a una jovencita. En un sillón de respaldo alto, cerca de la chimenea, se sentaba una muchacha de tirabuzones dorados y rostro angelical. No debía de tener más de quince o dieciséis años. Sus llamativos ojos verdes brillaban, repletos de inconfundibles diabluras. Sin duda, se trataba de una joven revoltosa.

—Soy Artemisa. —Sonrió divertida. Al parecer, podía percibir su confusión—. Soy la hermana pequeña de Dafne.

—Señorita Artemisa —dijo él, dedicándole una pequeña reverencia.

—¿Va a casarse con ella?

Desde luego, no le faltaba osadía. James consiguió hablar a pesar de la sorpresa.

—Su hermana y yo somos completos desconocidos.

Ella se encogió de hombros.

—No hay mucho que saber sobre Dafne. Es callada, un ratón de biblioteca y terriblemente aburrida. —Suspiró de un modo bastante dramático mientras se recostaba en la silla—. A veces me asombra que estemos emparentadas.

James no sabía qué contestar a aquello. Darle la razón sería descortés con la señorita Lancaster, pero tampoco era aceptable llevarle la contraria a su hermana pequeña. Sin embargo, no fue necesario responder, pues ella siguió hablando sin necesidad de su intervención.

—Nuestra hermana mayor, Atenea, tuvo un gran éxito cuando debutó. Falstone House estaba llena de caballeros desde el primer día y tiene hordas de amigas que la visitan cada vez que viene a la ciudad. Perséfone es bien recibida en todas partes. No creo que Dafne vaya a convencer a muchos caballeros para que vengan a visitarla más de dos veces. —Artemisa negó con la cabeza—. Esta es su segunda visita, así que supongo que no volverá.

—No se me ocurre ningún motivo para no volver.

En realidad, se le ocurrían bastantes, pero se había comprometido a ser amigo de la señorita Lancaster durante el resto de su estancia en Londres. La joven Artemisa parecía desconocer las maquinaciones de su cuñado, y James no tenía intención de ser quien le diese aquella información.

Oyó unos pasos que se acercaban. La señorita Artemisa se encogió sobre el sillón y, llevándose un dedo a los labios, le indicó que deseaba que no hiciera mención su presencia en la sala. Él miró alrededor y se dio cuenta de por qué no la había visto al llegar: la posición de su asiento la ocultaba por completo del resto de la habitación.

—Protéjase el hígado con su vida —susurró ella—. A Adam le gusta mucho el *foie gras*.

—¿Con cuál de sus órganos se quedaría el duque si la encontrase aquí? Ella sonrió.

—Con todos.

Sí, la más pequeña de las señoritas Lancaster era, definitivamente, una agitadora. Como no deseaba meter a la chica en apuros, ni tener que intentar explicar aquel *tête-à-tête* tan privado, se acercó un poco más a la puerta.

Un momento después, entró la señorita Dafne Lancaster. Era casi imposible que se diferenciase más de su hermana: tenía el cabello y los ojos oscuros y era muy callada. Su gesto permanecía pasivo, sin dar una sola pista sobre sus sentimientos. Artemisa la había descrito como «terriblemente aburrida», y James no podía saber si aquella evaluación era acertada.

Al ver a la joven vestida para un paseo en coche, asumió que, en contra de lo que había predicho su cuñado, no había decidido echarlo con un tirón de orejas.

—¿Nos marchamos, señorita Lancaster?

Ella asintió. Al parecer, aquella era toda la conversación que iba a recibir. Quizás pretendía guardarse todas las muestras de gratitud por los esfuerzos que él estaba haciendo para cuando hubieran abandonado la casa.

Le ofreció el brazo y la condujo desde el salón hasta la puerta principal. El duque de Kielder estaba en la entrada, con un gesto sombrío y aciago. Había bajado aquella ceja amenazante, aunque aquello solo le hacía un poco menos temible.

—Ni un solo rasguño, Tilburn.

Inclinó la cabeza, pero no atinó a responder. Después de todo, estaba haciéndole un favor a la familia. Entonces, ¿por qué parecían todos tan indignados con él? Incluso un tutor potencialmente homicida debería bajar las armas ante un amigo de conveniencia que él mismo le había buscado a su protegida.

—Fanny. —A la orden del duque, una doncella se acercó a la puerta, vestida con un discreto abrigo. Era obvio que pensaba pasar un rato al aire libre—. Espero un informe detallado de todas las acciones de lord Tilburn, en especial de aquellas que yo no aprobaría.

—Sí, su excelencia. —La doncella hizo una reverencia, le lanzó una mirada de advertencia a James y, con la cabeza alta en gesto triunfal, los condujo a través de la puerta hasta el carruaje, que les estaba esperando.

«Un informe detallado». Eso no se lo había imaginado. No era la primera vez que llevaba a una joven dama a pasear por el parque, pero era probable que aquel fuera, con diferencia, el paseo más incómodo en el que había participado jamás.

Capítulo 5

Dafne soltó el aire de sus pulmones poco a poco, intentando relajar la tensión que sentía en los hombros. Jamás se perdonaría a sí misma arruinar aquella oportunidad única en la vida por estar demasiado nerviosa como para disfrutar siquiera un momento. Tal vez, si pensaba en él como James en lugar de con su nombre y apellido, le parecería menos intimidante, diferente de algún modo a aquel caballero imaginario en el que había pensado tan a menudo durante los últimos seis años.

Él rompió el silencio:

—¿Ha sido placentera hasta ahora su estancia en Londres?

Cuando se volvió para responderle, la voz se le quedó atascada en la garganta. James miraba al frente mientras conducía con cuidado el carruaje hacia el parque. Incluso de perfil, pensó que era el hombre más guapo que conocía.

«Deja de ser tan sensiblera», se dijo a sí misma. Debía de parecer ridícula, totalmente incapaz de decir una sola frase coherente. ¿Acaso era una sorpresa que se hubiera hundido bajo el peso de su presentación en sociedad?

—El tiempo cálido de la ciudad es... un cambio bien recibido tras los largos inviernos de Northumberland —contestó.

¿De verdad su primera frase había sido sobre el tiempo? Además, había sido poco elocuente y se había atascado. No había duda de que ahora pensaría que era una idiota.

—Lancashire tampoco es demasiado cálido durante los meses de invierno.

No se había reído de ella. Eso era alentador.

—Parece que prefiere Lancashire a Londres. —Aquel tema de discusión era mejor. Al menos, él se daría cuenta de que había prestado atención durante la conversación del día anterior. Además, había dicho la frase de corrido, lo cual era un logro.

Pasó un instante antes de que le contestara, pues tenía la atención puesta en maniobrar para conducir el carruaje entre la carretilla que había en un lado de la calle y otro carruaje, que avanzaba en la dirección contraria. El vendedor que se ocupaba de la carretilla les observaba con atención. De hecho, con demasiada atención.

—La salud de mi madre está bastante deteriorada desde hace muchos años —dijo, una vez hubieron superado los obstáculos con éxito—. Me preocupo por ella cuando estoy lejos. Además, gran parte del tiempo, mi hermano se queda en su propia hacienda, que también está en Lancashire, por lo que, cuando estoy en la ciudad, le echo mucho en falta.

Sus palabras despedían un matiz de añoranza. Dafne le miró de reojo mientras continuaban a un ritmo suave. Entendía lo que era la soledad. Tal vez él apreciase saber que era así. Sin embargo, no estaba lista para confesar que, la mayor parte del tiempo, se sentía sola. Su padre había comenzado a rechazar su compañía cuando todavía era muy pequeña. Ella había intentado convencerle una y otra vez de que le permitiese hacerse un hueco en su vida, pero no había tenido éxito. Nadie podía soportar semejantes rechazos, tan repetidos y personales, sin acabar con una gran cantidad de cicatrices. Aun así, no le hablaría de aquello. Su opinión sobre ella sería muy mala si supiera que ni siquiera le importaba demasiado a su propio padre. Hablar de sus hermanos sería mucho más seguro.

—Mi hermana Atenea y su familia apenas vienen; no suelen abandonar su hogar —dijo—. Y también extraño a mis hermanos.

—No sabía que tuviese usted hermanos —James la miró brevemente antes de volver a prestar atención a la calle, que cada vez estaba más concurrida. Ella asintió.

—Linus está en la Marina.

Él volvió a dirigir la vista hacia ella, deteniéndose un momento. Ella tuvo que apartar la mirada; se sentía incómoda bajo su escrutinio. Probablemente, le gustaría más si no la estudiaba demasiado.

—Ha dicho que tenía hermanos, en plural. ¿Cuántos más tiene? —preguntó él.

—Uno más: Evander. Él... —Se le hizo un nudo en la garganta. Después de todo, sus hermanos no eran un tema tan inofensivo. Pensar en Evander ya no le afectaba del mismo modo que los primeros años después de Trafalgar, o no siempre. Sus emociones habían escogido el peor momento para volver a atraparla. Rezó para que su voz se mantuviese firme—. Le mataron en la batalla de Trafalgar. —La voz se le quebró cuando se forzó a pronunciar la palabra «mataron».

Evander había sido muy importante para ella. De todos los miembros de su familia, era el único que nunca había estado demasiado ocupado para fijarse en una niña solitaria, desesperada por un poco de afecto. Tras unirse a la Marina, además de las que dirigía a toda la familia, le había enviado cartas privadas de forma habitual. Ella había vivido pendiente de aquellas misivas. Las había leído una y otra vez, hasta que los pliegues se habían desgastado. Él era la confirmación de que le importaba a alguien. Su muerte la había roto en mil pedazos, y algunos todavía permanecían rotos y sin sanar.

—Lamento su pérdida —dijo James.

Santo cielo, estaba a punto de empezar a llorar delante de James Tilburn. Debía de estar causándole una impresión ridícula. No solo parecía no ser capaz de decir una frase completa, sino que también se estaba convirtiendo en un mar de lágrimas.

—Discúlpeme. —Pestañeó para deshacerse de una lágrima que amenazaba con asomar a sus ojos—. No siempre me pongo tan emotiva cuando hablo de él.

—Le aseguro, señorita Lancaster, que no hay nada que disculpar. Si yo hubiera perdido a mi hermano, Dios no lo quiera, dudo que pudiera llegar a recuperarme del todo.

Con cuidado, el joven se abrió camino entre la caótica multitud de carruajes y caballos que se dirigían a Hyde Park. El paseo todavía no estaba siendo un completo desastre. Ella estaba manteniendo su parte de la conversación y él no parecía aburrido del todo. A pesar de sentir cómo se le encendían las mejillas, una sonrisa asomó a los labios de Dafne.

Durante horas, había estado preocupándose por el motivo de la visita de James el día anterior. Temía que Adam hubiera forzado que ocurriera, a pesar de que este insistía en que solamente lo había sugerido. Sin embargo, James no actuaba como alguien a quien hubiesen amedrantado hasta conseguir que pasase tiempo con una jovencita. Le había pedido que diese un paseo con él sin ninguna insistencia aparente de su cuñado. Tenía motivos para abrigar la esperanza de que disfrutase de su compañía.

—Hyde Park está muy concurrido esta tarde —dijo él—. Una señal inequívoca de que la temporada ha comenzado.

Dafne asintió, mirando a su alrededor, contemplando a las otras personas que se habían aventurado a salir a pasear.

—Nunca he estado en el parque durante la hora más popular. Mi hermana y mi cuñado prefieren evitar las multitudes.

—No puedo decir que les culpe. Con la temporada en su máximo apogeo, la locura de llegar hasta aquí te deja aturdido.

Dafne soportaría incluso los días más abarrotados en el parque solo para poder sentarse junto a James Tilburn como en aquel momento. Había deseado durante mucho tiempo poder conocerle mejor.

—¿Viene a menudo a pasear?

Él asintió.

—Lo suficiente como para saber que aquellas son la señora Bower y su hija, acercándose en un carruaje. ¿Las conoce?

El temor aceleró el pulso de Dafne, tal como siempre ocurría ante la idea de tener que conocer a gente nueva.

—No las conozco.

—Me encantaría hacer las presentaciones, si usted lo desea. Esta es también la primera temporada de la señorita Bower, y creo que ambas tienen la misma edad.

Su primer instinto fue rechazar la oferta de forma rápida y rotunda. Sin embargo, aquello haría que resultase aún más ridícula de lo que ya parecía tras haber admitido que nunca había estado en Hyde Park durante la hora más concurrida.

—Sí, por favor —consiguió decir con cierto nivel de credibilidad.

Él detuvo el carruaje con mucho cuidado. El coche de caballos que se acercaba hizo lo mismo. En la parte más alejada se sentaba una dama, tocada con un sombrero de ala tan ancha que le cubría todo el rostro. Más cercana al carruaje de James se sentaba una jovencita que, sorprendentemente, se parecía a dos de las hermanas de Dafne: tenía un cutis perfecto, unos rizos dorados preciosos y una figura que hubiese inspirado incluso al más exigente de los escultores. Dafne, con el cabello de un marrón apagado y la alarmante falta de color de su tez, debía de parecer muy desaliñada en comparación. Su figura era decente, pero poco más.

—Señorita Lancaster —dijo James, comenzando con las presentaciones—, ¿puedo presentarle a la señora Bower y la señorita Bower?

—Es un placer conocerlas —contestó.

—Señora Bower, señorita Bower, les presento a la señorita Lancaster, la hermana de la duquesa de Kielder.

Aquello nunca fallaba a la hora de impresionar y aterrar a la gente. La señorita Bower abrió los ojos de par en par, aunque de un modo que tan solo logró que pareciese más hermosa. Quizá su madre estaba haciendo lo mismo, pero su rostro permanecía oculto.

—Lord Tilburn —dijo la señorita Bower—, no sabía que tuviese relación con la familia de su excelencia.

—El duque y yo pertenecemos al mismo partido político y al mismo club —contestó—. Ahora que la señorita Lancaster se ha presentado ante la reina, me complace tener la oportunidad de conocerla mejor.

Dafne reconoció que aquella no era más que una explicación educada, pero la atesoró igualmente. Esperaba que él se sintiese complacido de verdad con aquella relación. Ella, por su parte, se sentía exultante.

Aquella escena se repitió en varias ocasiones esa tarde. Ya conocía a algunas de las personas con las que hablaron, pero otros eran nuevos conocidos. Parte de la inquietud que sentía por la inminente temporada se calmó a lo largo de aquel paseo. Al menos, reconocería algunos rostros entre la multitud.

Habían recorrido la mitad del circuito del parque cuando un jinete montado a caballo se coló en su línea de visión, manteniendo el mismo ritmo que su carruaje. Aunque no veía su cara, Dafne estaba segura de que lo conocía. Intentó observar al desconocido con discreción.

—No deseaba alarmarla —dijo James—, pero ese hombre lleva un rato siguiéndonos, merodeando muy cerca cada vez que nos detenemos para saludar a alguien.

El hombre en cuestión miró brevemente en su dirección. Aquel vistazo fugaz fue suficiente para reconocerlo.

—Santo cielo —susurró Dafne. Su rostro se encendió al instante. Sería mejor confesar—. Es Johnny, de los establos.

—¿Uno de los mozos de las caballerizas del duque?

—Sí.

—¿Y también le resulta familiar el hombre que va a caballo justo delante de nosotros? Ha hecho un gran trabajo siguiéndonos, teniendo en cuenta que está delante de nosotros y no detrás.

Aunque no podía ver quién iba montado, Dafne conocía el caballo. El gesto de culpabilidad apenas disimulado de Fanny le confirmó que sus crecientes sospechas eran del todo acertadas.

—¿Cuántos más hay? —preguntó en voz baja.

Fanny dudó. Despacio, alzó ambas manos.

—¿Siete? —El estupor hizo que alzase la voz más de lo que pretendía.

Volvió la vista al frente, tratando de mantener una expresión neutral. ¿Había ordenado Adam que les siguieran? Se esperaba que hubiese una doncella en el carruaje si una joven dama no iba acompañada por una hermana o una madre, pero pedirles a todos los trabajadores del establo que estuvieran pendientes de ellos era demasiado. Hizo un rápido cálculo mental: estaban los dos hombres a caballo, y sospechaba que el vendedor de la carretilla con quien se habían cruzado antes también era un espía. Quedaban otros cuatro, que probablemente anduviesen por ahí cerca.

—Desde luego, esta experiencia es nueva para mí —dijo James—. He llevado a pasear a jovencitas en varias ocasiones, pero nunca me habían espiado.

La humillación se cernió rápidamente sobre Dafne. Se negaba a desmoronarse frente a él dos veces en el curso de un solo paseo. Aun así, su vergüenza amenazaba con sobreponerse a cualquier esfuerzo por ocultarla.

—Lo lamento —consiguió decir.

Un pesado e incómodo silencio surgió entre ellos.

La fierecilla que se alzaba en la parte trasera del carruaje de enfrente se volvió para mirarles un par de veces. La segunda vez, Dafne reconoció al chico de los recados de Falstone House.

—¿Una flor para su dama?

Se volvió hacia el sonido de una voz con acento de la clase baja londinense. Una chica, que probablemente tenía uno o dos años menos que ella, alzó una variedad de ramilletes mientras caminaba al ritmo lento del carruaje. Era poco probable que, en algún momento, se alcanzasen récords de velocidad en Hyde Park durante las horas más concurridas de la temporada.

—Por más que me gustaría regalarle una flor a la dama—dijo James—, no me atrevo a dar a mis caballos la oportunidad de salir corriendo con nosotros al no prestarles toda mi atención.

La chica asintió con aprobación. Dafne estuvo a punto de poner los ojos en blanco. Tan pronto como la vendedora de flores se hubo alejado del carruaje, James le dedicó una mirada inquisitiva. Ella suspiró.

—Es una de las criadas de Falstone House.

—Si mis cálculos son correctos, hemos identificado a todos los secuaces de su cuñado, menos a dos. —Su tono de voz quería ser burlón, pero no sonaba demasiado convincente, como si estuviera intentando con todas sus fuerzas que la situación le resultase divertida—. Tal vez uno de ellos estaba escondido bajo el sombrero de la señora Bower.

Si no se hubiera sentido tan mortificada, probablemente se hubiera reído de aquella observación tan graciosa.

El resto del paseo transcurrió en relativo silencio. Se detuvieron pocas veces; James hacía las presentaciones y entablaba conversaciones fugaces e inocuas con gente a la que conocía. Pero entre cada uno de aquellos encuentros, se mantuvo callado. El colorado rostro de Dafne nunca llegaba a enfriarse del todo.

Regresaron a Falstone House; todo un séquito de sirvientes montados a caballo llegó a la vez que ellos. James la ayudó a bajar del carruaje y la guio hasta la puerta. Su postura rígida y su silencio estoico contrastaban por completo con su anterior actitud relajada.

Adam y Perséfone estaban sentados en el salón cuando él la acompañó hasta allí.

—Traigo de vuelta a la señorita Lancaster. Ilesa, tal como me pidió —dijo.

La mirada de Adam se dirigió hacia Fanny, que estaba justo detrás de ellos. Su gesto inquisitivo recibió un «no tengo nada de lo que informar, su excelencia» como respuesta de la doncella.

—Puede marcharse —dijo su cuñado, que no parecía arrepentirse de haber solicitado un informe sobre las acciones del joven con él todavía presente. James realizó una cortés reverencia.

—Señorita Lancaster, ha sido un placer.

Ella permaneció quieta, sin moverse de su sitio. Él ya no le sonreía. Sus modales se habían vuelto distantes, formales.

—Gracias. —Sus palabras apenas fueron un susurro.

Se marchó tras dedicarle poco más que las palabras más sencillas de despedida.

—¿Ha sido un paseo agradable? —preguntó Perséfone cuando él se hubo marchado.

Lo último que quería era rememorar el desastre que había sido su único paseo con un caballero a la hora más concurrida.

—Empezó bien. —Decir algo más positivo que aquello no hubiese sido honesto del todo. De hecho, hubiese sido bastante deshonesto.

—¿Qué ha hecho Tilburn? —Adam frunció los labios del mismo modo que cuando se mencionaba a su primo George en una conversación. Detestaba a su primo y, al parecer, sentía lo mismo por lord Tilburn.

—Él ha sido un perfecto caballero, además de muy tolerante, como estoy segura de que te confirmarán tus diferentes espías una vez que te den sus informes.

Dafne se sentó en una silla cercana, adoptando una postura encorvada y muy poco femenina. Se había imaginado muchas veces paseando con James Tilburn, pero en ninguna de sus fantasías habían acabado la excursión de una forma tan decepcionante.

—¿Espías? —Adam consiguió sonar casi como si no supiese de qué le estaba hablando.

—A lo largo del paseo, nos hemos cruzado con una verdadera horda de trabajadores de esta casa, todos ellos con instrucciones de seguir el carruaje de lord Tilburn.

Perséfone se volvió hacia su marido.

—¿Has hecho que los siguieran?

—No es más que una precaución. —La seguridad inquebrantable de Adam pocas veces había molestado tanto a Dafne como en aquella ocasión.

—¿No confías en el joven? —preguntó su hermana.

—No he dicho eso.

—Entonces se trata de que no confías en mí —supuso Dafne.

—Desde luego, tampoco he dicho eso.

Perséfone parecía genuinamente confusa.

—Entonces, ¿por qué necesitabas una guardia armada?

—Solo dos de ellos llevaban armas de verdad.

Dafne apoyó la frente en la palma de la mano. Una guardia armada. ¿Acaso no era consciente de las escasas posibilidades que tenía Dafne de alcanzar algún tipo de éxito social? Valdría la pena soportar semejante trato por una jovencita de indudable belleza, o al menos por una que pudiese conversar con facilidad o poseyera algún tipo de talento llamativo. Los caballeros de la alta sociedad jamás harían tal esfuerzo por una chica poco agraciada y callada que de poco podía presumir, más allá del conocimiento de remedios caseros y la habilidad de pasar desapercibida durante horas.

—Ay, mi querido Adam... —La risa impregnaba las palabras de Perséfone. ¿Cómo podía ella, su propia hermana, pensar que aquello era gracioso?—. ¿Estabas intentando poner a prueba su temple?

—Tan solo se trataba de un aviso amistoso.

—¿Amistoso? —Aquello hizo que su hermana se riera abiertamente.

Dafne no encontraba la conversación graciosa para nada, aunque sí explicaba algo que se había estado preguntando.

—¿Pretendías que lord Tilburn se diera cuenta de hasta qué punto eres capaz de vigilarlo?

—Créeme, Dafne, si hubiese deseado que mis esfuerzos hubieran pasado desapercibidos, hubiese sido así.

Ella negó con la cabeza y, durante un instante, fue incapaz de formular una respuesta. La había avergonzado a propósito. Era probable que hubiese ahuyentado a James y, aun así, no parecía arrepentirse en absoluto.

—Te das cuenta de que es probable que no vuelva nunca, ¿verdad?

Adam cruzó los brazos frente al pecho. Aquella era su postura preferida cuando se sentía impacientado.

—Si es tan pusilánime, blando y cobarde, no se merece que pierdas tu tiempo con él.

Dafne respondió a su gesto de irritación con una mirada adusta.

—Entonces, ¿debo centrar mi atención en las docenas de caballeros ansiosos que están esperando para ocupar su lugar?

—Has admitido la derrota incluso antes de que haya comenzado la temporada. Habrá docenas de caballeros, aunque, evidentemente, tú creas lo contrario —insistió su hermana.

El gesto de Adam no hacía más que ensombrecerse.

—Perséfone, ¿cuántos caballeros conoces que soportarían recibir semejante trato?

—Se me ocurre uno; se casó con nuestra hermana. —La duquesa dedicó a Dafne una mirada incisiva.

—Harry es la excepción universal a cada regla —dijo Dafne—. Además, no era la única opción de Atenea.

Perséfone no pensaba darse por vencida.

—Entonces, déjame sugerirte que esperes a ver si lord Tilburn es tan excepcional como nuestro querido Harry. Si regresa a pesar de las tácticas de tu bienintencionado guardián, será una muy buena señal. Y, una vez más, insistiría en que no decidas que vas a ser un fracaso abismal antes incluso de que comience tu temporada.

Dafne asintió, aceptando la sabiduría de su hermana. A menudo habían utilizado aquel enfoque durante los años que habían pasado sin el lujo de tener fondos para cubrir siquiera algunas de las necesidades más básicas. La versión favorita de Dafne del lema familiar que tan a menudo repetían era: «de nada sirve buscarse problemas». Si algo le había enseñado el haber pasado la niñez sumida en la pobreza, había sido el poder prolongado del optimismo, por ingenuo que pudiera parecer.

Mientras quedase una posibilidad de que James regresara, se permitiría conservar ese diminuto atisbo de esperanza.

Y era diminuto, sin duda, puesto que él no había mostrado su intención de regresar.

Capítulo 6

El duque ha hecho que me sigan. Estoy convencido de que sus secuaces iban armados. —El paseo que James había dado con la señorita Lancaster el día anterior todavía estaba fresco en su memoria—. Esa no es la actitud de un caballero que ha invitado a otro a que visite a su cuñada, y mucho menos a que la corteje.

Su padre dio un sorbo a su jerez favorito. No parecía demasiado preocupado.

—Hay que tener en cuenta su reputación.

—Amenazó con comerse mi hígado.

—Nadie se comería de verdad los órganos de otra persona.

James no estaba tan seguro. Se hundió de nuevo en la silla. No se había sentido atraído por aquel plan cuando se lo había planteado, y su incomodidad no había hecho más que aumentar.

—¿Está seguro, padre, de que su excelencia deseaba que entablara una amistad con la señorita Lancaster?

Su padre asintió, dejando a un lado el vaso medio vacío.

—Fue bastante específico al respecto.

Aquello desmontaba una de sus teorías sobre el comportamiento del duque. Entonces, ¿por qué le había hecho sentir tan poco bienvenido? No era tan tonto como para necesitar más pruebas de que no debería volver allí.

—He ido a visitar a la señorita Lancaster y la he llevado de paseo. Le presenté a cada una de las personas con las que nos encontramos y que pensé que la duquesa no desaprobaría. La señorita Lancaster conocerá a mucha gente la próxima vez que se aventure entre la alta sociedad. Estoy seguro de que he cumplido sobradamente con mis obligaciones. —El mero hecho de decir aquello en voz alta resultaba tranquilizante, reconfortante.

—Confío en que no seas tan zoquete como para pensar eso —dijo su padre. Su conversación anterior había contenido, afortunadamente, menos insultos de lo habitual. Al parecer, la interacción de aquel día sería más similar a las que estaba acostumbrado—. Un caballero haría lo que tú has hecho incluso por una dama por la que tuviese poco interés. Se espera que des la impresión de que es una compañía agradable, de que es alguien en quien la alta sociedad debería fijarse. —Negó con la cabeza y frunció el ceño, pensativo—. Que desertases ahora no haría sino dar más peso a los argumentos en contra de su atractivo social.

James se frotó la zona de las sienes, donde sentía un dolor palpitante.

—No era consciente de que me había presentado voluntario para lograr por mí mismo que su debut sea un éxito.

—¿Tú solo? —El hombre se llevó el vaso a los labios de nuevo con una mirada perpleja.

—Las dos veces que he visitado Falstone House, no había nadie más allí. Ni una sola persona más allá de la familia y la servidumbre. —Todavía no había conseguido encontrar la lógica de aquello—. Siendo sinceros, esperaba encontrar un grupo de gente alistada para la causa.

—Su excelencia fue bastante específico sobre el momento en que debías llegar aquella primera vez —dijo su padre tras un largo momento de silencio—. Estoy seguro de que hizo lo mismo con los otros jóvenes para mantener un flujo constante de visitantes llegando a la casa.

—Pero si el objetivo es demostrarle a la aristocracia que la señorita Lancaster está disfrutando de un éxito inmediato, ¿qué sentido tienen los visitantes a los que nadie más puede ver? En ambas ocasiones, dudo que, salvo la servidumbre, alguien más supiera de mi visita.

Su padre soltó un resoplido.

—A veces me desespero pensando en que jamás te convertirás en un caballero con sentido común. —Sí. Aquel era el padre al que estaba acostumbrado. Había encajado poco en el papel de conspirador desde el principio—. ¿Cómo crees que se propagan los rumores por la ciudad, Tilburn? Los sirvientes difunden las noticias mejor que el *Times*.

James no sabía si eran las críticas que le lastimaban el orgullo o su propio nerviosismo ante la tarea presente lo que le impulsó a contradecir aquella lógica.

—No me imagino a los trabajadores de Falstone House cotilleando. Es probable que su señor les cortase la lengua si los pillara haciéndolo.

—No es de los sirvientes de quien debes preocuparte. Al duque no le sentará bien que rompas tu acuerdo con él.

—Es vuestro acuerdo. —No era él quien había puesto en marcha aquel calvario.

—Del cual, ahora, formas parte.

Era cierto. Su participación en aquella farsa equivalía prácticamente a estar de acuerdo con la estrategia del conde y su excelencia. Sería mejor que se comprometiera a continuar.

Su padre apuró la última gota del jerez que había en el vaso.

—¿Qué piensas hacer ahora?

No estaba nada seguro de la respuesta.

—Volver a visitarla en su casa podría malinterpretarse fácilmente como una muestra de intenciones más serias.

El conde no parecía demasiado preocupado ni demasiado ansioso por ofrecerle algún consejo. James le dio vueltas a la cabeza en busca de alguna idea para el siguiente paso.

—Me han comentado que la familia planea ir al teatro mañana por la noche. He pensado que me podría acercar a su palco durante el primer entreacto.

Su padre asintió con aprobación.

—Lo bastante público como para ayudar a la chica, pero lo bastante habitual como para no comprometerte.

«Y lo bastante temprano como para cumplir con mi deber y marcharme antes de que se haga demasiado tarde». Pretendía pasar la velada con algunos amigos políticos y unos cuantos caballeros que había conocido mientras estudiaba. Desde luego, pasar la noche en el club con sus amigos era una perspectiva más agradable que una velada contemplando cómo el duque pensaba en nuevas formas creativas de matarlo.

❋❋❋

La noche siguiente, en el teatro, James se acercó al palco de los Kielder y se encontró con un grupo.

«Al fin». El puñado de personas a las que su excelencia había persuadido para servir de amigos de la señorita Lancaster por fin hacía su aparición. Sin embargo, no habían entrado realmente en el palco, lo cual era extraño.

El señor Hartford, un caballero de edad similar a la suya con quien tenía cierta relación, ya que ambos habían estudiado en Oxford a la vez, estaba al final de la cola.

—¿Hay algún motivo para que estemos todos reunidos aquí fuera? —preguntó James. El señor Hartford jugueteó con sus guantes.

—Entrar en el palco ya no parece una buena idea.

—¿Por qué?

—El señor Bartram ha entrado el primero, y su excelencia le ha pedido al acomodador que lo eche.

James no envidiaba lo que había tenido que experimentar el señor Bartram.

—Seguro que ha sido vergonzoso.

—No lo ha entendido. No es que tuviera que pedirle al señor Bartram que se marchara, debía sacarlo fuera de allí. Literalmente. El duque ha pedido que lo tiren desde el palco.

A su memoria regresó el aviso que le había dado con anterioridad la señorita Artemisa Lancaster. «No está siendo dramático cuando profiere esas amenazas». Y, aun así, dudaba que el duque de Kielder fuese a empujar a nadie hacia la muerte.

—Supongo que el señor Bartram se marchó por su propio pie.

Hartford asintió, aunque le dio un tironcito al pañuelo que llevaba al cuello.

—Ahora nadie sabe muy bien qué hacer. Si alguien se atreve a entrar, puede que se despierte con la cadera rota en el piso de abajo.

—Entonces, ¿por qué no se han marchado?

—La señora Bower señaló que llegar hasta aquí y no presentarnos podría ser interpretado por su excelencia como una ofensa a la señorita Lancaster, y eso también resultaría desastroso.

Tal vez, en realidad, la necesidad de solicitar la ayuda de James para la temporada de la señorita Lancaster tenía menos que ver con los problemas sociales de la joven dama que con la tendencia de su cuñado a hacer que todos sus potenciales amigos o pretendientes huyeran temiendo por sus vidas.

Sin embargo, no estaba en posición de sentirse libre de salir corriendo. Se había comprometido, y su excelencia lo sabía.

Se abrió paso a través del grupo de individuos temblorosos hasta llegar a la puerta del palco y, para el evidente asombro de aquellos que le observaban, entró.

—Buenas noches, su excelencia. Su excelencia. —Hizo las reverencias apropiadas y recibió las respuestas esperadas—. He visto que su familia había asistido al teatro esta noche y he pensado en dejarme caer.

—Estamos encantados de que lo haya hecho, lord Tilburn —contestó la duquesa con su elegancia habitual.

—No, no lo estamos —dijo el duque con el mismo tono irritado de costumbre.

James permitió que su mirada vagase hasta la señorita Lancaster. Supo el momento exacto en el que ella se dio cuenta de que la estaba observando porque sus mejillas se tornaron rosadas. No era el sonrojo practicado que muchas jovencitas de la alta sociedad habían perfeccionado, sino el color irregular y fiero de los que de verdad se sienten avergonzados. A pesar de su continua incomodidad por el hecho de haber sido persuadido para fingir una amistad con ella, no pudo evitar sentirse mal por hacer que se sonrojase.

La saludó con una sonrisa y una inclinación de cabeza. Ella se limitó a ruborizarse todavía más. En su defensa, cabía decir que no se dio la vuelta ni se deshizo en un charco de vergüenza. Se mantuvo en su sitio y le saludó con un «buenas noches».

—Buenas noches a usted también.

El duque les lanzó una mirada de enojo mal disimulado.

—Creo que hemos dejado bastante claro que es una buena noche. Dejemos atrás la actitud educada y pasemos a la conversación superficial.

El rubor de la señorita Lancaster se intensificó de forma significativa. Parecía que la pobre dama necesitaba ser rescatada tanto de su cuñado como de la alta sociedad. James sabía que, al menos, podía hacer eso. Su padre intimidaba regularmente a su madre hasta que conseguía desesperarla, y también solía atormentar a Bennett. A menudo, él se había visto arrastrado a interpretar el papel de caballero andante. Estaba convencido de que pasaba más tiempo solucionando los diferentes problemas de su familia que comiendo o durmiendo. Pasó al lado del duque y la duquesa y se colocó junto a la señorita Lancaster.

—¿Está disfrutando de la ópera? —preguntó ella en voz baja, sin alzar la vista para mirarle.

James optó por actuar como si creyera que ella se sentía cómoda con él, como si fuera la persona ideal con la que mantener una conversación corriente. Aquel era su papel, después de todo.

—Confieso que los propios intérpretes parecen un poco aburridos con la obra, lo que hace mucho más difícil que el público no lo esté, especialmente aquellos que no tenemos ni idea de lo que están diciendo.

—¿Quiere decir que no domina el italiano? —Su tono era suave, sin un rastro de crítica.

—Ni siquiera sé lo suficiente como para ser considerado un pésimo hablante —dijo él.

El más leve indicio de una sonrisa asomó al rostro de ella. James no creía haberla visto sonreír nunca de verdad. Aquel descubrimiento hizo que se preocupase. ¿Acaso la maltrataban? ¿La castigaban por sus fracasos sociales? Esperaba que no fuese así. Se sentó en la silla vacía que había a su lado.

—Me temo, lord Tilburn, que yo misma no puedo defender mis propias habilidades con el italiano.

Sus palabras arrastraban aquel temblor nervioso, omnipresente en el fondo de su voz. En un destello de claridad, comprendió algo sobre ella. Si no se equivocaba, la joven era tímida de una forma que le resultaba casi dolorosa. Por lo tanto, no era de extrañar que hubiesen necesitado coaccionar a alguien para que fuera a visitarla. Aun así, prosiguió:

—Mi falta de competencia ha hecho que pase las noches en la ópera imaginando mis propias traducciones de lo que los intérpretes están diciendo.

—¿Se lo inventa en el transcurso de la noche? —Era una solución muy entretenida para aquella situación—. ¿Y sobre qué ha versado la selección de esta noche, según su traducción?

—Bueno... —Frunció el ceño mientras hablaba, con cierta guasa—. El hombre más grande, con el pelo negro, tiene la misión de confirmar el paradero de una empanadilla de Cornualles extraviada.

El comentario fue tan inesperado que James soltó una ruidosa carcajada, atrayendo la atención de los palcos cercanos, así como del duque y la duquesa. Se mordió los labios y reprimió la risa.

—¿Una empanadilla de Cornualles? —repitió cuando volvió a tener la voz bajo control.

—No una empanadilla de Cornualles cualquiera. La empanadilla de Cornualles más deliciosa jamás creada. A eso se debe todo el llanto del final del primer acto.

Él no ocultó su regocijo.

—Esos italianos se toman las empanadillas muy en serio.

—Por supuesto —replicó ella con aquel pequeño atisbo de sonrisa que ya le había visto antes.

Aquella era una faceta de la muchacha que no había esperado. Si la alta sociedad pudiese echarle tan solo un vistazo a su sonrisa, no le faltarían las atenciones. Pero, probablemente, su timidez evitaba que aquello ocurriese. De ahí la necesidad de asegurarle amistades fáciles que le hicieran compañía.

—¿Cómo ha estado desde la última vez que nos vimos? —Deseaba que se sintiese lo bastante tranquila como para seguir con aquella conversación alegre.

—He estado bien, gracias. —Su voz se volvió un poco más firme—. Hemos sabido que mi hermano llegará a Londres la próxima semana. De pronto, me siento menos deprimida ante la idea de permanecer aquí.

—Creo que me contó que su hermano era un hombre de la Marina. —Tuvo que pensar un momento para recordar el nombre—. Linus.

De nuevo apareció el pequeño indicio de una sonrisa, acompañada por el inconfundible brillo de gratitud en sus ojos.

—Lo recuerda.

—Parece sorprendida.

Ella volvió a ruborizarse.

—No muchas personas prestan atención a lo que digo.

James conocía a suficientes fanfarrones arrogantes como para creer que la joven no estaba exagerando. Demasiadas personas de la alta sociedad estaban demasiado pagadas de sí mismas.

—Me parece, señorita Lancaster, que no muchas de las personas con las que suele conversar son especialmente inteligentes.

—Una de esas personas tan solo tiene quince años —confesó en un tono de seriedad exagerada—. Y es mi hermana, lo que estoy segura de que no ayuda para nada.

—Los hermanos pequeños son sumamente insoportables —dijo él con una sonrisa.

—No sé si mostrarme completamente de acuerdo con usted o si sentirme ofendida. ¿Se da cuenta de que yo soy tanto una hermana mayor como una hermana pequeña?

Cuando la muchacha conseguía reunir el suficiente coraje para hablar, conversar con ella era bastante agradable. Quizá, después de todo, el plan del duque no fuese tan absurdo. Si algunas personas más tuvieran la oportunidad de conocerla, era probable que disfrutase de una temporada relativamente exitosa. Comenzó a sentirse un poco más entusiasmado con aquel último rescate. No pretendía convertirse en un pretendiente o en el amigo más íntimo de la joven dama, pero al menos podía ayudar a facilitarle un poco el camino.

—¿Sabía que hay un grupo bastante considerable reunido en la puerta de este palco, señorita Lancaster?

Sus mejillas perdieron parte de su color mientras dirigía la mirada a toda velocidad a la parte trasera del palco.

—¿Y por qué cree que es así?

James se inclinó un poco, acercándose a ella, y bajó la voz en tono conspiratorio.

—Les he hecho esa misma pregunta y me han dicho que han venido a visitarla a usted y su familia, pero que, ahora, tras escuchar que uno de los suyos había estado a punto de enfrentarse a la misma muerte, están encogidos de miedo en el pasillo.

Ella también se inclinó un poco hacia él.

—¿Deseaban verme? ¿De verdad?

—De verdad. Vi al señor Hartford y a las Bower, a quienes ya conoció durante nuestro paseo. También vi a otras jovencitas y caballeros de la aristocracia.

—Eso sí que es inesperado —exclamó ella.

—Tal vez ha llegado el momento de que la aristocracia recupere su valentía colectiva.

Ella volvió a sonreír.

—Usted...

—Si se acerca un poco más, Tilburn, yo mismo le colgaré de este palco por los pies. —El duque parecía hablar totalmente en serio.

—No será necesario. —James se puso en pie una vez más—. Debo marcharme ya. —Hizo la más leve de las reverencias—. Ha sido un placer verlos de nuevo, su excelencia. Su excelencia. Señorita Lancaster.

La joven le dedicó una sonrisa que favorecía bastante su rostro, con las mejillas todavía ruborizadas. Esperaba haberle ofrecido un momento de alivio de las presiones de la alta sociedad. No podía imaginar cuán difícil debía de ser el tumulto social para alguien tan tímido.

Le devolvió la sonrisa. Ella se sonrojó todavía más.

Al salir del palco y entrar en el pasillo, el grupo de espectadores nerviosos le observaron con una mezcla de asombro e incredulidad. Podía escuchar muchas de las cosas que susurraban.

—El duque no ha matado a lord Tilburn; eso es una buena señal.

—Si lord Tilburn es bienvenido en el palco de los Kielder, seguro que alguien de mi posición también.

Su padre hubiera señalado que comentarios como aquel reforzaban su argumento de que su familia sufría de una falta severa de prestigio. A James nunca le habían preocupado demasiado esas cosas. Sus familiares estaban lejos de ser parias sociales; eso era suficiente para él.

—Desde luego, no voy a quedarme de pie aquí fuera como una tonta —dijo alguien mientras empujaba a los demás para entrar en el palco.

Pobre señorita Lancaster. James dudaba de que fuese a agradecer aquella incursión repentina. Llegó al pórtico exterior del Teatro Real y, frente al aguacero, se abrochó el abrigo. Pensó que la noche había ido bien. Había mantenido la promesa que les había hecho a su progenitor y a su excelencia. Había disfrutado de una conversación amistosa con la dama. Además, había conseguido hacer todo eso sin comprometerse ni provocar expectativas.

Después de todo, tal vez fuese capaz de navegar y encontrar su camino a través de aquellas aguas infestadas de tiburones.

Capítulo 7

Dafne recordaba con absoluta claridad la noche en la que Atenea había asistido a su primer baile, seis años atrás. Su hermana había estado desbordante de alegría. Ahora le tocaba a ella enfrentarse a la misma situación, y estaba casi segura de que iba a vomitar.

Perséfone, que había estado relacionándose con los otros invitados durante el cuarto de hora que había pasado desde que su familia había llegado, regresó y se sentó en el asiento contiguo al que Dafne ocupaba.

—Tu preocupación por ser la fea del baile parece haber sido en vano, querida mía. Al menos una docena de caballeros me han comentado, de forma muy decidida, que están ansiosos por bailar contigo. —Dado que aquello era poco probable, se limitó a ofrecerle a su hermana la mirada repleta de dudas que sus palabras merecían—. Lo digo muy en serio, te lo aseguro. —Perséfone le pasó un brazo por los hombros—. Soy consciente de que tu primera semana de la temporada no fue demasiado espectacular, pero creo que fue culpa de Adam. Ya sabes que asusta bastante a la gente.

Él se encontraba de pie junto a ellas, ligeramente apartado. Aunque guardaba un silencio absoluto, Dafne juraría haber escuchado un gruñido.

—¿Era necesario que llevase la espada? —le preguntó a su hermana en un susurro. Ella asintió con firmeza.

—La llevó durante toda la temporada de Atenea y, aunque quiero muchísimo a nuestra hermana, debo admitir que tú le gustas bastante más que ella. —Su sonrisa era inconfundiblemente conspiratoria—. Puede que los próximos meses resulten un poco tensos para los habitantes de Londres.

—Eso no augura nada bueno. —Ya se cuestionaba su éxito tal como estaban las cosas—. Pensé que, después de que Adam despachara al señor Bartram en el teatro hace unas noches, nadie se atrevería siquiera a darnos los buenos días.

Perséfone volvió a colocar las manos sobre el regazo, pero su mirada sincera siguió fija en el rostro de Dafne.

—Pero entonces llegó lord Tilburn como un caballero andante. Si no hubiera sido por su decisión de arriesgarse a sufrir la ira de Adam, no creo que una sola persona hubiese entrado en el palco.

—Aun así, Adam los espantó a todos con su mirada de enojo —le recordó.

—Sí, es verdad. —Los ojos de Perséfone se desviaron hacia él y una íntima calidez inundó su rostro. Dafne estaba segura de que disfrutaba de aquella faceta del carácter de su marido. Aunque adoraba a su cuñado, no podía imaginarse casándose con alguien que tendiera más hacia lo terrorífico que hacia lo sensible.

—Por ahí viene el señor Vernon —le dijo Perséfone a Adam—. Por favor, no le amenaces. No es más que un cachorrito.

Dafne contempló la llegada del señor Vernon con creciente turbación. Sabía bailar: su hermana se había encargado de que así fuera. Sin embargo, no era muy buena bailarina. No es que fuese demasiado crítica consigo misma; sencillamente, ser grácil no era una de sus fortalezas. Lo sabía. Lo aceptaba. Y, hasta ese momento, no le había molestado en absoluto.

El señor Vernon llegó; al parecer, estaba tan nervioso como ella.

—Buenas noches de nuevo, su excelencia. —Le dedicó una rápida reverencia a Perséfone. Sus ojos se abrieron de par en par cuando se fijó en Adam. Dafne no se atrevió a mirar a su cuñado por miedo a acabar riéndose o deshaciéndose en un charco de vergüenza. Ambas cosas parecían más que posibles en aquel momento.

—Adam —dijo Perséfone—, ¿conoces al señor Vernon, el hijo más joven del vizconde Dourland?

—Soy consciente de su existencia —contestó él.

Toda la respuesta que el señor Vernon pareció capaz de darle fue una reverencia marcada por un temblor casi violento.

—¿Cuántos años tiene? —preguntó Adam, con su habitual muestra de virtudes sociales. El señor Vernon se aclaró la garganta.

—Diecinueve. —Al pobre muchacho se le quebró la voz.

—Este ni siquiera ha salido del cascarón, Perséfone —murmuró Adam.

—¿Preferirías que tu cuñada fuese acompañada a la pista de baile por un hombre con mucha experiencia vital? —le preguntó ella—. Porque creo que se espera que lord Byron asista esta noche.

—Si ese chucho insolente se acerca a menos de un salón de baile de distancia de Dafne, me aseguraré de que no sea capaz de volver a sujetar una pluma. Entonces veremos cuántos más tomos de sus estupideces poéticas puede endosarle a un público ignorante.

El señor Vernon dio un paso atrás.

—A mucha gente le gustan sus estupideces —dijo Perséfone que, al parecer, no se había dado cuenta de la retirada de quien parecía el único potencial acompañante de Dafne aquella noche.

—También hay bastante gente que cree que voy a quedarme quieto mientras contemplo cómo unos cabezas de chorlito presuntuosos se ponen en evidencia. —El señor Vernon huyó definitivamente. Adam, sin embargo, no había terminado—: Creo que ya hemos aguantado bastante a la alta sociedad por una temporada.

—Ha pasado una semana —dijo Perséfone—. Y estuviste de acuerdo en hacer esto.

—Soy el duque de Kielder. Tengo derecho a cambiar de opinión.

Su hermana se puso en pie con lentitud, arqueando una ceja en una imitación perfecta del gesto más famoso de su marido.

—Bien, yo soy la duquesa de Kielder y tengo derecho a hacerte cambiar de opinión de nuevo.

—Vas a necesitar una gran cantidad de persuasión para eso —dijo Adam.

—¿Es eso un reto? —Ella ladeó la cabeza con descaro.

—¿Deseas que lo sea?

—¿Es que no dejáis de coquetear nunca? —murmuró Dafne.

—Silencio, Dafne —contestó su hermana—. Haré que cambie de opinión.

—Puede que me convenzas para que nos quedemos, pero nunca me convencerás para que me alegre de hacerlo.

Perséfone se encogió de hombros.

—Eso es suficiente para mí.

—Usted, el de ahí. —Adam observó a un caballero que estaba sorprendentemente cerca—. Espero que sea sordo, puesto que no tolero a los fisgones.

El caballero se puso tan pálido como un fantasma, con los labios temblando por los nervios.

—Yo... Esto... Yo... ¿Qué ha dicho? No oigo bien. —Murmuró la última frase de una forma demasiado mecánica y con una entonación demasiado similar a una pregunta como para que no fuera un intento desesperado de cumplir con las órdenes del duque. Salió corriendo a toda velocidad.

La dura mirada de Adam recorrió la zona, fijándose en cada persona que se encontraba a diez metros de ellos. Todos huían de allí más rápido que las ratas al salir de un barco que se hundía.

«Un barco que se hunde. No me gusta pensar en mí misma en esos términos».

—Oh, Adam —suspiró Perséfone—. ¿Tienes que asustar a todo el mundo?

—Solo a los que me parecen insoportables.

—Pero eso, querido, incluye a todo el mundo.

—Y eso, querida, no es mi culpa.

Perséfone tomó las manos de su hermana.

—No hará que salgan todos corriendo, Dafne. Me encargaré de ello.

—Siendo sincera, no estoy segura de no preferir que lo hagan. —No deseaba ser un diamante ni un fracaso, tan solo algo más discreto, a medio camino.

Su hermana negó con la cabeza.

—Es la influencia de Adam. A veces temo que hayas pasado demasiado tiempo con él en los últimos seis años. Ha logrado que te vuelvas reticente.

¿Acaso ni siquiera Perséfone se había dado cuenta del tipo de persona que había sido toda su vida?

—Él no me ha cambiado: me aceptó tal como era.

—Y en algún lugar, Dafne, habrá otro caballero que hará exactamente lo mismo. —Perséfone hablaba con mucha seguridad—. Tan solo tenemos que encontrarlo.

Si bien no pensaba confiarle sus secretos a su hermana, llevaba toda la noche intentando encontrar a cierto caballero muy tolerante. Sus ojos no habían dejado de buscar a James Tilburn. Él no había puesto pegas a su timidez años atrás. Tampoco parecía molestarle ahora.

Giró la cabeza en dirección al sonido de unos pasos acercándose solo para llevarse una nueva decepción. El señor Handle, que había hecho una aparición muy breve en el palco de los Kielder en el teatro, se acercó hasta donde estaba sentada.

—Señor Handle —le saludó Perséfone con bastante cordialidad—. Es un placer verle de nuevo.

Él hizo una reverencia muy formal.

—El placer es solo mío, su excelencia.

—Así es —masculló Adam.

Dafne sentía mucho afecto por su cuñado y estaba de acuerdo con su opinión general sobre las reuniones sociales, pero si la iban a forzar a tener que soportarlas, al menos debería darle la oportunidad de ser recordada con cariño por el resto de los asistentes o, como mínimo, con algo más que miedo y escalofríos.

—Su excelencia. —La voz del señor Handle tembló al dirigirse a Adam—. ¿Me permitiría bailar con la señorita Lancaster durante la siguiente pieza?

—No.

Dafne estuvo muy cerca de sonreír ante aquella respuesta brusca e inmediata, por exasperante que fuera. Estaba claro que a Perséfone no le parecía tan divertido.

—Reconozco que es usted valiente —añadió Adam—, y, por unos instantes, le consideraré más inteligente que la mayoría de sus contemporáneos si consigue reunir la presencia de ánimo suficiente para alejarse antes de que mi paciencia con usted se deteriore sin remedio.

—Sí, su excelencia. —El señor Handle hizo varias reverencias seguidas y se alejó con rapidez.

Perséfone dejó escapar un soplido de frustración, mientras que Dafne soltó otro con algo de decepción. La idea de bailar le resultaba abrumadora, pero era muy consciente de que hacerlo era una forma crucial de medir el éxito en sociedad de una dama. Había esperado bailar al menos con un caballero a lo largo de la velada, de modo que cualquier espectador curioso pudiera decir con motivo que había cosechado cierto éxito.

Su hermana se puso en pie con gran dignidad.

—Vayamos a despedirnos de lord y *lady* Debenham.

—¿Nos marchamos? —Dafne sintió un nudo en el estómago.

—Si Adam no va a permitir que nadie baile contigo, no tiene mucho sentido que nos quedemos. —Perséfone le lanzó una mirada de reprimenda a su marido. Él no mostró ninguna señal de arrepentimiento.

—Pero... —Hizo acopio de toda su determinación—. Permitiría que bailase con lord Tilburn si él me lo pidiera. Estoy segura.

—¿Lord Tilburn? —Perséfone hizo la pregunta como si estuviera insinuando algo. Al parecer, había encontrado algún significado oculto en las palabras de Dafne, que estaba realmente sorprendida de que su hermana no hubiese descubierto ya su preferencia por él. Parecía que Adam había atado los cabos de aquel secreto hacía tiempo. ¿Por qué, si no, iba a haber invitado a James y solo a James para que fuese a visitarla?

—Supongo que lo haría —replicó Perséfone tras un instante—. Quizá podamos quedarnos un poco más y comprobarlo por nosotras mismas.

Adam ya había dado un paso en dirección a la puerta, claramente decidido a marcharse pronto, tal como solía hacer.

—Tilburn no está aquí.

—Todavía es posible que venga —dijo su esposa.

—No acostumbro a quedarme merodeando en las salas de baile a la espera de que alguien me aflija con su compañía. —Le tendió el brazo a Perséfone. Era evidente que estaba seguro de que su declaración no recibiría ninguna objeción. El gesto de ella se suavizó mientras entrelazaba su brazo con el de él.

—Creo que hemos empujado al duque hasta el límite de sus fuerzas, Dafne. Será mejor que nos vayamos antes de que decida utilizar su espada para algo más que la intimidación visual.

Dafne no discutió; nunca lo hacía. Pero, mientras se abrían paso entre el gentío, se despedían de los anfitriones y, finalmente, abandonaban la sala de baile, mantuvo los ojos abiertos, buscando a James. No sabía cómo interpretar su ausencia. Le había mostrado unas atenciones bastante excepcionales. ¿Se había equivocado al esperar que fuese así porque disfrutaba de su compañía? Fuera cual fuese la razón por la que no se había presentado, echó en falta verle allí. Se esforzó por no preocuparse pensando que había abandonado su empeño casi antes de empezar.

Capítulo 8

Su padre volvió a convocarlo en la biblioteca por tercera vez aquella semana. Por lo general, James no era una persona supersticiosa, pero no podía evitar sentir una corazonada. El hombre estaba sentado en el escritorio, dándole vueltas al dichoso anillo de sello. Los ojos le brillaban con expectación. ¿Qué estaría tramando en aquella ocasión?

—Buenas tardes, padre —dijo, esperando sonar más seguro de sí mismo de lo que se sentía—. He recibido su misiva. ¿Cuál es ese tema tan urgente?

—No asististe al baile de los Debenham anoche.

Le estaba pidiendo una explicación; sabía que no tenía sentido ignorarle.

—No, no lo hice.

Había pasado la noche con un grupo de caballeros en su club, debatiendo asuntos del Parlamento; una actividad mucho más deseable que un baile.

—La cuñada de Kielder estuvo allí. —Su padre hizo aquel anuncio como si su hijo hubiera incumplido una petición directa del príncipe regente en lugar de, sencillamente, haberse saltado uno de los bailes de una lista interminable. El conde tomó aire con deliberación y, poco a poco, extendió los dedos sobre el escritorio—. Estuviste de acuerdo en mostrarle especial atención.

—Y así lo he hecho. Fui a visitarla durante la reunión en su casa. La llevé a pasear por Hyde Park. Tras pasar unos instantes con ella en su palco, en el teatro, otras personas se animaron a hacer lo mismo. —No había roto ninguna de sus promesas.

—Toda la ciudad está estremecida por lo arisco que se mostró Kielder anoche. Al parecer, insistió en que uno de los jóvenes caballeros allí presentes fingiera haber perdido audición bajo la amenaza a ser ensartado.

—¿Por qué parecía su padre tan complacido con aquella información?—. Le ordenó al presunto heredero de Devereaux que se marchara de allí. Con una mirada de ira, sumió a la pobre señora Bower en un ataque de llanto muy poco favorecedor. El número de víctimas de la pasada noche es impactante.

¿Y le estaba regañando por no asistir a la decapitación metafórica de las clases altas?

—Deberías haber estado allí, Tilburn, defendiendo tu posición.

—¿Defendiendo mi posición? —Aquel era exactamente el tipo de enredo que había estado intentando evitar—. Parece que usted y yo tenemos ideas muy diferentes de lo que yo...

—Por suerte, ya me he tomado la molestia de reparar el daño en tu nombre.

Al momento, James se quedó paralizado.

—¿Qué es lo que ha hecho?

—Le he enviado flores junto con una disculpa por no haber estado presente en el baile. —Si los giros del anillo de sello indicaban algo, el hombre debía de estar bastante satisfecho con sus esfuerzos.

Flores. Una misiva.

—Pensará que la estoy cortejando.

—¿No es lo que estás haciendo? —La pregunta fue formulada en un tono demasiado arrogante como para no ser retórica.

—Por supuesto que no. —Se puso en pie de un salto—. Entablé amistad con la señorita Lancaster como un favor hacia usted, porque le había hecho una promesa precipitada al hombre más peligroso del reino. Tan solo entablé amistad con ella. Fui muy específico al respecto.

—Estuviste de acuerdo.

—No con esto. —El pánico se estaba apoderando de él rápidamente—. Dije que bailaría con ella en alguna ocasión, que visitaría su casa una o dos veces. Usted me está hablando de un cortejo.

—Siempre hemos estado hablando de un cortejo, Tilburn.

Ahogó la objeción, inmediata y desabrida, que se le ocurrió. Debía proceder con cuidado. Una vez que había decidido tomar un camino, era difícil disuadir a su padre, y él ya se encontraba bastante más involucrado de lo que había esperado.

—Su excelencia te ha dado la bienvenida, algo que nadie del resto de la ciudad tiene demasiadas expectativas de lograr. Cuentas con la ventaja de tener relación con ella. Solo tienes que enamorarla, hablarle con dulzura o lo que sea que necesites hacer. Podrías salir triunfante.

El hombre podía tramar y planear todo lo que quisiera, pero James no iba a permanecer ocioso, contemplando cómo ocurría. La señorita Lancaster era una jovencita encantadora y de naturaleza dulce. No merecía ser desechada como el pescado que ya no estaba fresco.

—No tengo intención de cortejar a la muchacha —insistió—. No tiene la capacidad legal de contraer una promesa de matrimonio por mí, y no voy a permitir que me arrincone para que la haga yo.

—¿Arrinconarte?

—En primer lugar, fue usted quien me convenció para entrometerme en este lío —le recordó—. Ahora le ha mandado flores en mi nombre. Esto parece más una trampa que un momento tierno de amor entre padre e hijo.

Su padre contrajo los labios hasta formar una línea fina.

—No permitiré que se nos escape esta oportunidad. Haré lo que deba hacer por el bien de esta familia.

«El bien de esta familia». Eso solía significar perseguir sus propias ambiciones.

—No puedo estar de acuerdo con esto, padre. Tan solo se me invitó a ser su amigo. No le impondré mi presencia todavía más.

El conde no se tomó ni un momento para considerar las objeciones de James, sino que le ofreció una réplica de inmediato.

—El cortejo de un caballero que ya es un amigo no es una imposición.

—Lo es cuando el cortejo se lleva a cabo con falsos pretextos. —Su posición era firme. Seguir el camino que le presentaba su padre sería deshonesto; no pensaba hacerlo—. He cumplido con lo que acepté. No haré nada más.

—¿No te preocupan ni lo más mínimo tu nombre o tu rango?

James se desesperaba intentado hacer que su padre comprendiera la importancia de elegir el camino ético, incluso cuando hacerlo suponía molestias personales. Su progenitor rara vez se preocupaba por considerar si debería comportarse de cierto modo. En su lugar, prefería guiarse por el argumento, más sencillo, de si podía o no.

—Nuestra posición es suficiente para mí —dijo él.

Su padre entrecerró los ojos.

—Esa es una actitud muy egoísta, Tilburn.

—Yo no lo veo así. —Se levantó y, después, hizo una breve reverencia—. Que tenga un buen día.

—¿Debo decirle a tu madre que ya no te preocupas por su bienestar? —El hombre permaneció sentado, perfectamente quieto—. Sabes tan bien como yo lo mucho que depende de ti.

Aquella argucia se había urdido, en parte, para traer a su madre a Londres con la promesa de la amistad y el apoyo de la duquesa. James no podía decir que sus esfuerzos fuesen a garantizar aquello, pero estaba seguro de que su excelencia, al menos, la saludaría. No necesitaba perpetuar una mentira para conseguir un mayor favor.

—No —contestó con firmeza—. No continuaré con esto.

—Entonces, debo hacerlo yo. —La seguridad de su padre permanecía inquebrantable—. Vives gracias a los ingresos que te proporciona la hacienda, ¿no es así?

La aprensión se apoderó de él.

—Sabe que es así.

—Esta hacienda no debe sustentar a alguien que no actúa pensando en sus intereses. —El hombre le mantuvo la mirada, firme y dolorosamente paciente.

—No puedes desheredar a tu heredero. Mi preciada educación en Oxford me enseñó eso. —La devoción de su padre por aquella institución académica rayaba en lo religioso.

—No de forma definitiva, pero, mientras siga vivo, tengo un control total sobre tus ingresos —respondió él.

—¿Me amenaza con repudiarme si no consiento? ¿Sometería a su hijo y heredero a la penuria para obtener lo que desea?

—Me estás obligando. —Las palabras surgieron con lentitud—. Tengo en mente el beneficio de las generaciones venideras de esta familia, y tú no puedes pensar en nada más que en tu propia terquedad. Si no estás dispuesto a hacer lo que es mejor, debo ocuparme de que estés obligado a ello. Si eso requiere que te retire mi apoyo financiero, lo haré, por muy doloroso que me resulte.

James no creía que, en realidad, le doliese nada aquel asunto, más allá de la vergüenza de tener un heredero sin un solo penique. Y, aun así, había habido momentos en la última semana en los que el conde parecía haberse ablandado un poco. Tal vez todo había sido una treta, una estratagema con la que había conseguido engañarle.

—¿Qué me dices, Tilburn?

—Parece que voy a tener que vivir en la pobreza.

Su padre frunció el ceño con gran confusión.

—¿Qué hay de tu orgullo?

Cuadró los hombros. No iban a obligarle a hacer aquello.

—¿Engañar a una joven dama al embarcarme en un cortejo fingido, elegir una esposa en base a las ambiciones de mi padre o convertirme en un mentiroso por el bien de una posición social? En mi mente, nada de eso equivale a sentirse orgulloso de uno mismo.

—¿Te atreves a intentar darme una lección, muchacho?

Tomó aire para calmarse. Hacía mucho tiempo que se había prometido a sí mismo tratarle siempre con el respeto que él desearía recibir de su progenitor. Aunque no siempre cumplía con sus propósitos, estaba decidido a intentarlo.

—No deseo ofenderle. —Mantuvo un tono de voz sereno—. Pero no cederé en este asunto, incluso si eso hace que me vea sumido en grandes apuros.

El hombre permanecía impasible.

—Eres consciente de que controlo algo más que tus ingresos, ¿verdad? Bennett aprecia bastante su paga trimestral. —Su hermano pequeño no solo apreciaba los ingresos que recibía de su padre, sino que los necesitaba—. ¿Cómo viviría si lo repudiara? —Comenzó a hablar más rápido, con más energía. Al parecer, se había dado cuenta de que había metido el dedo en la llaga—. Bennett tendría mucho más que perder que tú si no contase con los fondos suficientes.

Su abuela materna le había dejado a Bennett una pequeña hacienda en Lancashire. La herencia había resultado ser un salvavidas tan solo un año atrás, cuando Bennett había acabado desesperado por escapar de la tiranía de la casa familiar. Había invertido cada gota de su esfuerzo y cada penique que poseía en convertir aquella casa destartalada en una propiedad habitable. Aquel terreno lo significaba todo para él, y sin la paga trimestral que recibía de la hacienda Techney, no tendría los medios para mantenerla. Todavía no era autosuficiente. Lo perdería todo.

—¿Retirarías los ingresos de Bennett?

—No permitiré que eches por la borda el futuro de esta familia. —Su gesto de resolución era duro y obstinado—. Si no vas a actuar pensando en su máximo beneficio, entonces debo hacerlo yo.

James no se movió. La cabeza le daba vueltas. ¿Cómo podía privar a su hermano de lo único que los dos habían deseado toda la vida, la libertad? Perder la granja Halford destruiría a Bennett.

—Tú eliges, Tilburn. Puedes desafiarme y privar a tu hermano de su tierra y su futuro, o puedes aceptar la buena suerte que te ha caído del cielo y hacer lo correcto para nuestro futuro.

—No puedo...

—También controlo el dinero para los gastos de tu madre. —La mirada penetrante del hombre no titubeó ni un ápice.

—¿Castigaría a su propia esposa?

¿Hasta dónde estaba dispuesto a llegar?

—No voy a hacer nada parecido. Eres tú el que me ata las manos al negarte a hacer lo que es mejor para tus familiares.

James no podía respirar. ¿Cómo había acabado en aquella situación? Mantenerse firme, negarse a contradecir los dictados de su padre destruiría a su madre y a su hermano, les privaría de sus ingresos y su felicidad. Aceptar las demandas de aquel hombre salvaría las tierras de Bennett y los ingresos de su progenitora, que lograría acceder a la alta sociedad a la que una vez había soñado pertenecer. Pero hacer esas concesiones significaba fingir interés en una jovencita que no merecía que la engañaran y que, si el juicio que se había formado de su carácter era correcto, se tomaría como una ofensa muy personal aquel trato tan horrible.

Necesitaba pensar, encontrar una manera de solucionar aquel dilema.

—No puede esperar que tome una decisión sin siquiera un momento para pensarlo con calma.

—Fui muy tonto al pensar que actuarías de forma racional desde el principio.

Gran parte del enfado de su padre había desaparecido y había sido sustituido por una calma que le resultaba más inquietante todavía. El hombre había tomado una decisión y no conseguiría disuadirlo de sus amenazas. Llegaría hasta el final, aunque eso significara que todos los miembros de su familia fueran miserables el resto de sus vidas.

James se sentía demasiado derrotado incluso para caminar de un lado a otro. Solo podía permanecer allí, quieto y mudo, pensando con desesperación. Solo una cosa estaba verdaderamente clara: no podía permitir que la gente a la que amaba resultase herida por culpa del egoísmo de su padre.

Ya había decidido continuar su amistad con la señorita Lancaster, aunque fingir un interés sincero en cortejarla no era, ni mucho menos, la forma de actuar de un amigo. Lo que sabía de ella le gustaba; esa parte de su relación no sería una mentira. Existía la posibilidad muy real de que ella no aceptara sus pretensiones, o la posibilidad todavía mayor de que el duque, al descubrir que él no había aceptado el papel de pretendiente con demasiado entusiasmo, se limitara a retarlo a un duelo al amanecer, dispararle al corazón y dejar su cadáver para que lo devorasen los animales salvajes.

«¿Cómo hemos llegado a esto?». Dio una vuelta rápida en torno a la habitación, intentando elaborar algún tipo de plan. Podía continuar visitando a la señorita Lancaster, pero actuando de la forma más prudente posible. Tal vez incluso podría apoyar la causa de alguno de los otros pretendientes. Su padre tenía el poder de obligarle a comenzar un cortejo, pero jamás sería capaz de obligar a la señorita Lancaster a aceptar.

Aquella era su respuesta: continuaría sus esfuerzos sin tratar realmente de convencer a la muchacha. Al final, ella elegiría a otra persona. Podría hacer eso; ella no acabaría herida por culpa de las maquinaciones de aquel hombre y su madre o Bennett tampoco.

—Quiero que lo ponga por escrito —dijo James.

—¿Que ponga por escrito el qué?

—Que usted promete que, si cortejo a la señorita Lancaster tal como me pide, jamás retirará o disminuirá la paga trimestral de Bennett ni privará a madre del dinero para gastos que le corresponde. Y que jamás obligará a Bennett a comenzar un cortejo del mismo modo que me está obligando a mí.

Su padre arqueó una ceja con evidente sorpresa.

—Mi palabra debería ser más que suficiente...

—No es suficiente, ni mucho menos —contestó—. Si voy a plegarme de este modo ante sus demandas, protegeré a la familia de usted.

—¿Tú vas a proteger a la familia de mí? ¿De mí, que hago todo esto por ellos? —Negó con la cabeza, aunque James no podía saber si era en refutación o por diversión—. Estás muy equivocado, muchacho. Soy yo quien les está protegiendo de tu egoísmo. Ninguna de estas amenazas hubiera sido necesaria si, desde el principio, hubieras pensado en su bienestar.

Dudaba que en algún momento fuesen a tener la misma opinión con respecto a lo que suponía pensar en lo mejor para la familia. No tenía demasiado sentido discutir con él.

—Haga que su abogado redacte un documento vinculante con los compromisos que le pido —dijo, mientras el corazón se le hundía todavía más en las frías profundidades de su ser. Incluso con un plan a punto para protegerle de un matrimonio no deseado y su decisión firme de no importunar a la joven si podía evitarlo, no le gustaba en absoluto el futuro que ahora se abría a sus pies—. Entonces, y solo entonces, volveré a hablar con la señorita Lancaster.

—Tendré el documento listo al final del día. —Su padre giró el anillo de sello en torno al dedo con rapidez y entusiasmo.

Sin una sola palabra de despedida, salió de la biblioteca. Probablemente fuese el único caballero en todo el reino que deseaba desesperadamente que una jovencita con relaciones envidiables, una posición social incomparable y una fortuna de veinte mil libras recibiese sus esfuerzos por cortejarla con el rechazo más firme y absoluto.

Capítulo 9

Estaba sentada en su rincón habitual en la biblioteca de Adam. Él ocupaba un sillón cercano. Con el comienzo de la temporada, el tiempo que pasaban juntos cada día se había vuelto más escaso por necesidad. El hecho de que él hubiese parecido tan agradecido por su presencia aquella tarde como ella lo había estado por la oportunidad de volver a pasar un tiempo juntos la reconfortaba enormemente. A menudo le había suplicado a su padre que le cediese algo de espacio a su lado mientras trabajaba, o que le otorgase un momento de su atención. Durante años, él la había rechazado hasta que, al final, había dejado de suplicar.

Con doce años, había entrado con pasos temblorosos en aquella misma habitación y le había hecho a Adam la misma pregunta que tantas veces le había hecho a su padre. Los años de rechazo habían resonado en su corazón y su mente de forma dolorosa mientras esperaba la respuesta. Él había asentido y le había señalado el mismo sofá en el que se sentaba en aquel momento. Durante seis años, había pasado algún tiempo con él todos los días. Él la había recibido con los brazos abiertos, algo por lo que le estaría eternamente agradecida.

—Cada día se habla más de hostilidad con las antiguas colonias. —A menudo, Adam comentaba con ella los asuntos del Parlamento—. Muchos hombres, tanto en los Lores como en los Comunes, creen que cualquier problema al otro lado del océano podría resolverse con facilidad, ya que nuestro poder naval es superior.

—Si no me equivoco, ese era el mismo argumento que usaban hace treinta y cinco años, y todos sabemos cómo acabaron aquellas hostilidades

—dijo ella—. Y, en aquel momento, no estábamos luchando una guerra más cercana, como ahora. El Parlamento debería actuar con cautela.

Él asintió.

—Si una ínfima parte de quienes están en posiciones de influencia tuviesen tu inteligencia, este país estaría en unas condiciones mucho mejores.

Alguien llamó a la puerta ligeramente abierta de la biblioteca. Ambos se volvieron en aquella dirección. El mayordomo entró con un jarrón de flores coloridas en las manos. Tal como indicaba la costumbre, se dirigió al señor de la casa.

—Su excelencia, ha llegado esto para la señorita Lancaster.

Dafne contempló el ramo de flores con incredulidad. Durante su temporada, Atenea había recibido innumerables ofrendas florales. Tras haber sido la anfitriona de un baile o una reunión, la gente solía enviarle flores a Perséfone. Pero ella jamás había recibido una sola flor. Ni siquiera de Adam, Harry o ninguno de sus propios hermanos.

—¿Está seguro de que son para mí? —le preguntó al mayordomo.

—Muy seguro, señorita Lancaster. —Dejó el jarrón en la mesita que había junto al sofá y, después, volvió a salir de la habitación con una reverencia.

Dafne sacó una pequeña nota sellada que había entre las flores. ¿Solía una dama esperar hasta estar en la privacidad de su propio dormitorio para leer el mensaje? Preguntarle a su cuñado no serviría de nada; no era probable que supiera cómo se suponía que debía actuar en una situación semejante.

—Sostener una nota y no leerla parece una pérdida de tiempo —dijo él.

—¿Estás ansioso por saber quién envía las flores? —Intentó sonar como si estuviera bromeando para tratar de ocultar su impaciencia creciente.

—Solo quiero saber si tengo que sofocar las presunciones de alguien.

—Adam, ya hemos hablado de esto. Prometiste que...

Él soltó un suspiro, un sonido cargado de una aceptación totalmente exasperada.

—Accedí a ser menos hosco en público. No prometí nada con respecto a mi propia biblioteca.

El corazón le dio un vuelco mientras abría la nota, poco a poco y con cuidado. Sus ojos se dirigieron en primer lugar a la firma que había al final de la nota. «Lord Tilburn». Las flores eran de James. Mantuvo la calma, pues no deseaba darle a Adam más motivos para pensar que aquellos que enviaban o recibían flores eran ridículos.

Leyó la nota con avidez.

«Señorita Lancaster:

Debo disculparme abyectamente por mi ausencia en el baile de los Debenham la pasada noche. Aunque había esperado verla de nuevo, me entretuvieron. Rezo para que estas flores sirvan como expresión adecuada de mi consternación por haberme visto privado de su compañía.

Suyo, etc.,
Lord Tilburn».

Se trataba de una nota mucho más sincera de lo que había esperado. Siempre había sido amistoso, pero, de algún modo, aquella nota sonaba diferente. Parecía algo que un caballero le escribiría a una dama con la que tuviese una relación mucho más íntima que la que tenían ellos. Las palabras, al igual que lo que expresaban, resultaban ajenas al remitente.

—Pareces pensativa.

¿Cuándo había entrado Perséfone en la biblioteca? El rostro de Dafne se encendió como siempre lo hacía ante el más mínimo bochorno. Sin embargo, su hermana no parecía querer juzgarla o censurarla. En todo caso, parecía divertida. Le mostró la nota, pero no le dio ninguna explicación.

—Entonces, ¿debo suponer que este encantador ramo de flores es para ti? —Ella asintió—. ¿Y lo envía un caballero cuya ausencia lamentaste anoche?

Dafne miró a Adam de reojo. No detectó ninguna señal de desaprobación o irritación. Parecía genuinamente intrigado.

—¿Y qué dice el señorito?

Ella ignoró la palabra que había utilizado para referirse a James.

—Dice que lamenta haberse perdido el baile.

Perséfone se unió a ella en el diminuto sofá.

—Me alegra saber que está siendo tan atento.

—Excepto que... el tono de la nota es extraño.

—Tal vez tu extremada precaución te lleva a dudar de cosas de las que no necesitas dudar.

Le tendió la tarjeta a su hermana.

—Dime tus impresiones.

Perséfone hizo una lectura rápida de la nota.

—Sí, parece un poco más apasionada de lo que suele ser habitual en lord Tilburn.

—¿No estará siendo descarado? —requirió Adam.

—No, querido —contestó Perséfone rápidamente—. Nada de lo que hay en esta nota es inapropiado en lo más mínimo. —Volvió a leer la misiva una vez más—. Tal vez el pobre caballero haya oído hablar de tu eterno mal humor y pensó que cuanto más abyecta fuese su disculpa, menos probable sería que lo arrastrasen hasta aquí y lo despedazasen. —Inclinó la cabeza y, una vez más, captó la mirada de su esposo—. Te advertí de lo que pasaría si mostrabas tu disconformidad en exceso.

—Soy como soy —dijo él.

La mirada de Perséfone se volvió cálida, tal como solía ocurrir cuando se centraba en él.

—Lo eres.

—Además, mi tarde con Dafne, que últimamente se ha convertido en una ocasión bastante poco habitual, se ha visto interrumpida por esas flores y esa nota. Tengo todo el derecho del mundo a estar gruñón.

Su padre había rechazado hacerle compañía. Adam se ponía taciturno cuando se la negaban. ¿Acaso era una sorpresa que quisiera a su cuñado tanto como lo hacía?

—¿Os gusta lord Tilburn? —les preguntó a los dos.

—Me gusta lo que he aprendido de él en estos cinco días —dijo su hermana—. Parece muy amable y cordial, y, desde luego, su evidente preferencia por ti aumenta su valor para mí.

«Evidente preferencia». Otra sonrisa asomaba a través de su habitual cautela cuando un pensamiento melancólico se le pasó por la mente.

—Ojalá Harry estuviese aquí esta temporada.

—¿Harry? —Perséfone se rio suavemente—. Se burlaría de ti sin piedad.

—Cierto. Pero nos daría su opinión sincera sobre lord Tilburn. Me gustaría tener el punto de vista de un caballero.

—¿No te basta con el mío? —El atisbo de una sonrisa tensó las cicatrices de Adam.

—Tú piensas que cualquier caballero existente es un estúpido —le recordó.

Perséfone parecía aún más divertida.

—Harry está tan agotado por las travesuras de sus hijos que bien podría faltarle la energía para arreglar tanto nuestros problemas como los de su prole.

Un recuerdo del segundo hijo de Harry y Atenea escapándose de la habitación de los niños con poco menos que un pañal durante su última visita a Falstone House confirmó que su hermana tenía razón.

—Además, con Atenea teniendo que guardar reposo dentro de poco otra vez, probablemente también estaría distraído.

—Es un milagro que, a día de hoy, consigamos que Harry diga algo coherente —dijo Perséfone—. Aunque está muy risueño.

—¿Cuándo ha dejado Harry de sonreír? —Era la persona más feliz entre todos los conocidos de Dafne—. Entonces, ¿no encuentras nada sospechoso en la nota de lord Tilburn? —Estaba ansiosa por creer en la sinceridad de su primera ofrenda floral—. ¿Crees que de verdad quería decir algo tan apasionado?

—¿No lo crees tú? —Perséfone le lanzó una mirada intencionada—. No tengo motivos para creer que no está siendo honesto. ¿Y tú?

No podía decir que los tuviera. Su experiencia con los pretendientes y el cortejo era inexistente. No sabía qué pensar.

❋ ❋ ❋

—Lord Techney es un imbécil.

Al día siguiente, Adam entró en la sala de estar con su habitual falta de sutileza. Dafne y Perséfone intercambiaron una mirada, pero consiguieron no estallar en carcajadas. Su hermana se levantó, se dirigió hasta donde estaba su marido y le rodeó en un abrazo.

—Vaya cambio —dijo él—. En el baile de los Debenham no hacías más que regañarme.

—En el baile de los Debenham estabas siendo una persona difícil de tratar. —suspiró Perséfone mientras se apoyaba en él.

Adam la abrazó, aunque con una mirada de confusión dirigida a Dafne. Ella se encogió de hombros, pues desconocía el motivo de aquella muestra poco habitual de cálido afecto.

—¿Te encuentras mal, Perséfone? —Ella negó con la cabeza—. ¿Estás segura? ¿Nadie te ha hecho enfadar o ha sido poco amable?

—No.

—¿Han sido ofensivos? ¿Impertinentes? ¿Algo?

El trato amable que le profesaba a su hermana era lo primero que había hecho que Adam se ganase el cariño de Dafne.

—Estoy bien. —Mantuvo los brazos a su alrededor—. Sencillamente, has estado fuera todo el día y te he echado de menos.

—Por desgracia, la Cámara de los Lores necesita la supervisión constante de un adulto. —Adam le dio un beso en la coronilla, una demostración de afecto a la que Artemisa hubiese objetado con vehemencia y pasión. Dafne nunca se sentía tan incómoda como su hermana pequeña. La felicidad de su hermana mayor le resultaba reconfortante.

—¿Por qué dices que Lord Techney es un imbécil? —Le guio hasta el sofá que estaba enfrente del que ocupaba Dafne.

—Hay demasiados motivos como para enumerarlos todos.

—Entonces, dinos tan solo el más notorio.

Perséfone estaba acurrucada bajo el brazo de Adam. Dafne no podía apartar la mirada. A menudo había imaginado que la abrazaban de aquel modo, con tanta ternura y tanto cuidado.

—Nos ha invitado a cenar con su familia.

No podría haber parecido menos complacido si le hubiesen ofrecido ser el invitado de honor en un ahorcamiento. Era probable que Dafne pareciese igual de horrorizada, aunque por motivos diferentes. Cenar con la familia de James parecía ir más rápido con el cortejo de lo que ella había esperado. Le había enviado flores junto con una nota muy personal, pero todavía no podía evitar pensar que, cuando estaban juntos, actuaba más como un conocido amistoso que como un pretendiente.

—¿Cuándo es la cena? —preguntó Perséfone.

—En tres días, Perséfone. El Todopoderoso se tomó siete días para crear el mundo, pero nosotros solo tenemos tres para prepararnos para el final.

Ella negó con la cabeza, aunque no estaba segura de si era por las objeciones exageradas de su marido o por la invitación de lord Techney.

—¿Qué podría haber inducido a lord Techney a invitarnos a una cena familiar? Desde luego, tu reputación debería ser suficiente para convencerle de lo desaconsejable que resulta hacerlo.

—Al parecer, no estabas escuchando cuando he dicho que lord Techney es un idiota.

—Un imbécil, querido —le corrigió Perséfone—. Una cena, aunque no sea una buena idea cuando la invitación va dirigida al duque aterrador, no es algo del todo irrazonable. Supongo que hay algún otro motivo para tu rechazo de la agudeza mental del pobre lord Techney.

—Me ofreció la invitación en la Cámara de los Lores, a pesar de no haber pasado allí más que unos instantes cualquier día de las últimas semanas y menos antes de eso. —La desaprobación de Adam era evidente—. Estamos al borde de la guerra con las antiguas colonias; a su vez, estamos sumidos en una guerra en el continente y, además, hay revueltas en el norte y en las Tierras Medias. Un caballero con la más mínima responsabilidad hubiera hecho todo lo posible para asumir sus deberes en esta sesión de la Cámara de los Lores. Sin embargo, Techney no cree que su deber vaya más allá de irritar a las personas con invitaciones presuntuosas.

¿Pretendía rechazar la invitación? Dafne no estaba muy segura de cómo se sentía exactamente sobre esa posibilidad.

—Además —continuó su cuñado—, Linus llega a puerto la mañana de la cena, y llegará a Londres al día siguiente. No podremos recibirlo de nuevo en el seno de su familia en condiciones si dicha familia está danzando por todo Londres.

El tono sarcástico de Adam arrancó una sonrisa del rostro de su hermana y a punto estuvo de hacer lo mismo con el de Dafne.

—Pagaría todo el dinero para mis gastos de un año con tal de verte danzando. — Él se rio, algo que solo Perséfone lograba que hiciera—. Es solo una invitación, y para una única cena que se celebrará antes de que Linus llegue siquiera a la ciudad. No puedes usarle como excusa para evitarlo.

—¿Cuándo he necesitado una excusa para evitar hacer algo que no quisiera hacer?

Perséfone se limitó a sonreír.

—Hay una solución muy sencilla para este problema. Yo acompañaré a Dafne a la cena y tú puedes quedarte enfurruñado en Falstone House.

—Vas a pasar gran parte de la temporada en bailes y eventos musicales mientras yo estoy en casa y, aun así, deseas añadir una velada más en la que estemos separados a nuestra ya extensa y ridícula lista. ¿Esa es tu solución perfecta? —Contempló a su esposa con evidente descontento.

—Entonces, simplemente, tendrás que venir con nosotras.

—Qué suerte la mía —contestó él con sorna.

—Así pues, ¿pretendes aceptar la invitación? —preguntó Dafne.

La expresión de sorpresa que apareció de los rostros de Adam y Perséfone indicaba con toda claridad que se habían olvidado de que estaba presente en la habitación. Aquello ocurría más a menudo de lo que desearía.

—Creo que deberíamos —dijo Perséfone—. Lord Tilburn ha sido muy atento. Está claro que su padre quiere estrechar la relación con nosotros. Una cena íntima sería la mejor oportunidad para llegar a conocer mejor al caballero.

—Después de todo, es probable que ese sea su propósito.

Dafne trató de convencerse a sí misma de que estaba presenciando cierto cumplimiento de sus esperanzas en lo que se refería a James. Deseaba creerlo, de verdad que sí. Tampoco quería sentirse decepcionada si de aquellos sueños no surgía nada. Su hermana se separó de Adam y se inclinó hacia ella.

—¿Qué es lo que tanto te preocupa, querida?

—¿Qué pasa si...? —Las confesiones personales nunca le habían resultado fáciles. Y, aun así, todo aquel asunto era tan nuevo y desconocido que necesitaba algún tipo de guía—. ¿Qué pasa si llega a conocerme y decide que no le intereso?

—Entonces es que el tipo es un tonto —declaró Adam.

Perséfone la calmó posando una mano gentil sobre su pierna, sin apartar la vista de ella ni un instante.

—Siempre has tenido tendencia a preocuparte. Pero ser cortejada, y creo que estamos al principio de un cortejo, debería ser una experiencia maravillosa y placentera. Por favor, intenta disfrutarla sin más. Permite que seamos nosotros los que nos preocupemos y estemos vigilantes.

—Y con toda certeza, yo estaré vigilándole, Dafne —señaló Adam con el tono de duque más adusto que poseía—. Di mi aprobación a su primera visita a esta casa, pero no prometí nada más allá de eso. Observaré muy de cerca a lord Tilburn, que no te quepa duda.

Capítulo 10

Esto es una locura, James. Una absoluta locura.

James caminaba junto a su hermano mientras se dirigían —desde sus aposentos en Londres hasta Techney House. Bennett había llegado de forma inesperada a la ciudad esa misma mañana.

—No te he oído mencionar a la señorita Lancaster ni una sola vez y, de pronto, recibo noticias de padre anunciando que la estás cortejando. Es una locura.

Estaba totalmente de acuerdo, pero exponer en voz alta su opinión no sería de gran ayuda. Se arregló los puños de la camisa, intentando parecer tranquilo a pesar del peso que sentía en el pecho y del calor opresivo de aquel día de finales de verano. El cielo, cubierto de densas nubes, no ayudaba demasiado a mejorar su ánimo.

—Estoy seguro de que, al final, todo saldrá bien. —Se había estado repitiendo a sí mismo aquello desde que firmase su pacto con el diablo la noche anterior.

—¿Para quién? —preguntó Bennett—. Madre lloró al leer la carta de padre, y no eran lágrimas de alegría. Jamás abogaría para que te casaras con alguien a quien sé que no amas. Rayos, ni siquiera creo que te guste. No la conocías antes de esta temporada.

—Estoy seguro de que la conozco de antes —dijo—. Me resultó familiar.

—¿Te resultó familiar? —Bennett se rio sin ganas—. ¿Qué clase de comienzo es ese para un cortejo? —Le agarró del brazo, obligándolo a detenerse—. ¿Es que esa señorita te ha obligado a hacerlo? ¿Te ha engañado para que te comprometas con ella?

—No. —La señorita Lancaster no era de ese tipo de damas—. Padre exageraba cuando escribió esa carta. —Y teniendo en cuenta el tiempo, había sido muy presuntuoso. Si Bennett había recibido la carta y viajado a la ciudad, llegando apenas veinticuatro horas después de que hubiesen obligado a James a aceptar aquel cortejo, eso significaba que su padre había enviado la carta días atrás—. Nuestro compromiso no es un acuerdo inevitable. Apuesto a que la señorita Lancaster se sorprendería al descubrir que se está discutiendo un posible futuro entre nosotros.

Bennett no parecía aliviado.

—Nunca has sido de los que actúan de forma precipitada. —Negó con la cabeza mientras doblaban una esquina—. Antes me esperaría que el duque de Kielder te ensartase con su espada que permitir que pusieras en riesgo a su cuñada. —De pronto, Bennett bajó el tono de voz—. ¿Te ha obligado el duque aterrador?

—No. —A excepción de su padre, nadie le había obligado realmente. A pesar de haber sido el primero en proponer un cortejo entre él y su cuñada, su excelencia le miraba con desconfianza—. No, no lo ha hecho.

Pudo notar cómo Bennett se ponía rígido. Parecía que estaba empezando a entender.

—Padre te está obligando, ¿verdad?

No respondió. Sabía que no era necesario.

Llegaron a la calle en la que se encontraba la casa familiar. No era la zona más distinguida, algo que, sin duda, el conde estaba intentando remediar a través del matrimonio de su heredero. Si quedaba algo de justicia o piedad en el mundo, James todavía podría encontrar una forma de evitar aquel terrible final de los planes de su padre. Ni él ni la señorita Lancaster deberían estar condenados a un matrimonio sin amor.

—¿Con qué te está amenazando esta vez? —preguntó Bennett.

—¿Acaso importa?

—Por supuesto que importa lo que padre haya utilizado para comprometerte. Se trata de toda tu vida, James. Tu futuro, tus hijos. El matrimonio es definitivo, irrevocable. ¡Que el diablo lo lleve! Espero que merezca la pena.

Echarse atrás con respecto al cortejo le hubiese costado a Bennett su tierra y, con ella, su propio futuro. James había depositado bajo la custodia del Banco de Inglaterra una copia de la promesa jurada y firmada por su progenitor de nunca privar a Bennett o a su madre de sus ingresos, y de nunca obligar a su hermano a casarse. También guardaba otra copia en su escritorio portátil. Los planes y argucias de aquel hombre iban a acabar con él.

—Merecía la pena —susurró.

—¿No vas a contarme de qué se trata?

¿Y permitir que se sintiera culpable de toda aquella debacle?

—No, no lo voy a hacer.

Pudo ver la decepción en los ojos de su hermano. Bennett esperó solo un momento para atacarlo de nuevo.

—¿Qué ha sido del pájaro que se escapa de la jaula, James? Todos estos años, has hablado de luchar por nuestra libertad, de no dejar que padre tomase el control de nuestras vidas. ¿Cómo has podido dejar que gane de esta manera?

—Si hubiese podido encontrar el modo de evitar esto, lo habría hecho. —Mantuvo la expresión admirablemente serena frente a la arremetida de su hermano—. Hasta que, o a menos que, tropiece con algo que, milagrosamente, me saque de este embrollo, no tengo elección, Ben. Ninguna elección.

Habían llegado a la altura de Techney House. Enfrente, se encontraba un coche de caballos del que los sirvientes entraban y salían a toda velocidad.

—Ha debido de llegar madre —dijo Bennett.

—¿Madre? —James no podría haber estado más sorprendido—. ¿Nuestra madre?

Bennett le lanzó una mirada de impaciencia e irritación.

—Según el correo, su hijo mayor se ha lanzado de forma repentina al cortejo formal de una joven a la que ninguno conocemos. Por supuesto que madre ha venido a la ciudad.

A su madre le daba miedo Londres: había sido así durante décadas. La promesa que le había hecho a padre la había arrastrado a la ciudad. No podía permitir que volviese a sentirse desdichada allí.

Subieron los escalones de la entrada a toda prisa. El caos que reinaba en la recepción dejaba claro que nadie sabía cómo proceder con la llegada de la señora de la casa. Los baúles permanecían apilados mientras los lacayos miraban al mayordomo con una confusión evidente. Una doncella rondaba cerca de la puerta con el ceño fruncido mientras atendía a una serie de vagas instrucciones del ama de llaves.

—¿No les avisaron de la llegada de *lady* Techney? —preguntó James al ama de llaves, que parecía agobiada.

—No, lord Tilburn —contestó ella con una expresión entre la disculpa y la súplica —. Me temo que no nos ha encontrado en nuestro mejor momento.

¿Había vivido allí alguna vez su madre con la señora Green como ama de llaves? James no lo creía. No era de extrañar que la pobre mujer estuviese fuera de sí.

—Estoy seguro de que ha mantenido limpias las estancias de la señora.

La señora Green se enderezó con orgullo.

—Por supuesto que lo he hecho.

—Y sus menús nunca merecen ningún reproche —añadió—. El secreto para complacer a *lady* Techney es una habitación cómoda y tranquila y pan blanco para la cena. Le encanta el pan.

El semblante de la señora Green se volvió pensativo.

—La cocinera es experta en preparar cualquier tipo de pan.

James asintió.

—Y ya hemos dejado claro que cuida prodigiosamente bien de las habitaciones. Creo, señora Green, que no tiene nada que temer con respecto a complacer a su señora.

Un destello de alivio cruzó el rostro de la señora Green antes de que volviera a enderezar los hombros. Con su actitud de mando restaurada firmemente, dio instrucciones a las doncellas temblorosas sobre lo que debían hacer. Mientras tanto, el mayordomo había retomado el control de la situación y los baúles de viaje ya estaban de camino a las habitaciones correspondientes.

Se guardó para sí mismo el resto de sus preocupaciones. La servidumbre, que ya estaba nerviosa, no necesitaba ver que su fe en ellos flaqueaba. De momento, todo marchaba como la seda. Esperaría un poco para explicarles que debían tener a un lacayo listo a todas horas por si hubiera que acudir en busca del médico o del boticario.

Su madre podía acomodarse mientras él se preparaba para explicarle su intención de prestar todas sus atenciones a una dama a la que ella no conocía. De algún modo, lograría aplacar sus miedos, como hacía siempre. Actuaría de amortiguador entre sus padres, evitando que su relación infeliz acabase por resentirse todavía más. De algún modo, también lograría evitar que Bennett y su padre llegasen a las manos. Y, mientras tanto, trataría de cortejar sin éxito a una joven dama inocente que ignoraba todo aquello. No podía evitar odiarse a sí mismo por esa última parte.

Llamó suavemente a la puerta del dormitorio de su madre. Su dama de compañía abrió un instante después.

—Buenas tardes, Jenny. He venido a darle la bienvenida a mi madre.

Jenny asintió, abriendo la puerta por completo. James entró en la habitación. La mujer estaba sentada con los pies en alto sobre el diván. Tenía incluso peor color que de costumbre. Conforme él se acercaba, alzó la vista y extendió las manos en su dirección. Él se las tomó y se sentó a su lado en el diván.

—Oh, James, menudo viaje he tenido. Nunca en toda mi vida había dado tantos tumbos.

—Lo lamento, madre. —No le gustaron en absoluto sus ojos enrojecidos—. No tendrás fiebre, ¿verdad?

—No —contestó ella—, pero estoy exhausta. Al cachorrito no le ha molestado para nada el viaje en carruaje.

—¿El cachorrito?

Ella suspiró y apoyó la cabeza en su hombro.

—He acogido a un cachorrito.

¿Otra vez? James había pasado gran parte de una quincena intentando encontrar un hogar para el último cachorro que su madre había rescatado de no sabía qué destino terrible.

—Es un terrier pequeño —continuó ella—, un cachorrito adorable y muy bien educado. Es cierto que da muchos brincos y le gusta mordisquear cosas que, en realidad, no debería. Y cuando se empeña en ladrar, nada puede disuadirlo para que pare. Pero, aparte de eso, es absolutamente encantador.

—¿Has dicho que es un terrier?

«Suena más como un terror».

—La señora Allen amenazó con enviar a mi cachorrito a los establos. Lo único que hizo fue mordisquear la pata de una de las sillas del comedor. Solo una pata de una silla.

La señora Allen era la sufrida ama de llaves de la hacienda que la familia poseía en el campo. Había tenido que soportar una larga sucesión de los cachorros destructivos de su madre.

—Me sentí muy desconsolada —dijo la mujer—. Mi pobre cachorrito se hubiese sentido muy solo en los establos y la señora Allen no atendía a mis súplicas. Tú no estabas allí para hablar con ella; solo te escucha a ti.

—Estaba aquí, en la ciudad, madre.

—Lo sé, querido, y no te culpo por ello. Eres un caballero joven con obligaciones sociales. Estoy muy contenta de que hayas encontrado tu lugar en la alta sociedad londinense. Ya sabes que no todo el mundo lo consigue.

El relato de su padre sobre el desastroso intento de su madre por encontrar un lugar propio regresó con fuerza a su memoria.

—Claro que lo sé, madre. Lo sé.

—Mi cachorrito ha sido un alivio esta última semana, en la que he tenido que aguantar un intenso dolor de garganta. No podía soportar dejarlo en casa, así que ha viajado hasta aquí. Espero que se acostumbre a la ciudad y no se sienta demasiado triste. Pero sé que tú sabrás con exactitud lo que debemos hacer.

James asintió. Más adelante se encargaría del cachorro. El dolor de garganta era un asunto más acuciante. La salud de su progenitora siempre había sido débil, y su garganta era especialmente vulnerable. Hablaría con el boticario. Seguro que podía contar con la cocinera para que les proporcionase alguna bebida caliente. Como siempre, él se aseguraría de que todo fuese bien.

—Este viaje ha debido pasarle factura a tus defensas —dijo—. Estoy seguro de que Jenny te preparará un baño de inmediato. Después, podrás descansar el resto de la tarde.

Jenny hizo una reverencia fugaz y salió para preparar el baño. Solos al fin, James abordó el tema que sabía que debía tratar con su delicada madre.

—Bennett me ha dicho por qué has venido —dijo—. Ojalá te hubieras evitado el esfuerzo, madre. Por nada del mundo me gustaría verte enferma.

—Y por nada del mundo me gustaría a mí verte siendo desdichado —contestó su madre—. Necesito ver con mis propios ojos que estás tomando una decisión sabia al cortejar a esa jovencita. Necesito saber que eres feliz.

—Padre se precipitó un poco al escribir la carta —dijo—. No hay ningún acuerdo entre la señorita Lancaster y yo, ni tampoco un plan determinado para nuestro futuro. Estoy empezando a conocerla, y padre, en su deseo de lograr un matrimonio ventajoso, ha decidido interpretarlo como algo cercano a un compromiso.

Dejó sin mencionar la obligación que tenía de encaminarse en aquella dirección. La mujer se preocupaba mucho por los más pequeños detalles, así que hacía tiempo que había aprendido a no cargarla con sus problemas.

—Tu padre ha dicho que pretendía invitar a su familia a cenar con nosotros —dijo ella.

Era la primera vez que oía hablar de aquello.

—Tendré que preguntarle sobre ese asunto —murmuró.

—¿Cómo conociste a esta señorita Lancaster? —preguntó ella—. Nunca antes la habías mencionado.

—Tengo cierta relación con su cuñado. —James iba a esforzarse al máximo para no ser más franco de lo necesario—. Había coincidido con ella un par de veces antes. Esta es su primera temporada, y la primera vez que paso algún tiempo con ella.

Su madre frunció el ceño.

—¿Te gusta?

—Sí. —En cuanto las palabras salieron de su boca, supo que era cierto. Le gustaba la joven. No la amaba, y tampoco deseaba casarse con ella, pero, definitivamente, le gustaba—. Creo que a ti también te gustará.

La preocupación de su madre pareció aumentar.

—No sé si me prestará demasiada atención. Tu padre me ha dicho que su hermana es duquesa. Las duquesas no se interesan por la gente corriente.

—Todos serán muy amables contigo. —Rezaba para que eso fuera cierto. No abrigaba esperanzas en cuanto a los buenos modales de su excelencia, pero lo que sabía de la señorita Lancaster le indicaba que podía contar su amabilidad—. Ahora descansa, madre.

—¿Irás a ver cómo se encuentra mi cachorrito? —Él asintió— ¿Preguntarás si el ama de llaves puede recomendarnos algún médico de confianza? —Volvió a asentir—. Y pregunta dónde podemos encontrar al boticario más cercano.

—Por supuesto, madre. —Alcanzó una manta ligera que colgaba de la parte trasera del diván y se la extendió por encima mientras ella volvía a recostarse—. Me encargaré de todo.

Ella alzó una de sus débiles manos y le acarició la cara con suavidad.

—Te encargarás de que todo vaya bien. Siempre lo haces.

Era cierto. El bienestar de su madre y el futuro de Bennett siempre habían sido responsabilidad suya. Durante años, los había mantenido unidos. Había dedicado su vida a cuidar de su familia, se había sacrificado por su felicidad. Ese había sido siempre su papel y, a menudo, se trataba de un papel solitario.

Capítulo 11

¿Acaso te estás muriendo, Dafne? —Artemisa parecía esperar que la respuesta fuera que sí—. Aquí estamos —hizo un gesto amplio, abarcando casi todo el interior del carruaje—; te conducen a toda velocidad por la ciudad para conocer a la madre de tu apuesto héroe. —Se llevó una mano al corazón mientras suspiraba. Su mirada se tornó compasiva—. Eres consciente de que las madres de los héroes son siempre unas brujas, ¿verdad?

Dafne apoyó la frente contra la palma de la mano. Su hermana pequeña iba por la tercera ronda de predicciones trágicas.

—Será sumamente horrible y te hará muy infeliz. —Sus pupilas se dilataron a causa de la emoción—. Puede que incluso pida que te echen de la casa y cierren la puerta con llave.

—Ya es suficiente, Artemisa. —Por norma general, Perséfone tenía grandes reservas de paciencia a la hora de tratar con la más pequeña de los Lancaster, pero, al parecer, aquella vez había llegado al límite.

—Pero Dafne será una heroína trágica; esas son las mejores. Sufren y languidecen en la miseria y algunas ni siquiera sobreviven. Yo sería una heroína trágica increíble. Sufriría con dignidad para después caerme muerta y, probablemente, nunca revivir. —Artemisa tenía la costumbre de anunciar que estaba a punto de fallecer. ¿Acaso se daba cuenta de cuántas veces, según decía ella, había escapado de la muerte por los pelos en sus quince años de vida?—. Sería desgarrador.

—Pero no inesperado. —Adam hizo el comentario en un susurro, aunque Dafne lo escuchó. Artemisa también lo hubiera hecho si no hubiese estado ocupada practicando una dramática pose de terrible sufrimiento en el lado opuesto del carruaje.

—Artemisa. —Perséfone intentó llamar la atención de la muchacha—. ¡Artemisa! —Al final, ella alzó la vista—. Intenta comportarte como una persona lo bastante madura como para justificar la invitación que has recibido —dijo. Aquella clase de reprimenda era poco habitual en ella: existía un lazo entre la mayor y la menor de las hermanas Lancaster que nadie más compartía. Desde luego, Dafne nunca había sido la favorita, como su hermana pequeña—. *Lady* Techney no tenía por qué invitarte.

Ella hizo gala de su sonrisa deslumbrante.

—Sé cómo comportarme en público.

—Adam sabe bailar el minueto —señaló Perséfone—, pero eso no significa que vaya a hacerlo.

—Tampoco asisto a cenas —gruñó él—, pero aquí estoy.

Dafne esperaba sinceramente que estuviese dispuesto a mostrarse al menos un poco cooperativo. Quería causar una buena impresión a James y su familia. Si Adam se pasaba toda la cena dedicando miradas hostiles y provocando que la gente permaneciese en un silencio aterrorizado, la velada no habría servido de nada.

El landó se detuvo frente a Techney House. Dafne notó un nudo en la garganta. «La madre del héroe siempre es una bruja». No solía prestar atención a las afirmaciones dramáticas de Artemisa; sin embargo, con aquel comentario había puesto el dedo en la llaga. Quería creer que la madre de James Tilburn sería tan amable y solícita como él.

Les ayudaron a bajar del carruaje de uno en uno y, cuando Dafne salió, alzó la vista y contempló la fachada de la casa con una sensación creciente de turbación. El castillo de Falstone, construido casi al completo en piedra y aislado en medio de un bosque frondoso habitado por una jauría de formidables lobos, era mucho más grande e imponente que Techney House. Sin embargo, el castillo resultaba mucho más cálido y acogedor que aquella gran casa. Techney House parecía vacía en un sentido que no era exactamente físico.

El mayordomo de los Techney les recibió con la corrección que marcaba el protocolo. No se podía avistar ningún problema ni con la entrada ni con el estado de los suelos. Incluso las flores que había sobre una mesa estrecha eran frescas y estaban perfectamente colocadas. El orden de todo aquello resultaba tranquilizador, si bien aquella perfección no invitaba a la calma.

Durante sus visitas matutinas con Perséfone, un requerimiento social que su hermana no le había dejado apenas eludir, había escuchado más de una vez comentarios que cuestionaban los motivos de James. Cuchicheando, la gente se había preguntado por qué un caballero se embarcaba de repente en un cortejo tan alocado con una muchacha sin ninguna relación con su familia. En esas discusiones, a menudo habían sacado a relucir tanto su dote como la probabilidad de que su acerbo tutor hubiese forzado aquella unión para quitársela de encima.

Había soportado las miradas curiosas y los juicios susurrados con el aguante estoico que Adam le había enseñado más de una década atrás. Sin embargo, en su interior, no podía evitar preocuparse un poco.

James apareció en el rellano del primer piso y el corazón de Dafne dio un vuelco al ver aquellos ojos cobrizos tan familiares.

—Discúlpeme, su excelencia. Su excelencia. —Hizo una pequeña reverencia. Su tono indicaba cierta ansiedad que captó la atención de Dafne—. Había planeado recibirles a su llegada. —Su mirada los abarcaba a los cuatro—. Sin embargo, mi madre no se encuentra bien. En el momento en el que anunciaron la llegada de su carruaje, estaba intentando reconfortarla.

¿Acaso su madre enfermaba a menudo? Tal vez aquella era la razón por la que, según muchos de los comentarios que había escuchado en la reunión que habían organizado en casa aquella mañana, no había visitado la ciudad en al menos veinte años.

—Espero que *lady* Techney se recupere rápidamente —contestó su hermana mayor en nombre de todos.

—Yo también —dijo él, dirigiéndose, una vez más, a todos ellos—. Si dejan que Billingsley les conduzca a la salita, podrán reunirse allí con mi padre y mi hermano.

Adam le ofreció el brazo a Perséfone; siempre que se trataba de su esposa, era un perfecto caballero. Siguieron los pasos del mayordomo. Artemisa los seguía, pisándoles los talones.

—Buenas noches, señorita Artemisa —le dijo James cuando esta pasó a su lado y, a cambio, recibió una reverencia muy poco dramática.

Dafne se esforzó para no frotarse las manos; temía que fuese muy evidente que le estaban temblando. Ver a James siempre le provocaba un alud de mariposas en el estómago, que le hacían sentirse complacida e inquieta al mismo tiempo. Siempre había sido así, desde aquella noche en la terraza de Adam.

—Señorita Lancaster. —Él sonrió con cierta torpeza.

—Lord Tilburn. —Se sintió orgullosa de la estabilidad de su voz, pues no la había invadido ni un ápice de su habitual nerviosismo—. Espero que su madre no esté seriamente enferma.

—No está en peligro. —Su gesto preocupado y tenso contradecía sus palabras confiadas—. Sin embargo, me temo que no se encuentra demasiado bien.

Artemisa todavía se encontraba en una zona donde podía escuchar lo que decían y, como era de esperar, se inmiscuyó en la conversación sin ser invitada.

—Si su madre está enferma, debe pedirle a Dafne que le recomiende una de sus tisanas. Es el talento que la caracteriza, ¿sabe?

¿Era necesario que señalara una de sus rarezas en un momento tan temprano de la velada? La capacidad de recordar remedios a base de hierbas no era una habilidad muy elogiada. Sin duda, James pensaría que era rara.

—¿Tiene usted mano con esas cosas? —¿Estaba haciendo la pregunta por verdadera curiosidad o tan solo pretendía ser educado?

—Oh, sí —contestó Artemisa—. Incluso el boticario al que acudimos en el castillo de Falstone se pliega ante la sabiduría de Dafne. Es una experta en plantas.

James recorrió el pasillo junto a ellas.

—¿Está exagerando su hermana o es algo que ha estudiado realmente?

No notaba burla en su tono ni rechazo en su rostro. Otros, cuando descubrían su interés por la herbología, mostraban respuestas que iban desde la desaprobación a la burla hiriente.

—Lo he estudiado —contestó—, aunque no puedo decir que me considere una experta.

El gesto de preocupación que todavía permanecía en el rostro de James le recordaba a muchos otros momentos de su propia vida. Cuántas veces se había preocupado por la salud de los miembros de su familia... Tener la capacidad de ayudarles gracias al conocimiento que había obtenido siempre había supuesto un consuelo.

—Tal vez, si me explicara en términos generales qué es lo que aflige a su madre, podría recomendarle algo.

—¿Haría eso por una mujer a la que no conoce?

—Desde luego. —¿Por qué aquello parecía sorprenderle tanto?—. Si no se encuentra bien y puedo ayudarla, me gustaría hacerlo.

Él frunció el ceño. De pronto, se sintió muy insegura. ¿Desaprobaba su descaro al inmiscuirse en sus problemas? Después de todo, todavía no tenían una relación estrecha. Durante un instante, estuvo hurgando en su mente en busca de alguna manera de salvar la situación.

—Por supuesto, si fuese a sentirse incómoda o si me he sobrepasado... Sin embargo, él negó firmemente con la cabeza.

—En absoluto. Supongo que sencillamente no estoy acostumbrado a que me ofrezcan ayuda.

—¿Tiene que arreglárselas por sí mismo a menudo?

—A menudo tengo que solucionar los problemas de todo el mundo por mi cuenta.

Adam también podía ser así, independiente hasta el punto de aislarse. Perséfone tenía el talento de socavar su insistencia obstinada en hacerlo todo él solo.

—Me gustaría ayudar, si me lo permite —dijo.

—No le ocurre nada en particular —contestó James—. Tan solo se siente mal en general y, por lo tanto, no ha dormido todo lo que debería.

Asintió. Uno necesitaba descansar cuando estaba enfermo, pero el malestar que provocaba la enfermedad solía dificultar el sueño.

—¿Qué cree que necesita más: un tónico reconstituyente o algo que la ayude a dormir?

—Creo que lo que más necesita es dormir.

Casi habían llegado a la salita.

—Conozco varias tisanas que podría tomar. Le escribiré unas pocas para que su cocinera elija aquella de cuyos ingredientes disponga.

—¿Conoce varias de memoria? Es usted una dama de talentos ocultos. —Aquel tono, más ligero, le sentó bien a su corazón. Quizá hubiese conseguido aliviar parte de la preocupación del joven.

—Si mañana todavía se encuentra mal o la afligen nuevos síntomas, espero que envíe un mensaje a Falstone House. Es probable que conozca algo que pueda ayudarla.

En aquel momento, James Tilburn le sonrió con la misma sonrisa que le había dedicado a una niña de doce años que se escondía en las sombras de una terraza. Era afable, cariñosa e infinitamente encantadora.

—Es muy amable de su parte —dijo él—. Gracias.

Con razón su corazón se sintió alborozado al darse cuenta de que no había hecho caso omiso de su oferta. De niña, sus intentos de ayudar a la familia se habían topado con la insistencia de que era demasiado pequeña, incapaz de marcar la diferencia. Incluso tras haber demostrado que era más que capaz de manejarse con las tisanas y los remedios naturales, los miembros de su familia habían dudado en acudir a ella cuando enfermaban. Ahora, aunque fuera ya mayor, todavía tendían a desestimar sus sugerencias o decirle que no se preocupara. Él no había hecho ninguna de las dos cosas.

Entraron en la salita. Dafne percibió de forma vaga la presencia de los otros ocupantes. La compañía de James la distraía irremediablemente.

—Permítame que le presente a mi padre y a mi hermano. —Se acercó con ella en dirección a sus familiares, que estaban juntos.

Durante un instante, se sintió preocupada, pues las presentaciones siempre le hacían sentirse incómoda. Sin embargo, James estaba con ella. Confiaba en él.

Capítulo 12

uando James visitó Falstone House la primera vez, había esperado que Dafne Lancaster fuese avariciosa y mimada, una jovencita que podía disponer de cualquier caballero con un simple chasquido de dedos de su tutor. Había descubierto rápidamente que se equivocaba. Era callada, vulnerable y frágil. Durante el corto paseo hasta la salita, se había dado cuenta de que, además, tenía buen corazón.

Sin vacilar, sin ningún tipo de pretensión, se había ofrecido a ayudar a su madre. Al confesar que era él quien mantenía unida a su familia, una confesión que no había pretendido hacerle, le había escuchado con preocupación sincera e interés.

Condujo a la señorita Lancaster al otro lado de la habitación. La duquesa de Kielder parecía estar escuchando cualquiera que fuese el tema de conversación que su padre había elegido, aunque no podía saberlo con seguridad. La máscara social de la duquesa estaba mucho más practicada que la de la señorita Artemisa, que, junto a ellos, parecía inequívocamente aburrida y distraída. El duque jamás se había molestado en ocultar su disgusto hacia la gente y tampoco lo estaba haciendo en aquel momento.

«¿Es padre consciente de lo poco que le importa a su excelencia su compañía?».

Guio a la muchacha hasta Ben, que se encontraba un poco separado del resto del grupo.

—Señorita Lancaster, permítame que le presente a mi hermano, el señor Bennett Tilburn.

—Encantada de conocerle, señor Tilburn.

—Señorita Lancaster. —Ben inclinó la cabeza, aunque de forma muy leve—. Bienvenida.

Su llamativa falta de entusiasmo no podría haber sido más evidente. Aquella muestra de descortesía estaba fuera de lugar. La joven pareció algo confusa y, aunque el rubor de sus mejillas permaneciese, el resto de su semblante palideció un poco.

James atravesó a su hermano con una mirada de advertencia. Sin importar la injusticia de la situación, tratar mal a una dama no iba a mejorar nada.

—Por favor, disculpe la falta de modales de mi hermano, señorita Lancaster. Durante nuestra niñez, el profesor de equitación le tiraba del poni con frecuencia, y me temo que la experiencia causó un gran impacto en su capacidad mental.

—Qué trágico. —La voz de la joven sonó sincera, con el toque justo de ironía. Había comprendido las intenciones de James muy rápido—. Siempre resulta complicado encontrar servicio fiable.

Él asintió con solemnidad.

—¿Todavía le asustan los ponis? —le preguntó a Ben.

Los labios de su hermano se curvaron ligeramente en una sonrisa.

—En general, los dulces previenen cualquier comportamiento verdaderamente pueril, señorita Lancaster —dijo James, disfrutando al contemplar las dificultades de Ben para no sentirse divertido por su sentido del humor—. También he descubierto que las siestas son muy eficaces.

—Eso también funciona con mi sobrino de cuatro años.

Al fin, una sonrisa asomó al rostro de Ben.

—Ustedes dos, ya es suficiente. Han ganado. —Ben hizo una reverencia muy respetuosa y cortés y, después, se dirigió a la señorita Lancaster—. Le pido disculpas por la descortesía de mi primer saludo. No puedo ofrecerle más excusa que el cansancio. La vida en la ciudad ha resultado tumultuosa, ya que tuvimos que prepararnos para esta cena tan solo tres días después de haber llegado.

—«Tumultuosa» es una palabra bastante larga para una persona que ha sido golpeada regularmente en la cabeza —señaló la joven.

James soltó una carcajada ante aquel desplante inesperado. Se dio cuenta de que Ben sonreía incluso más. Los ojos de la señorita Lancaster pasaron del uno al otro y su habitual rubor regresó de nuevo.

—Espero no haberle ofendido, señor Tilburn —dijo ella.

—Al contrario —contestó Ben—, estoy disfrutando de ver reír a James, ya que rara vez lo hace.

—Oh, pues conozco a unas cuantas personas que asistieron a la ópera al principio de esta semana que estarían en desacuerdo con usted. —Un brillo de picardía iluminó sus ojos. Durante su primer encuentro, James no habría creído que aquello fuese posible; había permanecido muy quieta y callada en el salón de su hermana.

—¿Se trataba de una producción humorística? —preguntó Ben.

—Se convirtió en una cuando la señorita Lancaster decidió hacer su propia traducción. —Ella reprimió una sonrisa.

—Lamento habérmelo perdido —dijo Ben—. Un poco de jovialidad no puede hacerle daño a la ópera.

—¿Quiere decir que no le gusta la ópera? —preguntó la muchacha. Ben negó con la cabeza.

—Creo que mi hermano siente mayor predilección por las funciones de *Punch y Judy* de las ferias populares —terció James.

Ella adoptó un gesto de compasión exagerada:

—Parece apropiado —hizo un gesto rápido en dirección a Ben antes de darse un golpecito en la sien mientras negaba con la cabeza—, si tenemos en cuenta su situación.

La risa de Ben se unió a la suya y la tensión que se había interpuesto entre ellos desde que Ben había llegado a Londres se disipó.

—Me gusta usted, señorita Lancaster —declaró Ben con una sonrisa.

La pobre dama volvió a sonrojarse, pero no trató de huir o esconderse, como se hubiera esperado de una persona tan tímida y que se avergonzaba con tanta facilidad. Aquello era un punto a su favor. Tal vez fuese tímida, pero era capaz de mostrar una voluntad de hierro.

—Tilburn, Bennett. —La voz de su padre interrumpió aquel breve momento de diversión. Había atravesado la habitación y se había colocado cerca de ellos, con el firme aire de confianza y alegría que siempre mostraba en público—. Espero haberos enseñado a comportaros de una manera más civilizada con los invitados. La señorita Lancaster pensará que tuvisteis una educación deficiente.

Ella se quedó callada, aunque sus ojos mantuvieron parte del brillo juguetón de un momento atrás. La presencia imponente de su padre siempre había logrado drenar todo el ánimo de su madre; James odiaba presenciar cómo le ocurría lo mismo a otra dama.

—¿Nuestra falta de cortesía la ha escandalizado más allá de lo soportable? —le preguntó, manteniendo un tono ligero y burlón.

Ella respondió del mismo modo:

—Sin duda, pasaré cada momento de las visitas de mañana esparciendo rumores sobre lo maleducados que son los hermanos Tilburn. Será todo un escándalo.

La duquesa de Kielder también se había acercado al grupo. Su marido y su hermana pequeña permanecían al otro lado de la habitación, sumidos en un debate. Contempló a James, a Ben y a la señorita Lancaster con innegable confusión.

—Debe perdonarnos a mí y a mi hermano, su excelencia —dijo James—. Me temo que hemos sido una mala influencia para su hermana.

La duquesa no respondió de inmediato, sino que continuó estudiándoles durante un momento. Sus ojos se detuvieron en su hermana algo más de tiempo.

—Al contrario —dijo al fin—, parece que los tres están disfrutando en mutua compañía.

—Así es. —Se dio cuenta de que lo decía de corazón. La muchacha había resultado ser una incorporación entretenida a su conversación.

La mirada de su excelencia tenía un destello analítico que le ponía un poco nervioso. Apartó la vista y descubrió que Ben les observaba a él y a la señorita Lancaster del mismo modo.

Como por intervención divina, Billingsley entró para anunciar la cena.

—Será un honor acompañar a su excelencia al comedor. —Su padre hizo una reverencia.

La actitud severa del duque se volvió todavía más gélida.

—Nadie que no sea yo mismo acompaña jamás a mi esposa al comedor cuando estoy presente.

—Pero... Pero las formalidades determinan que...

—He dicho que jamás. No quiero escuchar ni una sola palabra más saliendo de su boca.

James hubiese aplaudido si no hubiese estado seguro de que hacerlo solo causaría más problemas. El conde se recuperó rápidamente.

—Entonces, será un placer acompañar a la señorita Lancaster.

—Ese honor le será concedido a lord Tilburn —declaró el duque—. Y antes de que llegue a la siguiente conclusión impertinente, el señor Tilburn acompañará a la más joven de las señoritas Lancaster.

Ben hizo lo más inteligente y asintió sin poner ninguna objeción. Sus ojos se encontraron con los de James durante un instante fugaz. Se había percatado de la facilidad del duque para manejar a su padre, quien, por lo general, resultaba difícil de tratar, además de controlador. El gesto de apacible satisfacción del hombre pareció flaquear.

—¿Y a quién debería acompañar a la cena?

—Su lista de invitados no es mi problema. —El duque le ofreció el brazo a su esposa y marchó hacia la puerta sin hacer ningún otro comentario. El conde permaneció en su sitio, perplejo.

—Adam está acostumbrado a salirse con la suya —dijo Dafne en voz baja. En sus ojos se apreciaba una disculpa inequívoca. No sabía lo bien que entendía James la presión de tener parientes difíciles.

—Mi padre también. Tener a ambos bajo el mismo techo durante las próximas horas va a ser, cuando menos, entretenido.

La diversión reemplazó parte de la vergüenza que había en el gesto de la joven.

—Tal vez se irriten mutuamente y acaban guardando silencio. Eso sería una ventaja imprevista.

—Desde luego. —Él le ofreció el brazo.

—¿Promete no reprocharme las acciones de mis parientes? —Su regocijo no había desaparecido del todo y él sentía agradecido por ello, pues significaba una persona menos en cuyos problemas tuviera que pensar.

—Tan solo si usted me hace la misma promesa.

—Parece que nos toca conspirar juntos, lord Tilburn —dijo ella—. Estamos unidos por nuestra falta de destreza con el italiano y la necesidad de ignorar a los miembros vergonzosos de la familia del otro.

—Creo que, si comenzásemos nuestro propio club exclusivo, descubriríamos que la mayor parte de Londres sufre los mismos apuros, al menos en lo que respecta a los familiares.

Ella le dedicó una sonrisa tímida; quizá no devastaría la tierra o resultaría transformadora, pero que era igualmente dulce y afable. No se podía decir de ella que era un diamante o una belleza que quitase el aliento, pero era guapa. Además, aquella noche le había sorprendido al demostrarle su ingenio. Que tuviese la fuerza de carácter para resistir incluso situaciones vergonzosas y difíciles resultaba atractivo. Sin embargo, que le gustase, aunque fuera solo un poco más, hacía que su engaño fuese más difícil de justificar, y que el dolor que podía causar su falta de honestidad le resultase mucho más injusto.

❋ ❋ ❋

—Oh, Dafne, pero te miraba de tal modo... —Artemisa se dejó caer de espaldas sobre la cama de su hermana con ambas manos sobre el corazón—. Creo que le gustas de verdad. Estoy segura.

La puerta del vestidor que compartían se había abierto poco después de que Dafne se hubiera retirado para dormir. La aparición de su hermana pequeña, bailando y haciendo cabriolas, había dado paso con rapidez a un debate demasiado emotivo por parte de su hermana sobre los sentimientos hipotéticos de James hacia ella. En circunstancias normales, la habría despachado de su habitación; sin embargo, los sentimientos del caballero le resultaban un gran misterio y eran demasiado importantes como para rechazar la oportunidad de escuchar las opiniones de otros al respecto.

—Sin embargo, que le guste dista mucho de que me ame —señaló.

—No tanto —dijo Artemisa, como si tuviese mucha experiencia. Aún tumbada boca arriba, alzó las manos, contando con los dedos—. Primero viene un «se ha fijado en mí», y le sigue un «le intereso». Después viene un «le gusto» y, a continuación, un «le gusto de verdad». Lo siguiente es un «le gusto ardientemente». De ahí al amor solo hay un paso. —Juntó las manos y las dejó caer de nuevo sobre el corazón. Suspiró con fuerza—: Estás a tan solo dos pasos del amor, Dafne.

—¿Y dónde has obtenido esa información? ¿En una novela? —Sabía lo bastante sobre los hábitos lectores de su hermana y sus tendencias soñadoras como para no tener demasiada fe en sus expertas declaraciones.

Artemisa se giró hacia un costado, apoyándose en el codo y mirándola con una convicción absoluta.

—Las novelas son el mejor lugar para buscar este tipo de cosas. Las heroínas siempre descubren que son el objeto de los afectos de un apuesto héroe.

—¿No son esas mismas heroínas las que dijiste que no siempre sobrevivían a sus aventuras amorosas?

—Eso ocurre solo con las que son realmente trágicas.

Dafne se recostó sobre los cojines apilados en la cabecera de la cama.

—Creo que esta misma mañana has dicho que estaba destinada a ser una heroína trágica.

Artemisa arrugó la nariz.

—Es Perséfone quien está resultando ser mucho más trágica que tú. Apenas ha probado bocado en la cena, rara vez ha hablado y ha sido ella, no Adam, la que ha querido que nos fuésemos pronto. —Volvió a dejarse caer hacia atrás de forma dramática—. Es una lástima que aquellos más cercanos a la heroína trágica siempre acaben sufriendo también. Además, es menos probable que lleguen vivos a la última página.

—No creas que puedes engañarme. Tú, más que nadie, estabas ansiosa por terminar la cena de esta noche.

—Tan solo porque todos me tratabais como a una chiquilla. —El mohín de su hermana duró tan solo un momento antes de que un brillo de algo que parecía una epifanía cruzase su rostro. Aquel gesto siempre precedía a algún tipo de plan desastroso. Se preparó para las siguientes palabras de su hermana—. Si te dieras prisa en casarte, yo podría hacer mi debut y, entonces, no me mirarían como si acabase de salir de la habitación de los niños.

—Lo dices como si casarse fuese tan fácil como elegir telas en la modista.

Artemisa cambió de postura y se sentó, con los ojos cada vez más abiertos por la emoción.

—Pero tú estás a tan solo dos pasos del amor. Con un poco de esfuerzo podrías alcanzarlo rápidamente.

Dafne negó con la cabeza.

—Esos planes que estás tramando no te van a servir de nada. Para empezar, lord Tilburn y yo solo nos conocemos desde hace un par de semanas, lo cual no es suficiente tiempo como para que empieces con tus maquinaciones. Además, tan solo tienes quince años; Adam no estará de acuerdo con que te presentes en sociedad siendo tan joven.

Con un gesto desdeñoso de la mano, Artemisa dejó claro lo que pensaba sobre el discurso de Dafne.

—Adam lleva años desesperado por librarse de todas nosotras.

Era obvio que Artemisa no conocía demasiado bien a su cuñado. Aunque a menudo se quejaba de sus responsabilidades como tutor, se preocupaba por ellas más de lo que dejaba entrever.

Dafne había tenido mucho miedo de aquel cuñado tan imponente al principio, cuando fue a vivir con él y con Perséfone. Se había consolado al asumir que en aquella casa la ignorarían tanto como lo habían hecho en la suya propia. Su familia la amaba, de eso no tenía dudas, pero era pequeña y, a menudo, pasaba días enteros sin que ninguno de ellos le prestase demasiada atención. Tan solo Evander, el mayor de sus hermanos, se había asegurado con cierta constancia de comprobar que estaba bien cuando su silencio se prolongaba.

Sin embargo, Adam la había sorprendido. Había advertido cuándo se sentía especialmente introvertida. Nunca le había permitido sentir lástima de sí misma durante largos periodos de tiempo. Había agradecido su compañía e incluso la había buscado. En su casa, ya no se sentía tan desechable.

—Podríamos lograrlo, Dafne. Dos pasos no es un salto muy grande. —Los pensamientos de Artemisa seguían dando vueltas a la misma idea—. Seguro que lord y *lady* Techney no nos hubiesen invitado a cenar con su familia si lord Tilburn no estuviese inclinándose en dirección a un cortejo formal.

Santo cielo, la muchacha parecía a punto de estallar de emoción. Lo que menos deseaba era convertirse en el nuevo proyecto de su hermana pequeña.

—Abigail, la doncella de Perséfone, podría arreglarte el pelo. Tu Eliza prefiere estilos demasiado sencillos. Y podrías tomar prestado ese chal de cachemir por el que estuve suplicando a Adam hasta que me lo compró.

—Agradezco que te ofrezcas a ayudarme. —Aquella mentira piadosa parecía totalmente necesaria—. Sin embargo, prefiero dejar las cosas tal como están.

—Quieres decir que prefieres no llamar la atención. —Era evidente que Artemisa no aprobaba aquella idea—. Si lord Tilburn no se fija en ti, ¿cómo esperas que vaya más allá de que solo le gustes? Hay un motivo por el cual los caballeros no se enamoran de los muebles.

La comparación no era demasiado amable. Dafne quería creer que aquella noche había causado más impresión de la que Artemisa insinuaba. Se había obligado a sí misma a intervenir en la conversación de los hermanos Tilburn. Tras su primer momento de timidez, había descubierto que resultaba bastante fácil hablar con ellos. Sin embargo, no ocurría lo mismo con lord Techney. Su rostro era eternamente severo, y su tono de voz tenía una mezcla de formalidad exagerada y arrogancia. Tiempo atrás, había superado lo incómoda que se sentía con Adam; esperaba que ocurriese lo mismo con el padre de James.

Su hermana se levantó de la cama y se apoyó en uno de los pilares con una pose que hubiera encajado perfectamente en un cuadro sobre alguna tragedia épica.

—Cuando lord Tilburn empiece a aburrirse de ti y te des cuenta de que dejar las cosas como están no es suficiente para hacerte destacar entre la multitud, estaré más que contenta de ayudarte. —Suspiró con fuerza de nuevo—. Me encontrarás en la habitación de los niños, languideciendo y sufriendo.

Dafne negó con la cabeza mientras Artemisa salía del dormitorio. Hubiese preferido que fuese Perséfone quien la aconsejara. Sin embargo, su hermana mayor parecía un poco cansada aquella noche; no quería molestarla si no se encontraba bien.

Apagó la vela y se acurrucó bajo las sábanas. Aunque deseaba descartar las advertencias de Artemisa por completo, se dio cuenta de que no podía dejar de pensar en sus palabras.

«Cuando lord Tilburn se aburra de ti».

«No es suficiente para hacerte destacar entre la multitud».

Ella nunca había sobresalido, nunca había llamado la atención. Se le empezó a formar un pequeño nudo en el estómago. James no la ignoraba tanto como los demás. Se había fijado en ella cuando era una niña y también ahora que había crecido. No la apartaba de sus pensamientos con tanta facilidad. Al menos, no todavía.

—Todo saldrá bien —se dijo a sí misma.

Pero, en el fondo, seguía teniendo dudas.

Capítulo 13

James podía sentir que se avecinaba un desastre desde el momento en el que habían llegado a Falstone House. Su excelencia había invitado a su familia a una pequeña reunión familiar apenas dos días después de la cena. Su madre había pasado el corto viaje en coche en un estado de evidente incomodidad. Ben lo había pasado en silencio absoluto. La actitud de su padre rozaba el entusiasmo. Se suponía que había emprendido aquel cortejo falso por el bien de toda su familia, pero tan solo el conde parecía remotamente contento con respecto a todo aquello.

Un mayordomo muy correcto les condujo al salón y la duquesa de Kielder les recibió, si bien con educación, de forma breve. El duque aterrador contempló a James con lo que solo podía interpretarse como desaprobación.

Vio que su madre estaba sentada cómodamente a la distancia perfecta del fuego, que ardía con debilidad y que, por suerte, estaba fuera del alcance de las conversaciones de los demás invitados. Aquello, junto con el calor, garantizaría la comodidad de la mujer en la mayor medida posible.

—¿Puedo traerte alguna cosa, madre? ¿Necesitas algo?

—No. Hemos venido y debemos agradecer el trato que recibamos, sea como sea este. —Recorrió la habitación a toda velocidad con la mirada, como si esperase que en cualquier momento la atacase un asesino con un hacha—. Debemos esforzarnos por causar la mejor impresión.

Aunque hablaba en plural, se refería a él. Sabía que no pretendía atosigarle, pero ya cargaba con demasiadas responsabilidades sobre los hombros. Hizo una reverencia en señal de reconocimiento y se dio la vuelta para encarar el resto de la habitación. Se mezclaría con los otros invitados y cumpliría con su deber hacia la señorita Lancaster, pero alguien debía permanecer cerca de su madre para asegurarse de que no se derrumbaba bajo el peso de sus miedos.

Descubrió a Ben, no demasiado lejos, hablando con la señorita Lancaster. Parecía que estaban sumidos en una conversación muy animada, teniendo en cuenta que no podía haber comenzado más que unos pocos minutos atrás. Empezaría por ahí. Debía ofrecerle a la joven al menos un momento de su atención en cuanto se hubiese ocupado de su madre.

—Señorita Lancaster —dijo mientras se acercaba a ellos—, disculpe la interrupción. ¿Puedo robarle a Ben un instante?

Aquel atisbo de color rosado que contemplaba tan a menudo volvió a teñir las mejillas de la joven.

—Si promete que no va a hacer que vuelva a caerse de cabeza. El pobre hombre apenas empieza a ser capaz de mantener una conversación sensata.

Él sonrió ante aquel comentario jocoso y se dio cuenta de que Ben también lo hacía. Para haber sido tan firme a la hora de ponerse en contra de la muchacha, la actitud de Ben hacia ella se había vuelto mucho más amistosa. De algún modo, la tímida señorita Lancaster estaba haciendo amigos. La primera conversación sobre ella con su padre, así como sus primeras interacciones, casi le habían convencido de que necesitaba que la guiasen entre la alta sociedad con guantes de seda. Le complacía haberse equivocado.

Se apartó un poco con Ben.

—¿Puedes sentarte con madre un rato?

Ben asintió, accediendo, aunque antes volvió la vista atrás, en dirección a la muchacha. ¿De dónde surgía su repentino interés en aquella jovencita?

—¿De qué hablabais la señorita Lancaster y tú? —preguntó él.

—De agricultura.

¿Agricultura?

—Pensaba que eras mejor conversador. Ahora ya no me sorprende que estés soltero.

—Ha sido ella la que ha sacado el tema —replicó Ben—. Me ha preguntado a qué distancia estaba mi hacienda y, cuando le he contestado que vivo en el norte de Lancashire, ha supuesto que crío ovejas.

Era una conclusión ciertamente perspicaz.

—Estábamos debatiendo entre los beneficios de criar las ovejas por su lana o por su carne.

—¿Y no te parece que ese es un tema de conversación extraño para mantener con una dama en una velada en sociedad?

Ben no pareció desalentado ni lo más mínimo por aquel detalle.

—Ha dicho que su cuñado fue capaz de recuperar su hacienda que, durante décadas, había permanecido en la ruina, en tan solo seis años y que su principal producto son las ovejas.

James detectaba el interés en los ojos de su hermano. Ben trataba de sacar beneficios de su hacienda, pero lo había estado haciendo con muy poca información y sin ninguna experiencia. Sintió cómo el corazón le latía con fuerza a causa de la expectación y la esperanza.

—¿Y te ha dicho la señorita Lancaster si su cuñado tuvo éxito con las ovejas?

Ben asintió; su mirada era distante.

—Ojalá conociese al señor Windover. Le escribiría y le preguntaría qué es lo que hizo exactamente.

Él tampoco conocía al caballero. Era muy frustrante tener al alcance de la mano una forma de ayudar a su hermano, pero ser del todo incapaz de hacerlo.

—Me sentaré con madre, como me has pedido —dijo Ben con un matiz de advertencia en la voz—. Tú, hermano, tienes que evitar una crisis. —Con discreción, hizo un gesto con la cabeza señalando justo por encima del hombro de James.

Este miró hacia atrás y contempló con creciente inquietud cómo su padre se acercaba al temible duque de Kielder. Aquello no acabaría bien. Se movió tan rápido como le permitía el decoro, llegando junto a su excelencia a la vez que su progenitor.

—Un placer verle, Kielder —le saludó su padre, como si fueran viejos amigos.

Varios de los invitados se volvieron hacia ellos, asombrados. Sobre ambos hombres se cernieron miradas de preocupación. Su excelencia contempló al conde como contemplaría a un niño que se estuviera limpiando las manos manchadas de azúcar en su mejor par de pantalones. James se dio cuenta de que su padre había metido la pata, aunque él no parecía consciente de su error.

—Con su saludo, demuestra que da muchas cosas por sentadas, padre —le dijo en un susurro. No deseaba reprender a su progenitor en público, pero no podía evitar pensar que, si no hacía nada, la situación acabaría yendo a peor.

—Tonterías, hijo mío. Las dos noches que nuestras familias han pasado en compañía nos han convertido en amigos.

«Santo cielo». Varios invitados que estaban cerca les observaban sin disimulo.

—Yo no tengo amigos —dijo el duque con calma—. Quienes crean lo contrario están delirando. —Dedicó una mirada irritada a aquellos que estaban espiando aquel encuentro tan incómodo, provocando que todos ellos salieran huyendo, a excepción de James y su padre.

—Entiendo —dijo el conde, lanzándole una mirada conspiratoria—. Desea mantener en secreto la relación de nuestras familias hasta que todo esté más atado. No necesita preocuparse por eso. No haré nada público hasta que este muchacho cumpla con las expectativas. Y lo hará. Puedo prometérselo, su excelencia.

Si fuera posible morir de vergüenza y horror, James hubiese expirado en ese mismo instante. La mirada del duque se distrajo con alguna otra cosa.

—Parece que tengo que ocuparme de un molesto asunto. —Sus ojos volvieron a dirigirse al conde—. De otro. Usted quédese aquí —dijo, atravesándolo con la mirada. Y usted —sus ojos se centraron en James—, venga conmigo.

Uno no ignoraba un mandato del duque aterrador. Uno tampoco le irritaba con impunidad. Una vez más, tendría que proteger a su familia de la estupidez de su padre. Caminó junto a él, poniéndose cada vez más nervioso mientras los asistentes allí reunidos les abrían paso con expresiones que rozaban el terror.

—Lamento la presuntuosidad de mi padre —dijo—. Es...

—Sé perfectamente cómo es su padre. —Era evidente que el duque no había cultivado estima alguna por aquella relación—. Es a usted a quien todavía estoy intentando comprender.

El hígado de James pidió auxilio en ese momento, pues todavía tenía muy fresco el recuerdo de la promesa de aquel hombre de comerse su órgano vital.

Un grupo pequeño de invitados no se apartó de su camino tan rápido como los demás. Su excelencia los miró solo durante una fracción de segundo, lo que fue suficiente para dejar claro su mensaje. Salieron corriendo de allí a la velocidad de un rayo.

—¿Qué tal se le da el boxeo? —preguntó el duque.

Tras balbucear un instante, consiguió responder:

—Nunca he conseguido ganarle al caballero Jackson. De hecho, nunca he estado cerca de lograrlo, aunque él dice que he mejorado mucho en los últimos años.

—Una respuesta sincera. Qué novedad.

Tal vez, aquello fuera lo más honesto que le había dicho a cualquier miembro de aquella familia en las últimas semanas.

—¿Van a ser requeridas mis habilidades en ese campo?

—La mayoría de los caballeros hubieran hecho esa pregunta con tono aterrorizado, más que con simple curiosidad —dijo el duque.

—Estoy dando por sentado que, si pretendiese golpearme hasta convertirme en un amasijo, se limitaría a hacerlo sin avisarme antes —contestó él. Aquello parecía más propio de su interlocutor.

El duque dejó escapar un sonido, como si estuviera sopesando algo.

—Esa es una observación bastante más inteligente que la que haría cualquier otro caballero. Soy consciente, a pesar de que esperaba lo contrario, de que no es usted del todo insoportable. —Habían llegado al otro extremo del salón. Señaló un punto frente a ellos—. El señor Finley ha estado monopolizando la atención de mi cuñada durante más de cinco minutos, algo que ella no parece estar disfrutando. Sugiero que nos deshagamos de él con rapidez.

—¿Y desea que haga uso de mis patéticas habilidades para el boxeo?

—¿Lo haría si se lo pidiera?

Sabiendo que el duque prefería una respuesta sincera, le dio una.

—No me agrada la idea de que nadie pueda molestar a la señorita Lancaster. Lo que sé de ella me indica que merece un mejor trato. Aunque no estoy en posición de defenderla por mi cuenta, desde luego que le ayudaré a hacerlo. Aun así, es probable que, en lugar de arreglar el problema, una pelea con los puños acabe con mi nariz rota.

El duque asintió con lo que podría ser cierta aprobación titubeante.

—Entonces, Tilburn, déjeme que le muestre cómo se hace.

Se acercó al señor Finley por la espalda, lentamente y en silencio.

—Mis amigos y yo hemos oído hablar de sumas que superan las treinta y cinco mil libras —le estaba diciendo el señor Finley a la joven—. Su cuñado hace que todo Londres esté aterrorizado de hablar con usted y, aun así, si los rumores son ciertos, pretende que se haya casado al acabar la temporada, por lo que necesita un aumento de su dote. Si eso es cierto, me gustaría mucho saberlo. Cualquiera de nosotros lo intentaría por esa suma de dinero.

«Vaya tipo más impertinente, pomposo e insufrible». Decirle algo así a una dama era imperdonable.

—Si otros rumores son ciertos —dijo su excelencia, dirigiéndose al señor Finley con una calma espeluznante—, soy capaz de matarle de seis formas distintas sin siquiera moverme de donde estoy. —El señor Finley se dio la vuelta poco a poco, con los ojos desorbitados por el terror—. ¿Quiere que comprobemos la veracidad de esas habladurías? —preguntó el duque. El señor Finley negó con la cabeza con vehemencia—. Entonces, sepa esto: si vuelve a hablar con la señorita Lancaster, me aseguraré de que conozca de primera mano los motivos por los que todo Londres tiene miedo de dirigirse a ella sin mi consentimiento explícito.

Aunque las amenazas no iban dirigidas a él, James pudo sentir su ferocidad. Mirando alrededor y observando los rostros pálidos de la multitud, supo que no era el único. El señor Finley salió corriendo de la habitación, algo que jamás habría esperado presenciar en una velada. El resto de los congregados puso tierra de por medio entre ellos y su excelencia, James y la señorita Lancaster.

—Dafne. —El duque le hizo un gesto para que se colocase a su lado.

A James no le gustaba el aspecto de los ojos de la joven, repentinamente enrojecidos. La pobre muchacha parecía al borde de las lágrimas.

—Ya conoces las reglas —dijo su excelencia. Ella asintió.

—Nada de llorar —susurró.

Una vez más, James no pudo evitar preocuparse por ella. El señor Finley había sido muy grosero. Si sentía la necesidad de llorar, debería estarle permitido desahogarse.

—Bien, Tilburn, ahora es cuando usted entra en juego. —Su excelencia nunca hablaba sin una firme seguridad—. Lleve a Dafne a dar una vuelta a la habitación. Varias, si es necesario. Y bajo ninguna circunstancia permita que el resto de los invitados la moleste hasta que se haya recuperado lo suficiente como para poder soportarlos.

—Será un placer, su excelencia. —Incluso la escudaría del mismo duque si era necesario—. ¿Vamos, señorita Lancaster? —Le tendió el brazo. Ella lo aceptó sin tan siquiera alzar la vista para mirarle y permitió que la guiara.

—Veo que su madre está lo bastante bien como para unirse a nosotros esta noche, lord Tilburn —dijo después de que hubiesen caminado un poco—. Espero que se haya recuperado de la enfermedad que le afligía hace unas noches.

—Ha mejorado mucho, gracias —contestó James.

—Eso debe de ser un alivio. —Al hablar, el rubor de sus mejillas se acentuó. La conversación ingeniosa de dos noches atrás parecía haberla abandonado debido, con toda probabilidad, a la compañía adicional de tantas personas. Necesitaba recordar que era tímida y que era posible que le sentasen mejor unas atenciones y una conversación más tranquilas.

—Me han comentado que la reunión de esta noche era para celebrar la vuelta a casa de su hermano —dijo—. Todavía no he visto a nadie con el uniforme de la Marina. ¿Va vestido de civil esta noche?

—El barco de Linus todavía no ha llegado a puerto. Al parecer, se han encontrado con una zona de mal tiempo y vienen con retraso.

—Lamento escuchar eso. —Continuaron recorriendo lentamente la habitación—. Sé que deseaba volver a verle.

—Adam le ha prometido a Perséfone que él mismo tomará el control de un barco e irá a buscarlo al centro del océano si es necesario. —El atisbo de una sonrisa volvió a asomar al rostro de la joven—. Mi hermana siempre ha sido como una madre para todos. Se preocupa muchísimo cuando alguno de nosotros está lejos.

—Su descripción me convierte en la madre de mi familia —dijo él—. Me preocupo mucho por ellos cuando soy yo el que está lejos.

La muchacha centró su atención en el bolsito que colgaba de su muñeca. Extrajo un trozo de cuartilla de su interior.

—He apuntado las recetas de tres tisanas diferentes que calman mucho el dolor de garganta. —Le tendió el papel—. Si *lady* Techney todavía se encuentra mal, puede que alguna de ellas le sirva de ayuda.

Tomó el papel, agradecido por su consideración.

—El tónico que le proporcionó a la cocinera la noche de la cena ha resultado extremadamente útil. No creo que madre haya dormido tan bien en años.

Por el rabillo del ojo, vio a la duquesa observándolos con curiosidad e interés. Desde el otro extremo de la habitación, Ben y su madre hacían lo mismo. Su padre estaba bajo las ventanas altas y parecía sentirse muy complacido consigo mismo. No se atrevió a buscar el rostro del duque.

—Soy consciente de que mi cuñado es muy exigente —dijo la señorita Lancaster cuando el silencio se asentó entre ellos—. No necesita seguir caminando conmigo en torno a la habitación si no lo desea.

Su parte cobarde estuvo tentada de aceptar esa vía de escape, pero todavía tenía muy fresco el recuerdo de la descortesía del señor Finley, y no pensaba maltratarla él también.

—Tengo la desgracia de conocer al señor Finley desde hace varios años.

—¿De verdad? —preguntó ella en voz baja.

—Siempre ha sido un poco idiota.

Eso hizo que una pequeña sonrisa volviese a iluminar el rostro pálido de la joven.

—Sé que no debería permitir que me hieran sus comentarios, pero es muy denigrante saber que la gente habla de mí de ese modo, como si fuese tal carga y tan poco valiosa para Adam que tuviese que desembolsar más fondos solo para librarse de mí.

Él colocó una mano sobre la de ella, allí donde reposaba en su brazo.

—A nadie le gusta que lo traten como mercancía, ya sea sin valor o no.

—¿Acaso le trata así su familia? —preguntó ella.

—Mi padre lo hace, desde luego. —Estaba confesándole a la señorita Lancaster algo que no le había confesado nunca a nadie. Incluso con la reticencia de ella y su propia incomodidad con respecto a la situación, le parecía que era una persona con la que se podía hablar con facilidad—. Debe entender que soy el heredero. Mi padre siente que el futuro de nuestra familia depende de que yo cumpla las reglas y obedezca sus órdenes.

—Esa es una creencia muy común —dijo ella—; se ha inculcado en la aristocracia a lo largo de generaciones. Mi abuelo era un barón que fue criado por un barón que, a su vez, fue criado por un barón. —Movió la mano en círculos, indicando que el patrón continuaba incluso más allá de aquellas generaciones—. Perséfone tenía que soportar el sermón del abuelo sobre el asunto del renombre y el orgullo de la familia cada vez que sugería que debería buscar un trabajo para poder mantenernos.

Su padre sufriría una apoplejía si mencionase alguna vez la idea de buscar una posición remunerada.

—Mi abuelo era el primer conde de Techney. Mis parientes solo necesitaron una generación para obsesionarse de forma insufrible con el orgullo familiar.

En lugar de sorprenderse o mostrar su rechazo, la señorita Lancaster se limitó a asentir en señal de comprensión.

—Tal vez su abuelo temía ser rechazado, ser considerado un advenedizo, y por eso se aferró con más fuerza a esos preceptos.

James ni siquiera había considerado aquello bajo ese punto de vista. Quizás el padre de su padre había sido tan persistente e insensible con aquellos asuntos como su padre. Casi sintió lástima por el joven que su progenitor había sido algún día.

—¿Me está sugiriendo que sea paciente con mi padre? —Se aseguró de que su tono de voz no estuviese cargado de censura, ya que pretendía que el comentario fuese una recriminación a sí mismo, más que una reprimenda hacia ella.

—Supongo que, sencillamente, estoy acostumbrada a buscar motivos por los cuales la gente hace las cosas que hace. Me ayuda a tener mejor opinión de ellos.

—¿Es usted así de paciente con su cuñado? —En el mejor de los casos, era probable que fuese una persona de trato difícil.

—Adam no es mala persona. Tan solo está demasiado acostumbrado a que le obedezcan.

Hablaba del temible duque con un cariño muy real en la voz y el regocijo asomando a sus ojos. ¿Qué tipo de jovencita debía de ser para ver la bondad incluso en un hombre cuya merecida reputación hacía temblar a todo el reino?

—Su madre parece inquieta —comentó.

—Se pone nerviosa en las reuniones sociales —explicó él—. Supongo que ha estado demasiado tiempo alejada de la alta sociedad. —Aunque aquella no era la explicación completa, era lo bastante sincera. Contarle todas las inseguridades de la mujer se asemejaba demasiado a una traición. La duquesa acababa de sentarse junto a ella—. Su hermana es muy amable al sentarse con ella, aunque sea solo por un instante.

—No debe temer que la traten mal mientras sea una invitada de la duquesa de Kielder.

James contempló desde la distancia cómo interactuaban las dos damas. Su excelencia dijo algo y su madre asintió. Otro comentario de la duquesa hizo que un gesto de alivio cruzase el rostro de la condesa. Un momento después, era ella la que estaba hablando. Todavía parecía incómoda, pero aquella especie de pánico que la había envuelto a su llegada a Falstone House se había reducido.

—¿Sería demasiado para su madre si nos detuviésemos un momento para hablar con ella?

La señorita Lancaster, a pesar de su propia timidez, pretendía ayudar a aliviar las preocupaciones de la madre de James.

—Creo que apreciaría el gesto —dijo él.

No se podía negar la generosidad que había en aquella joven dama. Y, lo que era todavía mejor, aquella había sido la primera conversación que había tenido en años en la que no se le pidiese algo o se esperase algo de él. Podría acostumbrarse a eso con mucha facilidad.

Capítulo 14

Una mañana, cuando había pasado una semana desde de la fiesta en Falstone House, Dafne entró en la salita de Perséfone. Durante aquel tiempo, James les había hecho una visita matutina de cortesía y tan solo había hablado brevemente con ella en los dos eventos sociales a los que ambos habían asistido. Su interés parecía haber menguado rápidamente, y estaba empezando a preocuparse.

Artemisa estaba apoltronada en el alféizar de la ventana, con la cabeza apoyada en el cristal, observando la calle desde arriba.

—No entiendo por qué no se me permite ir a ningún sitio. —Por su tono de voz, cualquiera diría que estaba siendo terriblemente maltratada.

—Te hemos llevado a varios sitios —contestó Perséfone desde el asiento más cercano a la chimenea vacía. No alzó la vista de su labor.

—Pero nunca a un baile. Todos vais a asistir esta noche, menos yo. Es muy injusto.

Dafne permaneció cerca de la puerta. Ninguna de sus hermanas la había visto todavía.

—Cuando seas lo bastante mayor para tu debut, nos aseguraremos de que bailes todo lo que quieras.

Con un suspiro, Artemisa pareció resignarse. Aquel era el momento para intervenir.

—¿Puedo hablar contigo un momento, Perséfone? —preguntó.

—Por supuesto. —Su hermana le indicó con un gesto que se acercara—. ¿Qué te ocurre?

«No puedo creer que vaya a hacer esto».

—Esta noche, quiero probar a hacer algo diferente con mi aspecto. No estoy segura de qué, pero quiero algo para verme más... bonita.

Perséfone no se rio, tal como había temido que hiciera. Artemisa se giró tan rápido sobre el cojín que pensó que se caería al suelo.

Con un revuelo de faldas, la muchacha se apresuró a colocarse junto a ella, agitando las manos con una emoción desbocada.

—¡Lo sabía! Sabía que te acabarías confundiendo con las paredes. Estaba muy, muy segura de ello.

—Silencio, Artemisa. —La mirada de Perséfone no se apartó de Dafne—. ¿Qué es lo que quieres hacer?

No le gustaba lo dubitativa que sonaba su hermana. Sin embargo, tenía que hacer algo.

—Nada drástico —dijo—. Tan solo quiero un pequeño cambio, algo sencillo, para probar.

—¡Oh, no! Nada sencillo. —Su hermana pequeña le sujetó los brazos justo por encima de los codos, traspasando a Dafne con la mirada—. Es necesario un cambio completo y absoluto. Ropa nueva, peinado nuevo y, quizá, un toque de colorete.

—¡Artemisa Psique Lancaster! —Perséfone parecía verdaderamente asombrada. Las gracias de Artemisa pocas veces sorprendían a ninguno de ellos—. Si estás considerando usar alguna clase de maquillaje, te prometo que Adam y yo jamás te dejaremos salir de esta casa.

—No para mí, Perséfone. Para Dafne. Es ella la que tiene la tez blanca como la nieve.

Dafne se desplomó en una silla. Ese era el motivo exacto por el cual había acudido a pedirle ayuda a Perséfone en lugar de a Artemisa. Perséfone decidió no hacer caso de su hermana menor.

—¿Qué te parece si probamos un nuevo peinado? Tal vez incluso un nuevo corte. No tiene que ser una diferencia muy drástica. Un toque más...

—Favorecedor —dijo Artemisa—. A la moda.

Eso significaba que su estilo actual era desfavorecedor y pasado de moda. Ella prefería pensar que era práctico. Pero la practicidad no parecía ser algo que cierto caballero apreciase en una dama. Solía llevar el cabello recogido en un moño sencillo a la altura de la nuca. ¿Qué era exactamente lo que tenía pensado Artemisa? Esperaba que no fuesen aquellos rizos tan cortos que llevaban las damas más libertinas de la aristocracia.

Para empezar, porque el pelo no se le rizaba y, además, no sentía ningún deseo de que la relacionasen en modo alguno con las mujeres más escandalosas de la alta sociedad.

—Artemisa, ¿podrías dedicarte a seguir mirando por la ventana como un alma en pena y dejarnos hablar en paz?

Ella obedeció, no sin antes lanzarles una mirada de absoluta irritación.

—Dafne. —Perséfone tenía la capacidad de decir su nombre de manera que transmitiese advertencia, firmeza y una preocupación amable en el corto espacio de dos sílabas—. ¿Por qué deseas llevar a cabo este cambio?

—Me he dado cuenta de que otras damas llevan...

—Dafne —la interrumpió, en tono de suave reprimenda—, no te he preguntado por otras damas. Te he preguntado por ti.

Su hermana siempre había sido persistente.

—Estoy intentando ser valiente —admitió—. Mi aspecto actual me hace desaparecer entre la multitud Creo que estoy lista para que se fijen en mí; al menos, un poco.

Perséfone le tomó las manos y se las estrechó con entusiasmo.

—Me complace escuchar eso. Mereces que se fijen en ti. He esperado mucho tiempo para que tú misma te dieses cuenta.

Aquella no era exactamente la epifanía que había temido.

Una hora después, estaba sentada en una silla de respaldo recto, despidiéndose del peinado que había llevado durante cuatro años. Perséfone no había comido; mordisqueaba algo tan poco sustancioso como una tostada mientras observaba cómo su doncella cortaba y peinaba el cabello de Dafne con sumo cuidado.

—Cortarlo un poco marcará la diferencia. —Artemisa había estado entusiasmada hasta el punto de reírse con nerviosismo durante todo el proceso, insistiendo en que le dejasen formar parte de la diversión.

Dafne sintió un escalofrío mientras el sonido de las tijeras resonaba tras ella. Esperaba que «cortarlo un poco» no significase algo drástico. En un rincón, su doncella y la de Artemisa estaban ocupadas modificando dos vestidos de su hermana pequeña que le habían convencido para aceptar como suyos, y que estaban un poco más a la moda que nada de lo que hubiese llevado antes. Un chal de cachemira de Perséfone estaba listo y esperándola sobre el tocador.

—Parece que no puedo convencerla de lo perfecto que sería mi vestido amarillo—se quejó la pequeña de los Lancaster.

—¿El que tiene el escote cuadrado? Es un poco más llamativo de lo que Dafne suele llevar.

Dio gracias en silencio por la influencia lógica y racional de su hermana mayor. Quería que James le prestase un poco de atención, no hacer el ridículo.

—¿Qué le parece, excelencia? —preguntó la doncella, separándose de ella para que su señora pudiese inspeccionar el resultado de su obra.

Su hermana la examinó sin levantarse de su asiento o acercarse un poco. Últimamente parecía más inclinada a permanecer inmóvil. La Perséfone enérgica y siempre ocupada se había convertido una dama que parecía débil y cansada. A Dafne le preocupaba aquel cambio. Deseaba que se tratase de algo temporal e intrascendente.

—Me gusta mucho —dijo—. Parece que, al quitarle un poco de peso, su pelo tiene cierta tendencia a ondularse.

¿Podía ser cierto? Dafne alzó las manos, pasándose los dedos por el pelo. La doncella sujetó un espejo para que pudiese ver el resultado de sus esfuerzos. Ahora su cabello tenía un ligero atisbo de ondas: no estaba rizado del todo, pero tampoco era tan terriblemente liso.

—Más importante que mi opinión es saber qué piensas tú —comentó Perséfone.

No estaba segura del todo. Nunca lo había llevado más corto que a varios centímetros de la espalda. Con el nuevo corte, la melena se detenía a medio camino entre la barbilla y los hombros.

—¿Estáis seguras de que no es demasiado corto?

—En absoluto —dijo Perséfone—. Si lo recogemos en una zona más alta de la cabeza en lugar de tan abajo como sueles llevarlo, y con un par de mechones sueltos para enmarcar el rostro, creo que estarás increíblemente guapa.

Quería creerla, pero «increíblemente guapa» no era una frase que nadie hubiese usado jamás para describirla.

—No estés tan preocupada —insistió su hermana mayor—. El peinado no solo será favorecedor, sino que, además, creo firmemente que Adam se opondría a él con vehemencia. Y eso es una muy buena señal. Quizá recuerdes lo mucho que se molestó la primera vez que te quitaste las trenzas y empezaste a llevar el pelo recogido.

Su tutor había salido de la habitación hecho una furia en medio de un extraño arrebato el día que Dafne había estrenado su nuevo aspecto, más maduro. Perséfone le había explicado que su reacción se debía a que no estaba preparado para que se hiciese mayor. Mientras mantuviese el aspecto de una niña pequeña, podía seguir diciéndose a sí mismo que todavía lo era.

Tal vez aquel fuese el verdadero motivo de que a Adam le disgustase James: interpretaba que tuviese un pretendiente serio como la clara evidencia de que había madurado de forma inevitable. Con el tiempo, aprendería a aceptar el cambio y vería lo bien que había salido todo. Por supuesto, primero tenía que descubrir por qué James había dejado de ir a visitarla.

Dafne contempló en el espejo cómo su nuevo peinado iba tomando forma. Era más atrevido de lo que estaba acostumbrada, pero no podía negar que resultaba más favorecedor.

—¿Crees...? ¿Crees que a un caballero le parecería bonito que lleve el pelo así?

Perséfone le tomó la mano y se la apretó con cuidado.

—Sí lo creo. Pero recuerda, querida, que, si ese caballero en concreto solo se fija en ti por el peinado, difícilmente puede merecer tu atención.

Asintió. Entendía lo que quería decir, pero se daba cuenta de que su hermana no veía toda la extensión del problema. «Hay un motivo por el que los hombres no se enamoran de los muebles». Aunque esas palabras pecasen de la falta de tacto de una muchacha soñadora de quince años, en la mente de Dafne habían adquirido un aura de certeza desde el momento en el que Artemisa las había pronunciado.

Al principio, había sido el deseo de volver a capturar la atención de James lo que la había impulsado a llevar a cabo ese plan, pero se había descubierto deseando incluso con más ardor que aquel nuevo aspecto le diese el coraje que le había faltado en los últimos tiempos.

❊❊❊

—¿Qué demonios es eso? —Aquel saludo era brusco incluso para Adam.

Perséfone acababa de conducir a Dafne hasta la biblioteca de Adam para despedirse de él. De algún modo, la habían convencido para ir a comprar ropa nueva.

—Respira hondo, querido —dijo Perséfone—. Dafne está encantadora.

—Parece una adulta —gruñó él.

—Es que ya es una adulta, bobo. —Perséfone se puso los guantes—. Nos vamos a una expedición de compras. He pensado que era mejor avisarte antes de que empiecen a llegar las facturas.

—¿Qué me importan a mí las facturas? Si sale con ese aspecto, todos los hombres solteros de Londres empezarán a seguirla como imbéciles. No puedes... —Frunció todavía más el temible ceño—. ¿Qué le habéis hecho en el pelo?

—Se lo hemos cortado.

—No me gusta.

Perséfone le dedicó una sonrisa a Dafne.

—¿Qué te había dicho? ¡Es un éxito!

Por primera vez desde que le había pedido ayuda a su hermana para mejorar su aspecto, comenzó a sentirse un poco más segura de los resultados.

—Pasa una buena tarde, mi amor. —Perséfone se estiró para darle un beso en la mejilla—. Volveremos con cantidad de cajas y escoltadas por un sinfín de imbéciles.

Adam se acercó a la puerta pisando con fuerza.

—Voy con vosotras.

—¿De compras? — balbuceó Perséfone.

—No voy a permitir que se repita el comportamiento de Finley. Nadie se atreverá a hablaros de mala manera si yo estoy allí.

—¿Hablarnos de mala manera? —Perséfone se colocó a su lado, junto a la puerta de la biblioteca—. Nadie se atreverá siquiera a respirar.

—Mejor todavía.

—No —dijo su hermana con firmeza—. Ya tienes a todo Londres tembloroso tras haber presenciado las miradas sombrías que has estado lanzando últimamente. Por no hablar de las detalladas amenazas que has proferido. No voy a permitir que consigas que toda la alta sociedad salga huyendo de la ciudad.

—No me importa que huyan, siempre que huyan a algún sitio.

Artemisa apareció por la puerta.

—Si él va a ir de compras, deberíais dejarme ir también. Ya sabéis que me encanta pasar horas y horas en las tiendas.

—Horas y horas, Adam —dijo Perséfone—. Horas de ropa y sombreros. ¿De verdad necesito obligarte a que rechaces acompañarnos?

La mirada confusa de Adam se volvió hacia Dafne.

—¿Tú estás de acuerdo con esto? Nunca te han interesado esas cosas tan frívolas.

La vergüenza encendió sus mejillas. Aunque le tenía mucho cariño, no iba a admitir la verdadera razón de su repentino interés en la moda. Quería ser algo más que una marginada silenciosa. Quería que se fijasen en ella, un deseo que probablemente él reprobase.

—Es un mal necesario —le dijo—. Además, una vez me dijiste que, a menudo, lo único que se necesita para que te tomen en serio es parecer seguro. Creo que ya es hora de que parezca que pertenezco a la alta sociedad en lugar de dar la impresión de que deseo su aprobación desesperadamente.

—No vayas suplicando la aprobación de esos idiotas, Dafne. No se merecen ejercer ese poder sobre ti. —Se acercó a ella y posó las manos sobre sus brazos, cerca de los hombros—. Prométeme que no haces esto por algún deseo inapropiado de encajar en la definición que la alta sociedad le da al valor de una persona.

—Tan solo deseo que mi aspecto refleje la persona que soy: madura, capaz y digna de atención.

Él contempló su nuevo peinado y sus labios se torcieron en señal de desaprobación.

—¿Qué ha sido de la niñita que solía venir a hacerme compañía por las tardes?

—Todavía te hago compañía —le recordó—. De hecho, lo hice justo ayer. Y Perséfone ha estado de acuerdo en que mañana no hagamos visitas matutinas para que pueda hacerte compañía también.

—Mírate. Has crecido. —Negó con la cabeza y suspiró—. No me gusta.

«Querido y dulce Adam», pensó. Se acercó a él y le dio un fuerte abrazo. Como era de esperar, se quejó de inmediato.

—No te pongas sensiblera. —Se liberó de sus brazos—. Si pretendéis vaciar mis arcas en las tiendas, será mejor que os marchéis ya. —Le indicó que se fuera, pero volvió a llamarla cuando ya había alcanzado la puerta—. Si te encuentras con el señor Finley mientras estás de compras, haz que el cochero le dispare y le mande recuerdos del duque de Kielder.

—¿Y si vemos a lord Techney?

—Las instrucciones son las mismas. —Se dejó caer en el sillón—. Hoy prefiero disparar a las personas a través de otros.

Perséfone se rio.

—Ese es nuestro Adam, el Adam al que amamos.

Capítulo 15

James, tomando del brazo a su madre, se dirigió a unos asientos que había bajo la sombra de un olmo en el jardín trasero de su casa de Londres. Desde que había llegado a la ciudad, la salud de la mujer había empeorado un poco más. Su palidez era más notable y apenas salía de su salita privada. Estaba muy preocupado por ella.

—Esto va a ser divertido, madre, ya lo verás. —Se aseguró de que estuviese cómoda y después cubrió sus piernas con una manta ligera.

—¿Jugar a los bolos en la hierba? —preguntó ella débilmente, con un ligero atisbo de curiosidad en la mirada.

—Ben y yo encontramos este viejo juego en el ático y pensamos que sería agradable jugar una partida o dos.

—Estoy demasiado enferma para jugar —insistió.

Él le acarició la mano.

—Lo sé, pero puede que te resulte entretenido vernos jugar. Estás lo bastante cerca como para observarnos.

Ella le sonrió, llena de gratitud.

—Sabía que se te ocurriría el entretenimiento perfecto. —Se permitió soltar un pequeño y conmovedor suspiro—. Confieso que no he disfrutado de este viaje a Londres, pero estoy intentando ser optimista. Ojalá se te ocurra una manera de arreglar todo esto.

—No es tan malo —insistió él—. La señorita Lancaster es una persona encantadora.

—No puedo decir que la conozca lo suficiente como para tomar una decisión al respecto. —Su expresión sincera le llegó al corazón—. Esto no es lo que quería para ti, James. Sé lo que es que otros tomen las decisiones por uno. Y también conozco la infelicidad que surge de un matrimonio forzoso entre dos personas que no son compatibles. El difunto lord Techney no quería escuchar ninguna objeción al respecto. Ni las mías, ni las de tu padre. Yo poseía una dote y eso era todo lo que importaba en aquel momento.

Era plenamente consciente de que el matrimonio de sus padres había sido concertado. Sin embargo, no sabía que ambos se habían opuesto. A su padre le habían obligado a casarse para asegurar dinero para la propiedad. A James le empujaban hacia el cortejo en nombre del estatus social.

Billingsley salió al jardín. Se dirigió a su madre, tal como se consideraba adecuado, pero habló lo bastante alto como para que James pudiera escucharle. Así era como lo habían establecido. Él era quien se encargaba siempre de las visitas, los problemas y cualquier cuestión sobre la administración de la casa.

—La duquesa de Kielder, la señorita Lancaster y la señorita Artemisa Lancaster han venido a verla, su señoría —anunció Billingsley.

Su mente se puso a funcionar de forma frenética ante aquel anuncio. Su madre, gracias a algún milagro, no había perdido la compostura ante la llegada repentina de la dama que pensaba que le había costado la felicidad a su hijo. James le lanzó a Ben una mirada que pretendía advertirle de que se comportara y después hizo un gesto al mayordomo para que condujese a sus invitadas hasta allí. Se preparó para la tarea que se avecinaba: evitar que su familia complicase más una situación que ya era difícil de por sí.

Para su sorpresa, las damas no se dirigieron a él. Al parecer, habían ido a ver a su madre de verdad. Nadie había ido a visitarla en las dos semanas que llevaba en la ciudad. Una visita de la duquesa de Kielder y sus hermanas supondría un empujón para la posición social de cualquiera, y más en el caso de alguien que, para empezar, no tenía ninguna.

—Espero que no le parezca que nuestra visita inesperada es una impertinencia —le dijo la señorita Lancaster a la condesa—. Estos días he estado pensando en su salud. No es poco habitual que un dolor en la garganta acabe extendiéndose a los pulmones, especialmente con el aire viciado de Londres. Nuestro boticario en la ciudad habla maravillas de esta especie de menta en particular para tratar la congestión de los pulmones. —En una mano sujetaba una bolsa de tela pequeña y, en la otra, un trozo de papel—. He escrito las instrucciones para preparar un té muy efectivo.

James se acercó un poco más a la duquesa y le lanzó una mirada inquisitiva. Ella le contestó en voz baja.

—Vinimos ayer, pero nos dijeron que *lady* Techney se encontraba indispuesta a causa de una pequeña congestión en los pulmones. Dafne sabe mucho sobre plantas medicinales, y le ha traído un tratamiento que espera que funcione.

Aquel gestó le sorprendió, aunque no debería. No era la primera vez que la muchacha le había ofrecido su ayuda y su amabilidad al enterarse del mal estado de la salud de su madre.

—Gracias, señorita Lancaster —dijo—. Es muy atento por su parte.

—No hay de qué.

Como si se sintiese incómoda al mirar directamente a los ojos de cualquiera, incluidos los de James, la mirada de la joven vagó por los alrededores, sin centrarse en nada en particular. ¿Cómo debía de ser aquello? James nunca había sido tímido. Que la joven participase de continuo en las reuniones de la alta sociedad y consiguiese mantener conversaciones con otros no hacía sino elevar la opinión que tenía de ella. Ojalá supiese cómo hacer que se sintiera más relajada.

—Lleva usted un hermoso chal. —Por norma, las damas apreciaban que un caballero admirase su atuendo. Una sonrisa diminuta apareció en su rostro.

—Es de mi hermana. —Confesó aquello como si esperase que él retirase el cumplido que le había hecho.

—Aun así, le sienta muy bien.

Su característico rubor volvió a hacer acto de presencia, esta vez acompañado por una sonrisa de verdad.

—Gracias.

La señorita Lancaster parecía una persona sumamente fácil de complacer. Bastaba con una palabra amable o un cumplido sencillo. Esa parte de ella le gustaba.

Ella dirigió la vista justo detrás de él.

—No pretendíamos interrumpir su tarde.

Al momento comprendió la ironía de aquella preocupación. A ella le preocupaba estar interrumpiendo su día. Si un caballero estuviese cortejando a una dama de verdad, su presencia estaría lejos de ser una interrupción. Lo estaba complicando todo.

—¿Deben marcharse o les gustaría unirse a nosotros?

Ella miró a su hermana y recibió un gesto de aprobación. Sin embargo, incluso mientras se dirigían hacia los bolos colocados sobre la hierba del jardín, ella pareció dudar de su decisión de quedarse. ¿Era aquello cosa de su timidez o acaso la habían obligado?

—Señorita Lancaster, si debe marcharse...

Negó con la cabeza. Su sombrero se movió con aquel gesto y ella lo recolocó en su sitio con un movimiento rápido de la mano.

—Me temo que siempre estoy nerviosa con las personas a las que no conozco bien.

Hacía tiempo que él se había dado cuenta de aquello.

—Si se queda más tranquila, mi hermano es tan amenazante como un gatito. No debe temer nada con respecto a él.

—Me di cuenta de que era una compañía agradable durante nuestras pequeñas conversaciones. Soy consciente de que no debo estar nerviosa, pero la timidez no siempre es lógica. —Pareció reunir todo su coraje—: Estoy gratamente sorprendida de que el tiempo sea lo bastante placentero como para continuar. Algo así es difícil de garantizar en esta época del año.

James aceptó el cambio de tema.

—Es difícil de garantizar en cualquier época del año. El tiempo inglés es famoso por su terca falta de predictibilidad. Los franceses tienen emperadores sedientos de gloria y nosotros tenemos un tiempo volátil.

—Y una gran variedad de juegos sobre hierba.

James soltó una risita.

—Ese es nuestro tesoro nacional, desde luego.

Ella sonrió ante aquella ocurrencia, tal como había esperado que hiciera.

—¿Ha llegado ya el teniente Lancaster? —preguntó.

—Por desgracia, no —contestó ella—. Perséfone está fuera de sí. Cualquiera pensaría que sigue siendo el mismo chico de once años que abandonó nuestro hogar por una vida en la Marina en lugar de un marinero veterano de veinte años.

—¿Y al buen teniente le parece bien que su hermana le trate como a un bebé o sencillamente lo soporta?

Ella meditó la respuesta un instante.

—Se esfuerza por mostrar que le molesta su preocupación, pero le he visto derramar lágrimas cuando ella lo abraza. Quizás en el exterior sea un hombre adulto de la Marina, pero, en el interior, todavía es el pequeño Linus, tratando de ser valiente.

James intentó imaginar cómo sería ser recibido con lágrimas de alegría en lugar de con quejas.

—Tiene una familia maravillosa, señorita Lancaster.

—Así es. —Habían llegado hasta donde estaban Ben y los bolos—. Es probable que deba advertirle de que mis hermanas y yo somos muy habilidosas con los bolos. Conseguimos convencer a Adam de que convirtiese parte del jardín trasero del castillo de Falstone en un campo de deportes. —Le lanzó una mirada de advertencia obviamente fingida. Le gustaba la ligereza que le otorgaba a su semblante—. No hay oponente más fiero cuando se juega a los bolos que aquel que ha jugado a la sombra de una horca.

Se inclinó un poco hacia ella y le preguntó en voz baja:

—¿De verdad hay una horca en el castillo de Falstone? He oído rumores, pero uno nunca puede estar seguro de qué historias sobre el duque han sido exageradas.

—Claro que la hay. —La joven ganaba considerablemente en belleza cuando sonreía, sobre todo con aquel hoyuelo solitario que atraía las miradas—. Hay una horca y cepos. Todos se han utilizado en la última década. De hecho, los mantienen en muy buen estado.

—¿Una horca y cepos en un campo de bolos? —James negó con la cabeza ante la grotesca imagen que se había formado en su mente.

—Nos tomamos los bolos muy en serio.

Podía sentir cómo una sonrisa asomaba a su rostro.

—Eso parece. En tal caso, quizá sea mejor que me asegure de que forma pareja conmigo, no sea que me encuentre en la infeliz posición de ser su oponente.

—Eso sería muy inteligente. —Su rubor volvió a aumentar, pero no interrumpió la charla amistosa.

—Prepárate, Ben. La señorita Lancaster y yo vamos a machacarte.

Ben soltó una risa ahogada.

—Tan solo tengo que encontrar una pareja propia para machacaros. Dígame, señorita Lancaster, ¿su hermana juega?

—Ambas lo hacen, aunque no creo que la duquesa esté hoy dispuesta. Sin embargo, Artemisa aceptará su oferta con entusiasmo.

Ben regresó a los asientos donde su excelencia y su madre estaban hablando de algo; la señorita Artemisa no se esforzaba por ocultar su aburrimiento.

—Ben es bastante bueno con los bolos —le dijo James a su compañera mientras sus oponentes regresaban, listos para la batalla.

—Entonces deberemos estar a la altura —dijo ella—. No podemos permitir que nuestros hermanos pequeños nos ganen de una forma tan pública.

Él le tendió el primero de sus bolos.

—En tal caso, debo confiarle un secreto familiar muy bien guardado. —Intentó parecer excepcionalmente serio—. Ben tiene el irritante hábito de mandar lejos la bola blanca, en la dirección donde menos bolos de sus oponentes haya.

Ella chasqueó la lengua.

—Así pues, ¿debo esforzarme para ponérselo difícil?

James asintió.

—Los obstáculos siempre le han dificultado a la hora de apuntar.

—¡Los beneficios de la confianza! —Colocó bien el bolo y entrecerró los ojos mientras contemplaba la bola blanca que esperaba sobre la hierba a que efectuase un lanzamiento—. A cambio de esa información, le diré que Artemisa es una tramposa descarada e irredenta.

Ejecutó el lanzamiento y el camino arqueado que recorrió el bolo lo colocó muy cerca de la bola blanca.

—Otro secreto: Artemisa suspira más fuerte que cualquier otra persona que conozca cuando siente que le están ganando.

Le pasó un segundo bolo, que ella consiguió colocar a la misma distancia de la bola blanca que el primero, solo que en el lado opuesto. El tercer bolo se detuvo frente a la bola, muy cerca, aunque un poco descentrada.

—Ah. —James sonrió—. Creo que ya veo cuál es su estrategia. Para que nuestros oponentes puedan acercarse más que nuestros bolos, tendrán que pasarlos alrededor o arriesgarse a golpear los nuestros y acercarlos más.

La señorita Lancaster alzó la vista hacia James mientras él le tendía el último bolo. Le dedicó otra sonrisa con su consabido hoyuelo, algo que suponía que pocas personas habían visto jamás. Era más que encantador. Natural y expuesto en aquel momento, resultaba deslumbrante. Definitivamente, aquel día había algo diferente en ella, aunque no podía señalar con exactitud el qué. Tal vez algo en su aspecto o la postura que adoptaba. Fuera lo que fuese, se dio cuenta de que le gustaba. Era la misma persona amable de siempre, aunque con un poco de seguridad añadida.

James tan solo se dio cuenta de que se había perdido el último tiro de su compañera cuando la señorita Artemisa declaró entre muchos suspiros que «no se puede esperar que juegue a los bolos con una hermana tan desalmada como la mía». Los cuatro bolos de la señorita Lancaster tenían una simetría casi perfecta, formando una guardia formidable alrededor del tesoro.

—Una buena ronda —dijo James, sintiéndose complacido de que lo hubiese hecho tan bien.

—Escuche lo que voy a decirle —contestó ella con un tono más ligero de lo que él recordaba haberle oído jamás—: Artemisa encontrará la forma de desbaratar cualquier ventaja que haya logrado.

Aquella idea no parecía alarmarla demasiado. No esperaba que él previniese las inevitables trampas o que encontrase una forma de poder ganar. De manera tácita y calmada, la muchacha le había dado permiso para no preocuparse durante un instante, un lujo del que no solía disfrutar.

La señorita Artemisa comenzó su turno con un lanzamiento verdaderamente pésimo, seguido de un suspiro dramático. Reprimió una sonrisa y, por el rabillo del ojo, vio que la señorita Lancaster hacía lo mismo.

—Suspirar es uno de sus talentos —dijo.

—Yo diría que más que un talento, la muchacha es un prodigio. —James no sabría decir cómo mantuvieron el gesto serio—. Aun así, creo que usted le tiene tomada la medida.

—Los juegos de hierba son, quizá, la única área en la que puedo igualarme remotamente a ella —dijo la joven.

—Permítame que lo dude. —Aquel comentario sincero le valió otro vistazo fugaz del hoyuelo.

Los otros lanzamientos de la señorita Artemisa no mejoraron demasiado. Todo lo que tenía que hacer él era colocar sus propios bolos de tal modo que la estrategia habitual de Ben fuese demasiado difícil de llevar a cabo.

La señorita Lancaster le tendió su primer bolo.

—Creo que, después de todo, vamos a machacarles.

—Desde luego, eso espero —contestó él.

Se preparó para hacer el primer lanzamiento.

Un ladrido agudo fue el único aviso que tuvo antes de que una nube de pelo y ruido se abalanzara sobre el campo de juego. El último perro que había adoptado su madre había sido enviado a los establos por haber estropeado los muebles del vestidor, pero, al parecer, su euforia natural no se había calmado. James se dirigió rápidamente al cachorro.

—Deja eso en paz, bribón.

Sus directrices llegaron demasiado tarde. Ninguno de los bolos permaneció en su sitio y la bola blanca acabó en la boca de aquella bola de pelo. El cachorro trotó hasta él como si fuese un sabueso llevándole a su amo la presa de caza. Se acuclilló frente al alborotador.

—Eso no ha sido muy amable por tu parte. —Unos enormes ojos castaños le observaban esperanzados—. Te das cuenta de que has arruinado el juego, ¿verdad? —El cachorro soltó la bola blanca, ahora mojada, en la mano extendida de James.

La alarma ensombreció las facciones de su madre. Le preocuparía que se hubiesen arruinado las actividades de la tarde y la impresión que habría causado a sus invitadas, pero ¿qué podía hacer? ¿Cómo se suponía que debía contener el entusiasmo de un cachorro?

Oyó que alguien se acercaba, con el frufrú de una falda indicando que se trataba de una mujer. Miró por encima del hombro y vio que la señorita Lancaster estaba junto a él.

—Lamento lo que ha pasado con el juego —le dijo James—. Es muy probable que hubiésemos ganado si no hubiera sido por la interferencia de este chucho. —No se le ocurría ninguna manera de salvar la partida. Ella se sentiría decepcionada.

—Le dije que mi hermana hace trampas. —No había esperado aquella respuesta. Ella negó con la cabeza—. Sin duda, encontró alguna manera de convocar a su cómplice de cuatro patas en el momento más oportuno.

James se puso en pie, observándola con confusión. Trató de alejar al perro cuando este comenzó a jugar con las borlas de su bota izquierda. ¿Eso era todo lo que había ido a decirle? ¿Ninguna queja? ¿Ninguna petición?

—¿No se siente decepcionada por el juego?

Ella apoyó la mano con suavidad sobre su brazo y, una vez más, le dedicó una de sus francas sonrisas.

—Tan solo es un juego. No ha causado ningún daño importante.

—Una cabeza cabal durante una crisis. —James volvió a lanzar la pelota blanca sobre la hierba y se limpió las babas del cachorro con un pañuelo—. Es un cambio agradable.

—Por lo general, ¿consideraría que una partida de bolos interrumpida es una crisis? —preguntó ella.

El joven miró en dirección a su madre, que todavía tenía las manos apretadas, esperando alguna catástrofe. Podía resultar una persona difícil cuando se sentía turbada.

—En esta casa, todo es una crisis.

—¿Y siempre se espera que usted salve a los demás? —preguntó la señorita Lancaster. Aquello era más perspicaz de lo que había esperado. Sentía que no necesitaba darle una respuesta Le preguntó—: ¿Puedo hacerle una sugerencia?

¿Quería abordar su problema? Él asintió, curioso a la par que sorprendido.

—Permita que su hermano se encargue de solucionarlo esta vez.

No podía limitarse a dar la espalda a los problemas.

—Este bribonzuelo ha complicado las cosas. —Como si quisiera mostrar todavía más su naturaleza revoltosa, el cachorro siguió mordisqueando las borlas de James.

La señorita Lancaster gesticuló en dirección al final del campo de juego, donde Ben ya había recogido los bolos que se habían dispersado y parecía estar preparando otra partida.

—El señor Tilburn parece muy capaz.

—Entonces, ¿debería tener éxito en mi huida? —La perspectiva era tentadora. Ella asintió.

—Permitir que otra persona cargue con las responsabilidades de las que usted suele ocuparse sería bueno para todos los implicados.

James nunca le había dado la espalda a un problema familiar, ya fuese grande o pequeño. Dejar que otros se ocupasen de cualquier asunto le resultaba incómodo y extraño. Aun así, la señorita Lancaster le contemplaba con paciente expectación.

La situación estaba lejos de ser nefasta. Podría permitirse centrarse en su propia diversión, solo por un momento. Seguro que aquello no era pedir demasiado.

—Por mi parte —dijo finalmente—, me encantaría saber cómo reacciona este chucho al ver un volante de bádminton. —Mientras acompañaba a la muchacha hacia la cesta de los juegos de hierba, se sintió aligerado. No había nada como una sonrisa que no había necesitado ganarse.

Capítulo 16

Ser sociable era extenuante. Dafne había hablado e interactuado con más personas en los últimos días de lo que generalmente solía hacer en el transcurso de un mes. Aquello le hacía sentirse todavía más agradecida por los días en los que tenía el placer de disfrutar de la compañía silenciosa de Adam.

Sin embargo, su encuentro de aquella tarde estaba llegando a su fin. Él se había levantado del sillón.

—No sé si Perséfone me permitirá saltarme las visitas de mañana —dijo ella.

—Mañana no estaré en Londres. —Dejó el libro que estaba leyendo sobre el escritorio.

—¿Vas a salir de viaje?

Él asintió con una expresión carente de entusiasmo.

—Tengo que ir a Shropshire. De hecho, debo salir en menos de una hora.

El corazón de Dafne se detuvo por un instante.

—¿Le ha ocurrido algo a nuestro padre? —Su salud había empeorado progresivamente durante los años que ella y sus hermanas llevaban viviendo con Adam y Perséfone.

—Su cuidadora me ha informado de que su estado mental se ha deteriorado todavía más. He pensado que lo mejor es comprobar por mí mismo cómo están las cosas para poder darle a tu hermano una explicación detallada cuando llegue a puerto.

Dafne asintió ante lo inteligente de aquella idea, aunque el momento parecía sospechosamente conveniente para un caballero que despreciaba Londres durante la temporada.

—Te perderás una parte importante de todo el tumulto social. —Le lanzó una mirada cómplice—. Estoy segura de que eso te rompe el corazón.

—Guárdate los comentarios jocosos para ti misma —masculló—. No me complace dejar a mi esposa para que se las arregle sola en este cubil de idiotez. —Se acercó al sofá en el que estaba sentada. Cierta seriedad apareció en su mirada y Dafne se dio cuenta de que no podía seguir bromeando con él—. Tampoco me quedo tranquilo marchándome cuando su salud no está en el mejor momento.

La joven se había dado cuenta del ánimo menguante de Perséfone, pero nadie le había dicho que su hermana estuviese verdaderamente enferma.

—Si necesita regresar a casa...

Adam interrumpió su oferta antes de que la hubiese planteado del todo.

—Tu hermana insiste en que está lo bastante bien como para quedarse y, en los últimos siete años, he aprendido que discutir con ella es tan inútil como explicarle al rey regente los beneficios de hacer ejercicio.

—O de llevar una dieta saludable —añadió ella.

Un atisbo de diversión atravesó el gesto sombrío de su cuñado. Dafne se alegró de que así fuera; no le gustaba verle tan agobiado.

—¿Cuánto tiempo esperas estar fuera?

—El viaje no será demasiado largo, pero mi estancia allí depende por completo de lo que me encuentre al llegar, y de cuánto le cueste llegar a tu hermano.

Dafne cambió un poco de postura para mirarlo de frente. Adam estaba sumido en su rol de supervisor de la hacienda, metódico y concienzudo. Hacía tiempo que había aprendido que, en aquellos momentos, lo que más necesitaba era alguien que le escuchase.

—Además, todo se va a complicar inmensamente, dado que me llevo a Artemisa conmigo. —Su tono irritado era muy revelador.

—En nombre del cielo, ¿por qué te haces eso a ti mismo? Es más que probable que acabes tirándola por la ventanilla del carruaje a mitad de camino.

Las arrugas del rostro de su cuñado indicaban con claridad que no esperaba de aquel viaje ni un ápice de compostura.

—En ocasiones así, es muy inoportuno estar enamorado de forma irrevocable de tu esposa.

—¿Vas a hacerlo por Perséfone?

Él asintió.

—Haría cualquier cosa por ella.

Todos los miembros de la familia sabían que a Adam le irritaba el ánimo frenético de Artemisa. Aun así, estaba dispuesto a soportar su única compañía y lo que probablemente sería una larga retahíla de quejas mezcladas con ensoñaciones ridículas con tal de librar a su esposa de los problemas que causaba. ¿Cómo debía de ser aquello? ¿Cómo sería que un hombre la amase hasta ese punto de abnegación?

—Tengo unos cuantos encargos para ti. —Fue directo al grano—. En primer lugar, no permitas que lord Techney te intimide, algo que le gusta hacer hasta la exasperación.

—Puede que sea de naturaleza tranquila, Adam, pero, en todos los años que he estado bajo tu tutela, ¿alguna vez has sabido de alguien que me intimidase?

Él asintió con firmeza.

—Lo siguiente que quiero es que tengas cuidado con ese tipo escurridizo que pretende estar cortejándote.

—¿Ese tipo escurridizo que pretende estar cortejándome? —No le gustaba en absoluto aquella elección de palabras y esperaba que su tono se lo indicase—. Desde luego, tienes una visión escéptica de las cosas para alguien que se ha hecho sumamente difícil de ver entre la alta sociedad estos últimos días.

—Aun así —dijo él sin mostrar ningún arrepentimiento—, he estado vigilando a lord Tilburn tan de cerca como aquel día que te llevó a pasear por Hyde Park. La única diferencia es que, esta vez, decidí no permitir que se diese cuenta de mi vigilancia.

Sintió un revoloteo nervioso en el estómago.

—¿Y qué has descubierto con tu espionaje? —preguntó, tratando de sonar despreocupada. Él entrecerró los ojos mientras la estudiaba durante un instante.

—Probablemente nada de lo que tú no te hayas dado cuenta ya, aunque apuesto a que lo has rechazado o le has buscado una explicación.

—¿Como qué, por ejemplo?

No fue capaz de retener toda la seguridad que había mostrado en su tono tan solo un momento antes. De hecho, se había dado cuenta de un par de cosas que le preocupaban. Adam abordó el tema sin vacilar:

—Lord Tilburn te dedica la misma cantidad y el mismo tipo de atención que a su madre, a su hermano, y a unos cuantos de sus conocidos menos íntimos. Está sorprendentemente ocupado con la hacienda, la familia y los asuntos políticos para alguien que ni es el señor de la mansión, ni el cabeza de familia, ni el dueño del asiento en la Cámara de los Lores. Por lo general, un caballero sumido en un cortejo se esfuerza bastante más.

Dafne se tragó el nudo que se le estaba formando en la garganta.

—¿Y qué es lo que sospechas de él?

Adam se encogió de hombros.

—Nada en concreto. Tan solo creo que es extraño que un caballero que, en los seis años que hace que lo conozco, ha demostrado ser muy cortés y meticuloso se muestre ahora tan despreocupado. Su entusiasmo por otros asuntos es más evidente que por este cortejo.

Había sentido cierta alarma al comprobar que sus atenciones no se tornaban más frecuentes, ni habían ido más allá de los meros inicios de una amistad. Pero se trataba de James Tilburn. Era un sueño haciéndose realidad. A pesar de su inseguridad, no estaba dispuesta a darse por vencida.

Fijó la mirada en la chimenea, incapaz de mirar a Adam mientras hablaba en voz alta de sus preocupaciones.

—¿Crees que ha cambiado de idea con respecto a mí?

—No, creo que todavía necesita aclararse al respecto. Me da la impresión de que es un hombre confundido.

Sintió cómo él le pasaba un brazo por los hombros. Soltó un suspiro, dejando escapar también los días de preocupación y frustración.

—¿Y qué ocurrirá si llega a la conclusión de que no merece la pena gastar su tiempo o energía en mí?

Adam le dio un apretón en el hombro.

—Yo tan solo le sugerí que realizase una única visita matutina, que no rechazó. Sin embargo, ha venido más de una vez. Tras la escolta armada del parque, pensaste que no volvería y, aun así, lo hizo. Hasta ahora, ha demostrado ser un caballero con determinación.

—¿Pero? —Alzó la vista hacia él, pues sentía que había algo más.

—Pero te pido que tengas cuidado, Dafne. Utiliza la inteligencia con la que Dios te bendijo. No deseo verte sufrir.

Ella asintió. Sus palabras le habían ayudado a poner los pies en la tierra. Si él también se había percatado de la falta de atenciones por parte de James, entonces no eran imaginaciones suyas. Ojalá supiera el motivo.

—Hay algo más que necesito que hagas por mí mientras estoy fuera.

—Por supuesto —contestó ella, agradecida por el cambio de tema.

—Cuida de Perséfone. Jamás se me ocurriría dejarla atrás si tú no estuvieses con ella. Sé que puedo confiar por completo en tu juicio, sobre todo en lo que respecta a su salud.

Dafne apoyó la cabeza en su hombro. Durante los últimos seis años, se habían sentado así en muchas ocasiones, tanto en aquella biblioteca como en la del castillo de Falstone. No era un hermano tan afectuoso como había sido Evander, pero sí era más parecido a la figura paternal atenta que su propio padre no había logrado ser.

—Me aseguraré de que se cuida.

—Cuídate tú también.

Prometió que lo haría. Cierta resignación reluctante y, hasta cierto punto, jocosa, inundó el rostro y la voz de Adam.

—Y pasa algún tiempo con ese señorito por el que sientes tanto afecto. Parte de mí desea que mis sospechas sean totalmente infundadas.

Dafne sonrió.

—Yo también espero que lo sean. Sería agradable descubrir que no eres el único caballero en mi círculo al que merece la pena conocer.

—Le contaré a tu hermano la mala opinión que tienes de él —dijo, poniéndose en pie de nuevo.

—Linus se limitará a reírse. —Sabía que era cierto—. Para ser justos con él y con Harry, ellos también encajan en ese molde.

—Supongo que tu padre también, antes de que su mente empezara a apagarse.

Adam no había conocido a su padre durante los años en los que todavía estaba lúcido. Dafne tan solo tenía unos pocos recuerdos de los tiempos anteriores a que comenzase a apartarlos de él. Tan solo recordaba pequeños fragmentos, momentos congelados en el tiempo. Había un hilo común que los recorría todos. Recordaba con claridad a aquel hombre sonriendo; no sonriendo en general, sino sonriéndole a ella. Solía sentarse en su escritorio, estudiando a un filósofo griego u otro, y ella solía sentarse en su regazo, fingiendo que también estaba leyendo. A menudo él dejaba de estudiar para hablarle de los dioses y las diosas que tanto le habían fascinado durante toda su vida.

Era demasiado joven como para poder evocar los detalles de las historias que le había contado, pero recordaba con una claridad absoluta la sensación de su abrazo y la seguridad que había encontrado en él. Hubo un tiempo en el que su padre había sido una fuente de amor y consuelo en su vida. Pero aquello había sido mucho tiempo atrás, antes de que se hubiese vuelto distante e inalcanzable, antes de que los hermanos de Dafne se hubiesen visto consumidos por las necesidades de la supervivencia. Sus partidas, ya fuesen intencionales o no, ya fuesen de naturaleza física o emocional, le habían roto el corazón grieta a grieta. Incluso ahora, a pesar de los años que había pasado en la estabilidad que suponían la vida y el hogar de Adam, nunca escapaba del todo a la espera ansiosa de que otra de las personas que amaba le diese la espalda.

Capítulo 17

James entró en el salón de baile de lord y *lady* Percival Farr con más confianza de la que había sentido desde que le hicieran comenzar el cortejo con la señorita Lancaster. Para empezar, porque todo Londres ardía con la noticia de que el duque de Kielder había cambiado la ciudad por el paisaje agreste de Shropshire, otorgando un aire de alivio y relativa seguridad a los diferentes eventos de la aristocracia. Además, había disfrutado lo suficiente de la compañía de la joven en sus anteriores encuentros como para descubrir que ansiaba estar en su compañía una vez más.

—Tilburn.

Se volvió ante el sonido de la voz de su padre. Estaba en un lateral del salón de baile junto con un grupo pequeño que incluía a la señorita Lancaster y a la duquesa. Le hizo un gesto para que se acercase.

—Hemos estado debatiendo sobre los asuntos del día. —Tenía la cabeza erguida en aquel ángulo petulante que exhibía siempre que era el centro de atención. James había crecido viendo aquella postura, y ponía sumo cuidado en no imitarla.

—¿De política, padre? ¿En un baile?

Cierta frialdad ensombreció el gesto del hombre, aunque era probable que solo resultase evidente para James. No le gustaba que le corrigiesen, sobre todo en presencia de otros.

—No creo que el tema haya ofendido a nadie —dijo, mirando en torno al grupo.

El señor y la señora Fillmore, que vivían muy cerca de Techney Manor en Lancashire, reconocieron la señal, sin duda gracias a su gran familiaridad con ella. Los Fillmore sentían aún más devoción por su padre que el chucho revoltoso de su madre por James. Su posición en la alta sociedad no podía equipararse a la de un conde, ni siquiera a la de uno de importancia relativamente menor, y, por lo tanto, no recibían invitación para todos los eventos a los que asistía su padre durante la temporada. Sin embargo, cuando estaban en su presencia, siempre le adulaban.

—Por supuesto que no nos hemos ofendido —concedió rápidamente la señora Fillmore.

—Ha sido fascinante —asintió el señor Fillmore para, al parecer, darle énfasis—. Como siempre, milord —añadió, tal como se esperaba de un buen advenedizo.

El hombre pareció satisfecho.

—Parece que, después de todo, el tema de conversación no ha resultado de tan mal gusto.

Él reprimió la observación de que tanto la duquesa como la señorita Lancaster se habían reservado su opinión.

—Me parece que, ahora mismo, nuestra nación necesita emprender muchos cambios —dijo su progenitor.

Mientras él pontificaba, James se acercó a la señorita Lancaster.

—¿Cuánto tiempo lleva siendo el centro de atención? —susurró.

—Lo bastante como para que la mayoría de su audiencia se haya marchado discretamente.

—¿Y por qué se han quedado ustedes?

—Porque hemos cometido la estupidez de colocarnos tan cerca como para que nuestra partida no pase desapercibida.

Por algún motivo, sentía ganas de sonreír cada vez que captaba un atisbo del hoyuelo de la señorita Lancaster. No era lo único de ella que captó su atención en ese momento. Llevaba el pelo diferente, más suave: no se estiraba hacia atrás con la misma tensión que en el pasado y había dejado algunos mechones sueltos. Probablemente, era raro que un caballero se diese cuenta de algo así, y no podía asegurar con certeza por qué él lo había hecho.

—Ha cambiado su peinado —dijo. Su asentimiento con la cabeza fue pequeño e inseguro, y en sus ojos se adivinaba una pregunta fácilmente perceptible—. Me gusta mucho.

Le dio las gracias en voz baja, pero con sinceridad. Parecía como si fuese a decir algo más, pero su padre la interrumpió.

—¿Y usted, señorita Lancaster? ¿Está de acuerdo?

—¿Si estoy de acuerdo con qué exactamente, lord Techney?

Su rubor aumentó. James le apoyó con suavidad una mano en la parte trasera del brazo, deseando que interpretase el gesto como la ofrenda de apoyo que él pretendía que fuese. Había algo en aquel contacto que a él también le resultaba reconfortante.

—Estábamos discutiendo sobre la necesidad de que, en estos tiempos tumultuosos para nuestra nación, haya mayor responsabilidad entre los ciudadanos.

—Y entre los miembros del gobierno —añadió la señorita Lancaster.

—¿Qué quiere decir? —Estaba claro que su padre no había esperado nada que no fuese una aceptación general de su postura.

La muchacha se limitó a negar con la cabeza. Pareció acercarse un poco más a James.

—Padre...

—Me gustaría escuchar lo que quiere decir —le interrumpió—. ¿Le parece que el gobierno está siendo irresponsable, señorita Lancaster? Tal vez no es consciente de todos los asuntos a los que se enfrenta el Parlamento, o las votaciones cruciales que se están llevando a cabo.

Se sintió avergonzado por el tono condescendiente del hombre. Su familia era habitualmente receptora de aquel tratamiento, que acababa con su madre llorando, Ben sumido en un silencio dolido y James frustrado por su incapacidad de proteger a aquellos que le importaban de la frialdad de su progenitor.

La joven volvió a hablar, sin alzar un ápice el tono de su voz.

—Mi ignorancia, lord Techney, no es tan grande como para no darme cuenta de que esas decisiones tan cruciales a las que hace referencia tan solo las toman aquellos miembros del Parlamento que se molestan en estar presentes cuando se realizan las votaciones. Muchos están aquí, en la ciudad, pero piensan que su tiempo está mejor empleado en dar placenteros paseos y acudir a actos sociales.

Desde luego, aquel había sido un golpe considerable. Su padre llevaba varias semanas sin asistir a la Cámara de los Lores, y tampoco había asistido de forma consistente antes de eso. Muchas votaciones importantes se habían llevado a cabo sin su presencia. Por una vez, parecía desconcertado; la duquesa, por el contrario, se mostraba satisfecha.

—Lord Tilburn —dijo su excelencia—, ¿sería tan amable de acompañarnos a mi hermana y a mí hasta esos asientos al otro lado de la salita? Siento la necesidad de sentarme allí.

—Será un honor acompañarlas a ambas.

Su excelencia no mostró ni un atisbo de sonrisa.

—Qué responsable es usted.

James era lo bastante mayor como para recordar vagamente los rumores en torno al matrimonio del duque y la duquesa de Kielder. La mayor parte de la alta sociedad no podía entender qué era lo que les había unido. James comprendía parte de lo que él veía en su esposa: una mujer inteligente y capaz con unas agallas admirables.

—¿Aquí está bien? —preguntó cuando alcanzaron el grupo de sillas que estaba en el lado opuesto de la estancia.

—Es perfecto —contestó la duquesa. Se sentó con una postura algo encorvada, como si estuviera agotada.

La señorita Lancaster dudó.

—Espero no haber ofendido a su padre. —Parecía preocupada—. Estoy acostumbrada a debatir con Adam, que prefiere la franqueza a la diplomacia.

—Permítame que sea yo quien se preocupe por mi padre. Creo que su hermana agradecería su atención.

La angustia no abandonó el rostro de la joven. Se apartó para poder hablar con él en privado.

—Hace un par de días que Perséfone no parece encontrarse muy bien. Sin Adam para cuidarle, me preocupa que vaya a exigirse demasiado a sí misma.

—Si necesita algo, tan solo tiene que decírmelo.

Ella le sonrió.

—Gracias.

Le indicó con un gesto que debería sentarse junto a su hermana.

—¿Ha aparecido ya el hermano pródigo? —preguntó.

—Por desgracia, no. Adam fue a visitar el almirantazgo antes de partir a Shropshire. Pudimos escuchar su llanto hasta en Grosvenor Square.

—¿Llanto? —James se sentó en el asiento libre que había junto a ella—. Jamás hubiese imaginado que su excelencia era alguien que llorase.

Tanto la señorita Lancaster como su hermana sonrieron ante aquello. James se dirigió a la duquesa:

—He oído hablar mucho del teniente ausente.

—Si logra verle, aunque sea un mero atisbo, hágamelo saber —contestó ella—. Me tiene muy preocupada.

—Estaré siempre vigilante, su excelencia.

La duquesa sonrió con afecto.

—Adam sí sabe cómo hacer las cosas.

Todos alzaron la vista al oír el sonido de unos pasos acercándose. James se puso en pie.

—Buenas noches, señora Bower. Señorita Bower. —Ellas hicieron una reverencia y él se inclinó levemente—. Su excelencia, ¿conoce a las Bower?

—Así es —contestó—. Es un placer volver a verlas.

James había conocido a las Bower dos temporadas atrás, cuando la hija mayor había debutado. Por suerte para él, había puesto sus miras en el hijo más pequeño de un marqués y él no había tenido que maniobrar para escapar del alcance de las ambiciones de la madre de ella. Todavía no sabía cuáles eran las intenciones de la Bower más joven.

—Nuestras más sinceras disculpas, excelencia —dijo la señora Bower—, pero hemos venido para intentar privarla de su compañía. — Se volvió hacia James con una sonrisa—. Muchas de las otras damas se han dado cuenta de que todavía no ha bailado esa noche, lord Tilburn.

Con sutileza, hizo que su hija se adelantase un poco. Si la señorita Bower compartía en cualquier medida la naturaleza egoísta o la falta de discernimiento social de su madre, James intentaría hacer todo lo posible para asegurarse de que no depositara sus esperanzas matrimoniales en él.

—He pasado las últimas piezas hablando con mi familia, la duquesa y su hermana —dijo—. Creo que eso es tiempo bien empleado.

—Oh, claro. Desde luego. —La señora Bower le dio a su hija otro golpecito que, en esta ocasión, fue mejor interpretado. La señorita Bower le sonrió con modestia fingida.

—Aun así, pretende bailar, ¿verdad? Después de todo, esto es un baile.

—No deseo ser maleducado.

«Cielo santo, ¿cómo salgo de esta?».

—Entonces, ¿bailará? —Nadie podría acusar jamás a la señorita Bower de ser tímida.

—Yo... No hay... Yo...

—Lord Tilburn ya se ha comprometido para la siguiente pieza —dijo la señorita Lancaster sin previo aviso—. Su naturaleza amable impide que rechace su invitación de forma directa, pero su integridad le impide no mantener su promesa. ¿Entiende la situación imposible en la que se encuentra?

Las Bower la contemplaron con sorpresa. Por su parte, James estuvo a punto de abrazarla. Le había ofrecido la vía de escape que él mismo no había sido capaz de concebir. Un contraataque brillante.

—¿Con quién va a bailar? —La señorita Bower recuperó la voz con rapidez.

—Se lo he prometido a la señorita Lancaster. —No deseaba obligarla a bailar con él si no quería. Ya le había impuesto su presencia demasiado tiempo—. Dejaré que sea ella quien decida si nos unimos al baile o sencillamente continuamos con nuestra entretenida conversación. En cualquier caso, no estoy disponible para la siguiente pieza.

Le tendió el brazo a la joven y ella, tan avispada como siempre, lo tomó como si fuesen a dar una vuelta por la habitación, a la espera de que comenzase una nueva pieza.

—Le pido disculpas —añadió James, que no deseaba ser maleducado, a pesar del mareo creciente que sentía al haber escapado de las maquinaciones evidentes de aquella mujer.

—Prométale a Cynthia el baile después de ese y le perdonaremos todo. —La sonrisa de la señora Bower se volvió triunfal.

—En realidad —dijo la duquesa, interrumpiendo lo que fuera que la señora Bower pretendía añadir—, antes de su llegada, había estado a punto de pedirle a lord Tilburn si sería tan amable de encargarse de que pidieran nuestro carruaje. No me encuentro demasiado bien.

La atención de la señorita Lancaster se dirigió inmediatamente a su hermana. Abandonó el brazo de James para poder examinar a la duquesa más de cerca. Su excelencia había palidecido de forma notable.

—Haré que traigan su carruaje de inmediato.

—Parece, señora Bower —continuó la duquesa—, que seremos nosotras quienes le priven de su compañía y no al revés. Espero que nos perdone.

—Espero que regrese y baile tras haber llamado al carruaje. —La señora Bower no parecía de las que abandonan su causa con facilidad. Si ella y su padre uniesen fuerzas en algún momento, podrían sembrar el caos en todos los continentes—. Un buen número de jóvenes damas cuentan con usted.

Hizo un gesto en dirección a un grupo reunido no muy lejos de allí. Jovencitas y sus madres, todas y cada una de ellas. A James nunca le habían faltado compañeras dispuestas en cualquier baile, aunque nunca había sido particularmente popular entre las damas.

La señora Bower sonrió. La señorita Bower sonrió. La multitud cercana sonrió. James, sin embargo, le tendió la mano a la duquesa de Kielder y la ayudó a levantarse, enlazando su brazo con el de ella. La señorita Lancaster colocó la mano bajo el otro codo de su hermana.

—No soy una inválida —se quejó la duquesa.

Dafne apartó las manos, dejando que James asistiese a la duquesa. Sus miradas se encontraron. Él le dedicó una sonrisa; deseaba que la reprimenda de su hermana, por muy discreta que hubiese sido, no la hubiese herido. Parecía un poco decepcionada, pero no dolida de verdad.

—Creo que deberíamos marcharnos —dijo la señorita Lancaster.

—Que no se diga que no soy capaz de reconocer a una damisela en apuros —dijo él.

En cuanto llegaron a la antesala, su excelencia volvió a hablar.

—Si bien admitiré que no estoy fingiendo mi poco deseable estado de salud actual, diré que creo que es demasiado pensar que soy una damisela en apuros. O, para el caso, que Dafne lo es.

—Me ha malinterpretado, su excelencia. Hablaba de mí mismo.

Ella le dio un cachete de forma juguetona, aunque débilmente. La condujo hasta una silla que había en la entrada. La señorita Lancaster se colocó a su lado mientras él pedía a los sirvientes de lord Percival que fuesen a buscar el carruaje de los Kielder.

—Soy muy consciente de que no necesitan que lo haga —les dijo a las damas—, pero agradecería que me permitiesen acompañarlas a casa. Me quedaría más tranquilo, sobre todo sabiendo que el duque no está en la ciudad.

—Además, le permitiría evitar tener que interpretar el papel de la reina de este baile —añadió la señorita Lancaster con la voz llena de regocijo.

—Así mato dos pájaros de un tiro.

—Voy a aceptar su oferta con mucho gusto, lord Tilburn —dijo la duquesa—. Y le doy las gracias por ella.

—Es un placer, excelencia.

Pocas veces le daban las gracias por sus esfuerzos. Encontró maravillosa aquella nueva experiencia.

Capítulo 18

Para cuando llegaron a casa, Perséfone parecía agotada. Sus quejas eran ambiguas: sentía malestar, fatiga y un atisbo continuo, aunque no urgente, de náuseas. Al no saber cuál era el origen de la enfermedad de su hermana, a Dafne le costaba recomendarle una tisana o un tónico que le aliviara el sufrimiento. Al final, le dio instrucciones a la cocinera para que preparase un té de jengibre que le asentase el estómago y le encargó a la doncella que le colocase un paño humedecido con agua tibia de lavanda en los hombros para ayudarla a relajarse y, con suerte, dormir.

A la mañana siguiente, dado que Artemisa estaba en Shropshire, probablemente encerrada en cualquier versión improvisada de una mazmorra que su cuñado hubiese podido encontrar, y, gracias al cielo, Perséfone todavía estaba durmiendo, Dafne acabó paseando en torno a una pequeña plaza vallada que había a unas manzanas de su residencia de Londres, acompañada tan solo por Fanny, la doncella que Adam siempre les asignaba a ella y sus hermanas como carabina en todas y cada una de las excursiones.

—Espero que me perdone si mi comentario está fuera de lugar —dijo Fanny cuando apenas llevaban unos minutos en el parque—, pero, aquel, un poco más adelante, parece el joven lord Tilburn.

Efectivamente, se trataba de James. Techney House no se encontraba en aquella plaza, aunque muchos jóvenes caballeros solían tener estancias propias fuera de la casa familiar. Entonces, ¿vivía cerca?

«Debería ir a darle los buenos días. Seguro que agradecerá mi compañía». Aunque tal vez estaba siendo inexcusablemente presuntuosa. Algunos de sus peores recuerdos eran de rechazos como el que temía que le esperaba.

«¿Siempre tienes que estar en el medio, Dafne?», le había dicho Perséfone más de una vez en tono exasperado. De vez en cuando, Atenea había rechazado sus intentos de ayudarla, insistiendo en que era demasiado pequeña o que solo empeoraría las cosas. Antes de que él y Evander se marchasen a la Marina, Linus se había limitado, durante años, a ignorarla. Incluso cuando era una niña pequeña, había sido consciente de que su familia no pretendía herir sus sentimientos, y la mayoría de sus interacciones eran amables y cariñosas, pero aquellos momentos en los que se había sentido tan prescindible regresaban a su memoria en situaciones en que la asaltaban la duda o las preocupaciones. Aunque había aprendido a protegerse de la posibilidad de ser rechazada a base de desaparecer entre la multitud, de mantenerse callada y discreta, en los últimos días había estado probando un enfoque diferente, que quería pensar que era mejor, aunque le supusiera un riesgo mayor.

Que la ignorasen cuando se estaba escondiendo no dolía tanto como que la abandonasen cuando estaba pidiendo ser amada.

«No tema, gorrioncillo». La voz de James resonaba a lo largo de los esperanzados recuerdos de seis años atrás. «No tema».

Tomó aire para recobrar fuerzas. James nunca había sido antipático ni abiertamente desdeñoso; seguro que tampoco lo sería en aquel momento. Pero, aun así, había veces en las que ni su propia familia deseaba tenerla cerca. Ni siquiera su padre, que había acabado por rehuirla por completo, la había rechazado durante sus primeros años de vida. La amabilidad pasada no garantizaba que no hubiese decepciones en el futuro.

Su diminuto cachorro, con un pelaje que mezclaba tonos marrones y amarillos, corría entre sus pies, ladrando con entusiasmo. Él no le daba patadas o le hablaba de forma brusca; sencillamente, se esforzaba por no pisarle las patitas mientras continuaba con su lento paseo en torno al parque.

Dafne sintió cómo una sonrisa aparecía en su rostro. Aquel era su James Tilburn, con sus cachorritos, sus gorriones y su compasión inherente. Se enderezó; sentía cómo en su interior se asentaba una pequeña, pero bienvenida, llama de confianza. Aquel era un caballero por el que el riesgo merecía la pena.

Él la vio un momento antes de que lo alcanzase.

—Buenos días, señorita Lancaster.

La sorpresa de verla se apreciaba en su rostro, pero no creyó que pareciese descontento.

—Buenos días. —«Confianza», se repitió a sí misma—. Parece que tiene usted un pequeño admirador. —Con un gesto, señaló al cachorro que correteaba alrededor.

Con sumo cuidado, James le dio un golpecito con la bota.

—Es cierto que se ha encariñado conmigo. Los dos últimos días no he podido ir a ningún sitio sin que me haya acompañado. En realidad, es de mi madre, pero es tan revoltoso que le crispa los nervios, así que ha tenido que venirse a vivir conmigo.

—¿Y esta mañana está ejercitándolo?

—Creo que es él el que me ejercita a mí.

—No deseo interrumpir sus esfuerzos, sobre todo si está intentando comenzar a adiestrarlo. No es tarea fácil.

James le sonrió y Dafne sintió cómo la tensión en su interior empezaba a disiparse.

—Es una interrupción bien recibida. ¿Hay algo en particular que necesite?

No le complacería descubrir que había interrumpido su mañana por nada más importante que una conversación amistosa.

—No, tan solo deseaba darle los buenos días.

—Oh. —Parecía genuinamente sorprendido.

—Discúlpeme. No debería haberle molestado. —Dio un paso atrás—. Discúlpeme. — Se giró con rapidez, pensando tan solo en escapar.

—Espere, por favor. —Ella sintió cómo le tocaba el brazo con suavidad y se detuvo ante el cosquilleo que le causaron sus dedos—. Su doncella está aquí para mantener el decoro en todo momento, y el parque es un lugar público. No habría nada indecente en que caminásemos juntos —dijo él—. Por favor, Dafne. Quédate y camina conmigo un momento.

La había llamado Dafne. Ni siquiera podía respirar. Había soñado con que volviese a llamarla «gorrioncillo», pero, por algún motivo, no había pensado en el impacto que tendría escuchar su nombre de pila en sus labios.

—No deseo convertirme en una molestia.

—No lo eres, y dudo que pudieras serlo jamás. —El joven la dejó ir un momento para colocarse a su lado y ofrecerle el brazo—. ¿Darías una vuelta conmigo por el jardín?

—Eso me gustaría mucho.

Esperaba que James no notase que le temblaba la mano cuando la posó en su brazo. Enfrentarse a la idea de pasar tiempo en su compañía, a solas, a pesar de lo mucho que lo había deseado, la intimidaba. Deseaba gustarle lo suficiente como para que empezase a amarla. Lo deseaba tan ardientemente que, con toda seguridad, debía irradiar un aura de desesperación.

—Espero que no te importe esta peluda incorporación a nuestro grupo —dijo, señalando hacia el lateral, donde el cachorro trotaba junto a él con aspecto de estar muy satisfecho de sí mismo.

—No, si a ti no te importa la mía. —Ella gesticuló en dirección a Fanny, que les seguía a poca distancia.

James saludó a la doncella con una ligera inclinación de cabeza.

—Me acuerdo bien de Fanny. Estaba con nosotros el día que su excelencia envió a la caballería para conducirnos por Hyde Park. —Fanny sonrió. James se giró de nuevo hacia Dafne—. ¿Qué te trae hasta este humilde parque? Falstone House está a buena distancia de esta zona menos eminente de la ciudad.

—Adam obtuvo una llave del parque hace unos años, después de que yo descubriese que aquí crece una subespecie de tomillo muy poco habitual; es una variedad que ni siquiera se puede encontrar en el Jardín Medicinal de Chelsea. —Aquel había sido su regalo de cumpleaños el año que había cumplido trece—. Vengo aquí de vez en cuando para conseguir nuevos esquejes.

—Empiezo a sospechar que tu talento como boticaria es mayor de lo que das a entender —dijo él—. Distinguir entre diferentes tipos de tomillo no es una habilidad que la mayoría de la gente posea. Por mi parte, estoy realmente impresionado.

—Aprendí muchas cosas sobre diferentes plantas cuando era niña. No teníamos los medios para asegurar los servicios de un boticario, por lo que, a menudo, los remedios caseros eran nuestra única opción.

—¿Y a ti te tocó el papel de sanadora? Parece una carga demasiado pesada para una niña pequeña.

Ella había hablado de aquellos primeros años de pobreza con muy pocas personas. Sin embargo, James era un oyente solícito y amable. Le agradaba que así fuera.

—Me sentía agradecida por poder ser de utilidad —respondió—. Siendo tan pequeña, poco más podía hacer.

—Los tónicos que le has proporcionado a mi madre han hecho milagros. Sé que ya lo he mencionado antes, pero siento que debo hacerlo de nuevo —dijo James—. Aunque pareces decidida a mostrarte humilde al respecto, estoy seguro de que trabajaste duro para aprender todo lo que sabes.

Dafne asintió, complacida por el cumplido.

—Me gusta lo suficiente como para que nunca se me haya hecho pesado. —Sonrió ante el recuerdo de su entusiasmo infantil—. Solía ahorrar cada moneda que me encontraba para poder comprar hierbas. Mi mayor sueño por aquel entonces era conseguir mirra algún día.

—¿Por qué mirra?

—La mirra tiene propiedades curativas asombrosas, pero resulta muy cara. Nunca tuve los medios para comprarla.

Caminaron un momento en silencio antes de que él volviese a hablar.

—Sospecho que hay muchas cosas que no sé de ti.

—No hemos tenido demasiadas oportunidades para conocernos. —Alzó la vista hacia él rápidamente, con la intención de comprobar si su comentario le había parecido demasiado directo.

—Entonces, tendré que importunarte para conseguir la información. —Él frunció el ceño, como si estuviera pensando—. ¿Tiras las pepitas cuando comes fruta? ¿Te palpita el corazón cuando lees novelas góticas?

Dafne sonrió.

—No a la primera pregunta.

—¿Y a la segunda?

—Jamás he leído nada de la editorial Minerva, así que no puedo decirte cómo reaccionaría mi corazón.

Él asintió con seriedad exagerada. El cachorro salió corriendo hacia delante para después regresar ladrando de forma tan entusiasta como siempre.

—Estoy casi completamente seguro de que no tienes miedo a los perros.

Ella se rio, lo que hizo que James se volviese de golpe para observarla. Una sonrisa se extendió poco a poco por su rostro.

—¿Pensaste que me asustaría esta bestia feroz tuya cuando he vivido los últimos seis años en un bosque habitado por lobos?

—¿Lobos? —Una risita de incredulidad tiñó la voz de James—. No hay lobos en Inglaterra.

—Oh, claro que los hay. —Artemisa hubiera estado orgullosa de la teatralidad de su respuesta.

Él parecía dubitativo, pero divertido.

—Para ser exactos, la manada de Falstone desciende tanto de los lobos como de perros salvajes. Pero se parecen a los lobos, suenan como los lobos y cazan como los lobos, por lo que nos referimos a ellos como tal.

James parecía estar sopesando algo.

—Resulta apropiado que el duque aterrador tenga una manada de lobos cuando nadie más la tiene, ¿verdad?

—Sumamente apropiado.

El cachorro dio varias vueltas rápidas en torno a ella, meneando el rabo con felicidad. A Dafne le gustaba verlo jugar; se sentía incomprensiblemente complacida de que al diminuto animal le gustase lo suficiente como para incluirla en sus juegos.

Estaba fascinada por lo fácil que podía ser estar con James. Todavía abrigaba cierta inseguridad sobre los sentimientos del joven, pero su compañía no le resultaba agotadora. No necesitaba forzarse para hablar con él, lo que le ocurría con muy pocas personas.

—Bien, veamos. ¿Qué más puedo preguntarte? —Hizo que ambos evitasen un charco que la suave lluvia matutina había dejado en el camino—. Además de elaborar tónicos salvavidas, ¿qué te gustaba hacer cuando eras una niña?

¿Qué era lo que le gustaba hacer? Había pasado la infancia bajo el peso de la pérdida y la pobreza. Los momentos felices no eran siempre fáciles de recordar.

—Mi hermano Evander me escribía cuando estaba en altamar. Siempre disfrutaba cuando recibía sus cartas.

—Sí. —Él apoyó la mano sobre la suya, allí donde reposaba en su brazo—. Me hablaste de él en otra ocasión. Creo que estabais muy unidos.

—Lo estábamos. —Tratar el tema no le causó tanta tristeza como era habitual, lo cual, probablemente, se lo debía a la empatía reconfortante de James. Aun así, prefería hablar de otra cosa—: También organizábamos algún que otro pícnic.

—También era uno de los pasatiempos favoritos de mi niñez —dijo él.

—¿De verdad? —Le gustaba saber que tenían eso en común.

—Ben y yo descubrimos una pradera lo bastante distante de la casa como para sentirnos aislados. Robábamos unos cuantos dulces de las cocinas y pasábamos allí unas tardes muy pacíficas.

—Nuestras hazañas eran similares. Perséfone y Atenea preparaban la comida y nos escapábamos corriendo. Aquellos fueron algunos de nuestros momentos más felices. Rara vez fuimos de pícnic una vez que los chicos se unieron a la Marina. Teníamos demasiado trabajo y éramos menos para hacer las tareas.

—¿Habéis organizado alguno en el castillo de Falstone? —preguntó.

—No. —Ni siquiera había pensado en aquella posibilidad. Había llegado a casa de Adam y Perséfone con aquellos recuerdos enterrados en lo más profundo de su memoria.

—¿Crees que el duque te lo permitiría?

—Si Perséfone quisiera hacer un pícnic, no dejaría que nada se lo impidiese. Ni citas, ni inconvenientes, ni siquiera el clima.

—¿Ni siquiera el clima? —Le encantaba ver cómo él se reía con sus bromas.

—El cielo no se atrevería a dejar caer la lluvia si el duque de Kielder lo quisiera despejado.

—Y, aun así, lo describes como un marido gentil y cariñoso. Para todos los demás, esa parece una clara contradicción.

—Él la ama —dijo—. Creo que eso marca la diferencia. Al observarles, me he dado cuenta de que, en contra de la creencia popular, el amor es un ingrediente esencial para el matrimonio.

—Sí, bueno... No todo el mundo tiene esa bendición —James parecía visiblemente incómodo—. Algunos matrimonios comienzan... Comienzan con una base no demasiado idónea.

¿Estaba hablando del matrimonio de sus propios padres? Dafne se había dado cuenta de la evidente falta de cariño en el matrimonio de lord y *lady* Techney.

—Pero no todos los matrimonios deben comenzar con amor —dijo ella—, siempre y cuando haya afecto y amabilidad mutua. Y, por supuesto, confianza.

—Eso es lo que siempre debes de haber deseado en el matrimonio, sin duda.

Su corazón pareció detenerse un instante cuando comprendió la importancia del tema que trataban. Estaban hablando del matrimonio. No de su propio matrimonio, pero no dejaba de parecer un paso en la dirección de algo más serio.

—Sí —contestó, consciente de que su voz había perdido gran parte de su volumen—. El afecto y la amabilidad son necesarios en cualquier matrimonio. Y creo que la confianza es especialmente importante. Un matrimonio no puede perdurar si se basa en la falta de sinceridad o el engaño. Siempre he pensado que eso es esencial para cualquier tipo de felicidad.

Pasó un instante antes de que James hablase en voz baja, rompiendo el silencio.

—Yo también.

Capítulo 19

«Confianza». James se retorció mientras aquella palabra resonaba en sus pensamientos. Había revivido una y otra vez la conversación de aquella mañana. Qué revelador que ella hubiese mencionado aquel requisito concreto. Él también había creído siempre que la sinceridad era un rasgo vital del carácter, y sin embargo parecía que últimamente, había perdido el control de su propia integridad. Circunstancias desesperadas le habían hecho tomar medidas desesperadas. Al principio, cuando su padre le había coaccionado para que aceptase aquella farsa, Dafne era poco más que un nombre para él. En las últimas semanas, se había convertido en mucho más que eso. Lo que antes era un símbolo impersonal de la tiranía de su padre se había transformado en un ser humano cariñoso y con sentimientos. Había pasado de ser la inerte señorita Lancaster a ser la inteligente, tímida y bondadosa Dafne. ¿En qué momento preciso había empezado a pensar en ella por su nombre de pila?

Dejó escapar un suspiro de tensión. Se le estaban amontonando demasiadas cargas y comenzaba a hundirse bajo aquel peso.

Entró en el dormitorio de su madre, ya que esta no había bajado a cenar. Estaba sentada en la cama de dosel, apoyada sobre las almohadas. Tenía mal color y los ojos cerrados.

—¿Cómo se encuentra? —le preguntó a la doncella que deambulaba cerca.

—No muy bien, milord. Le ha estado doliendo la garganta y su señoría ha venido a verla y la ha molestado todavía más.

Su padre raras veces reparaba en su madre, algo que debería haberle hecho sospechar cuando había insistido en que su plan estaba pensado para beneficiarla a ella. Si había ido a verla, debía de tener un motivo, y probablemente no fuese agradable.

—¿Puedo preguntar qué le ha dicho mi padre?

Respondió la voz enfermiza de su progenitora.

—No va a ir a buscar a un médico, James.

Le tomó la mano. El tono de su tez había empeorado desde que había entrado en la habitación.

—Tiene un poco de fiebre —dijo la doncella—. Estoy preocupada por ella.

—De verdad que no me encuentro nada bien. —Su voz sonaba como si tuviera la garganta en carne viva—. Pero tu padre dice que no puede prescindir de ninguno de los criados. Dijo que ni siquiera lo intentásemos, que había dado instrucciones muy estrictas.

¿Iba a negarle la atención de un médico porque le resultaba inconveniente? Debería saber que James no iba a permitir algo así. ¿Se suponía que aquello era una batalla de fuerza, una oportunidad para demostrarle a su hijo que era él quien ostentaba el poder? ¿Acaso no se había plegado ante suficientes mandatos como para que la jerarquía familiar hubiese quedado perfectamente clara?

La doncella pasó un paño húmedo por las mejillas encendidas de su madre. Necesitaba la atención de un médico, pero la servidumbre jamás desafiaría a lord Techney, ni siquiera por él.

«Dafne». Su nombre irrumpió en sus pensamientos como un rayo. Ella podría ayudar. Es más, estaba seguro de que le ayudaría.

—Conozco a alguien que es lo bastante experta en el arte de la botica como para hacer que te sientas mejor y descanses hasta que yo consiga que padre entre en razón. —Todavía sujetaba la mano de su madre—. Tan solo te pido que seas amable con ella, por favor.

—¿Te refieres a la tal señorita Lancaster? —Sus rasgos pálidos exhibieron una clara desaprobación—. ¿Cómo podría aceptarlo cuando ha arruinado...?

—No, madre, no debes culparla por lo que interpretas como mi pérdida de libertad. De verdad que no es así como son las cosas. Si puedo convencerla para que nos brinde su ayuda, ¿le mostrarás, por favor, la gratitud que merece? Sus tisanas han supuesto una diferencia para ti.

Todas las quejas la abandonaron al instante. Había perdido todo el color, a excepción del rubor febril en las mejillas. Asintió, aunque de forma reluctante. James le colocó la mano con cuidado bajo la manta.

—Volveré tan pronto como pueda —le prometió en voz baja.

Actuó con rapidez y llegó a Falstone House a caballo a una hora que, por lo general, se consideraba poco oportuna para recibir visitas. Tan solo podía esperar que Dafne y la duquesa no hubiesen decidido asistir a ningún evento aquella noche.

Teniendo en cuenta el gran daño que le estaba causando al continuar con su farsa, no era capaz de mantener la conciencia tranquila al saber que estaba a punto de pedirle algo más. Pero ¿qué más podía hacer? Su madre estaba verdaderamente enferma.

La puerta se abrió.

—¿Están las señoras de la casa? —La pregunta sonó precipitada y algo desesperada, incluso para sus propios oídos—. Tengo un asunto urgente que tratar con la señorita Lancaster.

El gesto del mayordomo no mostró sorpresa alguna. Condujo a James por las escaleras con la esperada corrección, hasta llegar a una salita informal. Tanto Dafne como su hermana estaban allí sentadas.

Ella pareció sorprendida de verle, y no le extrañaba. Aunque todavía no se había preparado para dormir, llevaba el pelo suelto, recogido en la parte de atrás con un solo lazo.

—Discúlpenme —dijo antes de poder dudar de su propia osadía—, no me atrevería a presentarme a estas horas bajo circunstancias menos urgentes.

El asombro de ella se tornó en preocupación de inmediato.

—¿Qué ha ocurrido? Pareces exhausto.

—Mi madre no se encuentra bien y, por motivos que no dan buena imagen de mi familia, no puede buscar la ayuda de un médico. Esperaba que estuvieses dispuesta a ver si hay algo que puedas hacer para aliviar su sufrimiento.

—Por supuesto. —Lo dijo como si fuera evidente que debía ayudarle. Se volvió hacia su hermana.

—Que Fanny vaya contigo —le dijo su excelencia—. Willie también, para que pueda avisarnos si necesitas quedarte más tiempo del esperado.

Ella se puso en pie y se volvió hacia el mayordomo, que todavía permanecía en la puerta de la salita.

—Por favor, pídale a Eliza que busque mi cofre de plantas medicinales y se lo dé a Fanny.

—Sí, señorita Lancaster.

Dafne salió de la salita y se dirigió con él hacia la parte delantera de la casa.

—¿Qué síntomas tiene?

—Parece haber desarrollado una infección de garganta.

—¿Le ha afectado a la voz? —No había ni rastro de la timidez que solía acompañarla. Hablaba con autoridad y decisión.

—Así es —contestó James—. También tiene fiebre.

Llegaron a la entrada principal. Al parecer, la servidumbre ya estaba al corriente. Un lacayo permanecía junto a la puerta, con el abrigo puesto. Sin duda, se trataba de Willie.

—¿Está sudando? —preguntó ella.

—No, que yo sepa. —Su confianza en Dafne no hizo más que aumentar mientras subían al carruaje de los Kielder, con Fanny acompañándolos para mantener el decoro. Sabía exactamente lo que debía preguntar, y lo hacía con una habilidad innegable. Se sentía menos preocupado simplemente con su presencia.

Cuando llegaron ante la puerta de su madre, no se quedó fuera esperando, sino que entró en la habitación y se dirigió directamente a la doncella.

—Entiendo que su señora está enferma.

La barbilla de la doncella tembló un poco. Debía mantenerse de una pieza, pero James temía que no fuese a conseguirlo. Dafne se acercó hasta la consternada mujer y posó una mano amable sobre su hombro.

—Si me cuenta los detalles que ha observado sobre la enfermedad, le prometo que haré todo lo que pueda para ayudarla. Le doy mi más sincera palabra.

La doncella se animó un poco.

—Ha perdido casi toda la voz, e incluso beber agua le resulta demasiado doloroso como para soportarlo.

Dafne asintió mientras la escuchaba. Condujo a la doncella de nuevo hasta la cama de la mujer.

—¿Hace cuánto que tiene fiebre?

—Ya tenía la temperatura un poco alta cuando se ha despertado esta mañana.

A James no le gustó cómo aquella información aumentó la seriedad en el gesto de la señorita Lancaster. Él permaneció unos pasos atrás, observando la escena, angustiado.

—¿La fiebre no ha bajado nada a lo largo del día? —preguntó ella.

La doncella negó con la cabeza—. ¿Ha dormido?

—Solo a ratos.

Dafne centró toda la atención en su madre.

—Deseo ayudarla si puedo —dijo—, pero, antes, debo saber todo lo posible sobre su enfermedad. ¿Me permitiría palparle el cuello de forma muy gentil? Le prometo que seré tan suave como sea posible.

Ella abrió la boca para decir algo, pero no surgió ningún sonido. ¿Había perdido la voz por completo? James avanzó unos pasos, deseando saber cómo aliviar su dolor. Dafne esperó con paciencia a obtener una respuesta a su pregunta.

—Puede ayudarte, madre —dijo él.

Al fin, ella asintió.

La joven se sentó en el lateral de la cama y, con el mayor cuidado, presionó las puntas de los dedos sobre el cuello de la mujer. James no sabía qué esperaba sentir o encontrar, pero rezaba para que pudiese hacer algo. Durante un buen rato, fue moviendo los dedos, tocando y observando. Posó el dorso de la mano en la frente de su madre y, después, en una de sus mejillas.

—Estoy segura de que tragar le resulta muy doloroso. —La voz de Dafne era relajante, tranquilizante—. Conozco un tónico realmente útil para las gargantas doloridas, pero tendrá que tragarlo. ¿Podrá hacerlo?

La mujer asintió.

—En tal caso, me encargaré de ello de inmediato. —Dafne se puso de pie y estuvo a punto de chocarse con James, que se había acercado demasiado.

Podría haberse disculpado por ponerse en su camino, pero la preocupación que vio en el rostro de la joven le hizo guardar silencio.

—¿Puedes venir conmigo un momento? —susurró ella con urgencia.

Él la siguió hasta el otro extremo de la habitación, donde se encontraba el escritorio de su madre.

—Voy a escribirte la receta —dijo ella, manteniendo la voz baja—, pero, James, necesita un médico. Tiene la garganta terriblemente inflamada. La fiebre le nubla la vista. Tiene que verla un profesional.

Él se alejó un poco y después volvió.

—Mi padre no va a permitir que vayan a buscar a uno. Ha dado instrucciones al servicio para que no lo hagan y sé que no le desafiarán en mi nombre.

—¿Podemos enviar a tu hermano?

—Ben podría ir, pero es probable que padre se niegue a pagar al médico por sus servicios.

Dafne frunció el ceño, pensativa. No había gastado saliva o tiempo en enfadarse por la decisión de su padre, ni había expresado su horror ante la frialdad de la que era capaz su progenitor. James se sentía agradecido de un modo inexplicable. Cualquiera de las otras damas que conocía se hubiera lavado las manos ante sus problemas.

—Si los dos unimos fuerzas —dijo—, estoy segura de que se nos ocurrirá algo. No podemos permitir que esté desatendida cuando se encuentra tan enferma.

Escribió la receta para una tisana curativa con letra clara y concisa. Él comprobó cómo se encontraba su madre una vez más. En sus ojos brillaba la enfermedad. Había que hacer algo; tendría que encargarse de su padre.

Un momento después, Dafne le tendió la receta a la doncella con instrucciones estrictas de que, en caso de que no tuviesen a mano alguna de las hierbas, la avisaran al momento para poder encontrar una sustituta adecuada. La doncella salió a toda prisa, claramente ansiosa por ayudar a su señora.

—Intenta no preocuparte, James. —Dafne le puso una mano en el hombro—. No creo que tu madre esté en peligro inminente; tenemos tiempo de pensar en la forma de traer a un médico.

—No quiero ni imaginar lo que debes de pensar de mi familia. —Rara vez se había sentido tan avergonzado.

—Todas las familias tienen problemas.

Él posó la mano sobre la de ella, que reposaba todavía en su brazo.

—Gracias por todo lo que has hecho.

Su hoyuelo volvió a aparecer.

—Me alegra poder ayudar.

—Entonces, ¿puedo pedirte otro favor? ¿Te quedarás aquí, con mi madre, hasta que regrese su doncella?

—Pretendo quedarme hasta que se recupere.

James le tomó la mano entre las suyas y depositó un beso agradecido en sus dedos. Había acudido a ella durante una crisis, y ella había respondido con la cabeza fría y un corazón generoso.

—Voy a ir a ver si puedo hacer entrar en razón a mi padre. Deséame suerte.

Le soltó la mano y se acercó a la puerta. James miró hacia atrás una sola vez, y descubrió que Dafne ya se estaba ocupando de enfriar la frente de su madre. Su corazón dio un vuelco ante aquella visión, aunque la culpabilidad se retorcía dolorosamente en su interior. Estaba dispuesta a darlo todo sin tener ni idea de hasta qué punto estaba siendo utilizada de forma egoísta por todos ellos.

Capítulo 20

lady Techney estaba dormida, pero no descansaba. El té de miel y regaliz que Dafne le había pedido a la cocinera había aliviado en parte el dolor de la dama. Sin embargo, la fiebre continuaba subiendo.

Mojó un paño en el cuenco de agua y lo pasó por la frente y las mejillas encendidas de la mujer. El agua se había calentado, por lo que había enviado a la doncella a buscar hielo a la cámara frigorífica. Se quedó sola con la madre de James en la habitación.

En su mente tenía lugar un debate. Conocía varios tratamientos para bajar la fiebre, pero dudaba a la hora de usarlos. A veces, la fiebre podía ser beneficiosa. Se sentiría más segura si contase con el diagnóstico de un médico. Si James no podía convencer a su padre de que fueran a buscar a uno, tendría que esforzarse en hacerlo lo mejor posible.

Esa siempre había sido la parte más difícil de ser el único recurso médico de su familia: se preocupaba continuamente por si cometía un error. Había cargado con aquel peso desde que era muy pequeña, demasiado para semejante responsabilidad, y, en ese momento, volvía a sentirlo. En los años que llevaba viviendo con Adam y Perséfone, siempre había podido consultar con un médico, un cirujano o un boticario.

Pasó el paño húmedo por el cuello de *lady* Techney con cuidado, esperando bajarle la temperatura todo lo posible. Desde la puerta le llegó el ruido de unos pasos. Dafne suspiró de alivio: se trataría de la doncella, que regresaba con el hielo, tan necesario. Pero no era ella. El señor Bennett Tilburn entró en la habitación, con el rostro crispado por la preocupación.

—James me ha dicho que nuestra madre está enferma.

Asintió.

—Ahora está dormida.

Los ojos de Bennett no abandonaron el rostro de su madre mientras se acercaba a su lado. No intentó tocarla ni se sentó al borde de la cama. Quizá los hijos no hacían esas cosas cuando sus madres estaban enfermas. Apenas sabía si lo hacían las hijas. Hacía mucho que su madre había muerto. No tenía experiencia con las madres.

Volvió a sumergir el paño en agua y lo escurrió. Hubiera deseado que el agua estuviese más fría. ¿Dónde andaría la doncella?

—Mi hermano me ha enviado para ver si podía hacer algo por usted. Tiene asuntos que resolver con nuestro padre y ha dicho que va a llevarle más tiempo del que esperaba.

Aquel no era un giro prometedor de los acontecimientos. Tal vez James no hubiese conseguido arreglar la visita del médico que tanto necesitaban.

—¿Podría sustituirme aquí? —Señaló el paño que estaba utilizando para refrescar la frente de *lady* Techney—. Creo que le vendría bien algo que le baje la fiebre, pero tendré que prepararlo yo misma.

—¿Es usted boticaria? —Su tono no era de duda, tampoco de burla. Aceptó el paño y se sentó en el sitio que Dafne le ofrecía.

—Soy algo así como una boticaria aficionada, sí. —Sonrió en un intento de ocultar su bochorno. Pocas personas habían descubierto su pasión por las plantas medicinales y habían respondido con algo que no fuese una broma desdeñosa, como si hubiese declarado que sentía un tremendo interés por ver cómo hervía el agua.

Bennett asintió.

—Eso explica que James no haya entrado en pánico. Por lo general, cuando madre está enferma, parece a punto de estallar de la tensión.

—Espero poder estar a la altura de su confianza. —Una pequeña burbuja de orgullo creció en su interior. James confiaba en ella.

—Dígame cómo hacer esto. —Bennett sujetaba el paño sin ningún tipo de habilidad—. Me temo que soy de poca utilidad en la habitación de un enfermo.

Eso le resultó extraño.

—Creí haber entendido que la salud de *lady* Techney no suele ser buena.

Bennett se encogió de hombros.

—James siempre se encarga de todo él solo.

No era de extrañar que viese al joven en tan contadas ocasiones. Las responsabilidades prácticamente sobrepasaban sus capacidades.

—Si lo pasa con suavidad por la frente, las mejillas, el cuello o por cualquier lugar que esté enrojecido, el paño húmedo ayudará a enfriarla hasta que logremos bajarle la fiebre.

Él asintió en señal de haber comprendido y siguió sus instrucciones. La inseguridad que sentía ante su labor no podría haber sido más obvia. Tenía el ceño fruncido de concentración.

Dafne lo observó un momento.

—Cuando el paño esté demasiado seco o caliente, vuelva a sumergirlo en el agua, pero asegúrese de escurrir toda la humedad que pueda, para que no acabe empapada. —Él asintió en silencio y continuó esforzándose—. Su doncella regresará pronto con hielo para enfriar el agua.

—¿Y debo seguir haciendo esto hasta entonces? ¿Incluso después?

—Hasta que se le pase la fiebre, debemos esforzarnos por mantenerla refrescada. —Dafne le posó una mano tranquilizadora en el hombro—. Siga haciéndolo como hasta ahora. —Él le dedicó una sonrisa y siguió trabajando—. Regresaré en un momento.

No estaba segura de que le hubiese escuchado, pero se marchó de todos modos. Salió al pasillo, deseando poder ver a James. Siguió el sonido de unas voces altas y tensas y los encontró a él y a lord Techney clavándose la mirada, con un escritorio de por medio, en lo que parecía una biblioteca.

—No somos una familia adinerada, James. Si mandara a buscar a un médico cada vez que esa mujer tiene un resfriado, acabaría arruinándome.

—Esto no es un simple resfriado —replicó él—. Necesita un médico.

—Debe aprender a no ser tan dramática.

«Ha llegado el momento de utilizar las habilidades que te enseñó Adam, Dafne». Reunió todo el coraje que pudo:

—Si ambos han terminado, me gustaría abordar el problema que nos ocupa. —Mantuvo el tono de voz firme e inflexible. Ambos caballeros se volvieron hacia ella con el mismo gesto de asombro—. Lord Techney, su esposa está enferma. De hecho, está muy enferma, y lo digo del modo menos dramático posible. Si usted no pide que llamen a un médico, lo haré yo y pediré que le envíen la factura a mi cuñado bajo la etiqueta «servicios prestados en nombre de lord Techney». Puede hacer lo que considere necesario para saldar su deuda con el temible duque, pero debo avisarle de que no siente especial afecto por la gente que le debe dinero.

La poco velada amenaza surtió todo el efecto que podría haber deseado. Lord Techney tragó saliva de forma audible.

—No pretendía ser cruel —aseguró en tono sofocado—. Pero es que se encuentra mal muy a menudo, es solo eso.

—Razón de más para preocuparse, señor. Entonces, ¿debo entender que va a hacer llamar a un médico?

—Sí, sí, por supuesto.

Dafne asintió brevemente.

—Bien. Ahora, lord Tilburn —dijo, volviéndose hacia James—, creo que su madre agradecería su reconfortante compañía.

—Por supuesto. —El joven se dirigió con determinación hacia la puerta donde ella se encontraba.

A lord Techney tan solo le dedicó un «que tenga un buen día» antes de seguir a su hijo fuera de la habitación. Cuando salió al pasillo, él la estaba esperando.

—Lamento si te he ofendido con mis palabras mordaces. —James y ella se dirigieron a la habitación de *lady* Techney —. No se me ocurría otro modo de abrirle los ojos a tu padre.

Él negó con la cabeza.

—Has estado maravillosa.

El alivio le recorrió todo el cuerpo.

—Ve a sentarte con tu madre —le indicó—. Bennett está ahora con ella, pero seguro que se sentirá mejor con sus dos hijos al lado.

Él desapareció en el interior de la habitación. Dafne se quedó atrás, en la salita para recibir de *lady* Techney. Sacó el pequeño baúl que había llevado con ella y en el que guardaba las hierbas que eran lo bastante esenciales como para llevar en un viaje. Cuántas veces había deseado disponer de otro modo de tenerlas organizadas y guardadas. Estaban depositadas en cajitas, bolsas de tela y viales de cristal embalados con paja para su protección. Un verdadero boticario tendría el baúl de viaje adecuado. Ni siquiera poseía un gabinete de boticario en el castillo de Falstone. El castillo, al igual que Falstone House, contaba con una habitación para secar las hierbas para cocinar y otras plantas, tal como solía ocurrir en la mayoría de las casas importantes. Sin embargo, de la habitación de las hierbas debía encargarse una cocinera o, quizá, el ayudante del jardinero; además, no tenía el espacio suficiente para preparar correctamente las hierbas medicinales, que eran más delicadas, o para guardar y organizar de forma adecuada los aceites y las mezclas que preparaba meticulosamente.

Tomó de su baúl aquello que iba a necesitar: hojas de matricaria y flores de saúco negro. Dejó ambas bolsas a un lado. Su propio mortero yacía en una caja hecha a medida, una compra extravagante que había efectuado años atrás gracias a que había ahorrado todo el dinero que le daban para gastos. Jamás había lamentado el gasto, y menos en momentos como aquel.

Sacó un pequeño vial de aceite de lavanda. Una gota en el agua que utilizaban para refrescar a *lady* Techney la ayudaría a descansar.

Cargó con los suministros bajo el brazo y regresó al dormitorio de *lady* Techney. Todos la observaron cuando entró. Ella asintió y les indicó que prosiguieran con sus tareas.

Tras despejar el escritorio de plumas, papeles y tinteros, colocó sus cosas, sacó el mortero y se preparó para ponerse a trabajar. Llamó a la doncella, que había regresado con el hielo, para que se acercase.

—Vamos a necesitar una tetera con agua caliente, una taza y un colador de té. ¿Puede ocuparse de conseguirlos?

—Sí, señorita. —Salió a toda prisa tras una breve reverencia.

Dafne se tomó un instante para añadir una única gota de aceite de lavanda al agua que estaba usando Bennett.

—Esto le ayudará a descansar —les explicó.

Cuando volvió al escritorio, James la siguió.

—Espero que el lacayo al que han mandado a buscar al médico lo haga rápido —dijo—. El señor Cathcart a menudo está fuera de casa, visitando a sus pacientes enfermos.

Dafne supo en ese momento que sería mejor continuar con su tratamiento. Si el médico llegaba antes, mucho mejor.

—¿Cómo te parece que se encuentra mi madre? —le preguntó.

—Me preocupa la fiebre. —Abrió la bolsa de hojas secas de matricaria y añadió la cantidad adecuada al mortero vacío.

—¿Otro té? —dijo él.

Añadió una cantidad generosa de flores de saúco negro secas.

—Es muy útil, pero el sabor es horrible. Espero que podamos convencerla para que se lo tome.

Él permaneció en silencio a su lado, contemplando cómo molía y mezclaba las hierbas. A lo largo de los años, la joven había aprendido cuánto debía molerlas. El molido extraía los aceites esenciales, pero si se excedía, no se infusionarían adecuadamente para el té.

En los siguientes minutos, llegaron la tetera de agua caliente, la taza de té y el colador. Dafne trabajaba en la preparación del té, pero su mirada se desvió hacia James un par de veces. Sus pensamientos parecían a miles de kilómetros de distancia, y algunas arrugas causadas por la tensión surcaban su rostro.

—Tal vez deberías sentarte un momento, James —dijo—. Pareces a punto de desmayarte.

Él se agitó un poco.

—Tan solo estoy cansado. Y preocupado.

—Tu hermano está haciendo un gran trabajo al cuidar de *lady* Techney. El té estará listo en seguida, y tengo absoluta confianza en la llegada puntual del médico. —Aquella última parte quizá fuera una exageración, pero, en aquel momento, parecía más importante tranquilizarle que ser totalmente sincera.

—Estaré más tranquilo si me encargas hacer algo útil.

Cielos, pero si parecía a punto de estallar. Dafne le sujetó las manos entre las suyas. Por un instante, el contacto la paralizó. Aunque había soñado con recibir sus atenciones y su afecto, no había estado verdaderamente preparada para aquella cercanía. Puso en orden sus pensamientos y le condujo hasta la cama de su madre, justo enfrente de Bennett.

—Tu tarea es sentarte aquí y pensar en una manera de convencer a *lady* Techney para que se beba el brebaje nauseabundo que estoy a punto de traerle —dijo ella—. ¿Estás listo para el desafío?

Él consiguió mostrar una sonrisa poco entusiasta ante su provocación.

—Me concentraré en el problema.

Se quitó el abrigo y lo colgó del brazo de la silla para ponerse cómodo. No había necesitado que Dafne le advirtiera de que la noche sería larga; parecía entenderlo sin necesidad de palabras. ¿Cuántas veces habría visto a la condesa sufrir enfermedades como aquella?

Lady Techney puso tantas objeciones al té como Dafne había esperado, aunque lo hizo de forma silenciosa, dada su falta de voz y energía. James le habló con paciencia y en voz baja, logrando que el líquido humeante pasase mejor sorbito a sorbito. Dafne permaneció apartada, observándole. Al parecer, la amabilidad que le había mostrado años atrás no era algo excepcional en él. Trataba a su madre con la misma consideración. Cualquier mujer sería realmente afortunada si se ganara la devoción de un hombre semejante. Él volvió la vista hacia ella.

—Solo quedan unos pocos posos en el fondo. ¿Tiene que tomarlos también?

—No. Deja que se recueste y descanse.

La joven ocupó el lugar de Bennett junto a *lady* Techney, insistiendo en que él se marchase a dormir. James estaba sentado, con aspecto débil y la cabeza apoyada en la palma de la mano. Parecía agotado. ¿Cómo de mala había sido su discusión con lord Techney?

La tisana de matricaria todavía no había hecho efecto; se ocuparía de *lady* Techney cuando lo hiciera. En los minutos que faltaban para que eso ocurriera, haría todo lo posible por ayudar a James.

Tomó un paño limpio de la pila que la doncella había llevado a la habitación. En un tazón vacío, vertió un poco de agua caliente de la tetera y depositó dentro un trozo de hielo para que estuviera agradablemente cálida. Añadió una gota del aceite de lavanda, sumergió el paño y después lo escurrió. Dobló la tela en forma de rectángulo y se dirigió hacia donde estaba sentado James.

—Inclínate un poco —le indicó con suavidad. Él pareció confuso por un instante, antes de obedecer.

Hacía rato que se había soltado el pañuelo, dejando que el cuello de la camisa quedase colgando. Dafne colocó la tela caliente sobre su nuca. El calor, junto con la lavanda, lo relajarían.

—Ahora recuéstate. —Tomó una manta fina de una de las sillas que había junto a las ventanas y la llevó hasta él, echándosela por encima.

—No puedo pedirte que cuides sola de mi madre —se quejó.

—Si necesito tu ayuda, te lo haré saber. Descansa tranquilo: no es nada que no haya hecho antes, y lo hago de buena gana.

Cerró los ojos y echó la cabeza hacia atrás.

—Gracias, Dafne —dijo—. Y lo siento.

—¿Qué es lo que sientes?

Pasó un instante antes de que contestara.

—Demasiadas cosas.

Era evidente que el pobre hombre estaba exhausto.

—Descansa un poco, James. Te sentirás mejor si lo haces.

Debió de tomarse la sugerencia al pie de la letra porque, en apenas unos minutos, estaba dormido. Poco después, *lady* Techney comenzó a sudar, señal de que el té de matricaria y saúco negro estaba funcionando. Dafne se sentó a su lado, refrescándole las mejillas ardientes.

Pasó una hora de aquel modo antes de que, al fin, llegase el médico, que demostró ser competente y eficiente. Hablaron de los síntomas, y de los tratamientos que habían empleado hasta el momento. Tras un momento de sorpresa silenciosa ante la habilidad de Dafne con las hierbas, el médico declaró que estaba tan impresionado que se había quedado sin palabras. Olfateó el poso que quedaba en la taza de *lady* Techney y comenzó a alabarla una vez más.

—Precisamente el aroma que esperaba encontrar. Diría que la mezcla ha sido elaborada de forma experta.

Dafne era consciente de que se estaba sonrojando con la aprobación del médico. Si pudiese encontrar una manera de controlar aquel rubor...

—La señorita Lancaster ha sido indispensable. —Al parecer, James se había despertado. Se removió un poco y se enderezó. El paño que le había colocado en la nuca cayó al suelo cuando se puso en pie—. ¿Cómo está *lady* Techney? —le preguntó al médico.

—El té ha comenzado a bajarle la fiebre. Con un poco de tiempo y descanso, estará bien.

La joven se apartó, intentando no estorbar. Para su sorpresa, James se acercó a ella.

—¿Cómo estás tú? —preguntó mientras recorría con los ojos cada centímetro de su rostro. Una vez más, el consabido rubor volvió a aparecer.

—Estoy aguantando. Un poco cansada —admitió—, pero no es nada que no pueda soportar.

—Deberías descansar. A todos los demás se les ha permitido. —Con un gesto, señaló al rincón donde la doncella dormitaba sobre una silla de respaldo rígido.

Estaba demasiado cansada para discutir.

—¿Por qué no ocupo tu lugar y tú te sientas con tu madre durante un rato?

Se hicieron los arreglos necesarios. James y el médico se ocuparon de *lady* Techney. Ella se recostó en el asiento, envuelta en la misma manta que James había usado. Allí sentada, los observó. Un par de veces, él miró en su dirección y sonrió.

No creía haber sido nunca tan feliz. Los sueños que abrigaba desde los doce años estaban cada vez más cerca de convertirse en realidad.

Capítulo 21

Por la mañana, la madre de James ya estaba recuperada, una hazaña que la familia le debía enteramente a Dafne. En las horas más tranquilas de la noche, mientras su ángel de la guarda particular había cuidado en silencio de una mujer a la que apenas conocía, la imagen que tenía de ella había sufrido un cambio sustancial. Aunque no había elegido cortejarla, se había dado cuenta de que recibir el permiso para hacerlo era un regalo que no había sabido valorar. Era maravillosa, una dama con un corazón tan grande y generoso como para avergonzar a cualquier otra persona que hubiese conocido. Y él era tan afortunado como para tener la oportunidad de conocerla mejor, de ser su amigo íntimo.

Acercó una silla a la de ella, donde permanecía sentada sin dejar de vigilar el progreso de su madre.

—¿Cómo se encuentra nuestra paciente esta mañana?

—Te complacerá saber que, hace un rato, estaba lo suficientemente despierta como para entablar conversación.

«Oh, cielos».

—¿De qué te ha hablado? —Esperaba que su nerviosismo no fuese palpable.

—Al principio, se ha limitado a decir una y otra vez lo sorprendentemente bien que se sentía. —Dafne sonrió débilmente, con la mirada apagada por el cansancio—. No creo que estuviese preparada para descubrir que era yo la que estaba junto a su cama.

A James no le gustó cómo sonaba aquello.

—Espero que no haya sido desagradable contigo.

—Ha aceptado mi presencia al cabo de un tiempo. —Se levantó y recolocó las mantas de la cama—. Aunque le ha molestado que no permitiese que te despertasen.

—Te hubiera tomado el relevo con gusto.

—Por fin estabas durmiendo profundamente. No había necesidad de molestarte. —Dafne comprobó la temperatura de la mujer con el dorso de la mano. Debió sentirse satisfecha, puesto que regresó a su asiento una vez más—. Además, cuidar de los enfermos es una de mis habilidades, y no puedo practicarla a menudo. Supongo que es algo por lo que debería estar agradecida. Más allá de mi padre, he sido bendecida con una familia sana.

James asintió. Para él, eso sería una bendición.

—Nunca he conocido una época en la que mi madre disfrutase de buena salud. Mi padre no tiene paciencia al respecto.

—Parece que tú tienes paciencia suficiente para toda la familia.

Permanecieron sentados en silencio, sin hablar ni moverse. Eso era algo que había descubierto sobre ella: no le incomodaba el silencio.

—El médico quedó impresionado al ver que viajas con tus propias hierbas y remedios —dijo él tras un instante.

Ella levantó las piernas, acurrucándose en la silla.

—Solo aquellas que necesito más a menudo. Por lo general, en Londres puedo encontrar todo lo que quiero, pero estas las he cultivado yo misma. Las conozco mejor y sé cómo usarlas con precisión.

—¿Así que eres herborista y jardinera?

—Los mejores boticarios son siempre ambas cosas.

Cómo había cambiado en las últimas semanas. En aquella primera visita a Falstone House, apenas le había escuchado una palabra, y tan solo pronunció unas pocas más durante el posterior paseo. Habían llegado lo bastante lejos como para conversar con facilidad.

—¿Qué fue lo que primero te atrajo del arte de la botica?

No respondió de inmediato. Pudo ver en su rostro que estaba debatiéndose, como si no estuviese segura de si deseaba contestar a aquella pregunta. Le tomó la mano entre las suyas, esperando que entendiera que podía confiar en él. Sin embargo, descubrió que él también se beneficiaba de aquella conexión. Ella lo tranquilizaba y lo calmaba tanto como sus tés y tónicos habían hecho con su madre.

—Mi madre murió cuando yo era demasiado pequeña como para tener auténticos recuerdos suyos. —Habló en voz baja—. Desde entonces, con el paso de los años, mi padre se fue encerrando en sí mismo, alejándose de todo y de todos. Al principio, tan solo era distante, un poco como un ermitaño. Recuerdo entrar en su biblioteca y pedirle que me dejase sentarme con él, algo que permitía cada vez con menos frecuencia. Solía despacharme o pedirme que no le molestara. —Se detuvo a reflexionar un momento—. Con el paso de los años, se volvió cada vez más inalcanzable. Para cuando me marché de casa y vine a vivir con Adam y Perséfone, mi padre no parecía ser más que ligeramente consciente del mundo que le rodeaba.

Aquello debía de haber resultado una experiencia difícil.

—En una ocasión, cuando su aislamiento todavía era intencional en lugar de una enfermedad de la mente, le pregunté a Perséfone qué le pasaba —prosiguió Dafne—. Me dijo que tenía el corazón roto. En mi inocencia, supuse que su corazón físico estaba dañado. Entendía nuestra situación lo suficiente como para darme cuenta de que jamás nos podríamos permitir pagar a un médico para curarle.

—Así que buscaste la cura tú misma. —Estrechó su mano todavía más, proyectando en su mente la imagen de una niña pequeña con abundante cabello negro y ojos marrón oscuro leyendo con atención libros de medicinas y brebajes, en un intento desesperado por salvar a su padre.

Ella respiró hondo, recostándose contra el respaldo de la silla mientras dejaba escapar el aire de los pulmones.

—Al final, le pregunté al boticario local dónde podía encontrar, en el libro antiguo que mc había regalado, un tratamiento para el corazón roto. Él me dijo: «No hay ninguna hierba en el mundo capaz de curar eso». Había aprendido a tratar el dolor, la fiebre y las infecciones, pero tenía que reconocer que no podía hacer nada para recuperar a mi padre.

—¿Ha estado apagándose todos estos años?

Ella asintió.

—Cada vez que voy a visitarle es menos consciente del mundo que le rodea.

James le frotó la mano.

—Lo lamento mucho. No puedo imaginar cómo sería contemplar a uno de mis padres apagándose poco a poco.

—Es una agonía que no le deseo a nadie.

Ella había apoyado la cabeza sobre su hombro, pero no creía que fuese a dormir. Aunque esperaba que hablar y sentarse con él aliviase parte del dolor que había detectado en su historia, advirtió que sus propias cargas también disminuían. ¿Cómo era posible que aquella jovencita, a la que conocía desde hacía solo un mes, pudiera calmarlo con su mera presencia?

La culpa y el alivio eran una combinación extraña. Sentía que había aprendido lo suficiente sobre Dafne Lancaster como para estar en paz con la idea de cortejarla. Tenía un buen corazón, era inteligente, hablaba bien y era altruista. Su hoyuelo era razón más que suficiente para sonsacarle una sonrisa. Podía imaginarse fácilmente siendo muy feliz con ella en su vida, sin importar la forma desafortunada en la que hubiese comenzado el cortejo. Pero saber que había sido (y que, por necesidad, seguiría siendo) deshonesto con ella, aunque solo fuera por omisión, le molestaba.

La cabeza de la joven se volvió pesada sobre su hombro, y su respiración se tornó regular y profunda. Deseaba que estuviese dormida. Había pasado toda la noche cuidando de su madre. Cambió de posición para poder contemplarla; ni siquiera se removió cuando lo hizo. Dios, parecía cansada incluso mientras dormía.

—Hemos sido injustos con ella —dijo una voz áspera y descarnada.

¿Cuánto tiempo llevaba despierta su madre?

—Estoy descubriendo que la vida ha sido injusta con ella —dijo James en voz baja, para no despertarla—. Perdió a sus padres cuando era pequeña. Siendo tan jovencita, ha tenido que soportar el rechazo de la alta sociedad tan solo porque es tímida.

—Y nosotros decidimos odiarla sin tan siquiera conocerla. —Los rasgos pálidos de la mujer mostraban verdadero arrepentimiento—. Nadie tan dulce y amable como ella podría conspirar del modo que supuse que había hecho.

—Me temo que todos los habitantes del vecindario pensarán algo similar en caso de que acabe aceptando mi cortejo. Creo que la mayoría de la alta sociedad londinense sospecha que ha habido algún engaño por parte de alguien. —James frotó la mano de Dafne con cuidado—. Es una pena que nadie conozca su valía; ni siquiera ella parece darse cuenta.

Por un instante, la mujer trató de girarse y mirarlo, pero, al final, se limitó a recostarse, exhausta.

—¿Has decidido lo que vas a hacer, James? —le preguntó—. ¿Has abandonado la idea de encontrar una esposa que tú mismo hayas elegido?

Desde luego, la pregunta era directa. Había pasado la noche reafirmando su decisión y, aun así, le resultaba doloroso.

—He decidido que debo hacerlo.

No le hablaría a su madre de las amenazas de su padre, ni del acuerdo al que habían llegado. Había sufrido suficiente a manos de su insensible marido. Una pequeña lágrima asomó a los ojos de la mujer..

—La admiras y respetas. Puedo ver que es así. Es un comienzo mejor que el que tuvimos tu padre y yo. Y tú eres mejor que él. —Reprimió el «Eso espero» que le vino a la mente de inmediato—. Comprométete a hacerla feliz, James, y creo que también encontrarás tu propia felicidad.

Parpadeó pesadamente una vez, dos y, al fin, el olvido del sueño se apoderó de ella. Él permaneció sentado, estrechando la mano de Dafne, que dormía pacíficamente en la silla que había ocupado la mayor parte de la noche con la cabeza, pesada, todavía apoyada sobre su hombro.

«Comprométete a hacerla feliz». Podía hacerlo. Ya había aprendido tanto sobre ella que podía adivinar las cosas que la harían sonreír. Había procedido con la expectación de recibir un frío rechazo de la proposición que le habían forzado a llevar a cabo. En aquel momento tranquilo, habiendo podido contemplar un atisbo tan tierno de la persona que era, descubrió que aquel posible resultado ya no le satisfacía.

Por primera vez, casi podía imaginarse construyendo una vida con la extraordinaria mujer que estaba sentada a su lado. Ojalá no estuvieran separados por un abismo de verdades ocultas.

Capítulo 22

James caminaba al lado de Dafne en silencio, portando su baúl de hierbas medicinales. Ella había pasado la mañana desayunando y guardando sus suministros. El joven era consciente de que no había sabido mostrarle lo agradecido que se sentía por la amabilidad que le había mostrado a su madre. Estaba tan poco acostumbrado a que alguien le ayudase a cuidar de su familia que las palabras se negaban a salir. Ella no parecía demasiado preocupada por la pausa en la conversación; nunca lo estaba.

—Una carta para usted, señorita Lancaster. —El mayordomo le tendió una misiva sellada—. Un lacayo acaba de traerla desde Falstone House.

Ella tomó la carta y le dio las gracias.

—Es de mi cuñado —dijo tras inspeccionar la dirección brevemente.

¿Acaso el duque aterrador tenía objeciones a que Dafne hubiese pasado la noche en Techney House a pesar de la presencia de una doncella para guardar el decoro?

—¿Cómo ha logrado que llegase tan rápido una carta desde Shropshire?

—No es ese cuñado. —¿Cómo era posible que aquella sonrisa que le marcaba el hoyuelo siempre le sacase una sonrisa a su vez, a pesar de su aflicción?—. Esta es de parte del que es inofensivo.

Optó por una muestra excesiva de alivio. Así, tal vez ella no se diese cuenta del pánico que había sentido por un instante.

—Hay una sala de estar pequeña justo al final de este pasillo. Si deseas leer la carta allí, puedo reunir lo necesario en caso de que quieras escribir una respuesta.

—La leeré mientras espero al carruaje y durante el trayecto de vuelta a casa. Pero te agradezco tu oferta, es muy amable.

No podía estar seguro de por qué aquella pequeña muestra de gratitud le pareció tan significativa pero, en ese momento, se dio cuenta de que Dafne nunca fallaba en agradecerle hasta las cosas más pequeñas que hacía por ella. Ni siquiera gestos realmente insignificantes pasaban jamás desapercibidos. Quizá aquel era uno de los motivos por los que ayudarla nunca le parecía una tarea que se le exigía llevar a cabo, sino un impulso natural.

Ben acababa de volver cuando James y Dafne llegaron a la entrada principal.

—Señorita Lancaster —saludó, inclinando la cabeza—, ¿James no le ha permitido marcharse todavía?

—Me temo que me ha tenido encerrada en la mazmorra toda la mañana. Ha sido terrible, se lo aseguro.

—¿En la mazmorra? —Ben chasqueó la lengua y negó con la cabeza—. Me suena como si le estuviese robando las ideas a su tutor.

—Adam tiene tendencia a sacar a relucir lo más siniestro de las personas.

James sintió un repentino deseo de acariciarle la mejilla con el pulgar, justo donde se le formaba el hoyuelo. Era adorable, totalmente adorable.

—Me alegra haberle visto antes de marcharme, señor Tilburn —dijo Dafne—. Esta carta es para usted. —Le tendió una misiva que estaba doblada para ser más pequeña de lo habitual; James diría que había llegado dentro de la carta que ella misma acababa de recibir—. Es de mi cuñado, el señor Windover.

—¿El que cría ovejas? —preguntó Ben, tomándola con un entusiasmo mal disimulado.

—El mismo. En su carta me decía que espera poder ofrecerle algún consejo valioso.

—Entonces, ¿le habló de mí?

De inmediato, la expresión de Dafne se tornó insegura.

—Espero no haberle ofendido. Ha aprendido mucho a lo largo de los últimos años y está más que dispuesto a compartir su conocimiento con quienes estén en la misma situación en la que él estuvo.

—¿Ofendido? —Ben negó con la cabeza—. En absoluto. Me siento... halagado, y agradecido. Gracias, señorita Lancaster.

Dafne se ruborizó de forma notable ante la efusiva gratitud de Ben. James sabía que preferiría evitar ser la receptora de más atenciones.

—Creo que deberíamos dejar que la señorita Lancaster regrese a casa para recuperarse de una noche tan larga —dijo, lanzándole a su hermano una mirada significativa.

—Por supuesto. —La sonrisa de Ben no disminuyó—. Por supuesto. —Se alejó como si estuviese aturdido, bajando la mirada constantemente para examinar la carta.

Le tendió la mano a Dafne, que se la tomó de una forma tan natural como si lo hubieran hecho muchas veces antes. Él no había hecho nada para ganarse su confianza y se sintió mucho más culpable al darse cuenta de que la tenía sin merecerla.

Sentado frente a ella en el carruaje, se tomó un instante para intentar mostrarle su gratitud de forma adecuada.

—Estoy muy conmovido por lo que has hecho por Ben —dijo—. Su hacienda, por muy destartalada que esté, significa mucho para él. Yo no sabía qué hacer para ayudarle. Tú, con lo que he descubierto que es sencillamente tu forma de ser, has acertado a encontrar el centro del problema y lo has abordado a la perfección.

—Eso es influencia de Adam —contestó ella—. Hace tiempo que me enseñó cómo pensar más allá de la situación para descubrir el verdadero problema, que, a menudo, suele ser muy diferente de lo que parece al principio. De entrada, parece que tu hermano tan solo necesita fondos, pero su verdadero problema es a más largo plazo. Necesita saber cómo administrar una hacienda que se está desmoronando y cómo reconstruirla con el tiempo. Resulta que conozco a alguien que ha hecho justo eso, por lo que tenía sentido hacer las presentaciones correspondientes.

Santo cielo, era una maravilla.

—Pero no solo encuentras la solución más razonable, sino que logras llevarla a cabo. Según mi experiencia, la mayoría de la gente no da ese último paso; no podría preocuparles menos.

—Creo que ha conocido a las personas equivocadas.

¿Acaso era de extrañar que hubiese llegado a gustarle tantísimo? Era inteligente, amable, tranquilizadora. Estiró el brazo hacia el otro lado del carruaje y le tomó la mano, se la llevó a los labios y depositó un beso en el dorso.

—¿Alguna vez te ha dicho alguien, Dafne Lancaster, que eres increíble?

—Puedo decir con sinceridad que nadie lo ha hecho nunca.

Él mantuvo la mano de ella entre las suyas, y aquel simple gesto provocó un cosquilleo en su pecho.

—Me parece que no soy el único que ha conocido a las personas equivocadas.

Capítulo 23

Durante tres días, Dafne anduvo por Falstone House con una sonrisa oculta. No podía recordar ningún momento en el que hubiese sentido el corazón más ligero. James había ido a visitarla cada día desde la noche en que cuidaron de *lady* Techney. La velada anterior, en el baile, incluso había bailado con ella, y cuando había estado hablando con otras personas había mirado en su dirección de vez en cuando, desde el otro extremo de la habitación.

Al recordar aquellas breves interacciones, la sonrisa de Dafne no podía evitar asomar tras su reserva habitual. Pasó los dedos por los pétalos de varias flores en un arbusto cercano a la entrada del parquecillo donde sabía que él solía ir a pasear a su perro.

El caballero del que había estado enamorada los últimos doce años se estaba enamorando también de ella. Estuvo a punto de chillar allí mismo, en aquel parque público; un impulso poco característico en ella que, en los últimos días, había sentido un número considerable de veces.

Al doblar una esquina, divisó a James unos pasos por delante. El joven lanzó un palo y el cachorro, al que había llamado *Bribón*, salió corriendo detrás de él. Sentada en un banco de piedra cercano se encontraba *lady* Techney.

Él la vio un instante después y, como siempre, le sonrió. Mientras se acercaban, la saludó con un gesto.

—Buenos días, Dafne.

—Buenos días —le contestó ella—. Y a usted también, *lady* Techney. Parece que hoy se encuentra bien.

—Así es, y se trata de un cambio muy agradable. —Jugueteó un instante con la manta que tenía sobre el regazo y, después, continuó cosiendo.

Durante su larga vigilia junto a la cama de *lady* Techney, Dafne había aprendido que a la madre de James le gustaba mucho el bordado, pues lo había mencionado un par de veces. Su propia madre también había llenado de costuras su hogar durante sus pocos años de vida.

James se alejó unos pasos con Dafne hasta donde *Bribón* estaba mordisqueando felizmente el palo, ya baboseado.

Le tomó la mano entre las suyas, como había hecho en el carruaje unos días antes. El gesto se había convertido rápidamente en algo natural entre ellos. La sensación de su tacto le impidió ser capaz de responder durante un segundo. Tan solo se limitó a respirar y a atesorar aquel momento en su memoria.

—Conozco a mi madre lo bastante bien como para darme cuenta de que no es probable que te agradezca como mereces el tónico para la garganta que le proporcionaste.

—Su cocinera tiene la receta y puede preparárselo siempre que lo necesite. —Dafne consiguió pronunciar aquellas palabras de corrido, a pesar de que él todavía no le había soltado la mano.

—Creo sinceramente que cualquier boticario del reino palidecería a tu lado. —Le estrechó los dedos—. Has hecho maravillas por mi madre.

—Me complace enormemente que se sienta mejor.

Él alcanzó el palo de *Bribón* y, con la mano que tenía libre, lo lanzó lejos para que el cachorro lo persiguiese.

—¿Has recibido noticias de Shropshire?

—Por desgracia, mi padre está muy enfermo. Tanto física como mentalmente.

—Cuánto lo lamento. —Cambió de posición para que pudieran entrelazar los brazos, acercándola un poco más a él. Ella aceptó aquel gesto considerado y alentador y se apoyó un poco contra su cuerpo—. ¿Te ha dado el duque algún detalle?

—No. —Suspiró mientras él ponía la mano sobre la suya, allí donde se apoyaba en su brazo—. Pero la situación no es nada esperanzadora.

—¿Necesitáis tú y la duquesa viajar a Shropshire? Me complacería ayudaros a hacer los preparativos.

Sintió cómo regresaba su revelador rubor, pero no intentó evitarlo. Por aquel entonces, James ya sabía de su tendencia a sonrojarse y no parecía importarle.

—Esperaremos a saber qué recomienda Adam.

—Entonces, parece que necesitas alguna clase de entretenimiento —dijo él—. Cualquier cosa que desees, Dafne. Un paseo en carruaje por la tarde. Una excursión al parque de Greenwich. Lo que tú elijas.

Cualquier cosa que deseara. ¿Pensaría que era rara o demasiado sentimental si le confesara que no deseaba nada más que una o dos horas en su compañía? No quería parecer patética. Un paseo en carruaje por Hyde Park podría llevarse a cabo en relativa privacidad, pero un viaje más largo al parque de Greenwich implicaría a muchos sirvientes, y Perséfone tendría que asistir en nombre del decoro.

—No estoy segura —dijo ella, intentando pensar en una tercera alternativa.

—Debe de haber algo que quieras hacer y no hayas hecho ya.

—Me he sentido sorprendentemente feliz aquí, James. Lo cierto es que esta temporada ha constituido mi primera visita a la ciudad y no me siento desesperada por escapar.

—«Escapar». —Una amplia sonrisa inundó su rostro—. Me has dado la idea perfecta.

—¿De qué se trata?

Su emoción resultaba contagiosa.

—Mañana por la tarde disfrutarás de un pícnic.

Se había acordado de aquella conversación fugaz que mantuvieron. Hacía diez años que no iba de pícnic. La mera idea reavivó recuerdos que hacía tiempo que había olvidado de momentos felices, libres de preocupaciones con su familia, de quitarse el peso de la responsabilidad y la penuria.

—Oh, James, eso sería maravilloso.

—Y yo mismo me encargaré de los preparativos, por lo que no debes hacer nada más que asistir y disfrutar.

—¿Estás seguro? —preguntó.

James tomó su mano una vez más, se la llevó a los labios y le rozó los dedos con un beso muy suave.

—Será un absoluto placer.

Tiempo después de que ella y Fanny hubiesen regresado al carruaje para volver a Falstone House, Dafne mantuvo el dorso de la mano en la mejilla, cerrando los ojos y desterrando cualquier sensación que no fuera la de aquel beso.

James descubrió que tener un gesto de generosidad con Dafne era tanto un privilegio como una alegría. Había pasado una tarde y una mañana muy agradables planeando el pícnic improvisado. Gracias a un breve *tête-à-tête* con su excelencia en la velada musical de las Bower la noche anterior, se había enterado de que a Dafne le gustaban los sándwiches de castañas de agua, la limonada y la tarta de manzanas. También descubrió que los Lancaster habían disfrutado tan solo de las comodidades más básicas al ir de pícnic: una manta, una cesta de comida, platos y utensilios. Su idea era recrear aquellas excursiones.

Ben se cruzó con él mientras daba vueltas por el recibidor, esperando la llegada de Dafne. Inexplicablemente, su hermano empezó a reír casi al instante.

—¿Hay algo que te parezca divertido? —James contempló el cielo a través de las ventanas, deseando una confirmación de que el tiempo iba a cooperar.

—Tú me pareces divertido. No te había visto así de atolondrado desde que éramos niños

—No estoy atolondrado.

Ben se limitó a reírse de nuevo.

—Entonces, entusiasmado.

James se encogió de hombros.

—Me gustan los pícnics.

Ben le indicó que le siguiese hasta la terraza trasera.

—Tengo la sensación de que lo que te gusta es la señorita Lancaster.

—¿Cómo podría no gustarme? Es inteligente e ingeniosa y es realmente buena persona.

Ben arqueó una ceja mientras bajaba la voz.

—¿Debo suponer que ya no sientes tanta aversión por tener que cortejarla como hace unas semanas?

Aquel recordatorio le hizo volver a la realidad.

—Todavía me disgusta cómo empezó todo esto, pero he tenido tiempo de conocer mejor a Dafne y he encontrado motivos para ser optimista.

—¿No es el ogro que esperabas que fuese?

Había hecho demasiadas suposiciones sobre ella, y ninguna había resultado ser cierta.

—Es mejor que eso. Cuantas más cosas conozco de ella, más creo que podríamos sacar partido a todo esto.

Ben negó con la cabeza.

—Un buen partido no es lo mismo que el amor.

Su hermano se estaba encargando de amainar el entusiasmo que James había sido capaz de sentir.

—No, pero es mejor que lo que tienen nuestros padres.

—¿Te has resignado a ello?

«Resignarse» era una palabra demasiado dura.

—Me gusta la señorita Lancaster. De hecho, me gusta bastante.

Ben le observó durante un instante.

—A mí también ha llegado a gustarme —dijo al fin—. No me agrada la idea de que tenga que pasarse la vida con un marido que se arrepienta de haberse casado con ella.

Dejó escapar un suspiro. La culpabilidad que llevaba intentando aplacar toda la semana volvió a desbordarle. Había pasado demasiado tiempo, en las últimas semanas, engañando a una dama de buen corazón. Le gustaba Dafne; era maravillosa, una sorpresa placentera. La echaba en falta cuando no estaba presente y pensaba en ella cuando estaban separados. Tal vez no la hubiese elegido por sí mismo, pero podría ser un buen marido para ella.

—No he dicho que lamentase cortejarla —dijo.

—Si no puedes seguir adelante siendo sincero —señaló Ben—, sencillamente no deberías seguir adelante.

James negó con la cabeza.

—No es tan fácil. Quizá este acuerdo comenzase por la fuerza, pero ya no tengo esa sensación. Si tuviese la suerte suficiente de ganarme su aprecio, haría todo lo que pudiera para hacerla feliz.

—Todo, menos contarle la verdad.

—La verdad tan solo le haría daño, Ben.

Por primera vez, su hermano pareció empatizar con él.

—Una situación imposible, ¿verdad? Ser sincero significa que no volvería a confiar en ti nunca más, pero ocultarle la verdad tampoco es apropiado.

—A veces parece totalmente imposible.

—Pero ¿te gusta de verdad? —insistió Ben. Él asintió.

—Mucho, en realidad.

—Bueno, supongo que eso es un comienzo.

—Con el tiempo suficiente, espero que podamos ir más allá de eso.

James estaba sorprendido ante la fuerza de ese deseo. Quería encontrar motivos para creer que su conexión se basaba en algo más que en mentiras y una confianza no merecida. Dafne le gustaba más de lo que había esperado. Le confundía y, a la vez, le empujaba hacia delante.

Capítulo 24

Ni siquiera el artista más avezado hubiese podido capturar la perfección de la pradera a la que el mayordomo de Techney House condujo a Dafne y Perséfone. Aunque habían invitado a otras personas, Dafne sabía que James había preparado el pícnic para ella. No podía recordar otra ocasión en que alguien hubiese planeado algo solo para su disfrute.

—¿Qué crees que es lo que ha llevado a lord Tilburn a hacer un pícnic? —Perséfone miró a su hermana con un brillo burlón en los ojos—. ¿Algún capricho espontáneo?

—Creo que es una idea espléndida. —Dafne sonrió sin preocuparse por el hecho de que sus mejillas resplandeciesen con un sonrojo muy revelador.

—Voy a decirte algo, Dafne: Adam tiene sus reparos con respecto a este cortejo, pero creo que si hubiese estado aquí para ver cómo has cambiado en los últimos días, apoyaría las pretensiones de lord Tilburn de todo corazón.

—Una vez que haya regresado y retomemos nuestras tardes juntos, le explicaré lo equivocado que estaba —dijo ella, riendo—. El duque aterrador no está acostumbrado a que le hagan tragarse el orgullo.

Los ojos de su hermana brillaban de regocijo.

—No puedo decir que sea un plato de su gusto.

Contempló cómo James se acercaba hasta donde estaban sentadas en unos cojines enormes, bajo el toldo refrescante que formaban las hojas de un fresno. Esperaba que Adam llegase a comprender de verdad lo equivocado que había estado con respecto a él. Era bueno y amable. Aunque su cortejo les hubiera pillado por sorpresa, había demostrado que su afecto era sincero.

—Buenas tardes —las saludó cuando llegó a su altura—. ¿Puedo unirme a ustedes un momento?

—Por supuesto.

Se sentó cerca de ellas con aparente determinación. El corazón le palpitaba de forma frenética en el pecho. A lo largo de la última semana, la incomodidad de sus primeras interacciones se había disuelto. Una despreocupada alegría y un entusiasmo creciente se habían apoderado de ella. Le había amado durante años y, al fin, él había empezado a sentir lo mismo por ella.

—Creo que tu pícnic es un éxito —dijo Dafne.

Él le sonrió. Ella consiguió reprimir la risita complacida que aquella visión le inspiraba.

—Este es tu pícnic, Dafne, a pesar de la plétora de invitados adicionales. Mi padre no podía dejar pasar una oportunidad de ejercer como lord. Hizo unos cuantos añadidos a la lista de invitados. Espero que eso no te lo haya arruinado.

—En absoluto: todo es perfecto.

Él negó con la cabeza, aunque el gesto parecía más de incredulidad que de negación.

—¿Es siempre así de fácil de complacer? —le preguntó a Perséfone.

—Dafne es, tal vez, la persona menos exigente que haya conocido jamás.

¿Por qué la respuesta de Perséfone no sonaba del todo como un cumplido?

—Veo que te he avergonzado. —James se inclinó un poco hacia ella, estrechándole una mano entre las suyas, algo que cada vez hacía más a menudo. Por su parte, a ella le encantaba que hubiese adoptado un gesto tan tierno.

—Me sonrojo con facilidad. No tienes que suponer siempre que es porque me has avergonzado.

—Pero ¿ha sido así? —Los ojos de James encontraron su mirada.

Escuchar por sí misma cómo hablaban de ella siempre le había resultado una experiencia incómoda y, con total sinceridad, sí había sido un poco vergonzoso. Sin embargo, a diferencia de otras conversaciones que había escuchado, las palabras de él eran amables. La señora Hammond, que vivía en el barrio donde había crecido, incluía la frase «la que es bajita y poco agraciada» cada vez que hacía referencia a Dafne. La señora Cole, de quien recogía las labores de costura que habían aceptado, había parecido disfrutar especialmente de la expresión «poco prometedora».

—¿Dafne? —La voz de James atrapó su atención una vez más—. ¿Te he molestado?

—Claro que no. Y el pícnic es perfecto de verdad, a pesar de lo que mi hermana diga sobre mi naturaleza complaciente.

—No pretendía insinuar que eres complaciente —dijo Perséfone—. Desde luego, no eres así. Eres de carácter dulce, un rasgo que, definitivamente, es positivo.

—Eso, eso —asintió James con firmeza.

—Entre ambos conseguiréis que me sonroje de verdad —les avisó—, y eso arruinaría este pícnic tan encantador.

Los ojos de James observaron un punto en la distancia.

—Me temo que, de todos modos, es posible que se acabe arruinando tarde o temprano. —Un gesto de resignación divertida cruzó su rostro.

Dafne siguió la dirección de su mirada. *Bribón* correteaba en torno a los invitados del pícnic, probablemente buscando que le dieran algo de comer. Varias doncellas intentaron alejarlo de la mesa de la comida mientras los invitados se esforzaban por evitar una confrontación con aquel mestizo entusiasta.

—Quizá debería rescatarles —dijo James.

—O rescatarle a él. Después de todo, al pobre *Bribón* le superan en número.

—Así que ahora es «el pobre *Bribón*», ¿eh? Veo que ha conseguido ganarse tu simpatía. —La mirada de James se volvió en dirección a su madre—. Aun así, debo controlarlo antes de que moleste a demasiadas personas. —Por supuesto, se refería a su progenitora.

Silbó, disculpándose al instante por no haberlas avisado, con expresión disgustada. Un momento después, *Bribón* corrió hasta colocarse al lado de su amo con el aspecto inocente de un corderito. James le rascó detrás de las orejas, gesto por el cual se ganó un lametón muy concienzudo en la mano.

—Ya veo quién manda en esta relación —dijo ella.

—Este mestizo —admitió él—. Me imagino que la manada de lobos de Falstone no tiene a su excelencia a sus pies, o sus patas, por así decirlo.

—Para nada. —Dafne acarició el pelaje suave del lomo de *Bribón*—. Los lobos temen tanto a Adam como el resto del mundo.

Bribón se dio la vuelta y se dedicó a ofrecerle el mismo afecto que acababa de profesarle a su amo. Cuando ella también le rascó detrás de las orejas, el cachorro saltó sobre su regazo con entusiasmo.

James intentó alzar en brazos al perrito, que se escabulló de su alcance y volvió directamente con Dafne.

—Este canalla no tiene los más mínimos modales —dijo él.

Ella permitió que *Bribón* volviese a afanarse en lamerle la mano desde cualquier ángulo posible.

—Pero le gusto.

Él sonrió.

—Desde luego, ese es un punto a su favor.

—¿Estás seguro de que eso no lo convierte en un tonto, además de en un maleducado?

—No tiene un pelo de tonto.

Le besó los dedos (los de la mano en la que no se estaba empleando *Bribón*), justo como había hecho el día anterior. Quizá, algún día, aquella muestra de afecto se convirtiese en un beso de verdad. A menudo, Dafne había soñado con besar a James Tilburn. De hecho, en los últimos tiempos, cada vez le ocurría con más frecuencia.

Al parecer, *Bribón* pensaba que perder la atención de ambos al mismo tiempo era insoportable. Salió disparado, dando vueltas en torno a los grupos de invitados, ladrando y dando brincos y, en general, causando un caos cada vez mayor. James suspiró con arrepentimiento.

—Será mejor que vaya a por él.

—Creo que tus invitados lo agradecerán.

Se levantó, asegurándole que volvería enseguida, y se apresuró a perseguir a la mascota traviesa.

—Sí —comentó Perséfone, rompiendo el silencio que él había dejado tras de sí—, creo que Adam aprobaría del todo a tu lord Tilburn.

—Mi lord Tilburn —repitió en voz baja, observando cómo James intentaba alcanzar al reacio cachorro—. Es maravilloso.

—Me he dado cuenta. —Un tono divertido tiñó la voz de su hermana—. Y él también parece tenerte en alta estima.

—¿Crees que podría amarme? —preguntó Dafne, esperando que Perséfone le diese la misma respuesta que se había dado a sí misma.

—Creo que está empezando a hacerlo.

—Yo también —susurró, y el corazón le dio un vuelco al pensarlo.

—Me alegro mucho por ti, Dafne. De verdad.

Al momento siguiente, *Bribón* regresó sin James. Dafne echó un vistazo entre los grupos de invitados, pero no le divisó. ¿Todavía estaba intentando encontrar al perrito? Pasaron varios minutos sin que hubiera ni rastro de él.

—¿Debería buscar a tu amo? —Acarició la cabeza del cachorro. Sin duda, agradecería saber que podía detener la búsqueda de *Bribón*. Se levantó y *Bribón* la siguió, pisándole los talones, mientras caminaba entre los invitados. James no se encontraba entre ellos.

Bribón la abandonó un momento después, dirigiéndose a toda velocidad hacia un grupo de árboles no muy lejos de allí.

—¡*Bribón*!

Siguió el camino que había tomado. Sería absurdo encontrar a James tras haber perdido a su perro. Sin duda, él se limitaría a sonreírle, como hacía siempre.

Resultó que el cachorro era muy veloz. Dafne se introdujo entre los árboles, pero no podía ver a *Bribón* por ningún sitio. ¿A dónde había ido?

—Lo estoy haciendo lo mejor que puedo.

Se detuvo ante el sonido inesperado de la voz de James. Él también estaba entre los árboles. Tal vez el cachorro había salido corriendo hacia allí al sentir la presencia de su amo. En cualquier caso, podrían encontrar al perro más fácilmente si lo hacían juntos.

«Juntos». Dafne suspiró ante la felicidad de aquella simple palabra. Había tenido que enfrentarse muy a menudo a la soledad, y tan solo en los momentos en los que se perdía en ensoñaciones esperanzadas había imaginado que aquello pudiera cambiar.

Se dirigió hacia el sonido de la voz de James, descubriendo que se encontraba al otro lado de un grupo de árboles de tronco estrecho. No estaba solo, lo que, si lo pensaba, tenía sentido, ya que era obvio que estaba hablando con alguien. Resultó que ese alguien era su padre. La conversación parecía seria.

Ninguno de los dos había advertido su llegada. Retrocedió unos pasos, esperando salir de allí antes de que la pillaran escuchando, por mucho que hubiese sido de forma accidental.

—Hijo mío, te ofrezco todo el reconocimiento por montar un buen espectáculo —dijo lord Techney—, pero a tus esfuerzos les falta algo. Otros se han dado cuenta de que no pareces apropiadamente ansioso.

—Al contrario —replicó James—, he podido escuchar a muchos espectadores hacer la observación contraria.

Desde luego, era una conversación extraña. ¿Ansioso por qué? ¿Un buen espectáculo de qué?

—No creas que voy a permanecer de brazos cruzados mientras apenas haces esfuerzos por cumplir con tu parte del trato —dijo lord Techney—. Sabes bien cuáles son las consecuencias de negarte a seguir con esto.

El padre de James había hecho algo. Dafne rememoró los últimos días y el tiempo que había pasado con el joven. No había mencionado ninguna crisis inminente. Se lo habría contado. Se habían hecho amigos íntimos y, al menos hasta cierto punto, confiaban el uno en el otro.

—No me he retractado del trato —dijo él—. Lo estoy cumpliendo, y espero que usted haga lo mismo.

No debería haber seguido escuchando, pero no podía librarse de la sensación de que lo que fuera que James y el conde estaban discutiendo era de suma importancia.

—No presupongas, Tilburn, que no he adivinado tu estrategia. Si la señorita Lancaster rechaza tu proposición, pretendes decir que, aun así, tú has mantenido tu parte del trato, que llevaste a cabo el cortejo como acordamos, pero que no puedo hacerte responsable por su rechazo.

Sintió cómo se le encogía el pecho de dolor. ¿Estrategia? ¿Una que involucraba la previsión del rechazo de una proposición? Al parecer, deseaba recibir un rechazo. El rechazo de Dafne.

Negó con la cabeza despacio, intentando librarse de la inquietud que inundaba cada uno de sus pensamientos. Sus atenciones habían sido demasiado evidentes como para haber supuesto otra cosa que no fuese un esfuerzo por cortejarla. Toda la alta sociedad sabía cuáles eran sus intenciones y la alegría con que ella las había aceptado.

—El resultado de todo esto no recae solo sobre mis hombros —dijo él—. Puede que tengas el poder de amenazar a madre, a Ben o incluso a mí, pero no puedes amenazarla a ella. No puedes obligarla como me has obligado a mí.

¿Obligarlo? No. No podía haber querido decir eso.

—No me interesan sus decisiones, James; tan solo el resultado de las tuyas. —Lord Techney habló con la misma firmeza que su hijo un momento antes—. Esta familia necesita esa relación, necesita ese estímulo para nuestra posición. Tu misión es asegurarte de que ocurra. No vas a fallarme en esto.

«Di que se equivoca —le suplicó a James en silencio—. Me estás cortejando porque te gusto. Díselo. Dile que estás empezando a amarme».

Pero no hubo ninguna corrección.

El entorno de Dafne se desdibujó y sus ojos se negaron a enfocar la dolorosa escena que tenía lugar frente a ella. Se dejó caer contra un árbol, conteniendo la respiración entrecortada. Estaban obligando a James a que la cortejara.

Podía distinguir sus siluetas y escuchar el sonido vago de sus voces, que todavía mantenían una conversación en voz baja, pero nada tenía sentido en su cabeza, que empezaba a darle vueltas. Cada vez que tomaba aire le costaba más esfuerzo que la vez anterior. Apartó la vista, sintiendo cómo se le cerraba la garganta.

Él la estaba cortejando para lograr mayor estatus social para su familia, para cumplir con un trato que había hecho con su padre. No le prestaba ninguna de sus atenciones por adoración, cariño o cualquiera de las razones que ella, en su estupidez, había imaginado. El caballero que había adorado en silencio durante seis años la había cortejado, tal como ella anhelaba, pero ni un solo momento había sido intencionado.

Y eso significaba que no la amaba.

Lágrimas amargas le brotaron de los ojos. Le había creído. Inocente, había recibido sus mentiras con los brazos abiertos.

Oyó a *Bribón* ladrando, pero no fue a buscarlo. Sus alrededores cada vez le resultaban más indistinguibles. Una debilidad nauseabunda se apoderó de ella. Jamás en su vida se había desmayado, pero se sentía a punto de desfallecer.

Recuerdos de tiempo atrás que se había esforzado por enterrar resurgieron a la superficie de forma precipitada. «Los Lancaster son una familia de aspecto encantador, excepto por la pequeña Dafne. Es una muchachita tímida. No tiene ni una pizca de la belleza de su madre. Me temo que no será gran cosa en lo que al aspecto se refiere». «Márchate, Dafne». Aquella era la voz de su padre. «Preferiría estar solo».

Las heridas profundas y palpitantes que aquellos comentarios y docenas similares le habían causado a lo largo de los años volvieron a abrirse, como nuevas. Cerró los ojos, llevándose la mano al pecho como había hecho desde la infancia. Siempre había conseguido hacer retroceder el dolor, ignorar la punzada del ridículo y el rechazo hasta que el tiempo disminuía su impacto. Sin embargo, allí, sola entre los árboles, la angustia se negaba a ser silenciada. Por primera vez, no podía rechazar aquellos comentarios hirientes. Tan solo había conseguido atraer las atenciones de un caballero a lo largo de su vida, y resultaba que se lo había inventado todo.

—¿Dafne? —Reconoció la voz de James, pero no abrió los ojos—. ¿Qué ha ocurrido? —le preguntó—. ¿Te encuentras indispuesta?

¿Indispuesta? No existía una palabra menos apropiada. Se obligó a mirarle, permitiéndose un pequeño atisbo de esperanza de que vería en sus ojos algo que refutase la amarga verdad con la que se había tropezado.

Su rostro mostraba precisamente lo mismo que había visto a lo largo de aquellas semanas: preocupación y compasión. Un cuarto de hora antes, aquella mirada le hubiera hecho derretirse. Ahora tan solo sentía frío.

Tras la muerte de Evander, había llorado durante días. Era probable que hubiese llorado cuando murió su madre, aunque era demasiado pequeña en aquel momento como para recordarlo. Más allá de aquellas dos situaciones, se había enfrentado con una resistencia fiera al menor atisbo de lágrimas. Estando allí, tan sola, obligada a enfrentarse a lo horrible de su situación, no pudo reprimir la oleada de emociones que la invadía.

—Santo cielo, Dafne. Estás llorando. —Ella se encogió ante la caricia suave de los dedos de él sobre su mejilla, que se detuvo de inmediato—. ¿Qué ha ocurrido? ¿Por qué estás...? —Le apoyó las manos en los brazos. Ella retrocedió—. ¿Cuánto tiempo llevas aquí?

—Por favor, déjeme tranquila —susurró.

—Puede que hayas malinterpretado algo de lo que has escuchado. Yo...

Dafne se apartó del árbol, poniendo distancia entre ellos.

—Tan solo déjeme en paz.

El gesto de pánico en su rostro le indicó lo que vendría a continuación. Intentaría explicárselo todo, justificar las mentiras de todo un mes. No podía soportarlo. Nadie debería ser obligado a soportar tantos engaños.

Se dio la vuelta y caminó a toda prisa en dirección a la casa, aunque evitó a los invitados del pícnic. No aflojó el paso hasta que llegó al edificio. Se dejó caer en un banquito que había junto a la puerta, llevándose la mano al corazón herido. No podía quedarse, ahora no. Seguro que Perséfone estaría de acuerdo en que se marchasen. Probablemente, ni siquiera presionaría a Dafne para que le diera una explicación.

Se sintió todavía más hundida al pensar en enfrentarse a Adam. Había estado tan segura de que el tiempo le demostraría que sus dudas eran infundadas... Había estado tan convencida del cariño de James... Pero había estado equivocada. Muy equivocada.

Su cortejo de cuento de hadas no era más que una mentira.

Capítulo 25

Dafne no podía expresar lo agradecida que estaba de que Perséfone permitiese que pasaran el breve trayecto en carruaje de vuelta a Falstone House en completo silencio. Era un gesto compasivo. Sabía que no podría escapar de la realidad de su descubrimiento durante mucho tiempo. Y, cuando se conociese el distanciamiento entre ella y James, habría preguntas. Muchas preguntas.

Entraron en la casa justo cuando Artemisa bajaba las escaleras dando saltos.

—Londres es mucho más divertido que Shropshire —declaró mientras daba la vuelta a la esquina y desaparecía en dirección a la parte trasera del edificio.

—Entonces, ¿su excelencia está en casa? —le preguntó Perséfone al mayordomo mientras les quitaban los abrigos en la entrada principal.

—Sí, su excelencia. Está en su biblioteca.

—Perfecto. —Perséfone se volvió hacia Dafne—. No deseo abandonarte, pero...

—Por favor, ve a saludarle —contestó ella—. Sé que le has echado de menos.

Su hermana se dirigió hacia las escaleras. Por primera vez desde que su esposo se había marchado de Londres, más de una semana atrás, una sonrisa genuina se apreciaba en su rostro.

Se quedó de pie con indecisión. ¿A dónde debería ir? Deseaba de forma desesperada poder estar en su habitación, en su propia cama, para llorar. Sin embargo, Adam querría un informe completo de la situación.

Preferiría no tener que hacer aquella confesión tan dolorosa con su hermana pequeña escuchando. Definitivamente, retrasar lo inevitable le parecía ilógico, aunque, desde una perspectiva emocional, fuera comprensible.

«Ya has pensado bastante con el corazón en las últimas semanas —se dijo a sí misma—. Va siendo hora de que recuerdes cómo actuar con cabeza». Dafne asintió para sí misma, deseando que su determinación fuese sólida. No se permitió una postura encorvada mientras seguía los pasos de Perséfone. Llegó a la puerta de la biblioteca tan solo un instante después de ella.

Su hermana llamó a la puerta con suavidad mientras la abría poco a poco.

—Hampton, ya le he dicho que no deseo que me moleste nadie hoy. No importa qué asuntos tengan que tratar conmigo. —Adam sonaba muy irritado. Eso haría que la conversación que tenían por delante fuese aún más incómoda.

Perséfone no pareció desalentada por su tono.

—Los asuntos que tengo que tratar contigo son de lo más cruciales —dijo desde la puerta.

—Perséfone. —El duque susurró su nombre casi como si fuera una plegaria. Abandonó los papeles y el escritorio y cruzó la habitación. Su mirada intensa no abandonó el rostro de su esposa en ningún momento. Le tomó la cara entre las manos—. Nunca más te quedarás atrás cuando me marche de la ciudad. Jamás.

Dafne volvió a salir al pasillo, sintiéndose incómoda por primera vez con aquella muestra de afecto tan conmovedora. Solía contemplarles y fantasear con recibir la misma cariñosa devoción. Aquellos momentos de fantasías anhelantes le habían resultado más fáciles antes de que James le hiciese creer que sus esperanzas podrían convertirse en realidad.

Se apoyó en la pared que había junto a la puerta de la biblioteca, respirando con profundidad para intentar mantener una calma frágil. Las lágrimas ya no le servían de nada. Había llegado el momento de ser racional.

Podía escuchar la voz de Perséfone una vez más. Al parecer, Adam había acabado con su recibimiento y ya podía hablar.

—No te esperaba hasta dentro de varios días.

—Has estado tan ocupada yendo de un evento social a otro que ni siquiera estabas aquí cuando he llegado —contestó él—. No parece que me hayas echado demasiado de menos.

Dafne se acercó de nuevo hasta la puerta; el corazón se le rompió un poco más ante la imagen de su hermana y su cuñado, muy felices en los brazos del otro.

—¿Quieres que vuelva a subirme al carruaje y dé un paseo más largo para que puedas apreciar bien mi regreso? —Por lo general, el tono burlón de Perséfone le hubiese arrancado una sonrisa a Dafne. Adam sacaba a relucir una parte de la personalidad de su hermana que era, definitivamente, mucho menos seria de lo que recordaba haberla visto conforme se hacían mayores.

—Si pones un solo pie fuera de esta casa, haré que te encierren. —Por supuesto, parecía hablar totalmente serio. Por lo general, gruñía sus expresiones de afecto, y, para aquellos que no le conocían bien, sonaban algo amenazantes.

—Entonces, ¿te alegras de tenerme en casa?

—Muchísimo. Aunque el servicio me había indicado que no volverías hasta dentro de unas horas. ¿Qué ha provocado este repentino regreso?

Dafne se enderezó. No obligaría a su hermana a dar explicaciones. Dio un solo paso hacia el interior de la biblioteca, lo que la situaba lo bastante cerca para ser escuchada, pero a una distancia que ocultaba sus ojos enrojecidos.

—Yo solicité que regresásemos antes.

Adam apartó la vista de Perséfone y su mirada se cruzó con la de Dafne.

—¿Tú lo solicitaste? Qué raro. Estaba casi convencido de que tendría que sacarte de Techney House a la fuerza, dado que tu lord Tilburn está allí.

No se permitió sentir ni siquiera una punzada de dolor ante su tono, demasiado seco. Adam no sabía cuánto daño le habían hecho. No pretendía permitir que nadie se diera cuenta de cuán desesperadamente había deseado que James la amase. Lo único más patético que una chica a la que nunca han amado es la que se equivoca al pensar que sí lo han hecho. Se negaba a pasar el resto de su vida inspirando la compasión de los demás.

—Dado que mi propósito al asistir a los diferentes eventos de Techney House las últimas semanas era explorar un poco más las posibilidades de una unión entre lord Tilburn y yo, mi presencia allí ya no parecía necesaria.

Adam estaba al lado de Perséfone, pasándole el brazo por la cintura con total naturalidad. Los dos la observaron con confusión y preocupación crecientes.

—¿Ya no son bien recibidas las atenciones del caballero? —preguntó su hermana.

—Parece que, después de todo, no hacemos buena pareja. —A menudo había escuchado a otras damas dar esa misma explicación cuando su potencial pretendiente resultaba no ser el indicado.

—Menuda bobada. —Cualquier otra persona que no fuese Adam hubiese puesto los ojos en blanco al usar aquel tono de voz; él nunca se rebajaba a eso. —Aunque tenía mis reparos, incluso un idiota podía ver que erais más adecuados el uno para el otro que la mayoría de las parejas que están sumidas en un cortejo.

La mirada de incredulidad de su cuñado revelaba mucho sobre las oportunidades de Dafne de poder escapar sin tener que ofrecerles una explicación detallada. Aun así, intentó evitar aquella desagradable situación.

—Como ya he dicho, no encajamos.

Él negó con la cabeza.

—Ese argumento no me sirve. Prueba con otro.

—De verdad que no encajamos el uno con el otro.

Adam se sentó en el borde del escritorio con la mano de Perséfone entre las suyas.

—Parece un cambio drástico.

Un cambio de dirección en la conversación era más que necesario.

—No creo que te lo haya dicho, pero Perséfone ha estado enferma durante tu breve ausencia de Londres.

—¿Estabas enferma? —Adam se vio atrapado de inmediato por aquella nueva revelación, justo como Dafne había sabido que ocurriría. Se preocupaba por su cuñada, pero adoraba a su esposa y pondría su bienestar por encima del de cualquier otra persona en el mundo. —¿Cómo de enferma? ¿Debo llamar a un médico?

—Me atendió uno hace unos días.

Aquello era nuevo para Dafne. ¿Por qué no había compartido aquella información con ella? Hacía tiempo que habían establecido su papel en tanto que cuidadora de la salud de la familia. Sin embargo, no le habían hablado de aquel nuevo acontecimiento, que había sido lo bastante serio como para requerir los servicios de un médico.

—¿Por qué no se me avisó? —La preocupación que tenía la voz de Adam hacía que su tono fuese menos cortante.

—Por la sencilla razón de que mis diferentes dolencias, si bien pueden resultar un sufrimiento, no son para nada inusuales en una mujer que pronto va a ser madre y que no quiere preocupar a su esposo —añadió con un tono de voz más suave—, que pronto será padre.

—¿Padre? —Frunció el ceño y contempló el rostro de su esposa. Por primera vez en todos los años desde que Dafne le conocía, parecía haberse quedado sin palabras—. Han pasado siete años. Había dado por sentado que...

Perséfone apoyó la cabeza en su pecho.

—Yo también.

Adam la atrajo hacia sí para abrazarla, con una mirada que expresaba a partes iguales asombro y afecto.

—¿Vamos a ser padres? —susurró.

—Entonces, ¿estás contento? —preguntó ella, sumida en su abrazo.

—Oh, Perséfone. —Las palabras surgieron como una exhalación temblorosa y suave.

Dafne salió de la habitación de forma discreta. Tan solo había intentado crear una distracción al abordar el asunto de la enfermedad de Perséfone. En su lugar, les había forzado a iniciar una conversación que, con toda probabilidad, su hermana hubiese deseado mantener con mayor privacidad.

Iban a ser padres. Aunque ninguno de los dos le había dicho nada, estaba segura de que, a lo largo de los últimos años, se les había roto el corazón mientras se preocupaban, deseaban y se maravillaban ante la posibilidad de tener un hijo. Estaba muy feliz por ambos. El destino tenía que ser amable con, al menos, alguno de los miembros de esa familia, y estaba verdaderamente agradecida por ello.

Recorrió el pasillo hasta la salita, consciente de que estaría vacía y, por lo tanto, tranquila. Al dar un paso hacia el interior, se dio cuenta de que se equivocaba.

Un joven oficial de la Marina de rizos dorados y ojos verdes familiares se encontraba de pie junto a la ventana, sonriéndole mientras ella entraba en la habitación. El corazón le dio un vuelco en el pecho. Linus había llegado, por fin.

—Estaba deseando que Adam no monopolizase todo tu tiempo —le dijo él con una sonrisa—. Tan solo es tu cuñado, después de todo. Tengo más derecho que él a reclamar tus atenciones.

—Buenas tardes, Linus.

—¿«Buenas tardes, Linus»? He estado en altamar durante medio año y ¿todo lo que voy a recibir es un «buenas tardes, Linus»? —Chasqueó la lengua y negó con la cabeza sin que su eterna sonrisa flaquease ni un solo momento—. Sin duda, a Evander le hubieras dado un abrazo.

—Evander no se hubiera burlado de mí. —De hecho, Evander sería quien le habría dado un abrazo a ella.

—Culpable —dijo él con un suspiro—. ¿Acaso no podrías mostrarme el más mínimo afecto de hermana? Te aseguro que lo necesito.

—Si lo que necesitas son muestras dramáticas de adoración, estoy segura de que Artemisa te complacerá. Ese tipo de cosas son más su fuerte que el mío.

Su hermano se acercó un poco más a ella. Había crecido desde la última vez que lo había visto, y no solo en altura. Al parecer, en la Marina no tenían cabida los hombres escuálidos. Le hacía sentirse muy pequeña.

—Has estado llorando —dijo; su voz adoptó rápidamente un matiz de preocupación—. ¿Qué ha ocurrido?

—Nada que una siesta a media tarde no pueda solucionar. —La mentira salió de sus labios con mucha facilidad. No tenía intención alguna de contarle a todo el mundo el verdadero estado de su corazón.

—Con lo mucho que Adam ha refunfuñado sobre que estabas «condenadamente feliz» y que un señorito te estaba cortejando, esperaba verte dando saltitos por la casa, canturreando y dejando caer pétalos de rosa a tu paso —dijo Linus.

—¿Esperabas verme comportándome como una idiota?

Él le acarició la barbilla.

—¿Es que hoy estás gruñona, pequeña Dafne?

Ella le dio la espalda.

—No me hables como si fuera una cría, Linus. Tengo dieciocho años. Solo porque sea bajita...

Él la rodeó con agilidad, parándose justo frente a ella. Le dirigió una sonrisa de disculpa.

—No pretendía herir tus sentimientos. Además, ten en cuenta que, desde que tenías ocho años, tan solo te he visto un puñado de veces. En ocasiones se me olvida lo mucho que has crecido durante la última década.

Ella asintió. Si lo pensaba de forma racional, el error era comprensible.

—Siempre me sorprende cuánto cambias entre cada visita.

—Cada vez estoy más guapo, ¿verdad? —Se rio entre dientes mientras se arreglaba de forma vanidosa los puños de la camisa. A Linus siempre le había divertido hacer reír a los demás. Esa parte de él le gustaba, aunque echaba tremendamente de menos la lealtad y la ternura de Evander.

—¿Cuánto falta hasta que tengas que volver a alta mar? —preguntó ella—. Teniendo en cuenta la situación de las antiguas colonias, me atrevo a decir que tu permiso acabará pronto.

—De hecho, ese es el motivo por el que había esperado interceptarte.

Su gesto jovial se tornó serio de nuevo.

—¿Ha ocurrido algo?

—Siéntate conmigo un momento —dijo él, señalando el sofá más cercano. Cuando le obedeció, él la siguió y se sentó a su lado—. Necesito tu opinión sobre un asunto de gran importancia.

—Por supuesto. —Haría cualquier cosa por ayudar a su familia. En aquel momento, tanto la distracción como la oportunidad de ser de ayuda eran bien recibidas.

—La salud de padre ha empeorado de forma definitiva —dijo Linus.

—Adam insinuó algo así. ¿Cómo de mal se encuentra?

Su hermano le tomó las manos como si le ofreciera fuerzas para enfrentarse a las malas noticias. Dafne se sintió como si tuviera el corazón en la garganta.

—El médico no espera que pase de fin de año.

«Se está muriendo». Pestañeó con fuerza. ¿Cuántas veces había intentado ayudarle o curarle? Todo había sido para nada.

—A riesgo de parecer insensible —dijo Linus—, la situación me deja en una encrucijada. Soy el único heredero de padre. La hacienda y todas las responsabilidades que conlleva recaen sobre mí. Es mi obligación regresar a la casa familiar y asumir mi papel, pero...

—Pero también sientes que tienes un compromiso con la Marina —añadió ella, que creía comprenderle.

—Un compromiso, sí, pero también siento una llamada. Me gusta el mar. Disfruto con la aventura y los retos. ¿Qué iba a hacer yo en tierra? Casi me parece ridículo.

—Has pasado casi la mitad de tu vida en el mar, Linus. Por supuesto que vivir en tierra te parece una perspectiva abrumadora o, quizá, incluso molesta ahora mismo.

Él soltó un sonoro suspiro de alivio.

—Entonces, ¿no soy simplemente un mal hijo?

Dafne le dio una palmadita en la mano.

—Para nada. Cuando has pasado años imaginando tu futuro de una manera, no puedes esperar renunciar a ello sin mostrar cierta oposición o... —Se le retorció el estómago ante la idea dolorosa de que, tal vez, había estado hablando de sí misma—. O remordimientos.

—No estoy seguro de estar listo para acabar con mi carrera en la Marina, pero tampoco sé si abandonar la hacienda solo logrará que sea incapaz de centrarme lo suficiente para ser de ayuda al resto de la tripulación.

Dafne conocía muy bien la naturaleza apabullante del dilema de tener que determinar el cauce de tu propio futuro cuando el presente se convertía en un caos.

—Quizá necesites tomarte un tiempo para decidir. ¿Cuándo vuelve a zarpar tu barco?

—Dentro de tres semanas.

—¿Y cuánto tiempo tienes para tomar una decisión?

Linus pareció meditarlo un momento.

—Es probable que pudiese retrasar la decisión hasta dos días antes. Eso me permitiría hacer un viaje muy apresurado hasta el puerto, si es lo que decido.

—Tan solo tienes que decidir estar tranquilo al respecto. —Tranquilo. Racional—. Piensa con calma lo que quieres hacer. Usa la lógica.

Su hermano asintió. Parecía mucho más tranquilo.

—Probablemente me sería de ayuda hablar con Adam sobre las necesidades de la hacienda y las condiciones en las que se encuentra. Y puede que le escriba a mi capitán y le pregunte qué opina sobre cuánto me podrían necesitar a bordo.

—Sí. —Dafne se dirigía tanto a sí misma como a su hermano—. Descubre dónde eres más necesario y en qué condiciones es más probable que seas feliz.

Linus le pasó un brazo por los hombros y le dio un apretón fraternal.

—Evander siempre decía que tenías más sabiduría que toda la familia junta. Gracias por compartirla conmigo. —Se puso en pie, pareciéndose un poco más a sí mismo, pero con un atisbo persistente de inseguridad en los ojos—. Bien, si te place, ¿podrías compartir un poquito más de tu conocimiento? ¿Dónde es más probable que encuentre a Artemisa?

—Justo cuando Perséfone y yo hemos llegado a casa, pasaba por allí. Creo que se dirigía a la parte trasera del edificio; sin duda, al jardín.

Él sonrió de forma traviesa.

—Creo que voy a ver si puedo sorprenderla lo suficiente para provocar uno de sus famosos desmayos fingidos. —Tras aquella declaración, salió de la habitación.

El día había comenzado de una forma muy prometedora, pero, después, todo se había desmoronado.

Su padre se estaba muriendo. Aunque no había disfrutado de su compañía desde hacía años a causa de la distancia que los separaba, tanto en lo físico como en lo mental, la idea de no volver a verle nunca más o de no volver a oír su voz le atravesó el corazón hasta lo más profundo con una punzada de dolor.

¿De qué servían ahora sus tónicos y sus remedios? Pronto perdería a su padre y no había nada que pudiese hacer al respecto.

Cerró los ojos mientras la asaltaba un diluvio de recuerdos dolorosos.

«Por favor, papá, bébaselo —suplicaba su yo de nueve años—. Se sentirá mejor».

«Estaré muy callada —prometía con una voz todavía más infantil—. Tan solo déjeme quedarme con usted».

Su voz volvió a llegarle desde tan solo cinco años atrás. «Venga a vivir con nosotros al castillo de Falstone. Por favor. No puedo soportar abandonarle una vez más».

Sus respuestas rara vez habían cambiado. «Déjame tranquilo. Soy más feliz estando solo».

Su padre prefería no estar con ella. Era más feliz sin su compañía. Y no era el único que la había dejado atrás. Evander lo había hecho. Linus acababa de marcharse sin pensárselo dos veces. Adam y Perséfone tenían sus propias vidas, de las cuales ella solo era una parte pasajera. Y James. James había estado interpretando un papel desde el principio. ¿Cómo podría soportar tanto sufrimiento?

«Encuentra dónde eres necesaria». Se repitió su propio consejo.

Pero ¿dónde era necesaria? Con Perséfone consultando con médicos sin tan siquiera pedir la opinión de Dafne, algo que siempre había hecho en el pasado, no parecía probable que sus habilidades como boticaria fueran a darle un propósito en la familia; al menos de la manera en que una vez lo habían hecho.

Sus tardes con Adam habían parecido útiles para él, pues le habían otorgado alguien con quien podía debatir sobre sus ideas, filosofía o los asuntos del día. Era necesaria en ese sentido. Con el tiempo, el hijo que él y su hermana estaban esperando probablemente acabaría ocupando ese lugar. Tendría su propio hijo al que criar y por el que preocuparse.

La felicidad que sentía por su hermana y su cuñado iba acompañada de un sentimiento muy parecido al luto. Su propia familia estaba aumentando y ella ya no encajaría, no del todo.

Una tía soltera podía ser apreciada y bienvenida, pero no sería realmente necesaria. Volvería a ser inútil, tal como había sido de niña. Evander no estaría allí para asegurarse de que se fijaban en ella. Adam estaría ocupado con asuntos más personales. Perséfone, que había adoptado el papel de madre de Artemisa cuando esta era un bebé, volvería a asumir aquella responsabilidad una vez más con su propio hijo.

Dafne no tendría cabida allí. De niña había aprendido que ser útil era muy ventajoso para que a una la quisieran durante más tiempo en un lugar. Quizá un estudio más detallado de las hierbas medicinales la convirtiera en un recurso para la comunidad que rodeaba el castillo de Falstone. Si las familias de la zona, el vicario o incluso el servicio del castillo se beneficiaban de su conocimiento y sus habilidades, entonces tendría un propósito entre ellos y se mantendría ocupada. Estar continuamente ocupada la dejaba a una con menos tiempo para centrarse en sus remordimientos.

Capítulo 26

Su padre estaba de un humor extraño. La mañana después del desastroso pícnic, volvió a citarle en la biblioteca. Tan solo la tensión evidente de la mandíbula contradecía su semblante sereno. James permaneció de pie mientras esperaba el sermón. Sabía exactamente qué era lo que iba a decirle, y no pretendía alargar la entrevista.

—Me han comentado que, ayer, la señorita Lancaster se marchó a toda prisa —dijo el hombre.

—Ella y su hermana decidieron regresar a su residencia de Londres antes de que comenzase el pícnic.

Su padre entrecerró los ojos.

—¿Cuándo piensas ir a visitarla de nuevo?

—No pienso hacerlo, padre. —James lo imitó, manteniendo una expresión segura y calmada—. Parece que, después de todo, no hacemos buena pareja.

—¿Has puesto fin al cortejo? —Le lanzó aquella mirada que siempre indicaba sus dudas acerca de la inteligencia de su hijo.

—No. —Un ligero atisbo de alivio asomó a los ojos del hombre. Él no alteró el tono de voz—. Es ella quien ha puesto fin al cortejo. De forma inequívoca, además.

La mirada de su padre se endureció.

—¿Qué has hecho?

Aquella era una pregunta que él mismo se había planteado en múltiples ocasiones. No iba a permitir que aquel hombre viese lo verdaderamente disgustado que estaba con respecto a los acontecimientos del día anterior.

—Parece que subestimamos la inteligencia de la señorita Lancaster. Los dos lo hicimos. Descubrió la verdadera naturaleza de este cortejo y decidió que merecía algo mejor.

El hombre permaneció en silencio, con el rostro congelado en un gesto de cavilación. Sin duda, estaba pensando en un nuevo plan. Sugeriría una estrategia distinta, un intento de convencer a Dafne para que volviese a confiar en él. James no quería formar parte de aquello. Habló antes de que él pudiera hacerlo.

—Mi conducta en las últimas semanas ha sido inaceptable. Recuerdo las decisiones que he tomado, el camino que he seguido, y... —Soltó un suspiro tenso. Examinarse a sí mismo no había sido agradable—. Me siento totalmente avergonzado de mí mismo.

—¿Avergonzado? —El tono burlón de su padre no dejaba dudas del estado de su propia conciencia.

—He actuado sin honor. Aunque el duque fuese quien sugiriera la posibilidad de un cortejo entre la señorita Lancaster y yo, jamás hubiera aprobado que lo hiciera de una forma tan hipócrita. Me observaba con sospecha, y estoy seguro de que había empezado a adivinar lo que se escondía detrás de la mascarada. Y yo, por mi propio bienestar, me limité a esforzarme más en resultar convincente. Les engañé a él y a la duquesa, tanto a través de mis palabras como de mis actos. El cortejo deliberadamente engañoso hacia la señorita Lancaster ha sido del todo inexcusable. —Cuadró los hombros—. Ya es hora de que recupere el control de mi propia integridad.

—¿Pretendes dejar que se aleje sin más? — La voz de su progenitor se tornó tensa, que rara vez permitía que las emociones tiñesen sus palabras. James sabía que aquella entrevista solo iría a peor antes de que le permitiese marcharse.

—Pretendo no seguir imponiéndole mi presencia.

Su padre se inclinó hacia delante, presionando los antebrazos contra el escritorio y dirigiéndole una mirada de advertencia.

—Ya conoces las consecuencias de tu fracaso.

—Me temo, padre, que usted y yo tenemos concepciones algo distintas del fracaso.

El hombre no se inmutó.

—No seguirás recibiendo dinero de la hacienda. Y tu hermano, tampoco.

—Bennett es fuerte. —Sabía que la pérdida sería un duro golpe para Ben, y haría todo lo que pudiese para ayudarle.

—Eso es algo desalmado por tu parte, Tilburn. —Era evidente que el comentario pretendía ser una burla, un intento de hacerle daño.

—Una característica que se podría decir que he adquirido por derecho propio.

Su padre pareció reconocer la pulla, pero no respondió.

—¿Puedes contemplar el sufrimiento de tu madre con semejante indiferencia?

—No es indiferencia, padre, es resignación. Sé que no debería esperar que actúes pensando en el bienestar de tu familia. No puedo hacer nada para evitar que castigues a cualquiera de nosotros.

Su padre volvió a cambiar de posición. Si James no hubiese pasado toda la vida observando a aquel hombre, casi podría haber pensado que se estaba sintiendo incómodo. Pero sabía que no era así. Tan solo estaba modificando su ataque.

—¿Y qué pasa con el estatus de esta familia? —preguntó—. Nunca jamás podremos volver a presentarnos ante la aristocracia con la cabeza alta.

—Sabe perfectamente que los cortejos abandonados rara vez dan una mala imagen del caballero involucrado. Esta familia está a merced, no de mis acciones, sino de las de la señorita Lancaster y, lo que es todavía más abrumador, las del duque de Kielder. Su excelencia podría destruirnos con una sola palabra. Dudo que vacile siquiera en hacerlo. Es con él con quien debería estar negociando, no conmigo. Después de todo, fueron ustedes quienes formularon el acuerdo original.

El hombre palideció de forma notable.

—El duque no negocia. Todo el mundo lo sabe.

—Entonces, tal vez debería ir a suplicarle de rodillas que tenga misericordia. Aunque, según tengo entendido, eso tampoco le agrada demasiado.

—No, no será necesario. Puedo solucionar esto. —Asintió repetidas veces—. Puedo solucionarlo.

—¿Cómo...?

Su padre alzó una mano para interrumpirle.

—No puedo solucionar esto para ti. Pero puedo arreglar las cosas para mí y para este título que no mereces heredar. No voy a hundirme con tu estupidez..

James no se atrevía a intentar adivinar qué era lo que estaba tramando en aquel momento.

—Adiós, padre. Vaya a salvar su preciado estatus. Yo tengo cosas más importantes por las que preocuparme.

Giró sobre sus talones y salió de la habitación. Pretendía arreglar todos sus errores del último mes. Negarse a permitir que aquel hombre le manipulase para sacrificar su integridad una vez más era tan solo un punto de la lista. Hablar con Ben era otro.

Cuando llegó al final de las escaleras, el mayordomo se acercó a él.

—Parece preocupado, Billingsley —dijo.

—La cocinera ha anunciado que no puede preparar la carne de venado que su señora había pedido —explicó el mayordomo—. La carne que se iba a servir esta noche se ha echado a perder.

—¿No puede conseguir otra pieza? ¿O, sencillamente, preparar otro plato?

—No lo sé, mi señor —contestó el mayordomo—. Esperaba que usted solucionase el asunto.

—¿Nadie más de la familia es capaz de encargarse de esto?

¿Por qué había hecho la pregunta si quiera? Nadie era capaz de ocuparse de nada jamás.

—*Lady* Techney indicó que el asunto se le consultara a usted.

«Por supuesto que sí».

—Me encargaré de ello.

El mayordomo pareció satisfecho y se marchó para ocuparse de sus otras tareas. De camino a la cocina, James se encontró con el jardinero, que le habló en detalle sobre una plaga de pulgón. Momentos después de haberle indicado al jardinero que hiciese lo que pudiera para encargarse de las plagas, abordó la preocupación del cochero sobre la necesidad de adquirir un nuevo eje para el carruaje antes de que la familia regresase a Lancashire. Entonces, un lacayo le entregó una carta del guarda forestal de Techney Manor donde expresaba su inquietud frente a los cazadores furtivos. Demonios, aquellas eran las propiedades de su padre y, sin embargo, todo recaía sobre sus hombros. Él, que había sido repudiado. Él, que había sido poco menos que desheredado. Necesitaba un respiro, un aliado. Lo había tenido durante un breve momento y lo había echado todo a perder. Había perdido la amistad de Dafne, así como su constante calma ante los problemas, su apoyo y su presencia de ánimo.

Desestimó sus remordimientos, algo que llevaba haciendo de forma casi constante desde que ella se había marchado, y se centró en descubrir el eficaz escondite de hermano. Tras pensarlo un instante, la respuesta le resultó evidente. El único lugar en el que un caballero podía tener alguna esperanza de evitar cualquier compañía era su propia habitación.

James llamó a la puerta de Ben. Los asuntos pendientes con su hermano eran de mayor importancia que las crisis del servicio. Él abrió la puerta, saludándolo.

—Ben, yo... —Recorrió la habitación con la vista, fijándose en el baúl de viaje que estaba preparado—. ¿Te marchas?

Ben depositó un par de gemelos en una bolsa con cordón ajustable y la colocó en el baúl.

—Por la mañana.

En el suelo había una maleta de viaje medio llena. Sobre la cama, varias camisas yacían desparramadas.

—¿Cuándo has tomado esta decisión? —¿Acaso había ofendido a su hermano de alguna manera?

Él dobló una camisa con cuidado. No tenía los recursos para contratar a un ayuda de cámara que se ocupase de su ropa.

—Cuando he recibido la invitación del señor Windover.

¿Windover?

—¿El cuñado de la señorita Lancaster?

Ben asintió: su mirada exhibía una evidente expectación.

—Hemos mantenido correspondencia desde que la señorita Lancaster le escribió para hablarle de mi situación. Esta mañana he recibido una invitación para alojarme en su casa. Me ha ofrecido mostrarme sus tierras y hablarme sobre las inversiones y los cambios que podrían ayudarme a empezar a mejorar mi propia hacienda.

Inversiones que, pronto, no podría llevar a cabo por falta de dinero. Había decidido, la noche anterior, que debería haber sido sincero con su hermano desde el principio. Sus ingresos habían estado en riesgo y hubiera merecido saberlo para poder prepararse en caso de que James fracasase. Aquel era otro error bienintencionado que había cometido.

—Me temo que tengo malas noticias —anunció, con un nudo en el estómago. ¿Cómo le diría a su hermano que había perdido su herencia en una apuesta?

—¿Cómo de malas? —Ben no parecía demasiado preocupado, y seguía centrado en preparar su equipaje.

—Tiene que ver con padre.

211

Ben alzó la vista hacia él.

—Eso sí es malo. ¿Qué ha hecho esta vez?

No le salieron las palabras. Ben iba a perderlo todo. No se le ocurría ninguna manera de rebajar el impacto de aquella revelación. Ni todos los esfuerzos que Ben había hecho, ni los sacrificios que había llevado a cabo en los últimos años, ni su nuevo amigo por correspondencia servirían para nada.

—¿James?

Se sentó en el borde de la cama, recordándose a sí mismo que Ben necesitaba conocer la situación antes de comprometerse con algo que ya no podía permitirse.

—Mi cortejo con la señorita Lancaster se ha venido abajo.

—Me he dado cuenta —Ben lo observó con evidente curiosidad, aunque sin demasiada preocupación.

—Padre forzó ese cortejo con amenazas que yo no podía ignorar. —Respiró hondo—. Una de esas amenazas tenía que ver contigo.

Ben se sentó a su lado, pareciendo realmente inquieto por primera vez.

—¿Qué dijo que iba a hacer?

—Ahora que nuestra unión ya no es una posibilidad, padre te va a retirar tus ingresos. —Ahí estaba. Lo había dicho—. Haré todo lo que pueda para ayudarte, pero también me va a repudiar a mí. Es...

—James.

—No tendrás que...

—¡Maldita sea, James! Deja de hablar y escúchame. —Asintió. Ben debía estar enfadado, y tenía motivos para estarlo. Pero se lo merecía. Aceptaría cualquier reprimenda que su hermano quisiera soltarle—. ¿Aceptaste participar en las maquinaciones de padre porque te amenazó con retirar mis ingresos de la hacienda? —preguntó. Él asintió.

—Y el dinero para los gastos de madre.

—Y, cuando te hizo esas amenazas, ¿te aseguraste de que tenía la capacidad de cumplirlas? —El tono de Ben era casi condescendiente.

—Controla todos los aspectos de la propiedad, Ben. Él...

—No puede violar los términos del acuerdo matrimonial que tiene con madre —Ben se volvió para mirarlo a los ojos—. Cuando heredé mi «pedacito de tierra», tal como padre lo llama, hice que un abogado evaluase mi situación financiera, incluyendo mi paga trimestral de la hacienda Techney. Quería saber con cuántos ingresos fiables podía trabajar. —Su mirada se intensificó y se inclinó un poco más hacia él—. El acuerdo de matrimonio de padre y madre establecía y garantizaba la cantidad de dinero que cualquiera de los hijos más jóvenes recibiría de la hacienda.

—Entonces, ¿padre no puede quitártelos? —La mente de James daba vueltas mientras ataba cabos.

—No.

—Era una amenaza vacía. —Esa idea jamás se le había ocurrido.

—Además —añadió Ben—, el acuerdo de matrimonio también garantiza...

—El dinero para los gastos de madre. —Conforme decía aquellas palabras, supo que eran ciertas.

—Me temo que te ha engañado, James.

Apretó los puños. Su padre le había engañado para que comprometiese todo aquello en lo que creía. Todo había sido una mentira.

Una retahíla de adjetivos poco halagadores dirigidos a sí mismo y a su progenitor salieron despedidos con la fluidez que provocaban años de maldecir en silencio. Había vendido su integridad por un montón de falsas amenazas. Como un completo imbécil, ni siquiera había comprobado si su padre tenía la capacidad de cumplirlas.

Una oleada de desolación templó su enfado. Había fracasado de forma estrepitosa.

Ben se puso en pie una vez más, con la empatía reflejada en el rostro.

—Supongo que, como heredero, nunca antes has tenido motivos para preguntarte si podía repudiarte de forma permanente.

Jamás se había preocupado por eso. No era posible que pudiese desheredarlo de forma definitiva.

—Resulta ridículo que sea su amenaza de arruinarme la que tiene el poder de cumplir. Esa fue la única que no le funcionó desde el principio.

—Los ingresos del heredero no estaban especificados en los acuerdos de matrimonio —dijo Ben, compasivo.

—Qué afortunado soy —murmuró James.

—¿Qué piensas hacer?

Se levantó mientras una sensación extraña de entumecimiento se apoderaba de él.

—Necesito encontrar a alguien que cuide de madre y la proteja de la frialdad de padre.

—¿Una acompañante? —preguntó Ben.

Él asintió.

—Una acompañante fiera, pero que la trate con amabilidad.

—Es probable que hubiésemos tenido que hacer eso hace años —dijo Ben.

James respiró hondo para recuperar fuerzas; en su mente, ya estaba haciendo una lista de los pasos necesarios para encontrarle a su madre una dama de compañía que la acompañase y defendiese.

—También necesito encontrar una fuente de ingresos —dijo, tanto para sí mismo como para su hermano.

—¿Un empleo?

No podía culpar a Ben por mostrarse sorprendido. Pocos miembros de la aristocracia se rebajarían a buscar trabajo. La mayoría viviría de sus expectativas o de la generosidad de sus amistades.

—Ya he tomado suficientes decisiones egoístas. Es hora de que empiece a ser responsable de mí mismo.

Ben le posó una mano en el hombro.

—¿Recuerdas todas aquellas veces en las que hablábamos de tener la fortaleza de elegir nuestros propios caminos? Ya va siendo hora de que cumplas las promesas que te hiciste a ti mismo hace tanto tiempo.

Su propio camino.

—Es una perspectiva abrumadora para alguien que está en sus horas más bajas y, además, totalmente solo.

—Puede que hayas perdido la devoción de una dama extraordinaria, que, con toda probabilidad, resolvería este rompecabezas con los ojos cerrados y las manos atadas a la espalda, pero... —James sonrió débilmente ante la imagen que le presentaba su hermano. Se mirase como se mirase, Dafne era impresionante, muy capaz y resuelta. Jamás encontraría otra dama como ella—. Todavía me tienes a mí —terminó Ben—. Conozco bien lo que es vivir con pocos recursos. Te enseñaré cómo llevarlo con estilo.

—Espero con ansias tu tutelaje. —Intentó sin éxito dedicarle una sonrisa triste.

—Ahora, sal de aquí para que pueda seguir haciendo el equipaje. —La sonrisa de Ben teñía de afecto sus palabras, pero tan rápido como había aparecido, se desvaneció—. Ojalá todo esto no hubiese lastimado a la señorita Lancaster.

—La hice llorar, Ben. —El remordimiento le pesaba como una piedra en el estómago—. Merece que la traten mucho mejor de lo que yo lo he hecho.

—Una vez dijiste que pensabas que podríais ser felices juntos. ¿Se trataba solo de un deseo, o...? —Ben dejó el resto de la pregunta en el aire.

—No he dejado de pensar en ella desde ayer. No me refiero solo al arrepentimiento o a odiarme a mí mismo por lo que hice, sino a pensar en ella. Dónde estará, cómo se sentirá, qué podría hacer para volver a verla y lo imposible que resulta esa esperanza.

Ben volvió a posar la mano en el hombro de James.

—Lo lamento. Lamento todo lo que ha ocurrido.

—Yo también —dijo él—. Lo lamento más de lo que puedo expresar.

—Y ahora, ¿qué? —preguntó Ben.

—Necesito hablar con madre. —Tan solo esperaba que la condesa soportase la conversación. Se derrumbaba fácilmente ante los problemas.

Entró en el dormitorio y se encontró cara a cara con el escritorio en el que Dafne había elaborado tés y tisanas con manos expertas para lograr que su madre superase aquella noche tan difícil. Permaneció allí de pie un instante, lamentando lo que podría haber sido.

—James. —La voz suave, tan característica de la mujer, le llegó desde donde estaba sentada junto al fuego. Se había levantado de la cama, lo cual era una buena señal—. Estoy muy contenta de que hayas venido. Había esperado que pudiéramos vernos antes de mi regreso a Lancashire.

Él acercó la otomana y se sentó a sus pies, tal como había hecho tantas veces cuando era un niño.

—De hecho, yo esperaba lo mismo.

Ella le dedicó una mirada que rozaba la compasión.

—¿Qué ha ocurrido con la señorita Lancaster?

Él le explicó brevemente cómo Dafne había escuchado la conversación que había tenido con su padre, y cómo había descubierto la verdadera razón por la que había comenzado a cortejarla. Todavía podía recordar con total claridad el dolor en su rostro, la devastación. Había llorado. Aquella imagen le perseguía.

—¿Con qué te amenazó tu padre si te negabas? —preguntó su madre.

—Algo que he acabado descubriendo que no tiene la autoridad para hacer —contestó él.

—James. —Le tocó la mano con suavidad. Había una vacilación en aquel gesto que nunca antes había estado presente—. Sé que quieres protegerme de las cosas desagradables, tal como haces con todo el mundo, pero, de verdad, me gustaría saberlo.

No se decidía a cargarla con el peso del verdadero alcance de la crueldad de su esposo.

—Os amenazó a Ben y a ti. —Se removió en el asiento, incómodo ante la idea de tratar aquel tema con ella. Se angustiaba con mucha facilidad. Le lanzó una mirada que esperaba que interpretase como de arrepentimiento.

—Si la señorita Lancaster te hubiese preguntado por los detalles de un problema al que te estabas enfrentando, sin importar la dificultad de este, ¿se los hubieras contado?

James ni siquiera tuvo que pensar la respuesta. Se lo hubiera contado todo, sin dudar. Dafne no solo se habría mantenido serena durante la conversación: habría hablado con él y le habría ayudado a solucionar el problema.

—Te observé con ella —dijo su madre—. Te transformaba, y aunque yo fuese extremadamente reacia a aceptar lo que era obvio, como si hacerlo hubiese sido traicionarte, era un cambio para mejor. ¿Sabes que hacía años que no te escuchaba reír?

¿Podía eso ser cierto? No recordaba haber sido tan infeliz. Su madre continuó:

—Contemplarte el día que jugasteis a los bolos sobre hierba fue como contemplar a una persona totalmente distinta. La tensión que siempre cargas contigo se desvaneció. —Su voz se quebró—. Tus ojos sonreían, James. No los había visto así desde que eras un niño pequeño.

Él también lo había sentido. Por una vez, sus responsabilidades no le habían parecido cargas. Había disfrutado de un modo que no había experimentado en años.

—Quería odiarla por arrebatarte el control sobre tu propio futuro, pero, cuanto más la conocía, más imposible me resultaba desaprobarla.

Posó la mano sobre la de su madre y le apretó los dedos con suavidad.

—La señorita Lancaster es una persona extraordinaria. No creo que nadie pudiera desaprobarla.

—Cuando entrabas en una habitación —dijo ella—, tus ojos recorrían cada rincón hasta que la encontrabas. Un gesto de alivio te cruzaba el rostro, como si tan solo saber que estaba cerca te reconfortase al instante. A eso no podía buscarle una explicación. Ni al hecho de que siempre te dirigieras a ella de forma instintiva ante la menor dificultad, para hacerle algún comentario ingenioso o, sencillamente, para hablar con ella. No sueles abrirte a las personas de ese modo. —Dafne había sido una confidente fácil, natural, algo que él no había esperado—. ¿La amas, James?

Hacer una pregunta tan directa no era propio de su madre.

—Ben me ha preguntado lo mismo.

—¿Y qué le has dicho a tu hermano?

—Puede que la orden de padre instigase este cortejo, pero cuanto más la conocía, cuanto más tiempo pasaba con ella, menos pensaba en cómo había comenzado todo esto. El cortejo pasó a ser real en mi mente. —Realmente había sido así—. Me gusta mucho.

—*Bribón* te gusta mucho, hijo —señaló su madre, lacónica—. Sé sincero contigo mismo, incluso si no puedes serlo del todo conmigo.

—Supongo que me resulta difícil hacerlo cuando sé que no hay esperanza —dijo él—. La he maltratado de una manera por la que nunca podré perdonarme del todo. Estoy seguro de que ella nunca lo hará. Es algo que me cuesta aceptar.

—Es terrible que mis objeciones surgieran de mi deseo de que fueras feliz con alguien a quien amases. —La sonrisa de su madre era infinitamente triste—. Al final, te enamoraste de ella de todos modos, y ahora eres más infeliz que antes.

«Te enamoraste de ella». Lo había hecho, aunque no hubiese querido admitirlo hasta ahora. La amaba, y era más que probable que ella le odiase por lo que le había hecho.

—Por favor, no te inquietes por mí —dijo—. Estoy llevando la situación lo mejor que puedo. Y no me he olvidado del problema de esta noche con la carne del venado. Pretendo sugerirle a la cocinera que haga pescado; sé que te gusta mucho, y no debería ser difícil de conseguir.

Ella se estiró para acariciarle la mejilla.

—Siempre fuiste un niño maravilloso y muy considerado. Hacerte mayor no ha cambiado eso de ti.

Su intento de cambiar el tema de conversación no había funcionado.

—Últimamente no me he sentido ni muy maravilloso ni muy considerado. ¿Qué caballero lo haría, sabiendo que ha tratado tan mal a una dama que le importa tanto?

Ella abrió los brazos en su dirección. Como el niño pequeño que había sido una vez, aceptó el abrazo con gusto y con necesidad. Se sentía perdido y solo y, en aquel momento, necesitaba a su madre.

—Te quiero, mi querido James; nunca he perdido la fe en ti.

Si tan solo pudiera encontrar motivos para tener fe en sí mismo...

Capítulo 27

En la entrada de Falstone House, sombrero en mano, James esperaba mientras el mayordomo le llevaba su tarjeta al duque aterrador. Si alguna vez alguien se había embarcado en una misión suicida, ese era él. Pero tenía que hacerlo.

El mayordomo volvió a aparecer.

—Su excelencia dice que puede unirse a él en su biblioteca, pero le recomienda que no lo haga.

La mayoría de los caballeros hubieran tomado nota y salido corriendo a la mayor velocidad posible. Él, sin embargo, había hecho una elección mucho antes de llegar allí. El temperamento del duque era tristemente célebre, y James necesitaba tener la absoluta certeza de que no culpase a Dafne por sus malas acciones.

—Me uniré a su excelencia en la biblioteca, gracias.

La máscara de digna profesionalidad del mayordomo, en apariencia inquebrantable, flaqueó.

—¿Habla en serio? —balbuceó antes de recomponerse—. Muy bien, mi señor. —Se dio la vuelta y le guio por las escaleras hasta el primer piso, todavía con aire de indudable asombro.

En la puerta de la biblioteca, James se detuvo lo suficiente como para reafirmar su determinación. Si la reputación de aquel caballero era cierta, podría acabar necesitando ayuda sencillamente para abandonar la casa.

La puerta de la biblioteca estaba entreabierta. Empujándola para abrirla y entrando en la habitación, el mayordomo anunció a «lord Tilburn, su excelencia» en un tono de voz totalmente desprovisto de su anterior sorpresa.

James entró y, de pie a menos de medio metro de la puerta, se encontró con la mirada fulminante del dueño de la casa.

—Solo un idiota hubiera entrado tras haber sido advertido de que no lo hiciera —dijo el duque.

Él asintió en señal de entendimiento.

—Creo que ese es uno de los juicios más acertados sobre mi persona que he escuchado últimamente.

Una voz desconocida se unió a la conversación.

—Y yo creo que el idiota habla con acertijos.

Una simple mirada fue suficiente para localizar al tercer ocupante de la habitación. Vestía con el uniforme de la Marina Real. Los ojos verdes y los rizos dorados le hicieron pensar de inmediato en la menor de las hermanas Lancaster.

—Linus —dijo el duque—, tienes ante ti a la viva imagen de un imbécil.

—Ah.

—Tilburn, este es el teniente Lancaster.

Consiguió hacer una reverencia respetable a pesar de su creciente aprensión. Enfrentarse al violento tutor de Dafne ya resultaba bastante intimidante; presentarse también ante su hermano mayor, que había pasado media vida entrenándose para la batalla, no hacía más que empeorar la situación.

—Es un placer conocerle —dijo.

—Es curioso —contestó el teniente Lancaster—, porque para mí no es un placer conocerle a usted.

—Me lo merezco.

El gesto de Linus seguía exhibiendo el mismo enojo.

—Oh, se merece mucho más que eso.

Él asintió.

—Estoy de acuerdo.

De pronto, el duque pareció perder la paciencia con aquel intercambio. Se dirigió a un lado de la habitación y se sentó tras una gran mesa.

James se volvió para observarlo y fue entonces cuando pudo ver bien la mesa en la que se había sentado. Toda la superficie estaba cubierta de armas. Había varias pistolas de duelo junto a un rifle de caza. «¿Quién se trae un rifle de caza a Londres?». Una buena parte de la mesa estaba ocupada por espadas de diferentes tamaños y una daga de aspecto especialmente peligroso reposaba cerca de la mano derecha del duque.

Sus ojos se encontraron. Nunca una simple mirada había logrado dejarle completamente helado.

—Teniendo en cuenta que hay damas presentes en la casa, opté por dejar las armas de aspecto más amenazador fuera de la vista —dijo el duque—; aunque todavía tengo algunas al alcance.

James sentía que no quería saber qué eran o dónde estaban escondidas el resto de las armas.

—Sí, su excelencia.

Una vez más, volvió a recorrer todo el arsenal con la mirada antes de que, sin querer, se centrara en el teniente, que se encontraba tras su cuñado con una mano apoyada de forma amenazante sobre la empuñadura de su espada reglamentaria. El duque tomó la daga, dándole vueltas de forma casual.

—Supongo que ha venido a defender su causa. Le sugiero que lo haga rápido; es la parte que menos me gusta de estos encuentros.

—Su parte favorita tiene que ver con las armas —dijo el teniente—; con todas ellas.

No había ni pizca de bravuconería en aquella declaración.

—No he venido para defenderme, su excelencia. Si solo tuviese en mente mi propio interés, habría huido a Lancashire, a las Américas o a algún lugar todavía más remoto.

—Hubiera sido una opción más segura —dijo el duque, que todavía jugueteaba con la daga con alarmante precisión—. Después de todo, prometí que, si le hacía daño a mi Dafne, le extirparía los órganos vitales con una espada mellada.

James tragó saliva, intentando deshacerse del sentimiento de aprensión.

—He venido porque me preocupa la señorita Lancaster.

—Sin duda, una sensación desconocida para usted —observó el teniente Lancaster con indiferencia.

Él había esperado hacer su declaración, soportar algún tipo de castigo doloroso y marcharse renqueando. El abuso verbal resultaba una sorpresa.

Quizá lo mejor era hacer un relato rápido y detallado de la verdad de todo lo que había ocurrido. Sería imposible que su excelencia pensase que su cuñada tenía alguna culpa si sabía toda la historia. Aquella era la prioridad de James.

—Admito que tuve dudas cuando mi padre me mencionó por primera vez su sugerencia de que cortejase a su cuñada. Sin embargo...

—Yo jamás haría una sugerencia tan descabellada. —La interrupción del duque, más que hablando, fue gruñendo.

Por un instante, no pudo entender las palabras del duque.

—Fue poco después de la primera reunión que celebraron en casa para la señorita Lancaster —le recordó—. Mi padre me dijo que usted se acercó a él para sugerirle que cortejase a su cuñada, comenzando por una visita.

—Todo lo que sugerí fue que le hiciera una visita.

¿Podía ser cierto? ¿Le había mentido su padre? Se le cayó el alma a los pies. Claro que le había mentido; era lo único que había hecho.

—Visitarla fue lo único que acepté al principio, además de saludarla de forma cordial en caso de encontrarme con ella en bailes o veladas. —El duque y el teniente no parecían demasiado impresionados con el hecho de que, originalmente, hubiese decidido comportarse tal como haría cualquier caballero—. Bajo la influencia de las amenazas y las maquinaciones de mi padre, permití que me manipulase para intentar emparejarme con la señorita Lancaster; por eso adopté el papel de un pretendiente dispuesto y entusiasta, proclamando un afecto más profundo del que sentía.

—Le mintió. —Las palabras del duque sonaron tensas, furiosas.

—Lo hice. —Volvió a intentar tragarse aquel nudo de arrepentimiento y aprensión que tenía en la garganta—. Cuando su cuñada descubrió cómo me había comportado, puso fin a nuestra relación, como es lógico. Me preocupa que se la culpe a ella.

—Es una joven dama que estaba siendo cortejada de forma activa y pública —dijo su excelencia—. Había expectativas de una relación y, ahora, el cortejo ha terminado. Toda la alta sociedad la culpará a ella y su perfidia la perseguirá, tal vez durante años. Mi posición e influencia aliviarán de forma significativa sus sufrimientos, pero ni siquiera yo puedo eliminarlos del todo. Sufrirá y, solo por eso, Tilburn, debería ensartarlo, aquí y ahora.

—Pero, ¿usted no la culpa? ¿No le recriminará esta debacle? —Dafne le importaba demasiado como para permitir que sufriese todavía más si podía prevenirlo.

El duque apuntó su daga directamente hacia James.

—¿Ha arriesgado su propia vida al enfrentarse a mí para salvarla de ser maltratada, cuando usted mismo es culpable de cometer una injusticia flagrante, de aprovecharse de su corazón bueno y amable y de someterla al ridículo frente a una sociedad que nunca olvida nada?

—Sí, su excelencia.

En lugar de elevar la opinión que tenía de él, la confesión de James solo pareció irritar todavía más a su interrogador.

—¿Y qué pretende lograr con esto? ¿Cree que le defenderé frente a Dafne?

—No, señor, en absoluto.

La tensión en el semblante del duque enfatizaba las enormes cicatrices que marcaban su rostro. La urdimbre de piel mal sanada atraía la atención de James sin pretenderlo. El teniente Lancaster rodeó la mesa, escudriñándolo con la mirada.

—Entiendo, Tilburn —dijo su excelencia—, que le ha buscado a su madre una acompañante. La situación financiera de su hermano es relativamente buena. Además, su padre va a retener los ingresos que usted recibía durante el resto de su patética vida. ¿Resume eso adecuadamente su situación?

Sorprendido, asintió una vez más. ¿Cómo había conseguido aquella información tan rápido? No creía que esos detalles fuesen de dominio público.

—¿Puedo sugerirle que, cuando sea el señor de la hacienda de su padre, se plantee contratar a un nuevo administrador? El hombre que envié tan solo tuvo que comprarle dos pintas a ese charlatán en la cervecería local para que le contase todo lo que había que saber sobre usted y su familia.

Permaneció en silencio, aturdido. ¿El sirviente del duque había atiborrado de cerveza al administrador de Techney para hacerle preguntas entrometidas? ¿Qué más estaba dispuesto a hacer aquel hombre para lograr lo que quería?

Sin embargo, su excelencia no mostró ningún indicio de sentirse culpable por algo que la mayoría de la gente consideraría al menos un poco turbio.

—Si cualquier miembro de mi servidumbre hablase siquiera de mis preferencias para el desayuno, le despediría de inmediato. —James se hubiese sentido más tranquilo si hubiese sabido cuáles eran sus intenciones para con él—. ¿Qué piensa hacer con respecto a su situación financiera?

Era probable que, gracias a ese sirviente borracho, su excelencia conociese con exactitud cuáles eran sus planes. Definitivamente, el mejor enfoque era la sinceridad.

—Estoy intentando encontrar un empleo, tal vez como secretario de algún caballero. Tengo algo de experiencia en el campo de la política y es probable que pudiera resultar de utilidad. Al menos, pretendo esforzarme al máximo. —Cielos, su voz no se había quebrado tanto desde sus días de colegial.

El duque cruzó los brazos frente al pecho y desarmó a James con una mirada que hizo que se le detuviera el corazón. Supo instintivamente que habían llegado al punto de la entrevista en el que sus respuestas influirían directamente en la decisión de aquel hombre sobre poner o no un doloroso punto final a su existencia.

—¿Por qué no se casa con una chica que tenga una buena dote, como haría cualquier otro miembro tacaño y rastrero de la alta sociedad? —Las cicatrices del duque se volvieron más pronunciadas cuando entrecerró los ojos y frunció los labios. Aquello no presagiaba nada bueno.

—O mejor todavía —añadió el teniente—, ¿por qué no se limita a aceptar una vez más las exigencias de su padre a la espera de que vuelva a concederle sus ingresos?

No necesitaba pensar o siquiera evaluar aquella opción.

—Prefiero ser un mendigo que la marioneta de un tirano.

—¿Y qué opina el conde sobre su decisión? —El tono del duque se había vuelto menos burlón.

—Ya no me importan las opiniones de mi padre.

—Las opiniones de su padre nunca le han interesado a nadie que tenga sentido común —dijo su excelencia—. No es probable que disfrute de muchas comodidades con el sueldo de un secretario. —La advertencia sonó poco entusiasta, como si se sintiese obligado a decir aquello aunque en realidad prefiriese ver a James sufrir sin aviso alguno.

—Si la pobreza es el precio de mi integridad —contestó él—, estoy dispuesto a pagarlo.

—Un discurso muy bonito. —El teniente no podía sonar menos sincero—. ¿Cuáles son sus intenciones actuales con respecto a Dafne?

¿De verdad importaban sus intenciones? No era como si tuviese alguna posibilidad.

—No pretendo ser una molestia para ella. Tan solo deseaba asegurarme de que no se la culpaba por todo esto.

El teniente entrecerró los ojos.

—Entonces, ¿no tenía nada que ganar a nivel personal al venir aquí?

Ambos le contemplaron. El duque no había dejado su daga y la mano del joven Lancaster seguía posada sobre la funda de su espada. Su excelencia rompió el tenso silencio.

—Ninguno de nosotros culpa a Dafne de que usted sea un estúpido.

—Entonces, ¿ella está bien? —preguntó, sintiendo cómo sus nervios se disipaban. La confirmación que esperaba no llegó—. Está bien, ¿verdad?

No le ofrecieron ninguna respuesta. La anterior ansiedad reapareció de golpe. Había algo con respecto a Dafne que no iba bien.

—¿Está enferma? ¿Ha pasado algo?

—Nosotros cuidaremos de Dafne —dijo el duque. Después, señaló la puerta con la daga—. Largo.

El teniente Lancaster se colocó junto a James, con la intención evidente de asegurarse de que cumplía con aquella orden. Él le esquivó.

—¿Qué ocurre con Dafne? —Le recorrió una oleada de pánico. ¿Qué le había pasado? ¿Estaba herida?

—No tiene derecho a usar su nombre de pila, lord Tilburn —dijo el teniente, agarrándole del brazo con firmeza.

—¿Qué ha ocurrido? Por favor...

Un tirón fuerte le obligó a tambalearse hasta la puerta.

—Considérese afortunado de que ni el duque ni yo hayamos seguido nuestro impulso de dispararle nada más verle. —El joven le empujó hacia un lacayo que estaba esperando—. Apúrese, lord Tilburn. Y olvídese de que alguna vez conoció a Dafne Lancaster.

La puerta de la biblioteca se cerró de golpe mientras el lacayo, junto con el estirado mayordomo, le escoltaba a lo largo del pasillo hasta que salió de la casa.

—Por favor —les rogó a los sirvientes—, tan solo necesito saber que la señorita Lancaster está bien. Por favor.

La puerta principal se cerró de un portazo. James se quedó allí, frente a ella, con la preocupación carcomiéndole las entrañas.

—Por favor —continuó suplicando, a pesar de que estaba solo—, necesito saber que está bien. Lo necesito.

Nadie contestó porque nadie estaba escuchando.

Capítulo 28

Dafne se estaba esforzando por vivir su vida como si nada hubiese ocurrido. No insistió en comer en su habitación con una bandeja, ni tampoco se aisló o rechazó la compañía de su familia. Si podía fingir cierto grado de normalidad, al final acabaría sintiéndola.

Tan solo cuatro días después del desastroso pícnic, entró en la biblioteca de Adam a la misma hora de siempre para su cita de la tarde. Él había estado ocupado en la Cámara de los Lores los dos días anteriores, pero aquel día estaba en casa.

Durante los últimos seis años, aquellos encuentros casi diarios le habían servido como un bálsamo curativo. Él le había mostrado un afecto cercano y tierno en momentos en los que lo había necesitado con desesperación. Ahora, con el corazón roto y el alma en pena, necesitaba su amabilidad y su cariño más que nunca.

—Buenas tardes —dijo desde la puerta. Él alzó la vista del escritorio.

—Dafne.

Entró en la habitación. Parte de la tensión que había arrastrado aquellos últimos cuatro días se disipó. Si podía mantener la conversación alejada de ciertos temas, allí encontraría consuelo.

—¿De qué quieres hablar hoy? —preguntó mientras se dirigía al sofá—. ¿El Parlamento? ¿La alta sociedad? ¿El tiempo?

La cabeza de Adam se volvió hacia el reloj.

—¿Ya es esta hora? —Su tono no transmitía el entusiasmo que ella hubiera deseado.

—Sí, y hoy no te necesitaban en la Cámara de los Lores.

Él no se había levantado del escritorio ni había dejado de lado su papeleo. Aun así, a veces, dedicaba las tardes que pasaban juntos a seguir con sus asuntos de negocios mientras ella leía. Dafne no iba a oponerse, no hoy.

—Puedo escoger un libro —sugirió.

Adam soltó un fuerte suspiro de impaciencia.

—En realidad, hoy no tengo tiempo para esto, Dafne. Me he citado con un hombre para hablar sobre renovar la habitación infantil de esta casa antes de que nos marchemos a Northumberland. Deseo que esté terminada y lista para cuando regresemos.

—Ayer me dijiste que reservarías esta hora en concreto para nuestra tarde juntos, porque era el único día que no debías acudir a la Cámara de los Lores.

Él escribió algo en el papel más alto de la pila antes de volver a hablar.

—No puedo retrasar el comienzo de todo esto. La habitación infantil no está lista para un bebé. No me arriesgaré a que esté sin terminar cuando sea necesaria.

Ella buscó una manera de reconciliar aquellas necesidades en conflicto.

—¿Tienes que reunirte con él ahora mismo? ¿No puedes retrasarlo una hora siquiera?

—Llegará en cualquier momento —dijo Adam—. De hecho, pensaba que había llegado cuando has entrado tú.

Al parecer, se había olvidado de ella. Apartó aquella idea, diciéndose a sí misma que había una explicación diferente, menos desalentadora.

—Puedo quedarme sentada en un rincón, con un libro, mientras tú celebras tu reunión. No te molestaré.

Él apoyó los antebrazos en el escritorio, entrelazando los dedos.

—Tendremos nuestra charla vespertina otro día, Dafne. Necesito encargarme de esa habitación. Tengo una responsabilidad para con mi hijo. —Dijo aquella palabra con el mismo tono y gesto de asombro ansioso que había mostrado los últimos días cada vez que hablaban del estado de Perséfone.

—Por supuesto. Jamás te pediría que desatendieses tus obligaciones. —Se dirigió de vuelta a la salida—. ¿Mañana, tal vez?

—Perséfone y yo pensábamos empezar a entrevistar niñeras.

Reprimió su decepción.

—¿Y pasado mañana?

—No lo sé. —Le dedicó una breve sonrisa a modo de disculpa.

—Entonces, en otro momento.

Él asintió mientras volvía a centrar su atención en el papeleo. Dafne salió al pasillo, diciéndose a sí misma que no debía ser egoísta ni sensiblera. No era ni mucho menos la primera vez que Adam tenía que cancelar una tarde con ella, pero le dolía de forma más intensa que otras veces. La había despachado cuando ella más le necesitaba.

Aunque se sentía muy tentada de esconderse en su dormitorio, sabía que, si se dejaba llevar por aquel impulso, tal vez nunca lograse convencerse a sí misma para salir de nuevo. En su lugar, se dirigió a la sala de estar y entró con la cabeza alta.

Linus estaba junto a Artemisa frente al espejo. Era sorprendente lo mucho que los dos se parecían, incluso para Dafne, que hacía tiempo que se había acostumbrado a los ojos verdes y los rizos dorados de tres de sus hermanos.

Artemisa se ajustó el lazo del sombrero que llevaba puesto.

—El sombrerero me dijo que era un sombrero a la moda. —Insistió Linus, aunque estaba claro que no estaba seguro de que le hubiesen aconsejado adecuadamente.

—A la moda, sí. —Artemisa le lanzó una mirada exasperada—. Pero ¿es arrasador?

—¿Arrasador para quién? — La mirada de absoluta confusión en el rostro de Linus arrancó una sonrisa de los labios de Dafne.

—Para todo el mundo, sencillamente. —Su hermana inclinó la cabeza levemente hacia un lado y después hacia el otro—. Se supone que un sombrero tiene que hacer que todos se vuelvan locos.

—Parece que contigo lo ha logrado sin demasiado esfuerzo —comentó él.

Ella se dio la vuelta, apoyando las manos en las caderas.

—¿Podrías dejar de actuar como un hermano, por favor?

—Pero si no fuese tu hermano, no sería decoroso que te comprase un sombrero. —Chasqueó la lengua, apuntó a Artemisa con un dedo y usó un tono de voz idéntico al que una viuda usaría para regañar a una jovencita terca—. Una joven dama como Dios manda jamás permitiría que un caballero le comprase algo tan personal, a menos que fuese un pariente. Es vergonzoso, me atrevo a decir. ¡Absolutamente vergonzoso! Tendré que limitarme a tirárselo a los lobos.

»Eres imposible. —Su hermana volvió a mirarse al espejo. Era obvio que todavía estaba intentando decidir cuánto le gustaba el regalo de Linus—. Me atrevo a decir que no tienes ni idea sobre sombreros.

Estaba claro que Artemisa pretendía que el comentario fuese un desaire doloroso hacia la inteligencia de su hermano. Linus se rio con suavidad, lo que, por un momento, hizo que la pequeña lo fulminase con la mirada.

—Me temo que me he perdido la mayor parte de las clases sobre sombreros que ofrecían a bordo estos últimos años. En su lugar, me decanté por el bordado; es un pasatiempo maravilloso.

—¿Qué opinas, Dafne? —su hermana se volvió para mirarla.

—No me interesa especialmente por el bordado. —Se sentó en una silla cercana—. Aunque Linus bien podría estar enamorado de las labores.

—Me refería al sombrero. —Artemisa agitó la cabeza—. Esto es mucho más divertido cuando Atenea está aquí. Tiene un gusto absolutamente impecable.

Linus le lanzó una mirada severa, algo que no hacía a menudo.

—Puede que el gusto de Atenea para los sombreros no tenga parangón, pero, por lo general, se considera que mis modales están más allá de cualquier reproche, y te aseguro que debatir los méritos de un sombrero que tu hermano te ha regalado por la bondad de su corazón, y mientras lo tienes delante, nada menos, es de ser muy maleducada.

Dafne podría haber predicho con total exactitud lo que ocurrió a continuación. Los labios de Artemisa comenzaron a temblar y las lágrimas empañaron sus ojos de inmediato; siempre había sido fácil herir sus sentimientos.

—Mucho cuidado con tus siguientes pasos, hermano —le advirtió Dafne—. De lo contrario, será imposible consolarla.

Linus le dio una palmadita en la mano a su hermana menor.

—Sé que te tomas los sombreros muy en serio, así que no me ofenderé por un juicio tan severo de mi regalo.

Ella sorbió por la nariz, pero asintió en un gesto que seguramente pretendía ser una señal de arrepentimiento. Aun así, se deslizó en dirección a la ventana y se acomodó en una postura de sufrimiento y pena.

—¿Inconsolable por una regañina? —Linus negó con la cabeza—. Artemisa llora cuando le corrigen con gentileza, mientras que tú no has derramado una sola lágrima incluso con lo de...

—¿A mí no me has traído un regalo pomposo? —Dafne no quería escuchar otra palabra sobre sus esperanzas truncadas y su futuro arruinado; ya tenía el ánimo bastante bajo—. Yo también debería tener la oportunidad de mirarme y acicalarme frente a un espejo.

Su hermano parecía decidido.

—Perséfone dijo...

—¿Ahora Artemisa es la única que recibe regalos? —Dafne consiguió soltar un suspiro del que su hermana se sintiera orgullosa—. Desde luego, eres un hermano cruel.

Linus la estudió durante un momento con el mismo gesto que había visto en los rostros de su familia una y otra vez desde que había abandonado por completo sus obligaciones sociales: preocupación mezclada con una especie de apenada compasión. Oh, ¡cuánto deseaba que las cosas volviesen a ser como antes! Nadie había esperado que lograse un éxito abrumador, pero tampoco que acabaría siendo un completo fracaso.

—Tu regalo no es pomposo. —Al parecer, Linus no pretendía insistir en aquel asunto. Extrajo una caja pequeña del bolsillo de su abrigo y se la tendió—. Creo que, de todos modos, te gustará.

No podía adivinar lo que era. La caja era demasiado pequeña para contener un libro. La única otra cosa que podría haber deseado eran hierbas medicinales, pero nadie pensaba nunca en regalarle eso.

Dafne abrió el paquete, con la curiosidad desplazando por un momento el resurgir de su dolor. Esperaba que, con el tiempo, no necesitase de distracciones tan constantes.

—Oh, Linus, es encantador. —De la caja extrajo una peineta muy delicada. Las púas finas y el cuerpo estaban confeccionados con madera oscura y laqueada. Estaba adornada con hojas ornamentales talladas en una piedra preciosa de color verde oscuro. Reconoció las hojas nada más verlas—: Laurel.

—Sé que no siempre te han gustado los laureles. Aun así, no puedo evitar pensar en ti cada vez que los veo. —Casi parecía arrepentido—. Me imagino que padre me contagió su amor por la mitología.

Dafne pasó el pulgar por la superficie pulida de las hojas. El mito del que recibía su nombre siempre le había parecido trágico: una muchacha inocente, perseguida por alguien cuyos afectos no eran del todo sinceros, era transformada en un árbol de laurel para salvarla de la deshonestidad de su pretendiente. Lo que una vez tan solo le había parecido triste, ahora le resultaba dolorosamente apropiado. ¡Cielos! Estaba viviendo su propio mito.

—No te gusta —dijo Linus; su decepción le dolió en el alma.

—Me encanta —aseguró—. Es muy bonita, y no se parece a nada que haya visto antes. ¿Dónde la conseguiste? Nunca he encontrado algo así en Londres.

El alivio colmaba la expresión de su hermano.

—La vi en un mercado de África.

—¿África? —Aquello hizo que volviese a centrarse en la peineta.

—Sí, aunque la piedra es jade, que viene de oriente. Sin embargo, el motivo de los laureles sugiere que la tallaron en el Mediterráneo.

Volvió a alzar la vista hacia él.

—Así que has recorrido el mundo, ¿eh?

Él asintió y sonrió.

—Las hojas me hicieron pensar en ti, pero incluso más que eso, se me ocurrió que unos colores tan llamativos quedarían muy bien con tu pelo oscuro. Ni Artemisa ni Atenea podrían hacerle justicia.

El halago la conmovió probablemente más de lo que él se imaginaba.

—Rara vez salgo bien parada cuando me comparan con ellas dos.

Él le pasó un brazo por los hombros y le dio un apretón.

—Creo que te sorprenderías.

Apoyó la cabeza en su hombro. El Linus que siempre se burlaba de ella y a menudo no la hacía caso parecía desvanecerse un poco más con cada reencuentro. Se estaba convirtiendo en un buen hombre, aunque a menudo sentía que no lo conocía.

—Voy a atesorar esto —dijo ella, refiriéndose no solo a la peineta—, gracias.

—Puedes darme las gracias poniéndotela y pensando en mí cuando lo hagas.

—Pensaré en ti incluso cuando no la lleve puesta; y te echaré de menos. — Aunque dejase su puesto en la Marina y fuese a vivir a Shropshire, seguiría estando lejos, y ella se quedaría atrás. A lo largo de su vida, la soledad había sido su principal problema; empezaba a sospechar que siempre lo sería.

Una vez le había suplicado atención a su padre, prometiendo que sería buena y no le molestaría si tan solo la dejaba sentarse con él en su oficina como había hecho antaño. Le había explicado que solo quería pasar el día con él porque le quería. La tristeza que había inundado sus ojos no se había desvanecido mientras le decía que fuese a ayudar a su hermana. Tenía nueve años cuando le pidió disfrutar de su compañía aquella última vez. Todas las veces en las que le había pedido que se marchara habían terminado por convencerla de que nadie la quería. Era un sentimiento con el que seguía batallando.

En aquel momento, Perséfone entró en la habitación. Había estado fuera haciendo visitas matutinas. Aunque, por lo general, regresaba de las visitas serena y rejuvenecida, parecía un poco preocupada. Barrió la estancia con la mirada y tomó nota de la habitación y sus ocupantes de forma rápida y calculadora, una habilidad que había perfeccionado durante los años en los que había sido la única cuidadora de sus hermanos.

—Ese sombrero es encantador, Artemisa —dijo.

Artemisa se dejó caer en una silla, lanzándoles a sus hermanos una mirada de sumo abatimiento. Linus sonrió y le explicó la situación a Perséfone.

—Había esperado que el sombrero fuese «arrasador».

Perséfone contempló a la pequeña una vez más antes de volver a centrarse en su hermano.

—Ella sí que parece arrasada, así que supongo que tiene lo que quería..

—No es exactamente como había imaginado que recibiría mi regalo, pero me tendré que conformar —respondió Linus.

—¿Alguno de vosotros ha visto a Adam?

El tono urgente de Perséfone llamó la atención de Dafne.

—La última vez que le he visto estaba en su biblioteca —contestó—. Estaba esperando a un comerciante para una reunión importante.

Su hermana se apresuró a tomar la campanilla y tiró de ella. Parecía que tenía prisa por encontrar a su esposo.

—¿Hay algún problema? —preguntó Dafne.

—Es muy posible.

Notó cómo la sangre se le escapaba del rostro. ¿Había ocurrido algo? ¿Había alguna complicación con la condición de Perséfone? Linus debía de haber seguido el mismo hilo de pensamientos, pues cruzó la habitación hasta su hermana mayor y la tomó del brazo, conduciéndola hasta una silla cercana.

Perséfone puso los ojos en blanco:

—No soy yo quien tiene el problema.

Sin embargo, toda la familia la conocía demasiado bien como para estar convencidos de aquella afirmación. Siempre había puesto a los demás y sus necesidades por delante de ella.

Un lacayo entró en la habitación.

—Por favor, ¿podría llevar un mensaje a la biblioteca y pedirle a su excelencia que venga aquí un momento? —preguntó Perséfone.

Como respuesta, recibió una profunda reverencia de asentimiento.

Un silencio incómodo y pesado se cernió sobre la habitación. Estaba claro que Perséfone andaba perdida en sus propios pensamientos. Dafne no dejaba de vigilarla, evaluando todo lo que veía. Tenía buen color, aunque estaba un poco sonrojada. El tiempo cálido podría ser el motivo. En las últimas semanas, había adelgazado un poco, probablemente a causa de la pérdida de apetito. Sus lecturas le habían asegurado que aquello se resolvería solo en las semanas y meses que estaban por llegar. Intercambió una mirada con Linus, que parecía tan confuso y dubitativo sobre qué hacer como ella.

Pasaron varios largos minutos antes de que Adam entrase en la habitación. Sus ojos se dirigieron a su esposa y la mirada inconfundible de amor que siempre exhibía cuando se reencontraban apareció en su rostro una vez más, aunque iba acompañada de una notable preocupación.

—¿Qué ha ocurrido? —preguntó, sentándose junto a ella en el sofá—. ¿Te encuentras mal?

Ella negó con la cabeza.

—¿Todo el mundo va a asumir que es así durante los próximos meses?

—Desde luego. —Adam no sonaba arrepentido en absoluto.

—Maravilloso —contestó su hermana con el mismo tono de voz seco que Adam solía usar—. Esto no tiene nada que ver conmigo.

—Entonces, ¿de qué se trata? —Con suerte, él conseguiría obtener una respuesta a esa pregunta cuando nadie en aquella habitación lo había conseguido.

Perséfone volvió la vista hacia las ventanas.

—Artemisa, ve a guardar tu sombrero.

Ella abrió la boca y los ojos de par en par con horrorizada sorpresa.

—¿Que vaya a guardar mi sombrero? ¿Por qué no puedo quedarme para tu gran revelación? Quiero saber cuál es la crisis.

—No hay ninguna crisis —dijo Perséfone. Después, interrumpiendo la evidente objeción en el rostro de la joven, añadió—: Y tampoco hay nada que discutir que tenga que ver contigo ni lo más mínimo. Así que, por favor, ve a guardar tu sombrero.

Artemisa se levantó, alzando la barbilla de forma amenazante, y salió de la habitación haciendo pucheros.

—Buena suerte con ella, Adam —murmuró Linus.

—Pretendo subastarla en Tattersall's. —No había dejado de mirar a Perséfone—. Tú, por el contrario, me tienes preocupado.

Ella pasó la punta de los dedos por las profundas cicatrices de su rostro.

—Estoy muy bien. Estoy bien de salud. —Bajó un poco la voz—. Este bebé también parece estar muy bien.

Él le besó los dedos.

—Entonces, dime qué es lo que te preocupa.

—Mi visita a la duquesa de Hartley ha sido muy interesante.

—¿Te ha molestado?

Dafne no creyó que ese fuese el problema ni por un instante. Era bien sabido que las dos duquesas se llevaban muy bien.

—No —dijo Perséfone—. Y, antes de que lo preguntes, el duque tampoco es el motivo de mi preocupación. Al menos, no de forma directa. —Tomó aire y, después, miró a Adam—. Su excelencia ha contratado a un nuevo secretario.

Aquello logró que todos la contemplaran, confusos. ¿Por qué el empleado del duque había conseguido desagradar a su hermana de aquella manera?

—Doy por sentado que hay algo más —dijo Adam.

—Este nuevo secretario ha resultado ser un miembro de la aristocracia; alguien que coincidió con su excelencia ayer por la tarde en su club. —Perséfone le lanzó a su marido una mirada penetrante. Después, Adam y Linus compartieron la misma mirada. Parecía que todos, a excepción de Dafne, sabían con exactitud quién era el misterioso caballero—. Entabló conversación con el joven señorito y, al escuchar que necesitaba ingresos, le contrató. Sus excelencias llegaron al punto de invitarle a quedarse con ellos, dado su estado actual de pobreza. Al parecer, es la persona más trabajadora, menos conflictiva y más agradecida que hayan conocido jamás.

—Suena... ideal —murmuró su cuñado.

Perséfone soltó un bufido.

—Todo lo que pude hacer fue no exigirle conocer sus motivos para acercarse a menos de cincuenta metros de esta familia. Ya sabéis que Milworth House está a tan solo dos puertas de aquí; y ahora él está viviendo allí.

De pronto, todo quedó claro. James Tilburn se alojaba en la casa de Londres del duque de Hartley. Podría cruzárselo con mucha facilidad. Lenta y descuidadamente, Dafne se sentó en una silla cercana. La confusión desordenaba todos sus pensamientos.

—Pienso asaltar Milworth House —dijo su hermana con total since-ridad—. Me llevaré sables, hachas de guerra, ballestas o cualquier arma que tenga a mano. Habrá un derramamiento de sangre, Adam, y lo dis-frutaré.

—Nunca me he sentido tan atraído por ti como en este momento. —Los ojos del duque titilaban de emoción—. Aun así, no voy a dejar que te embarques en una santa cruzada en tu estado. —Adam dirigió su aten-ción a Linus—. Parece que subestimamos a ese gusano.

A pesar de todo lo que James le había hecho, escuchar cómo le deni-graban y se burlaban de él le molestaba. Odiaba que todavía tuviese tanto poder sobre sus sentimientos.

Linus cuadró los hombros, adoptando la postura decidida y capaz de un hombre de la Marina.

—Seré tu padrino, si eso es lo que pretendes hacer.

Dafne recuperó la voz al instante.

—Me lo prometiste, Adam. Me prometiste que no le retarías a un duelo. —Le había arrancado aquella promesa a las pocas horas de haber sufrido el desengaño.

Él adoptó un aire ducal.

—Te prometí que no iría a buscarle y exigirle un duelo. Ha sido él quien ha venido hasta aquí, junto a mi casa y mi familia. No hice ninguna promesa a ese respecto.

Debería querer fomentar aquella idea; que James sufriera, aunque fuera solo una fracción de lo que ella había sufrido debería haber sido catártico. Sin embargo, la idea de que alguien le hiciese daño no le brin-daba satisfacción alguna.

—Tan solo deseo que nos olvidemos de todo este calvario. Si los dos tiraseis abajo las puertas de la casa del duque de Hartley, se hablaría de ello en toda la ciudad. Solo serviría para echar más leña al fuego de los rumores y las murmuraciones.

—¿De verdad? —Linus parecía decepcionado—. A lo largo de mi carrera, he visto dar los suficientes azotes como para saber cómo administrarlos.

Dafne había oído hablar de la gravedad de los azotes, del dolor terrible que se infligía de aquel modo. Negó con la cabeza.

—Ni azotes, ni duelos. Por favor, dejadlo estar, los dos.

Se puso en pie, asegurándose de que vieran en su gesto decidido que se había acabado la discusión. Nadie puso ninguna objeción hasta que ella alcanzó la puerta.

—¿No podemos al menos traer a alguno de los lobos de Falstone para que le mordisquee un poco? —preguntó Linus.

Aquella idea le arrancó una pequeña sonrisa.

—Lo pensaré.

Cuando llegó al pasillo, se detuvo y se apoyó un momento en la pared, intentando recobrar el equilibrio. James estaba a tan solo dos puertas de distancia. Pero ¿por qué? ¿Por qué abandonaría su propio alojamiento o la casa de su familia? ¿Y qué quería decir aquello de que necesitaba trabajo y que no tenía dinero? Tal vez, después de todo, sí que había necesitado su dote.

Los otros continuaban hablando en la salita, lo bastante alto como para que Dafne escuchase sus palabras.

—Maldita sea, está demasiado tranquila con este tema —gruñó Adam.

—Es una táctica de defensa que tú le enseñaste, querido. Y aunque no siempre he estado de acuerdo contigo al respecto, esa habilidad le ha funcionado bien en otras ocasiones. No se ha derrumbado ante la alta sociedad o los rumores y cuchicheos; y ahora tampoco lo hará.

«No me derrumbaré ahora». Se estaba volviendo toda una experta en evadir las punzadas del rechazo y la decepción. Sencillamente, se negaba a permitir que los pensamientos se colaran en su mente; rechazaba cada oleada de emociones dolorosas, reprimía cualquier sentimiento y estaba aprendiendo a custodiar con ferocidad sus puntos débiles. Con el tiempo, nada volvería a hacerle daño.

Capítulo 29

James no podía imaginar nada más ridículo. Se estaba ocultando en las sombras de una terraza, fisgando por la puerta acristalada. Además, estaba invadiendo una propiedad privada que pertenecía al único hombre de Inglaterra que, con toda seguridad, dispararía a un intruso nada más verlo. En cuanto el duque aterrador descubriese la identidad del invitado no deseado, era probable que volviese a dispararle, por si acaso.

Si no se hubiese sentido tan cercano a la desesperación en los últimos dos días, jamás se le hubiese ocurrido la idea de fingir ser un ladrón. Pero ¿cómo se supone que un caballero debía comprobar el bienestar de una dama que le importaba si esta nunca abandonaba la protección de su casa de Londres?

La familia había terminado de cenar y se había retirado a la salita. Desde esa terraza, James les estaba observando, la observaba a ella. Parecía que estaba bien, aunque no feliz. El hoyuelo que tanto había echado de menos desde la última vez que se habían visto no hizo ni una sola aparición. Parecía escuchar con educación las conversaciones a su alrededor, pero nunca se unía a ellas. No hacía mohínes ni parecía taciturna, pero tampoco sonreía ni se reía.

Tan solo observando, era incapaz de determinar qué era lo que le pasaba. Su cuñado y su hermano habían dejado claro que algo no iba bien.

«Eres un patético idiota —se castigó a sí mismo en silencio—. Rebajado a espiar a una dama con la que ya no tienes derecho a hablar».

Ella se levantó de su asiento y se dirigió hacia la puerta. ¿Le había visto? Seguro que no; se lo habría dicho a su cuñado o a su hermano, y entre ambos le habrían echado por la fuerza.

James se mantuvo en el rincón más apartado de la terraza mientras Dafne salía. Tal vez tan solo pretendía tomar un poco de aire fresco y volvería a entrar sin advertir su presencia. Sin embargo, sus pasos sonaban decididos. Sus ojos inspeccionaron la terraza oscura. Él se dio cuenta del momento exacto en el que le vio. Se puso rígida y su gesto se volvió decidido.

—Lord Tilburn —dijo. La falta de sentimiento en su voz dejaba claro el desprecio que sentía por él—. Tan solo he salido para decirle que sería buena idea que se marchara. —Se dio la vuelta hacia la puerta con rapidez.

Entrando en pánico, la agarró del brazo. Ante aquel simple contacto, una sensación molesta le recorrió. No era necesariamente desagradable, pero tampoco era tranquilizadora. Nunca había reaccionado así a su cercanía. No se trataba de la incomodidad de sus primeros encuentros ni de la cómoda amistad de sus últimos días juntos, sino de una profunda toma de conciencia de su presencia allí.

Durante un instante fugaz, ella pareció relajarse, pero entonces sintió cómo volvía a ponerse rígida. Le soltó el brazo. No tenía derecho a retenerla allí, eso lo sabía; pero también sabía que aquella era la única oportunidad que tendría de comprobar lo que necesitaba.

—¿Puede otorgarme solo un momento? —Sus palabras resultaron notablemente insuficientes y sonaron bastante presuntuosas.

Dafne se alejó de él.

—Por favor —dijo de nuevo. ¿Qué haría si se negaba a quedarse? ¿Infiltrarse entre los trabajadores de la cocina? ¿Quedarse a vivir bajo la ventana de su dormitorio?—. Por favor.

Dafne se detuvo justo a un paso de la puerta. No se dio la vuelta. No podía ver más que su silueta recortada contra la luz que se filtraba por las ventanas de la salita. No dijo ni una sola palabra: se limitó a permanecer muy quieta. ¿Estaba esperando a que dijese lo que tenía que decir? ¿Es que no le ofrecería ninguna pista de cómo o qué era lo que sentía?

De ningún modo había esperado una cálida bienvenida, pero el abismo que les separaba le resultaba muy extraño. Siempre había sido fácil hablar con ella y estar a su lado. Su presencia siempre había sido reconfortante.

—Yo... —¿Qué debería decir? ¿«He oído que estaba enferma»? ¿«Lo siento»? ¿«Soy un imbécil»?—. ¿Cómo está? —James hizo una mueca de dolor, pues en cuanto dijo aquellas palabras supo que debería haber escogido otras.

Ella no se movió ni un ápice.

—No tiene derecho a preguntarme eso —susurró, con más dolor que furia en la voz.

No se había imaginado que pudiera sentirse más avergonzado de lo que lo había hecho la semana anterior. Aquella única frase, pronunciada con un tono tan triste, le demostró que se equivocaba. ¿Llegaría alguna vez a ser capaz de expiar su comportamiento inexcusable? Quizá nunca le perdonase, pero necesitaba estar seguro de que se encontraba bien.

Todavía no se había marchado.

—Había oído que estaba enferma —dijo él.

—Estoy bien. —Aquel murmullo no sonaba demasiado convincente.

—No suena como alguien que esté bien. —Se acercó un poco, diciéndose a sí mismo que solo quería asegurarse de que decía la verdad. Sin embargo, lo cierto era que quería prolongar el momento, ver si se quedaría un poco más y si, tal vez, hablaría con él como solía hacerlo.

—No necesita preocuparse por mi bienestar —Dafne dio un paso más hacia la pared, adentrándose en las sombras.

—¿Que no me preocupe? —Imitó su movimiento, acortando la distancia que los separaba—. ¿Cómo podría no estarlo? Si de verdad está... —Por primera vez desde que había salido a la terraza, James fue capaz de verla de verdad—. Está pálida. —Parecía que estaba enferma de verdad.

El fantasma de una sonrisa asomó a los labios de la joven.

—Lo dice como si ser pálida no fuera uno de mis rasgos característicos. —Incluso antes de que terminase de hablar, el indicio fugaz de regocijo en su semblante había desaparecido.

Estaba lo bastante cerca como para estirarse y tocarla, algo que descubrió que se sentía fuertemente impulsado a hacer.

—Dafne. —Le pasó los dedos por la parte superior del brazo.

Ella cerró los ojos. Ninguna sonrisa apareció en sus labios y las arrugas de tensión de su rostro no se suavizaron. En todo caso, su roce pareció molestarla todavía más. Su expresión entristecida le dolió más de lo que le habría dolido un ataque verbal. James apartó la mano.

—No era mi intención imponerle mi presencia de nuevo —dijo—. Estaba preocupado por usted y quería asegurarme de que se encontraba bien.

En ese momento, ella alzó la vista hacia él.

—Adam le matará si le encuentra aquí, y Linus le ayudará con gusto. —Le pareció detectar un atisbo de preocupación en su tono, por lo demás neutral.

—Lo sé.

Finalmente, se deslizó al interior por una puerta que estaba al fondo de la terraza. Pasó un buen rato, pero James no parecía capaz de alejarse. En silencio, rogaba que regresase y volviese a hablarle.

No se había disculpado de verdad por lo que había hecho, ni había podido hacer las paces con ella. Aunque Dafne había insistido en lo contrario, no estaba convencido de que se encontrase bien.

En lugar de pasar página, solo había conseguido extrañarla más. Recuperar su amistad parecía del todo imposible. No quería que estuviese allí, eso estaba claro. Era probable que no quisiera saber nada de él.

Allí, de pie en las sombras, James se sintió insoportablemente solo.

❀ ❀ ❀

Si Dafne sabía algo sobre los hombres es que eran muy confusos. En el día y medio que había pasado desde su encuentro en la terraza, le había dado muchas vueltas a la extraña y breve conversación que había mantenido con James y, aun así, no lograba encontrarle sentido.

Le habían obligado a cortejarla, a fingir que estaba interesado en ella. Entonces, ¿por qué pondría su vida en peligro tan solo para conocer el estado de su salud? Semejante comportamiento era una prueba convincente de que las mujeres no eran, al fin y al cabo, el sexo irracional.

Al darse cuenta de que sus pensamientos habían vuelto a deambular hacia un tema con el que se había dicho a sí misma que no perdería más tiempo, Dafne se dedicó a dar una vuelta más al pequeño jardín que había a la sombra de Westminster. En un acto de traición inesperada, Linus había reclutado la ayuda de Adam, que les había pedido a ella y a su hermano que fuesen a buscarlo al Parlamento al final del día para poco menos que forzarla a pasar la tarde al aire libre. Hubiese preferido quedarse en Falstone House con sus plantas medicinales y sus libros.

Echó un vistazo a Linus, que se apresuraba para alcanzarla.

—Fuiste tú el que insistió en que diésemos este paseo por los terrenos; lo mínimo que podrías hacer es mantener el ritmo —dijo ella.

El gesto severo que mantenía estuvo a punto de desvanecerse ante el rostro exasperado de él. Aquel hombre irritante se merecía cada molestia que le estaba causando.

—He navegado en clíperes más lentos que tú. —Linus llegó a su altura, aunque parecía haberse dejado el aliento unos pasos atrás.

Dafne no le ofreció ni la más mínima muestra de compasión.

—Tú fuiste el que insistió en que necesitaba hacer algo de ejercicio.

—La idea fue de Adam; debería ser él quien te estuviese persiguiendo a toda velocidad.

—¿Te gustaría decirle eso? —alzó una ceja inquisitiva en lo que sabía que era una imitación perfecta del conocido gesto de su cuñado.

—Jamás de los jamases —contestó Linus—; y no porque le tenga miedo, sino porque tiene razón. Pasas demasiado tiempo sola y, cuando te unes a nosotros, estás callada y ausente. No me gusta verte así.

—He intentado pasar tiempo con nuestro formidable cuñado, pero está demasiado ocupado. Últimamente, Perséfone está muy distraída. Artemisa nunca está quieta el tiempo suficiente como para hacerle compañía a alguien con una disposición más calmada. En cuanto a ti, querido hermano, también has estado preocupado intentando tomar tus propias decisiones. —Prefería no tener que volver a escuchar otro discurso sobre lo infeliz que debía sentirse o un recuento detallado de sus esperanzas frustradas. Fingir estar de mejor humor parecía la estrategia más inteligente—. Sin embargo, admitiré que, en los últimos tiempos, he estado un poco triste. Si puedo encontrar la manera de culpar a Artemisa por mi desánimo, tengo toda la intención de hacerlo. Solo que todavía no he encontrado una explicación creíble. —Su muestra de humor no pareció impresionar a su hermano, que la observaba como si esperase que se disolviese en un mar de lágrimas en cualquier momento—. Para que te quedes más tranquilo, te contaré algo, aunque si le dices una sola palabra a Adam, te despellejaré vivo con una cuchara de sopa.

Su hermano soltó una carcajada.

—Has vivido demasiado tiempo bajo el techo del duque aterrador.

Se dio cuenta de que era capaz de sonreír ante el comentario.

—Confieso que ha influido en mi carácter. —Caminaron un rato en un cómodo silencio—. Estoy disfrutando de este rato al aire libre tan poco habitual.

—Adam es casi tan inteligente como temible —dijo Linus.

—Y viene hacia aquí. —Dafne señaló la figura de su aterrador cuñado, que caminaba en aquella dirección con su aire habitual de tener sed de sangre—. Si necesitas ocuparte de algo más, estoy segura de que él se encargará de que complete mi ejercicio de hoy.

Un gesto de alivio le inundó el rostro.

—Excelente. Entonces, te dejo que sigas a lo tuyo. —Desapareció por el camino antes de que ella pudiese decir una sola palabra.

—¿Por qué los caballeros siempre parecen tener tanta prisa por abandonarme? —le preguntó a nadie en concreto.

En los últimos días, se había sentido mejor. La resignación casi se había convertido en algo parecido a la indolencia. Pero, entonces, James había hecho su aparición repentina y, con unas pocas palabras y una mirada amable, se había descubierto a sí misma en una renovada batalla contra su propio corazón. Durante un instante se preguntó si, tal vez, las acciones más recientes de James indicaban algún afecto hacia ella para, rápidamente, recordarse a sí misma que ya había malinterpretado sus atenciones de aquel modo con resultados desastrosos.

La autocompasión se había convertido últimamente en una tendencia peligrosa para ella, a la que sería mejor no entregarse. Se pasó la mano por el lugar exacto en el que él la había tocado dos noches atrás. Aquel contacto tan pequeño había estado a punto de provocarle el llanto.

Le echaba de menos. Echaba de menos la conexión que había creído que tenían, el cariño que había imaginado en sus ojos, las atenciones que había creído sinceras.

Adam llegó a su lado en ese momento.

—Para lo mucho que dice ser un tenaz marine, cuando se trata de lidiar con las mujeres de su familia, Linus es un maldito cobarde. —Le indicó que continuase el paseo—. Bien, dos vueltas más, si no te importa.

—¿Vas a pasear conmigo? —No era lo mismo que si le concediera una tarde en la biblioteca, pero era mejor que ser excluida del todo.

—Nadie más en esta familia puede enfrentarse a ti en una batalla de intelectos, así que supongo que tu bienestar recae sobre mí. —Volvió a señalar al frente, indicando el camino que recorría el jardín.

—¿Ni siquiera Perséfone?

—Ella podría —contestó Adam—, pero como soy el marido ideal, pretendo evitarle la tarea.

—¿Cómo se encuentra?

Él negó con la cabeza.

—Deja tus tácticas de distracción. Perséfone no es el tema que nos ocupa.

Pasaron junto a un rosal de fragancia intensa, casi penetrante.

—Empiezo a estar cansada de hablar sobre mis esperanzas frustradas, Adam.

Él se mantuvo firme.

—Y yo empiezo a estar cansado de tener que sufrir cada día una tragedia de dimensiones shakesperianas.

Ella le miró de soslayo.

—¿Esperas que me clave un puñal en la cripta familiar?

—Seré yo el que se apuñale en la cripta familiar si tengo que soportar tu irritante calma y tu resignación un día más.

Por mucho que Dafne le quisiera, Adam no siempre era un consuelo cuando uno lo necesitaba.

—¿Resignación? ¿Preferirías verme inconsolable?

—Sí.

Sonrió ante lo ridículo de la idea.

—¿Deseas que me convierta en Artemisa?

Adam continuó el paseo, evitando mirarla. Dafne sabía lo que venía a continuación. Siempre se sentía incómodo con las conversaciones íntimas.

—Te has aislado, Dafne. Vuelvo a estar frente a la niña pequeña que vino a vivir conmigo hace seis años, que apenas hablaba y pocas veces miraba a nadie. No me gusta este cambio.

La comparación le provocó una punzada de dolor. Se sentía como aquella niña pequeña en muchos aspectos. La seguridad que había ganado en los últimos seis años se había desvanecido, así como la certeza de que su timidez y su relativa falta de belleza no eran un obstáculo para su felicidad, tal como solía pensar. Se estaba esforzando mucho para mantener el dolor a raya.

Una conmoción repentina interrumpió lo que Adam fuese a decir a continuación. La gente entraba y salía de Westminster a toda velocidad, vociferando, en un estado de pánico evidente.

—¿Qué demonios está pasando? —murmuró él. La sujetó del codo y la condujo en aquella dirección, observando a los que iban y venían—. ¡Hartley! —exclamó en dirección al otro duque—. ¿Qué es este escándalo?

Su excelencia se giró hacia ellos y Dafne supo al momento que algo terrible de verdad había ocurrido.

—Han disparado a Perceval en la Cámara de los Comunes.

«Cielo santo».

—¿Está muerto el primer ministro? —preguntó Adam.

—Parece que nadie lo sabe con certeza. —Todo el mundo avanzaba a trompicones—. Es un caos, un caos absoluto. ¿Quién sabe cuántos más podría haber a la espera con las pistolas preparadas?

«¿Asesinos en los salones del Parlamento?». Se obligó a respirar con normalidad y a mantener la calma.

—No debemos permitir que este Gobierno acabe así, a manos de unos asesinos. —Adam hizo girar el mango de su bastón un par de veces y sacó un espadín de su cubierta de madera—. Vamos a despejar los pasillos.

—No sabemos cuántos asesinos puede haber dentro, Adam. —A Dafne se le hizo un nudo en el estómago.

—Mi intención es asegurarme de que no quede ninguno. —Se volvió hacia el duque de Hartley—. ¿Dónde está Tilburn, tu hombre?

—Recopilando información. —Casi habían llegado junto a la multitud que empujaba para entrar o salir de Westminster—. ¡Tilburn! —exclamó el duque, haciendo un gesto con la mano.

Sorprendentemente, el regreso repentino de James Tilburn en medio de la confusión del asesinato en Westminster no puso nerviosa a Dafne. Se sentía más aturdida que otra cosa.

—Parece que no puedo conseguir una respuesta consistente a nada, su excelencia —dijo James, dirigiéndose a su patrono—. Lo único en lo que todo el mundo concuerda es en que a Perceval le dispararon de cerca.

—Tilburn, llévese a Dafne a casa. —Las palabras de Adam surgieron entrecortadas y rápidas—. A Falstone House, directamente, sin paradas por el camino.

—Por supuesto, su excelencia.

—Y quédese allí hasta que yo regrese —añadió—. Sin importar lo mucho que protesten en esa casa llena de mujeres testarudas, usted se quedará allí. Abandónelas, y le sacaré el cerebro del cráneo con un cucharón.

—Me encadenaré a la balaustrada si es necesario. —Aquello le valió a James una sonrisa fugaz del duque de Hartley, pero ninguna reacción por parte de Adam.

—Dafne, muéstrale a Tilburn dónde se encuentra el carruaje y regresad a casa cuanto antes.

Ella asintió.

—Y, James —añadió rápidamente el duque de Hartley—, envíe a uno de los lacayos de Falstone House a decirle a mi esposa que estoy bien, pero que no volveré a casa hasta que no arreglemos este desastre.

—Así lo haré, su excelencia.

—Mantente a salvo, Adam —dijo Dafne.

—Siempre lo hago.

Ambos duques se dirigieron a zancadas hacia la multitud. Dafne hizo acopio de la sangre fría que, años atrás, su cuñado le había enseñado a mantener y se abrió paso hasta el carruaje de los Kielder.

—A Falstone House —le indicó al cochero mientras James le ayudaba a subir.

Adam jamás contrataba a nadie que no fuese el mejor en lo que hacía, y su cochero no era una excepción. La gran cantidad de tráfico de Londres y el caos adicional asociado a las noticias que empezaban a llegar desde Westminster resultaron no ser obstáculo para él, que serpenteaba calle tras calle a gran velocidad de camino a casa.

—Su hermana no parece ser de las que se rinden a la histeria —dijo él—, pero ¿cree que deberíamos mandar a buscar a un médico?

Ella negó con la cabeza.

—Perséfone es más dura que eso. Todos lo somos.

Otro momento pasó en silencio.

—Créame, no pretendía imponerle mi compañía una vez más, señorita Lancaster. Si lo prefiere, me quedaré en el pasillo o en la entrada de Falstone House.

—Como ya le he dicho, somos más fuertes que eso. —Le resultaba fácil mantenerse tranquila en aquel momento, como si el pozo de sus emociones se hubiese secado al fin—. No me importará que haga una cosa o la otra.

Capítulo 30

Tal como Dafne había predicho, la duquesa permaneció notablemente tranquila, aunque, conforme avanzaba la tarde, la preocupación empezó a notársele en el rostro. La señorita Artemisa caminaba de un lado para otro, agitando las manos de forma dramática y, sin duda, prediciendo en silencio una tragedia u otra. Dafne no mostraba ninguna emoción. A James no le gustaba aquello. La neutralidad de su rostro no era propia de ella.

Estaba sentada cerca de las ventanas que daban a la entrada, aunque mantenía la vista fija en sus labores. James se apoyó en el marco de la ventana. Ella no dio muestras de haber advertido su presencia, aunque debía de haberse dado cuenta de que estaba allí.

No sabía por dónde empezar, cómo romper la barrera que les separaba. Tenía que decir algo, por muy mundano o estúpido que pudiese sonar.

—El tónico que preparó para mi madre ha funcionado a las mil maravillas —dijo—. Se sentía muchísimo mejor cuando se marchó a Lancashire.

—Me alegra saberlo. —Aun así, siguió con la mirada fija en otro sitio. Él se acercó un poco más.

—Ben ha viajado a Northumberland. Está pasando un tiempo con su cuñado.

—Harry nos habló de la visita de su hermano en su última carta. Tenía muchas ganas de compartir con él todo lo que ha aprendido. —Hablaba con poca animación, con la voz suave y el tono propio de una conversación educada y nada más.

James no tenía intención de darse por vencido. Siguió insistiendo en aquel tema mientras, en su mente, buscaba otro que lograra hacerla salir de su reclusión.

—El señor Windover podrá comprobar que Ben es un gran estudiante.

—Espero que el tiempo que pase allí resulte beneficioso. —Para su sorpresa, le miró, y él se esforzó en mantener un gesto neutral. El instinto le decía que Dafne estaba más nerviosa de lo que dejaba entrever y temía que cualquier muestra evidente de entusiasmo la empujase a alejarse más—. Sé que su hermano estaba preocupado por su hacienda —añadió.

—Esa preocupación se ha convertido en emoción desde que llegó la invitación del señor Windover. Me sentí sumamente aliviado al comprobarlo.

Ella asintió lentamente y sin entusiasmo. La dama con la que había compartido sus pensamientos y preocupaciones había desaparecido tras una máscara estoica e impenetrable. Conforme avanzaba la tarde, dejó de intentar mantener una conversación con ella; estaba claro que no iba a permitírselo.

Desde la entrada, en el piso de abajo, les llegó el sonido de voces poco después de que el reloj de bronce dorado que había sobre la repisa de la chimenea marcase las siete. La duquesa se puso de pie al instante, con la vista fija en la puerta. La señorita Artemisa se llevó la mano al corazón, contemplando también la puerta. Dafne era claramente consciente de que alguien iba a entrar de un momento a otro, pero no parecía nerviosa en absoluto. Estaba seguro de que sí lo estaba, pero no dejaba que se le notase.

La puerta se abrió de par en par y el duque de Kielder entró de repente; su imponente mirada recorrió la habitación.

—¿Están todos los presentes de una pieza? —Los contempló a todos y como, al parecer, se sintió satisfecho con lo que vio, asintió con firmeza—. Bien, estaré en mi biblioteca hasta que la cena esté lista.

—Adam —dijo la duquesa, deteniendo a su esposo justo antes de que se diera la vuelta en dirección a la puerta, todavía abierta.

Él la observó con cierta expectación e impaciencia.

—Tengo que...

—Adam Richard Boyce. Ven aquí ahora mismo y asegúrame que estás bien y entero.

Parte de su preocupación debió penetrar en la mente de él, que, evidentemente, estaba distraído. Se acercó a ella.

—No vas a desmayarte, ¿verdad?

Ella dejó escapar un audible suspiro, se apoyó en él y le rodeó con sus brazos. Él la imitó, atrapando a su esposa en un abrazo delicado. James no había visto algo así en toda su vida, ya que sus padres se esforzaban al máximo para evitar la compañía del otro.

—¿Sabes, Perséfone? —dijo el duque—. Incluso después de siete años de matrimonio, todavía me sorprende darme cuenta de que te preocupas por mí. Nunca nadie se había molestado.

—No estaba preocupada —susurró ella, aunque el temblor de su voz la delataba—. Has retrasado la cena y estoy hambrienta, nada más.

El duque hizo algo que James jamás habría imaginado. Sonrió. No era una gran sonrisa que hiciese que le brillasen los ojos; ni siquiera era una sonrisa lo bastante amplia como para que se alzasen las comisuras de sus labios, sino una ligerísima crispación de la boca.

—Que no se diga que el duque aterrador permitió que su duquesa pasase hambre. —Se liberó un poco del abrazo de su esposa y le tomó el rostro con ambas manos—. Que sirvan la cena. Me uniré a ti y a las chicas en cuanto haya hablado con Tilburn. —Le depositó un beso en la frente—. ¿Hará eso que me borres de tu lista negra?

—Por ahora —contestó ella con la voz ligera de nuevo.

Asintió en señal de aprobación y, después, se volvió hacia James.

—Usted. A mi biblioteca. Ahora.

Siguió a su excelencia fuera de la salita hasta la misma biblioteca en la que, la última vez que había entrado, había expuesta una selección de la armería de los Kielder. Por suerte, la mesa estaba ahora vacía.

—Siéntese.

James se sentó en la silla que había frente a él y, de inmediato, se dio cuenta de lo verdaderamente incómodo y bajo que era el asiento que le había ofrecido. Su cabeza apenas sobresalía por encima del escritorio.

El rostro del duque permaneció severo.

—Déjeme comenzar señalando que el hecho de que le haya obligado a ser de utilidad esta tarde no debe ser interpretado como una indicación de ningún tipo de aprobación por mi parte. Dafne tenía que regresar a casa y usted era la forma más conveniente de lograrlo.

¿Qué podía hacer más que asentir? Estaba convencido de que cualquier respuesta verbal sería peligrosamente inoportuna. El hombre no siguió hablando, pero tampoco apartó la mirada. Se limitó a contemplar a James con los ojos entrecerrados y una mueca en los labios.

El silencio se prolongó. Quizá era aquello lo que significaba la calma antes de la tempestad.

—Ah, Linus —dijo el duque sin apartar la vista de él—, entra.

James observó cómo el teniente se acercaba de forma fatídica.

—Se le advirtió que no regresara. —El teniente Lancaster le hablaba desde una distancia cercana de forma amenazante, con los ojos llameando de ira—. En alta mar pasamos por la quilla a los hombres que desobedecen las órdenes.

—Déjalo, Linus —dijo su excelencia con la voz tan tranquila como si estuviese ocupándose del bienestar de un caballo sin demasiado valor—. No puedes pasar a un hombre por la quilla en tierra firme, y no voy a permitir amenazas vacías.

El joven no se apartó ni un centímetro. Aunque el duque era el que tenía la reputación más aterradora, la mirada asesina de aquel hombre de la Marina resultaba igual de intimidante.

—No era vacía. Conozco a un maestro de armas que estaría feliz de complacerme.

—Guárdate ese favor para otro momento —dijo el duque—. He sido yo quien le ha pedido a Tilburn que viniera. Linus, va siendo hora de que hagamos algo con respecto a Dafne.

James miró primero al uno y luego al otro. Él estaba preocupado por lo distante que se había vuelto. ¿Había algún otro problema, además de ese?

—¿Estás seguro de esto, Adam? —preguntó el teniente Lancaster. Él asintió.

—Puedes pasarlo por la quilla más tarde, si esto resulta ser una mala estrategia.

—¿Me lo prometes?

Un asentimiento ducal pareció aumentar la confianza del teniente en el plan.

—Lord Tilburn, ¿conoce la historia de la Dafne de la mitología griega? —Desde luego, aquella era una pregunta rara para que el joven la planteara sin ningún preámbulo.

—No demasiado —admitió él—. Dafne era una ninfa, y creo que alguien la convirtió en un árbol.

El teniente asintió y se sentó junto a su cuñado.

—En general, eso es lo que todo el mundo recuerda. Mi padre era un estudioso de todo lo griego. En una ocasión, dijo que la historia de Dafne era la más trágica de toda la mitología.

—¿Incluso más trágica que la de Perséfo...? —Un vistazo rápido al duque hizo que James no terminase la pregunta. Su excelencia se tomaría cualquier opinión negativa sobre la Perséfone mitológica como una ofensa hacia su esposa y, probablemente, hacia sí mismo. Se recordó que debía mantener la boca cerrada.

El teniente Lancaster entrelazó los dedos y apoyó las manos en el regazo.

—Mi padre creía que el sufrimiento de la ninfa era del todo autoimpuesto. Al saber que Apolo la perseguía instigado por la flecha de Cupido y no por los dictados de su corazón, Dafne desconfió de los sentimientos del dios hacia ella.

Retazos de su educación académica le volvieron a la mente.

—Pero creo recordar que las flechas de Cupido causaban un cambio permanente —dijo—. Aunque al principio hubiese sido forzado, el resultado no era temporal. —James podía decir con total sinceridad que nunca hasta entonces había discutido sobre filosofía griega fuera de la universidad.

El joven teniente asintió.

—Sin embargo, la historia estaba decididamente en contra de Apolo. Las ninfas eran hermosas y deseables, pero los semidioses nunca las perseguían con intenciones serias. En general, se las consideraba prescindibles e insignificantes. Después de todo, una ninfa no es una diosa.

Observó a los dos hombres, sin saber muy bien cuál era el propósito exacto de aquella conversación. Tan solo sabía que tenía que ver con Dafne.

—Así que la Dafne del mito huyó de Apolo, no porque le despreciase, sino porque preveía que, al final, la abandonaría —continuó el teniente Lancaster—. Estaba segura de que le haría daño, de que le rompería el corazón con falsas declaraciones de amor. Le imploró al dios del río que la salvara de lo que más temía. En general, la gente opina que la solución del dios del río fue innecesariamente cruel.

—La convirtió en un árbol —dijo James—. Parece un poco drástico.

—Le concedió precisamente lo que deseaba —replicó el teniente—. Dafne rogó que la salvaran del dolor y la tristeza, pero el sufrimiento es parte del ser humano; la única forma de escapar de ellos era no sentir nada en absoluto. —Su voz había adquirido un tono afilado tan patente como su mirada llena de ira—. Como solía decir mi padre, su sufrimiento era trágico y autoimpuesto. Solía preguntarse qué hubiera pasado si, en lugar de huir, en lugar de distanciarse por completo, se hubiese dado la vuelta y permitido que la posibilidad del amor le brindase la valentía de enfrentarse a sus miedos.

—O si Apolo no hubiese sido un maldito cerebro de mosquito desde el principio —intervino el duque por primera vez desde que su cuñado había comenzado aquella leyenda inesperada. Su tono era extrañamente acusatorio.

—En la familia Lancaster —prosiguió el teniente—, nuestras vidas tienen una tendencia asombrosa a parecerse a las de nuestros homólogos de la antigüedad. Yo, por mi parte, espero no ser estrangulado con mi propia lira. Si tuviese la más mínima inteligencia, habría elegido aprender a tocar un instrumento diferente, pero a los trece años parecía una opción demasiado cómica como para rechazarla. —Se encogió de hombros con algo parecido a una sonrisa traviesa asomando a sus labios. ¿Acaso todos los Lancaster sabían cómo reproducir aquel gesto? James había visto incluso el rostro de Dafne iluminarse de ese modo en alguna ocasión—. ¿Qué probabilidades hay, según usted, lord Tilburn, de que nuestra Dafne acabe transformada en un árbol?

—¿Un árbol? —¿Estaba hablando en serio?—. Me atrevería a decir que no es muy probable.

—En eso debo discrepar de usted, señor. —El teniente no le ofreció ninguna explicación más.

—Para mí, toda la culpa la tiene Apolo —dijo el duque—. Si hubiese sido un hombre resolutivo y decidido, no solo la habría cortejado con algo más de eficacia, sino que también habría alcanzado a esa muchacha tan obstinada antes de que las cosas se le fuesen de las malditas manos.

James sabía un par de cosas sobre cortejos fallidos, y sentía compasión por Apolo.

—Tal vez se dio cuenta demasiado tarde de que lo perdería todo si no redoblaba sus esfuerzos. Quizá nunca le dieron la segunda oportunidad que necesitaba.

—O, tal vez —se animó a decir el duque—, solo era un bufón y un zoquete.

—Pero el dios del río podría haberle dado a Apolo la oportunidad de arreglar las cosas antes de convertir a la pobre muchacha en un árbol —insistió.

De pronto, los dos hombres le observaron con seriedad. Fue su excelencia el que habló, aunque era evidente que lo hacía en nombre de ambos.

—Si, de forma reluctante, por supuesto, hubiese pospuesto la transformación lo suficiente como para que Apolo hubiese probado suerte bajo una vigilancia muy, muy estricta...

—Una vigilancia armada —le corrigió el teniente.

—... tan solo por amor a la ninfa y no por cualquier tipo de empatía hacia el cabeza de chorlito de Apolo, ¿cree que ese hombre descerebrado se lo hubiese planteado? ¿Habría empeorado las cosas? ¿Habría hecho más promesas para después romperlas?

Al fin James entendía el motivo de que le contasen aquella historia. Le habían asignado el papel de Apolo para su Dafne.

—Si le hubiesen dado la oportunidad, lo habría intentado de nuevo. Una y otra vez, si hubiese sido necesario.

—Puede que, aun así, el dios del río se hubiese llevado a Dafne, pensando que Apolo no era bueno para ella o, más bien, no lo bastante bueno —advirtió el duque.

—Al menos, podrían descubrir si era así. —El pulso le palpitaba en el cuello. Iban a darle una oportunidad. Puede que, aun así, Dafne le rechazase, puede que no quisiera saber nada de él, pero tendría una oportunidad—. Al menos, ella no se habría escondido. La verdadera tragedia es su pérdida de vitalidad, no la oportunidad perdida de Apolo. Ella se merecía algo mejor. Todavía lo merece.

—Eso es exactamente lo que necesitaba escuchar —dijo el duque, poniéndose en pie.

James también se levantó. Su excelencia y el teniente se alejaron del escritorio y se detuvieron a unos pasos de la puerta. El duque se volvió hacia él.

—Entonces, vamos. Es hora de cenar.

—¿Cenar?

—Usted suele comer, ¿no?

—Sí. —¿Qué estaba intentando decirle?

—Esta noche cenará aquí —dijo, abriendo la puerta.

James caminó rápidamente para alcanzar al que, al parecer, sería su anfitrión aquella noche.

—Dudo que sea bien recibido por el resto de su familia. No se han alegrado demasiado de verme esta tarde mientras esperábamos su regreso.

—Eso tampoco es un requerimiento. —Le indicó que entrase en la salita—. Si desean trincharle junto con la ternera estofada, que así sea.

Pero si su presencia sirve para que Dafne regrese a nosotros, merece la pena intentarlo.

—Haré todo lo que pueda —prometió—. Odio verla tan recluida.

—En caso de que se lo esté preguntando —dijo el duque—, tendrá permiso para hablar con ella, para mirarla y para estar en la misma habitación que ella. Sin embargo, no tiene permiso, bajo ninguna circunstancia, para tocarla. —Su excelencia se acercó un poco más a él, con los ojos perforando los de James y el gesto cada vez más amenazante—. Un solo dedo, Tilburn... Si le pone encima un solo dedo, le romperé ese dedo y todos los demás de uno en uno con un atizador al rojo vivo.

—Y yo le lanzaré al Támesis con un ancla atada al cuello —añadió el teniente.

—Entendido. —Aceptó los límites que le imponían. Después de todo, no había esperado que le permitiesen siquiera acercarse a Dafne.

Todas las hermanas Lancaster estaban en la salita cuando entraron James y sus futuros torturadores.

—¿Va a quedarse lord Tilburn a la cena? —preguntó su excelencia. Estaba claro que no le complacía demasiado la posibilidad—. No esperaba que tuviésemos un invitado.

—Está aquí en calidad de prisionero —explicó el duque.

—Oh, ¡qué maravillosamente horrible! —La señorita Artemisa parecía encantada—. Adam, sabía que podías ser un tutor cruel y sediento de sangre si te lo proponías. ¡Prisioneros! ¡Maravilloso!

La atención de James se centró en Dafne. Físicamente, parecía estar bien. Sin embargo, sus ojos eran otra historia; habían perdido su brillo. El gesto de serenidad forzada de su rostro se convirtió en sorpresa durante un instante cuando posó la mirada en James. Se puso de pie con rigidez, con el ceño fruncido y las comisuras de los labios inclinadas hacia abajo. Él dio un paso hacia delante, alarmado, mientras ella iba palideciendo poco a poco. La joven alzó una mano y se detuvo a unos pasos de ella, consciente de lo que significaba aquel gesto. Los ojos de Dafne se dirigieron rápidamente hacia el duque y después, casi de inmediato, regresaron al rostro de James. No parecía contenta de verle.

—¿Por qué se ha quedado? —le preguntó en un susurro enojado.

—Su cuñado me ha invitado a cenar.

Ella negó con la cabeza.

—El duque aterrador no hace invitaciones. Le ha amenazado.

—Yo quería quedarme, y él me lo ha permitido. —Era una versión más o menos distorsionada de lo que había ocurrido en realidad, pero cierta al fin y al cabo.

Ella pareció todavía más confundida. La vida todavía no había vuelto a sus ojos, pero, al menos, había un rastro de animación en su semblante.

—Bien, en tal caso, sea bienvenido, lord Tilburn.

Sonaba tan formal e impersonal... Él le dedicó una reverencia como respuesta.

—Un placer, señorita Lancaster.

Conforme avanzaba la velada, se dio cuenta de que no estaba demasiado habladora con los demás. Más allá de algún asentimiento ocasional o una respuesta en voz baja, Dafne permaneció retraída durante toda la cena. James ya la había visto antes rodeada de su familia y no recordaba que hubiese estado nunca tan distante con ellos.

Tras la cena, Dafne se sentó junto a una ventana mientras que el resto se reunía en un grupo más íntimo en torno a la chimenea apagada. Nadie parecía sorprendido ante la distancia que había interpuesto entre ella y los miembros de su familia. ¿Cómo de habitual se había vuelto aquello?

Con el tiempo, había esperado lograr cierto grado de absolución por parte de la dama a la que había herido. Sin embargo, su objetivo cambió por completo en el transcurso de aquella única velada. Se prometió a sí mismo que haría lo que fuese necesario para verla feliz de nuevo, tanto si le perdonaba como si no. Su Dafne no tenía por qué sufrir el mismo destino que la mujer del mito.

Capítulo 31

Por muy duque aterrador que fuese, Adam Boyce iba a morir de manera lenta y dolorosa. Dafne había pasado la noche anterior abrumada a causa de que invitase a James a cenar. El día siguiente lo pasó casi entero fuera de casa, algo realmente conveniente para él. Poco después de que regresase aquella tarde, la joven fue directa a su escritorio con la intención de pedirle explicaciones.

Él alzó la vista solo un instante, sin mostrar ninguna clase de preocupación por la mirada feroz con que le atravesaba su cuñada.

—No me ataques con la mirada, Dafne. Ya sabes que soy inmune a eso.

—¿Cómo pudiste? —le preguntó.

—¿Volverme inmune a las miradas? No pude evitarlo, fue un talento que desarrollé de forma natural.

En ese momento, no tenía paciencia para las bromas.

—Anoche obligaste a lord Tilburn a que cenase con nosotros.

—El pobre muchacho se estaba muriendo de hambre. —Adam pasó una de las páginas del montón de papeles que estaba leyendo—. Hartley no le da de comer.

¿Por qué no podía limitarse a darle una respuesta directa?

—Lord Tilburn no se está muriendo de hambre. La duquesa jamás permitiría algo así.

—Eso demuestra lo poco que sabes sobre el asunto, señorita Dafne.

—Tan solo la llamaba «señorita Dafne» cuando bromeaba, algo que sus círculos, con toda probabilidad, le consideraban incapaz de hacer—. El recién empobrecido lord Tilburn ha aceptado un trabajo, pero es lo bastante testarudo como para no tomar ni un bocado más de lo que cree que se ha ganado. Algunos de esos bocados están destinados a alimentar a un chucho diminuto que le tiene demasiado cariño, lo que quiere decir que en el jardín trasero de los Hartley vive un cachorro que está engordando mientras su amo pasa hambre. Creo que eso convierte al muchacho en un triste desdichado que necesitaba una comida gratis.

—¿Qué quieres decir con «recién empobrecido»? —Perséfone había dicho lo mismo cuando mencionó la estancia de James en Milworth House la primera vez.

Adam dejó la pluma que sostenía. Se le escapó un pequeño suspiro teñido de impaciencia mientras dirigía su mirada a ella de nuevo.

—Por lo general, esa frase indica que una persona tiene poco dinero a su disposición y que la situación se ha dado de forma reciente.

—Sé lo que significa. —¿Por qué tenía que ser tan condenadamente difícil de tratar?—. Lo que no entiendo es por qué se la has aplicado a él.

—Porque tiene muy poco dinero y la situación se ha dado de forma reciente.

—Adam, habla con seriedad por un momento. —El duque de Kielder se mostraba de humor para bromear de verdad en pocas ocasiones, quizá dos veces al año. ¿Por qué debía hacerlo en aquel preciso momento?—. Por favor, deja los acertijos y habla conmigo.

Dafne podía notar cómo, a cada momento que pasaba, se sentía más molesta. Había esperado enfrentarse a él, recibir alguna explicación ridícula sobre sus motivaciones, soltarle una severa reprimenda y marcharse con la cabeza bien alta tras haber vencido al hombre más temido del reino. Pero la estaba volviendo loca al mostrarse tan poco cooperativo.

Adam se recostó en la silla y se cruzó de brazos. Cuando se dio cuenta de que su postura estaba imitando de forma exacta la de ella, dejó caer los brazos a los lados. No podía estar segura de si la estaba provocando o no. En otro momento, le habría llamado la atención, insistiendo en que la tomara en serio. Sin embargo, en los últimos tiempos le habían herido los sentimientos demasiadas veces y sabía que no sería capaz de aguantar las burlas.

—¿Ahora es cuando quieres que hable? ¿Ahora es cuando quieres conversación? —Se permitió una única risotada, fría y seca—. ¿Por fin has decidido romper tu silencio en apariencia inexpugnable sin tener que hacer que pasees por los jardines de Westminster a la fuerza?

En los seis años que llevaba viviendo en su casa, él jamás la había ridiculizado; sin embargo, en las poco más de dos semanas desde aquel pícnic desastroso, lo había hecho en más de una ocasión. Sintió cómo toda la bravuconería e indignación que había aunado para poder soportar aquella confrontación se desvanecía.

—¿No podrías limitarte a decir «Dafne, eres una idiota» y ya está? —susurró. Sabía que tan solo tenía unos minutos antes de que las lágrimas que había estado manteniendo a raya con fiereza rompiesen todas las barreras.

Adam se puso en pie y se colocó a su lado tan rápido que casi no se dio cuenta de que se había movido.

—Dafne —dijo, con el tono más suave que antes, pero todavía firme y un poco exasperado—, ven a sentarte conmigo.

—No, gracias —contestó.

—No había ningún signo de interrogación adornando esa frase. —Con una mano en su espalda, Adam la condujo con cuidado, pero a la fuerza hacia el sofá donde habían pasado tantos buenos momentos en los últimos seis años. Aquellos ratos agradables parecían estar a años luz de distancia.

—Permíteme que conteste a las diferentes preguntas que has planteado —dijo.

Dafne mantuvo la vista baja mientras intentaba recobrar el control de sus emociones. Las lágrimas no servían para nada, y se negaba a entregarse a ellas. No había llorado durante el paseo por el jardín, ni durante la cena de la noche anterior. ¿De dónde salía aquella repentina agitación?

—La hacienda Techney es solvente y no está en peligro financiero —le informó—. Lord Tilburn, sin embargo, se encuentra en la situación opuesta, pues ha sido repudiado por su padre a la vista de lo que el hombre entiende como un fracaso reciente de su hijo.

Se puso rígida. ¿Era por eso por lo que James había vuelto a su vida? ¿Para intentar cortejarla de nuevo con la esperanza de reconciliarse con la billetera de su padre?

—Entonces, ¿de verdad estaba aquí anoche porque ahora es pobre?

Adam apoyó los pies en la otomana que tenía delante, cruzándolos a la altura de los tobillos.

—Vino porque se lo pedí, y se quedó porque insistí en que lo hiciera. —Se le cayó el alma a los pies. James no había ido para verla a ella.

Aquello resultó un golpe peor de lo que había esperado—. Puede que lord Tilburn sea muchas cosas, pero no es un idiota. Si yo no hubiese requerido su presencia anoche, no se hubiera presentado.

Dafne asintió con tristeza, empezando a entender. Había esperado que al menos una parte de los motivos de James fuese que la echaba de menos tanto como ella le echaba de menos a él, a pesar de todo. Era obvio que su corazón no estaba tan protegido como había creído.

—Borra ese gesto de cachorrito torturado de la cara —le instruyó Adam—. Eso no implica nada negativo sobre ti.

¿Cómo era posible que se lo tomase de otra manera? A Harry le habían prohibido, más o menos, que cortejase a Atenea, pero eso no le había detenido. Cuando Perséfone y Adam se habían visto separados en los primeros tiempos de su matrimonio, él había cruzado varios condados para estar con ella una vez más a pesar de lo mucho que odiaba abandonar su hogar. James solo había ido a cenar allí porque le habían obligado, del mismo modo en el que le habían obligado desde el principio a fingir interés por ella.

—Aunque lord Tilburn no me gusta especialmente y, desde luego, no confío en él del todo —dijo Adam—, creo que se mantuvo alejado para evitar molestarte más de lo que ya lo había hecho.

—¿Mantenerse alejado? Vive a dos casas de aquí.

—Y, aun así, todavía no ha intentado tirar la puerta abajo. Eso demuestra tanto sentido común como autocontrol.

Dafne se levantó, confusa.

—Si su presencia me molesta, ¿por qué hiciste que se quedara?

—¿De verdad te molesta su presencia?

—Por supuesto. ¿Cómo no iba a molestarme? Después de todo lo que hizo, después de todo lo que he soportado, claro que me molesta su presencia. —El impulso de gritar de frustración era tan fuerte como la necesidad de deshacerse en llanto—. Se supone que esto es mi refugio, Adam. Se supone que debo sentirme segura estando aquí, protegida de él y de los chismes de la alta sociedad y de... De todo.

Durante varios minutos incómodos, el duque no dijo nada. Ella volvió la vista en su dirección. Su expresión indicaba que estaba intentando aclarar una situación complicada. Dafne no tenía ganas de que la analizara y evaluara.

—Dafne. —Ella esperó a la valoración final que quisiera hacer—. Hay una gran diferencia entre un refugio y un escondite. Lo primero brinda paz, lo segundo brinda soledad. Me niego a ver cómo quedas reducida a la nada por miedo.

Se volvió hacia él, intentando parecer decidida y segura a pesar de la inquietante verdad que se escondía tras sus palabras.

—No tengo miedo.

—Estás aterrada —replicó, sin rastro de duda o compasión—. Aterrada de que te aparten y te olviden.

—Adam...

—Le he hecho a Hartley una contraoferta por los servicios de Tilburn. Se alojará aquí lo que queda de la temporada.

—¿Qué has hecho qué? —Sintió cómo los ojos se le abrían de par en par y se le hacía un nudo en el estómago—. ¿Estás loco?

—Lo que estoy es cansado. Cansado de esperar a que salgas de ese agujero que has cavado tú sola. —Su gesto era severo e implacable—. No más malas caras, Dafne. Nada de esconderse.

La idea de tener que enfrentarse a James cada día, de revivir todo el daño que le había causado, le provocaba asfixia.

—No puedo hacer esto, Adam. Aunque, sin duda, para ti es una debilidad y un fracaso, yo no puedo desestimar el ridículo, la censura y la tristeza. Puede que a ti las críticas te resbalen, pero a mí me atraviesan. Me atraviesan todas y cada una de ellas.

La mirada de decepción que ensombreció los ojos de su cuñado fue un golpe para ella.

—La vida nunca está totalmente libre de dolor, Dafne. No puedes obtener la felicidad sin haber pasado por el sufrimiento y, al hacerlo, te vuelves más fuerte. Esconderte de todo eso solo te convierte en una cobarde.

Se encogió de dolor ante aquel comentario. Si bien Adam era severo con ella de vez en cuando, jamás le había hablado con tanta dureza.

La dejó allí de pie, junto a la puerta. Sin volver a mirarla, se sentó en el escritorio y retomó sus papeles. Un par de lágrimas solitarias asomó a sus ojos, seguido de cerca por otro. Por primera vez en años, no intentó detener la oleada de sentimientos.

Se dirigió a su dormitorio con paso lento. Encogida en su cama, dejó ir toda una vida de tristeza. La niña pequeña que buscaba desesperada el afecto de su padre lloró junto a la jovencita enamorada de un caballero que no la correspondía.

Capítulo 32

Dafne dio un tirón a uno de los guantes de seda mientras bajaba las escaleras. La inseguridad hacía que sus pasos fuesen más lentos, pero la decisión la empujaba a seguir adelante. La noche anterior apenas había dormido, dedicada a la contemplación y el debate interno, pero finalmente había afianzado su determinación en las horas más tranquilas y oscuras de la madrugada. Aunque se sentía invadida por los nervios, se negaba a volver a esconderse. Quizá fuese una ninfa poco agraciada y sin ningún interés, pero no era una cobarde.

Artemisa estaba en la entrada, con la palma de la mano sobre el corazón. Observaba a Perséfone con un aire de sufrimiento dramático.

—Me consumiré hasta convertirme en un mero esqueleto si me obligas a pasar una sola hora más en los confines de mi mazmorra.

—Tu dormitorio no es ni mucho menos una mazmorra —dijo Perséfone—. Y no te hemos confinado a esa habitación. Tienes toda la casa y los jardines a tu entera disposición. Además, has salido varias veces a la ciudad.

—Un espíritu libre debe recorrer el mundo sin restricciones, Perséfone. —Al decir aquello, los ojos de Artemisa se volvieron hacia el cielo, creando la imagen perfecta del anhelo y la agonía más desgarradora—. Las paredes y las puertas asfixian y sofocan a aquellos corazones destinados a volar más allá de los límites de...

—Siento mucho lo de tu corazón sofocado, querida, pero no puedes salir a la ciudad sin la compañía de tu familia, por mucho que quieras.

—Tan solo deseo ir al parque. Puedo verlo desde mi ventana, llamándome, fuera de mi alcance. —Juntó las manos frente a ella, como si fuera una prisionera condenada que estuviese tanto suplicando piedad como rezando por el bienestar de su alma—. Prometo solemnemente que me mantendré alejada de los criminales, aunque entenderás que encontrarme con un verdadero criminal sería muy emocionante.

—La insistencia de Adam en asaltar los salones de Westminster tan solo unos instantes después de que el primer ministro fuese asesinado es lo más cerca que voy a permitir que cualquier miembro de esta familia esté de un criminal —insistió Perséfone—. No voy a dejar que vayas a buscar a uno. Y no me digas que no lo harás, porque te conozco.

Dafne respiró hondo, reuniendo fuerzas. Había esperado aquel contratiempo; era una oportunidad para probar su recién descubierta determinación.

—Yo pasearé por el parque con ella —dijo con más seguridad de la que sentía.

Sus hermanas se volvieron hacia ella en perfecta sincronía. Sus gestos de sorpresa hubieran sido idénticos de no ser por el atisbo de triunfo que adornaba el rostro de su hermana pequeña.

Llegó junto a ellas y actuó como si no se diera cuenta de lo asombradas que parecían. Un paseo por el parque no era razón suficiente para semejante sorpresa; no creía haber estado tan aislada.

Perséfone atravesó a Artemisa con una mirada reprobatoria.

—Incluso aunque Dafne te acompañe, no puedes salir de los muros.

Artemisa enlazó el brazo con el de su hermana con entusiasmo.

—Seremos la viva imagen del decoro —prometió.

Perséfone la contempló con evidente incredulidad.

—Todo lo que te pido es que no te pongas a correr como una loca entre los parterres.

Ella frunció el ceño.

—Hace cinco años de eso, Perséfone. Ahora soy mucho más digna.

Dafne reprimió una sonrisa y se fijó en que su hermana mayor hacía lo mismo. «Digna» y «Artemisa» pocas veces aparecían juntas en la misma frase.

—No estaremos fuera mucho tiempo —le prometió a su hermana mayor.

—Pasead sin prisa —contestó ella.

Enderezó los hombros y salió de la casa con su hermana pequeña. Aunque las nubes cubrían gran parte del cielo, el aire era menos frío de lo que cabría esperar. El verano se acercaba rápidamente. Pronto, la ciudad se volvería demasiado calurosa para ser soportable y la alta sociedad escaparía al campo. Una brisa ligera removía los arbustos que flanqueaban el camino frontal hasta la puerta, pero la temperatura era agradable. Artemisa suspiró.

—Ay, esperaba que hubiese un cielo más plomizo. Caminar bajo la amenaza de la lluvia es mucho más desgarrador, ¿no crees?

—Pero no hubiese sido agradable acabar totalmente empapadas —contestó Dafne—. Tal vez podrías considerar nuestro cielo parcialmente nublado como un agradable término medio.

Bendijo internamente a Artemisa por haber elegido un tema de conversación tan benigno. Había temido que se lanzase a deliberar de forma directa sobre el amor, la pérdida y la tristeza.

—Pero, verás, Dafne, es que he decidido algo muy, muy importante. —Su hermana la arrastró de la mano hasta el jardín central—. De hecho, mi decisión es tan importante que, cuando la anoté en mi diario, escribí la palabra «importante» con una «i» mayúscula.

«Ay, Dios».

—¿Cuál es esa decisión tan importante con «i» mayúscula? —preguntó Dafne con cautela.

—He decidido que voy a enamorarme en un parque o, al menos, en un lugar verde y lleno de vida. Además, he concluido que tiene que haber agua sí o sí. —Artemisa le sonrió con los ojos brillantes de emoción—. ¿No es una idea sencillamente divina?

—Confieso que no entiendo la necesidad de que haya agua, por no hablar del parque.

Artemisa gruñó de una manera que Dafne conocía bien. La respuesta era tan familiar que podría haber pronunciado las siguientes palabras de su hermana a la vez que ella.

—Dafne, no tienes ni pizca de sensibilidad para el romanticismo.

—Sé que para ti soy un duro reto —respondió secamente. La llevó hacia el camino flanqueado por árboles, un lugar placentero para pasar la mañana, incluso con una hermana pequeña agotadora.

—Si hubieses mostrado algo más de sensibilidad, tal vez lord Tilburn... —Artemisa se llevó la mano a la boca, pero ya era demasiado tarde. Con esfuerzo, Dafne evitó que el dolor que le causaba la frase sin terminar de su hermana se reflejase en su rostro—. Este parque es bonito, pero siempre me ha gustado el pequeño jardín de Perséfone en el castillo. Es tan verde, con todas esas flores y tanta hierba... —Soltó aquellas palabras a toda velocidad en un intento inconfundible de cubrir su metedura de pata—. Y tiene muchísimas flores. Ay, ya había mencionado las flores, ¿verdad? —Parecía totalmente abatida.

Suponía que debía compadecerse de su hermana. La pobre muchacha tenía cierta tendencia a irse de la lengua. Sin embargo, unos pocos instantes de alarma quizá le enseñasen a pensar antes de hablar. Mantuvo el ritmo, permitiendo que los sonidos de la naturaleza llenasen el silencio entre ellas. La brisa agitaba las hojas de los árboles; en algún sitio, un pájaro solitario piaba en busca de sus compañeros perdidos, y un ladrido canino, lleno de entusiasmo y energía, se unió a la cacofonía.

Gran parte de sus inseguridades se fueron desvaneciendo conforme paseaban. Dafne sabía que había dado un paso muy pequeño al salir de la casa sin que la obligasen, pero se sentía orgullosa de sí misma. Seguro que Adam le daría a aquel paso el valor que merecía. Un brillo de esperanza surgió en su corazón; su futuro empezaba a parecer algo menos solitario. No iba a lanzarse de cabeza a la alta sociedad, pero, con el tiempo, quizá no sintiese la necesidad de esconderse de ella.

Habían recorrido casi la mitad del parque cuando una bola de pelo marrón se abalanzó sobre Dafne, dando vueltas en torno a sus piernas y ladrando con una emoción notable. Un simple vistazo le sirvió para identificar al cachorro y, en un instante, sintió como si el corazón se le fuese a salir por la boca.

—Hola, *Bribón*. —La voz le temblaba un poco. Se agachó lo suficiente para acariciar la cabeza del perro con dedos temblorosos. La presencia de *Bribón* significaba que su amo andaba cerca.

James apareció justo después. Parecía tan divertido como pesaroso.

—Le he quitado la correa un momento y ha salido disparado en su dirección.

Ella se enderezó, recordándose a sí misma que había adquirido un nuevo nivel de valentía.

—No sabía que *Bribón* se había quedado en Londres después de que su madre regresase a casa. —Aunque, pensándolo bien, quizá Adam había mencionado algo al respecto.

Por algún motivo, el joven se removió con incomodidad ante su comentario inofensivo.

—Pensé que... No habría estado... — se aclaró la garganta. Al parecer, le costaba responder. Una sonrisa casi avergonzada asomó a sus labios—. Me he encariñado de él; no era capaz de mandarlo lejos.

—¿Le ha causado muchos problemas? —Quizá, si limitaba la conversación a hablar de cachorros mal educados, podría evitar derrumbarse. Que él hubiese admitido de forma reluctante su cariño hacia aquel perro desaliñado había hecho que el corazón le diese un vuelco de forma preocupante. No iba a permitirse volver a enamorarse de él. Una cosa era ser valiente; ser estúpida era algo completamente distinto.

—Los problemas surgen de su espíritu juvenil y de su aversión a estar encerrado —contestó él.

Artemisa se inmiscuyó en la conversación.

—¿Le importaría pasear con nosotras, lord Tilburn?

—Hablando de espíritus juveniles y la aversión a estar encerrado... —susurró Dafne.

James reprimió una sonrisa como si acabasen de compartir una broma interna. Solían hacer aquello muy a menudo cuando todavía confiaba en él.

—Me encantaría pasear con ustedes —dijo James—. Veamos si *Bribón* me permite volver a ponerle la correa.

Mientras se peleaba con el perro, que no estaba muy cooperativo, Artemisa, con los ojos abiertos de par en par por la emoción, se dirigió a su hermana en un susurro lleno de urgencia:

—Dafne, debía de estar muy desesperado por verte de nuevo. Si no, ¿por qué habría aceptado trabajar para alguien tan horriblemente aterrador como Adam? ¿Por qué se quedaría en Falstone House a pesar de que tanto Adam como Linus se pasean por allí arma en mano, como advertencia? ¡Es muy prometedor!

—Baja la voz. —Esperaba que James no la hubiese escuchado. Ella mantuvo su propia voz al nivel de un susurro casi inaudible.

James parecía haber tenido éxito con su misión. Enfrentándose a la dificultad de sujetar la correa de *Bribón* con una mano y acompañar a las damas, le preguntó a Artemisa si le ofendería que le ofreciese el brazo libre a Dafne.

—Claro que no, lord Tilburn. —Su hermana parecía sumamente feliz—. Estoy trabajando sin descanso para recrear la imagen perfecta de la tristeza y el sufrimiento. El cielo está siendo muy poco cooperativo, pero caminar en aparente soledad sería un buen toque, ¿no le parece?

Él frunció el ceño y, tras un instante de duda, asintió. Dafne pasó el brazo por el suyo cuando se lo ofreció. La sensación del brazo de James bajo su mano todavía la afectaba tanto como lo había hecho en el pasado. El corazón le latió con más fuerza y sintió cómo le ardían las mejillas. Poco a poco retomaron el camino que ella y Artemisa habían estado recorriendo antes de la llegada de James y *Bribón*.

—No estoy del todo seguro de lo que estaba hablando su hermana. —El joven mantenía bien agarrado a *Bribón* y le vigilaba de cerca, aunque iba volviendo la mirada hacia ella mientras caminaban—. ¿Su sentido de lo dramático nunca se desvanece?

—Jamás. —Ansiaba preguntarle qué opinaba sobre alojarse en Falstone House, pero temía demasiado la respuesta como para hacerlo. Su valentía todavía no había alcanzado tales extremos.

—Esperemos que su ansia de tristeza y sufrimiento no pueda verse saciada a través de un tercero. Si le dice a su cuñado que hemos caminado tomados del brazo, es probable que me ampute el mío. —La mayoría de la gente se estremecía cuando hablaba de las amenazas de Adam. Aunque estaba claro que James era consciente de que la ferocidad del duque era muy real, no se amedrantaba ante ella.

Artemisa mantuvo la promesa que le había hecho a Perséfone y ni se alejó de ellos ni pisoteó las flores, aunque su rostro adoptó un gesto soñador que indicaba que sus pensamientos habían volado lejos.

—¿Cuánto tiempo estará el teniente Lancaster en tierra? —preguntó él.

—Todavía no lo ha decidido. Nuestro padre está enfermo, y Linus se debate entre regresar a la casa familiar o regresar al mar.

—Lamento escuchar que la salud de su padre ha empeorado. —Los ojos de James se encontraron con los suyos y, en sus profundidades, Dafne pudo ver una preocupación verdadera—. ¿Se puede hacer algo por él?

—Me temo que su declive es irreversible.

Él le apretó el brazo contra el costado; un apretón que, de forma instintiva, sabía que pretendía reconfortarla. Más allá de permitirle leer las cartas que enviaba la cuidadora de su padre, nadie de la familia se había preocupado por cómo le afectaba la noticia. Tal como Artemisa solía señalar, Dafne no se permitía ser abiertamente emocional. La mayoría de la gente no pensaría en consolar a alguien que no parecía necesitarlo, pero James había hecho justo eso.

—Es una posición difícil para su hermano —dijo—. Sin duda, siente responsabilidad hacia sus compañeros de la Marina, pero tampoco puede dejar de lado su deber familiar.

—Todavía no sabemos lo que hará.

Él la contempló un instante mientras caminaban.

—Si no me equivoco, usted espera que decida quedarse.

¿Cómo había sido capaz de adivinarlo? Se había esforzado por mantener sus opiniones ocultas por si Linus se sentía demasiado influido por ellas.

—Me preocupo menos por él cuando está en tierra firme.

—Porque ya ha perdido a un hermano. —Había entendido lo que ella nunca había llegado a decir en voz alta.

—Y a mis padres —añadió Dafne en voz baja. Aunque la muerte todavía no se había llevado a su padre, sabía perfectamente que le había perdido años atrás.

James movió el brazo de tal manera que pudiera entrelazar sus dedos con los de ella.

—Por favor, dígame si puedo hacer algo por usted. Lo que sea.

—Gracias. —No sabía cómo había sido capaz de articular una palabra, pues tenía la vista fija en su mano atrapada, en la de él.

Un instante después, volvían a caminar con los brazos entrelazados como cualquier otra pareja de paseantes. El destello de esperanza que Dafne había sentido al salir de casa se volvió un poco más brillante. Todavía no sabía si podía confiar en aquella luz, pero, durante un hermoso momento, se aferró a ella.

Justo entonces, el momento se esfumó.

La señora Bower y su hija doblaron una esquina y avanzaron en su dirección. No habría manera de evitar el encuentro.

—Vaya, lord Tilburn. —La señora Bower se apresuró hacia él, con su hija pisándole los talones— Qué encuentro tan fortuito.

La atención de la señorita Bower se centró demasiado rápido en Dafne.

—Señorita Lancaster, qué sorpresa.

—Desde luego —dijo su madre—. Tenía entendido que lord Tilburn y usted ya no estaban en buenos términos.

James habló antes de que ella pudiese pensar en una respuesta.

—No entiendo por qué piensa eso. Es evidente que la señorita Lancaster y yo sentimos mucho aprecio el uno por el otro. —Señaló la postura amistosa en la que se encontraban en ese momento.

—¿Están paseando a solas? —Las palabras de la señorita Bower despedían una nota de censura.

Dafne decidió que era el momento de defenderse por sí misma.

—Como estoy segura de que puede notar, mi hermana Artemisa está con nosotros.

—Artemisa. —La señora Bower se dio unos golpecitos en los labios con los dedos—. ¿Todas las hermanas Lancaster tienen nombres de diosas?

—No, madre. Recordará que Dafne era tan solo una ninfa.

Aquella distinción le había dolido y desconcertado toda su vida. Siempre había sido la ninfa entre las diosas.

—Dafne no era una simple ninfa —dijo James—. Era la hija del dios del río. Apolo lloró su trágica pérdida por toda la eternidad. No había, ni hay, nada «simple» en ella.

El halago fue tan reconfortante como inesperado. Y, aun así, allí estaba él, con la barbilla en un ángulo desafiante, como si estuviese retando a las Bower a que le contradijesen.

—Al menos su nombre no es «Cynthia» —dijo Artemisa. Aquel comentario improvisado estaba enfatizado por cierto empuje beligerante—. Personalmente, me pasaría la vida escondida en una torreta si tuviese que cargar con el peso de semejante nombre, tan insignificante y soso.

Los protectores de Dafne habían silenciado a las Bower con gran eficacia.

—Si nos disculpan —dijo James—, me gustaría mucho poder continuar con el placentero paseo que estamos disfrutando mis encantadoras acompañantes y yo.

—¿Le veremos en el baile de los Kirkham al final de esta semana? —preguntó la señora Bower.

—Si asisto, lo haré como miembro del grupo de sus excelencias y, por lo tanto, no puedo asegurar que nuestros círculos vayan a coincidir. — El joven había puesto a las damas en su sitio con gracia y determinación.

Las Bower captaron el mensaje. No lograrían alcanzar sus aspiraciones de medrar socialmente a través de James. Prosiguieron su camino, juntando las cabezas mientras volvían a sus maquinaciones.

—Sin duda, lord Lampton estará en el baile de los Kirkham —le dijo la señora Bower a su hija—. Su posición es mejor que la que tendrán nunca los Tilburn. Debemos poner nuestras miras en objetivos un poco más altos.

—Pero lord Lampton es muy extraño —se quejó la señorita Bower.

—Es un conde, Cynthia. Se le permite ser extraño.

Aquello fue lo último que Dafne escuchó antes de que las damas estuviesen demasiado lejos como para poder entender lo que decían.

Hubo un momento de silencio entre Dafne, James y Artemisa. Sin duda, los otros dos estaban esperando que se derrumbase, pero no pretendía hacerlo.

—No sabía que te disgustase tanto el nombre «Cynthia».

—No me disgusta lo más mínimo, es un nombre encantador. —Artemisa pasó por delante de ellos, deslizándose—. Tan solo me disgusta ella. —Miró hacia atrás, por encima del hombro—. Nadie le habla así a mi hermana. Nadie. Jamás.

Dafne se sintió más conmovida de lo que se veía capaz de expresar. No creía que su hermana hubiese estado jamás tan cerca de decir que la apreciaba.

—Las Bower son insufribles —dijo James—. Espero que no haga caso de nada de lo que han dicho o insinuado.

Ella se irguió cuan alta era. Después de todo, aquella misma mañana había decidido ser fuerte y valerosa, incluso ante sus propias dudas constantes.

—Estoy decidida, lord Tilburn, a no permitir que nadie vuelva a hacerme daño otra vez.

Capítulo 33

James descubrió de primera mano la capacidad del duque de Kielder para la batalla táctica. Sin importar la cantidad de tareas que le encargase cada día, el joven siempre acababa cruzándose con Dafne varias veces, aunque solo fuese de pasada. Todavía no le había sonreído, pero parecía un poco más cómoda en su presencia.

Aquella mañana, habían paseado juntos por el parque con *Bribón*, tal como habían hecho los últimos días. Al caer la tarde, James volvió a buscarla. La servidumbre de Falstone House era tan leal como su excelencia había asegurado durante aquella reunión pasada repleta de armas. Ni una sola persona le decía de forma directa dónde podría encontrarla.

La búsqueda por las habitaciones familiares y públicas resultó un fracaso, y no se atrevía a infiltrarse en la cocina. Sin duda, la cocinera tendría permiso para lanzarlo al caldero de la sopa si le apetecía. Se dirigió a la parte de atrás del edificio, esperando encontrar a Dafne de paseo por los jardines traseros.

Oyó movimiento al otro lado de una puerta en el extremo este de la casa. Quizá quien fuera que estuviese dentro estaría dispuesto a indicarle dónde encontrar a la joven. Antes de poner un pie en el interior, se dio cuenta de que había encontrado la habitación de las hierbas medicinales. Los aromas que flotaban en el aire eran fuertes y variados.

Entró, y estuvo a punto de estallar en una carcajada ante lo que encontró. Tras tanto buscarla, Dafne estaba allí, atando manojos de una planta u otra.

—Parece que está trabajando duro. —En cuanto las palabras salieron de su boca, se dio cuenta de que, como saludo, era muy poco elegante.

A ella no pareció importarle. Se limitó a seguir con su trabajo.

—Se suponía que iba a pasar la tarde con mi cuñado, pero está ocupado con asuntos relacionados con la inminente llegada del nuevo miembro de la familia Boyce.

«Boyce» era el apellido del duque, aunque pocas personas pensaban en él de otra manera que no fuese con su intimidante título.

—Así que, en su lugar, ¿ha decidido dedicarse a esta tarea? —James dio un paso más hacia el interior—. ¿No tiene Falstone House suficientes trabajadores para encargarse de esto?

—Me gusta trabajar con las plantas —contestó ella—. Creo que Adam sabe que tendría que dormir con un ojo abierto si se le ocurriese arrebatarme esta tarea.

James sonrió ligeramente ante lo absurdo de aquella amenaza. Dafne era un alma gentil, de eso estaba seguro.

—¿No solo sabe cultivarlas y utilizarlas, sino que también sabe cómo preservarlas?

La joven ató el cordel que rodeaba un manojo de hierbas de color verde brillante, asegurándolas, y les cortó la punta.

—Cuanto más sepa sobre las plantas que utilizo, más capacidad tendré para usarlas de forma eficaz.

—¿Puedo ayudarle en algo? No dispongo de su conocimiento, pero se me da muy bien seguir órdenes. —Se sintió avergonzado, consciente de que, teniendo en cuenta su historia reciente, su tendencia a seguir órdenes a rajatabla no le dejaba en buen lugar. Dafne no pareció tomárselo demasiado mal.

—¿Qué tal se le da colgar cosas de ganchos altos? —Alzó la vista hacia la miríada de ganchos que colgaban del techo—. Yo siempre tengo que usar un taburete.

James sonrió.

—En Harrow saqué muy buenas notas en la asignatura de colgar hierbas.

—Fue el mejor de la clase, ¿no? —Podía escuchar la sonrisa en sus palabras, a pesar de que no había aparecido en su rostro.

—Nadie podía competir conmigo —dijo—. Por suerte para usted, mis habilidades están a su entera disposición ahora mismo.

Ella le tendió el manojo.

—Cuélguelo en el gancho que tiene detrás, junto con los manojos que son como este.

Él señaló el que creía que le estaba indicando. Dafne asintió.

—¿Qué planta es esta? —le preguntó mientras la colgaba del gancho correspondiente.

—Mejorana.

—¿Y para qué sirve? —Cuando se dio la vuelta tras haber terminado con su tarea, ella ya había empezado a formar otro manojo.

—Es una hierba calmante. Se usa para tratar el dolor, la ansiedad y el malestar interno —dijo mientras seleccionaba hierbas de hoja verde de una cesta.

James se acercó a la mesa en la que estaba trabajando.

—Esa planta parece diferente.

Ella descartó un tallo que, al parecer, resultaba deficiente.

—Es salvia.

Advirtió que Dafne tenía mucha experiencia preparando las hierbas para secarlas. Trabajaba sin un atisbo de duda, creando manojos perfectos sin aparente esfuerzo.

—¿Para qué se usa la salvia? —preguntó, tanto por el deseo de que siguiese hablando como por una curiosidad repentina.

Ella alzó la vista de su pila perfecta de hojas.

—¿Acaso no sabe nada, lord Tilburn? —Su sorpresa era demasiado teatral como para ser real—. La salvia se utiliza para repeler a los espíritus malignos. —Alzó un ramito de salvia y lo apuntó de forma directa hacia él.

Aquello le hizo sonreír.

—Me complace mucho saberlo. Últimamente, he tenido la peor suerte imaginable con los espíritus malignos.

Una sonrisa asomó a los ojos de ella. Si seguían bromeando, ¿haría también una aparición el hoyuelo?

—Los tónicos para la garganta que le recomendé a su madre tenían salvia como uno de los ingredientes principales.

—Ya veo. —James observó cómo agrupaba el manojo con el cordel—. ¿Debo colgarlo junto a la mejorana?

Ella negó con la cabeza.

—Quiero darle a la salvia su propio rincón. Ya ve, las otras hierbas le tienen miedo.

James asintió con solemnidad.

277

—Es usted muy «salbia».

Ella gruñó.

—Horrible, lord Tilburn. Horrible.

Él inclinó la cabeza.

—Mis peores calificaciones siempre fueron en los juegos de palabras.

Dafne comenzó a formar un nuevo manojo de salvia. Si el tamaño de la cesta era un indicativo, estaría trabajando con las hierbas durante un buen rato. Mientras continuaba, James echó un vistazo en torno a la habitación.

—Aquí debe de haber una docena de variedades.

—Doce exactamente. —Ella alzó la vista de su labor; en sus ojos había un brillo que James no había vuelto a ver desde que se habían alejado—. En el castillo hay el doble para preparar. Espero que Adam nos deje volver antes de lo esperado, para no quedarme sin tiempo antes de que llegue el frío.

—Disfruta usted haciendo esto.

Dafne asintió, con una verdadera sonrisa formándose en su rostro. James se regocijó con aquella visión.

—¿Tiene una hierba favorita entre esas veinticuatro?

—La hierba gatera. Se usa para tratar las fiebres infecciosas.

—¿Por qué es su favorita?

—Es muy útil. Es una parte esencial de la colección de cualquier boticario. Aun así, pocas personas tienen idea de lo que es. —Ahí estaba la animación que tanto había echado en falta—. Y al ser parte de la familia de la menta, si uno se acerca lo suficiente puede oler su maravilloso aroma. Florece con flores discretas pero bonitas, sencillas y elegantes.

—¿Me hablará de las otras?

Ella pareció sorprendida por la petición.

—¿Cómo? ¿De todas ellas?

Él asintió. Realmente deseaba saber más cosas. Dafne parecía mucho más feliz hablando sobre las hierbas de lo que lo había estado desde que él llegase a Falstone House.

—¿Por qué no comenzamos con...? —Dafne miró alrededor un instante antes de fijarse en un manojo de aspecto espinoso que colgaba del lado contrario de la habitación. Él le tendió la mano. La atención de la joven, que fruncía el ceño mientras pensaba, estaba centrada en las diferentes hierbas medicinales que colgaban del techo. Aceptó su mano, aunque James dudaba de que se hubiera dado cuenta de lo que había hecho. La condujo hasta la hierba con la que pretendía comenzar—. Esta.

Ella no le soltó la mano.

—Romero. Es muy eficaz para tratar los dolores de cabeza. Y esto es saponaria —dijo, señalando un manojo cercano—, excelente para tratar forúnculos. —Con la mano libre, alcanzó una jarra cercana que estaba llena de plantas con forma de cuerno—. Raíz de consuelda —dijo—. También la llaman «hierba de las cortaduras». Se usa para curar heridas.

Caminó con ella en torno a la habitación, atento a sus extensos conocimientos. Reconocía las hierbas, los aceites y las raíces secas a simple vista; podía enumerar sus usos y sospechaba que sabría preparar de forma precisa cualquier tisana o cataplasma que se le pidiera.

—Me asombra usted. —Hablaba totalmente en serio—. ¿Hay algo que no sepa?

Un ligero toque de color, muy favorecedor, sonrojó sus mejillas. A excepción de las apariciones fugaces de su hoyuelo, disfrutaba de ver cómo se ruborizaba por encima de cualquier otra cosa. No es que desease avergonzarla; sencillamente, le parecía una reacción muy sincera, y había demasiadas personas entre sus conocidos que no eran tan genuinas. Eso le había gustado desde el principio.

—¿Qué más puedo hacer por usted? —Realmente quería ser de ayuda de cualquier manera posible. La felicidad de ella y su bienestar se habían vuelto esenciales para los suyos propios.

—De verdad, no necesita quedarse si tiene otras cosas de las que ocuparse —dijo ella, situándose una vez más frente a la mesa de trabajo—. Tan solo voy a hacer manojos de hierbas.

James también retomó su posición anterior. Echaba de menos el contacto de su mano y se preguntó si se había dado cuenta siquiera de aquel gesto.

—Tengo un talento para colgar cosas que no puedo desperdiciar..

Entonces, ella le sonrió. Era una sonrisa pequeña, pero una sonrisa, a fin de cuentas. James estaba dispuesto a colgar hierbas durante todo el día a cambio de un vistazo fugaz de aquel hoyuelo suyo.

Desde luego, era una lástima que la alta sociedad no pudiera verla en ese momento, tan capaz y segura. Su pasión por las plantas y los años que claramente había invertido en estudiar la hacían resplandecer de una manera que nadie veía nunca. Ningún caballero que viese el brillo de sus ojos mientras trabajaba podría evitar enamorarse un poco de ella. No era de extrañar que él mismo se viese precisamente en esa situación.

Amaba a Dafne un poco más cada vez que pasaban tiempo juntos. Y sabía con absoluta certeza que no sería el único en caer bajo su hechizo. Poco a poco, pero con seguridad, se estaba desprendiendo de la timidez paralizante que la había mantenido oculta a los ojos de la alta sociedad. Probablemente siempre sería callada e introvertida, pero no pasaría desapercibida.

Los caballeros empezarían a cortejarla y a atraerla, y uno de ellos tendría éxito en ganarse su amor. Sin embargo, era probable que ese alguien no fuese él, puesto que él era Apolo, el único hombre en quien nunca podría confiar de nuevo.

Capítulo 34

Por mucho que lo intentase, Dafne no lograba descifrar a James Tilburn. Se había vuelto sorprendentemente atento. Habían recuperado parte de su anterior afinidad, pero algunas preguntas rondaban su mente.

¿Por qué había renovado su interés de forma repentina? ¿Cuáles eran sus intenciones? ¿El trato cariñoso que le dispensaba indicaba sentimientos más profundos o tan solo se sentía arrepentido o culpable por su anterior comportamiento?

—Confieso que no sabía que hubiesen dividido África de un modo tan intrincado —dijo James, levantando una pieza de un puzle con una forma extraña.

—El continente suplicaba que lo convirtiesen en un rompecabezas, ¿verdad? —Dafne se limitaba de forma rigurosa a los temas de conversación más superficiales. Le gustaba hablar con él, pero se sentía demasiado vulnerable como para adentrarse en cualquier asunto de naturaleza íntima.

—Cuando éramos pequeños, teníamos un puzle muy similar a este. —Intentó colocar la pieza, pero no encajaba—. Sin embargo, era de Europa, y ni mucho menos era tan complicado. Sus lecciones de geografía debieron de ser brutales.

No pudo evitar sonreír ante su exageración.

—Artemisa es la única que ha tenido que lidiar con este puzle en sus lecciones. Linus nos lo trajo en una de sus visitas.

Pasaron unos instantes mientras continuaban separando aquellas piezas tan complicadas. Perséfone estaba sentada cerca de las ventanas de la salita, centrada en un bordado. Artemisa se había apoderado por completo del diván para practicar escenas de muerte, tras haber dictaminado que a sus anteriores intentos «tristemente, les faltaba elegancia».

—¿Ha decidido ya su hermano si pretende abandonar la Marina o si va a continuar?

Era natural que le preguntase, pero, de todos modos, sintió un pinchazo en el corazón.

—Esta mañana ha anunciado que ha tomado una decisión.

Los ojos de James se encontraron con los suyos. Pasaron unos segundos fugaces.

—Oh, Dafne. —Aquellas dos palabras estaban colmadas de entendimiento y compasión—. ¿Cuándo regresa a alta mar?

Sin necesidad de que ella dijese una sola palabra, él había sabido lo que ocurría y cómo le afectaba. Ninguna otra persona que hubiese conocido había sido capaz de hacer eso jamás. La amabilidad que le mostraba, unida a sus propias emociones turbulentas, estuvo a punto de hacer que se derrumbara.

—El *Triumphant* debe zarpar dentro de seis días.

—Ha debido de ser un golpe para usted.

Ella asintió.

—Una parte de mí se aferraba a la esperanza de que decidiese renunciar a su puesto, pero es un hombre de convicciones firmes y, después de todo, estamos en guerra. Según se dice, esa guerra se va a dividir en dos frentes en las próximas semanas, a causa de la situación con las antiguas colonias. Creo que, durante todo este tiempo, sospechaba que volvería al ejército.

James hizo girar la pieza del puzle entre los dedos, pero sus ojos seguían centrados en ella.

—Si sus principios le dictan que vuelva, entonces debe volver, pero sé lo mucho que se preocupa por él.

Así era precisamente como se sentía.

—No puedo culparle por su decisión, pero estoy...

—Preocupada. —Él sonrió con amabilidad—. Siempre he admirado su naturaleza compasiva. Según mi experiencia, es una característica difícil de encontrar.

El rubor tiñó sus mejillas. «Admirar» era una palabra definitivamente agradable viniendo de él. Tal vez no fuese la palabra que más deseaba escuchar, pero, de todos modos, era alentadora. Se sentía como un polluelo que se acercase al borde del nido sin saber qué venía a continuación, pero que todavía no estaba preparado para enfrentarse a las posibilidades.

—Mi tendencia a inquietarme por las personas no es nada que merezca semejante alabanza.

Él frunció el ceño.

—¿De verdad cree que mi cumplido no es sincero?

—No creo que no sea sincero, tan solo creo que es... exagerado.

Siguiendo su juicio, se centró en el puzle; aquel tema de conversación la perturbaba tanto como el anterior. ¿Por qué no podían volver a debatir sobre el continente o sobre el tiempo? Se sentía más segura en esos ámbitos. Al parecer, James no pensaba cambiar de tema.

—¿Y si le dijese que, además de un corazón amable, tiene un ingenio notable?

Negó la cabeza, sin apartar la vista centrada del puzle en el que hacía rato que ya no estaba interesada.

—No soy precisamente una cómica, señor.

—Supongo que también menosprecia su admirable inteligencia.

—Dado que pocas veces se requiere mi compañía, siempre he tenido mucho tiempo para leer. No se trata tanto de inteligencia como de años de horas solitarias que necesitaban ser llenadas con algo, lo que fuese. —Se encogió ligeramente de hombros—. Después de todo, ¿de qué me han servido semejantes reservas de conocimientos triviales?

Él no rebatió aquello, ni le hizo más preguntas sobre sus encantos inexistentes. Cuando el silencio empezaba a durar demasiado, se atrevió a lanzarle una mirada. En parte, esperaba ver un gesto de rechazo o un afán por seguir con sus asuntos; sin embargo, parecía contemplar fijamente su rostro.

—¡Santo cielo! De verdad se cree lo que ha dicho. —Parecía totalmente asombrado.

El rubor que había sentido unos momentos atrás se intensificó.

—Sé lo que soy —dijo en voz baja—, y hace tiempo que acepté la realidad.

James se levantó de forma abrupta.

—Señorita Lancaster, ¿sería tan amable de dar una pequeño paseo conmigo? —Ella no aceptó de inmediato, tratando de determinar cuáles eran sus intenciones—. Por favor —añadió, en voz baja pero firme.

Recordándose a sí misma que había decidido ser valiente, se levantó. Él no le ofreció el brazo, tal como ella había esperado, sino que, en su lugar, le tomó la mano y entrelazó sus dedos. Entonces, la condujo por las puertas de la salita hasta el pasillo. Ella no había adivinado todavía los motivos de aquella excursión repentina, pero estaba demasiado sumida en la maravillosa sensación de tener su mano entre las de él como para detenerse a pensar en ello. Al menos, hasta que llegaron a su destino: el enorme espejo dorado que colgaba cerca de la entrada.

Él le soltó la mano y le dio la vuelta para que estuviese frente al espejo, que colgaba a la altura exacta para que uno pudiese contemplar su reflejo casi al completo. Se colocó justo detrás de ella, ligeramente hacia la izquierda. Sus ojos se encontraron en el espejo.

—Dígame qué es lo que ve —le pidió él.

Desde luego, era una petición extraña.

—Nos veo a usted y a mí, en el pasillo.

—No. Me refiero a qué es lo que ve cuando se mira en el espejo. Dígamelo.

Ella bajó la vista al suelo, sintiéndose mortificada. ¿Cómo podía preguntarle algo así? Tan pronto como agachó la cabeza, sintió cómo los dedos de él le alzaban la barbilla con cuidado una vez más.

—Dígame lo que ve. —Hizo la petición de nuevo, con mayor énfasis.

Dafne se quedó muy quieta. ¿Qué era lo que veía? No se debería obligar a una persona a responder a eso.

—No soy muy alta —comenzó de forma tentativa, escogiendo su característica más inocua—. Sé que no soy muy agraciada, pero supongo que eso es preferible a ser fea. —Las lágrimas ardían en sus ojos. Pestañeó varias veces para mantenerlas a raya. Respiró con vacilación, pero continuó—: Me gusta leer, por lo que me considero una persona bien informada. No he causado demasiada sensación esta temporada, pero todas las matronas de la aristocracia me reciben en sus casas, lo que supongo que es una especie de logro.

James la observaba con un gesto indescifrable. Ella apartó la vista y bajó la voz hasta que esta fue poco más que un susurro.

—Es probable que usted no se refiriese a eso, pero son cosas que uno no puede ver.

Él le colocó las manos sobre la parte superior de los brazos, colocándose lo bastante cerca como para que pudiese escuchar lo que decía en voz baja.

—¿Le gustaría saber lo que veo yo?

¿Le gustaría? Estaba segura de que no se ofrecería a hacerlo si sus impresiones fueran poco halagadoras. Convocando de nuevo su determinación de ser valiente, Dafne asintió, aunque no era capaz de mirarle.

—Tiene el cabello más abundante que creo haberle visto jamás a una dama. Además, lo tiene del tono castaño más puro. Estoy seguro de que, en secreto, muchas damas de la alta sociedad lo envidian. Del mismo modo, ni una sola persona lo bastante privilegiada como para verla podría pasar por alto su sonrisa encantadora, aunque espero de verdad ser el único que piensa que ese hoyuelo solitario y llamativo es fascinante.

—Dafne alzó la vista hacia el espejo. Él estaba muy cerca, con los ojos fijos en su reflejo—. Sin embargo, son sus ojos, Dafne, lo que más me atrae. Resplandecen con una inteligencia inconfundible, especialmente cuando habla de sus plantas, y tienen la fantástica habilidad de ver el mundo tal cual es, incluso cuando no es capaz de verse a sí misma con igual claridad.

Se acercó todavía más; su aliento le rozó el cabello mientras hablaba. Nunca, desde que se habían conocido, había estado tan cerca. No se atrevía a mirarle por si él veía en sus ojos algo más de lo que estaba lista para que supiera. No podía seguir negando que todavía le amaba. Sin embargo, confiar en él era algo que estaba haciendo poco a poco y con lentitud. Una parte de ella sabía que, si lo tuviese tan cerca de forma habitual, le perdonaría casi cualquier cosa.

—La alta sociedad está llena de señoritas con la cabeza hueca —dijo—. Un caballero con un mínimo de sentido común quiere algo más que eso; quiere esa combinación tan rara de bondad e inteligencia, y se considera muy afortunado si esas cualidades esenciales van acompañadas por una cara bonita. Eso, querida —dijo, bajando la voz hasta convertirla en un susurro—, es lo que yo veo.

Tan solo cuando él le secó una lágrima de la mejilla con el pulgar se dio cuenta de que estaba llorando. Le colocó un mechón de cabello suelto tras la oreja:

—¿Por qué no lo ve usted, Dafne?

Cerró los ojos ante el dolor que le producía esa pregunta.

—Porque esa no soy yo. Yo soy solo Dafne, la hermana poco agraciada e innecesaria; la ninfa entre las diosas; la que es olvidada en un abrir y cerrar de ojos.

—Le aseguro que eso no es cierto; yo intenté olvidarla con todas mis fuerzas. He abierto y cerrado los ojos incontables veces desde aquel pícnic desastroso, y soy totalmente incapaz de lograrlo.

Dafne abrió los ojos, aunque no dirigió la mirada ni hacia él ni hacia su propio reflejo.

—Tras nuestro primer encuentro, se olvidó de mí en un instante. Con el tiempo, seguro que volverá a hacerlo.

—¿Hubiese regresado después de aquel primer té si me hubiese olvidado de usted al instante?

—Por supuesto que lo hubiera hecho —dijo, sintiendo cómo volvía a atravesarla el dolor—. Se le pidió que regresara. Le obligaron a recordarme.

—Puede que las cosas comenzasen de ese modo —replicó él—, pero cuando empecé a conocerla mejor, continué con el cortejo. No fue porque me lo pidiesen, sino porque así lo deseaba. Regresé con entusiasmo, por voluntad propia.

—Pero no fue sincero. —Ni siquiera estaba segura de que estuviese siendo del todo sincero con ella en ese momento.

—No puedo justificar mi falta de integridad —dijo—, ni siquiera lo intentaré. Puede que me persuadieran para que acudiera a aquel primer encuentro, pero no todos ellos fueron una obligación.

«No todos ellos». Aquello no resultaba nada alentador, como tampoco lo era el hecho de darse cuenta de que él no recordaba el momento que a ella le había cambiado la vida.

—La visita que nos hizo durante aquella reunión en casa, hace varias semanas, no fue nuestro primer encuentro. —Pudo ver la confusión en los ojos de él. Confesar la verdad parecía la mejor opción—. Nos vimos por primera vez hace seis años —le dijo—. Yo estaba escondida en la terraza durante el baile de presentación de mi hermana, espiando la fiesta a través de las ventanas. Usted me pilló, pero guardó el secreto. Su amabilidad hacia una niña terriblemente tímida me acompañó mucho tiempo después de aquella noche. Sin embargo, tras aquel momento, en las pocas ocasiones en las que nuestros caminos se cruzaron, la absoluta falta de reconocimiento en su rostro me indicó claramente que se había olvidado de mí por completo, como hacen todos. Como siempre ocurre..

¿Qué era lo que se había apoderado de ella para que le hiciera semejante confesión? Dafne no le había hablado nunca a nadie de su encuentro con James Tilburn en la terraza de Falstone House. Si todavía no la consideraba absolutamente patética, seguro que lo haría tras escuchar aquella historia.

Sin embargo, no fue compasión lo que vio en sus ojos. Su mirada, reflejada hacia ella desde el espejo, parecía poco menos que sorprendida.

—Llevaba el pelo recogido en dos trenzas largas, y vestía el camisón con más volantes que hubiera podido imaginar. —A Dafne se le cortó la respiración. ¿De verdad lo recordaba?—. Era usted un manojo de contradicciones. —James la observaba con atención—. Era diminuta; en aquel momento pensé que no era más alta que una niña de ocho o nueve años. Sin embargo, a pesar de su timidez, actuaba como alguien más mayor. Parecía aterrorizada de algo tan sencillo como hablar y, aun así, estaba desafiando las órdenes del duque terrible para echar un vistazo al baile.

Santo cielo, sí que lo recordaba.

—No podría haber asegurado qué edad tenía, lo cual es con toda probabilidad una de las razones por las que no la reconocí a la luz del día. Pero le aseguro que recuerdo aquel encuentro. Le hablé de usted a mi hermano y, a lo largo de los años, volví a pensar en aquella niña a menudo.

—¿De verdad? —La sorpresa hizo que preguntase aquello casi sin aliento. Él asintió.

—Nunca supe su nombre o su relación exacta con el duque. Ninguna de las hermanas de la duquesa parecía tener la edad adecuada, por lo que supuse que era una prima lejana y no seguí investigando. —Aquella confesión hizo que se formara una arruga de preocupación en su rostro—. La única excusa que puedo darle es que era joven, todavía era voluble y estaba preocupado por mis propios problemas. Pero sí le hablé a Ben de una niña pequeña que me recordaba a un gorrioncillo, buscando la libertad a pesar de la opresión.

El aire se quedó atrapado en los pulmones de Dafne. «Gorrioncillo». Cuánto había anhelado volver a escucharle decir eso.

Junto a ella, James se removió. La mirada de Dafne permaneció fija en él. ¿Iba a marcharse? Se colocó frente a ella y le acarició la mejilla con una mano. Contuvo el aliento. Aquella caricia le resultó inesperada y perturbadora de un modo placentero.

—Todos estos años me he preguntado qué habría sido de aquella niña —dijo él, todavía cerca de ella a pesar de que ya no le acariciaba la cara—. Debería haberme dado cuenta. Tiene los mismos ojos marrones y, lo que es más importante, tiene la misma valentía, algo que tanto mi hermano como yo envidiábamos de aquella niña silenciosa.

—Nunca he sido demasiado valiente —dijo. ¿Acaso no le había dicho el propio Adam que había sido inexcusablemente cobarde?

James le tomó el rostro entre las manos.

—Usted me enseñó a ser valiente, tanto entonces como ahora. —Al sentir de nuevo su contacto, Dafne se sintió envuelta en un extraño temblor. De algún modo, aquellas palabras penetraban en sus pensamientos, cada vez más confusos—. También me ha mostrado cómo ser amable, y cómo cuidar de mi familia sin que se aprovechen de mí. Me ha enseñado lo que significa ser bueno y digno. Aunque es muy cierto que no merezco su afecto, pretendo intentar ganármelo de todas formas.

—En realidad, usted no deseaba mi afecto; le obligaron a buscarlo. —Le dolía volver a abordar aquel asunto, pero se sentía confusa. No sabía qué pensar ni qué creer.

—Tal como me recordaron hace poco, Apolo era un bufón y un zoquete. —Pasó las manos de su rostro a sus hombros, aunque sus ojos siguieron fijos en los de ella—. Su Dafne nunca supo que su afecto era sincero, pero estoy decidido a que mi Dafne sí lo sepa.

Se quedó sin aliento; el aire que no había soltado vibraba al ritmo de los latidos de su corazón.

—¿Su Dafne?

—Es probable que el duque me encadene en el ático por ser tan presuntuoso.

Hizo un amago de alejarse de ella, pero Dafne le agarró por la manga de la levita.

—¿Su Dafne?

Él volvió a acercarse, hablando en voz baja, con intimidad.

—Querida Dafne, voy a hacer todo lo que pueda para demostrarle que soy digno de ser suyo y de poder decir que es usted mía.

En el interior de Dafne se libraba una batalla entre el miedo y la esperanza.

—Me estás pidiendo demasiado, James —susurró. Un suspiro de alivio escapó de los labios de él.

—Me has llamado «James».

Ella reprimió una sonrisa.

—¿Lo has echado de menos?

—Te he echado de menos a ti.

—Ahora estoy aquí —dijo ella.

Oyó cómo tragaba saliva, y cómo su aliento se volvía tembloroso.

—Dafne —su nombre era como una plegaria en los labios de él—, dime que me darás otra oportunidad.

—No me resulta fácil confiar en los demás —le advirtió ella. Él asintió.

—Y tienes motivos de sobra para dudar de mí. —Parecía preocupado y triste. Ella extendió la mano para acariciar su rostro desolado.

—Pero también me estás dando motivos para creer en ti, por mucho que vacile.

El joven cerró los ojos; sus hombros subieron y bajaron acompañando a su agitada respiración.

—No voy a desperdiciar esta oportunidad —le prometió.

—Yo tampoco lo haré.

Una oleada de valentía inesperada se apoderó de ella. Se puso de puntillas y le dio un beso en la mejilla. Él la rodeó con los brazos al instante. Apoyó las manos en su espalda, estrechándola. Ella inclinó levemente el rostro para mirarle a los ojos. Tan solo les separaba un suspiro.

James se inclinó poco a poco hacia ella. Todos sus pensamientos desaparecieron excepto uno: James Tilburn iba a besarla. El roce más ligero de sus labios hizo que el pulso se le acelerase. Se aferró a él, pues no deseaba que aquel momento terminara. Sin embargo, pudo oír cómo la puerta se abría. James también debió de percibir el sonido y se separó un poco de ella.

Dos pares de resueltas pisadas precedieron la llegada tanto de Adam como de Linus. Ninguno de los dos parecía demasiado contento. La mirada de Adam se centró en James.

—Tilburn.

—Su excelencia —respondió él con un atisbo de preocupación en la voz.

—Acabamos de tener una conversación muy interesante —dijo Adam, señalando a Linus con un gesto de la cabeza.

El duque tenía tendencia a preferir las explicaciones crípticas frente a las útiles, especialmente cuando estaba disgustado. Dafne se volvió hacia su hermano, esperando que les diese más información. Él no la defraudó. Se dirigió a James y dijo:

—Su padre es un parásito.

Capítulo 35

Con esfuerzo, James puso en orden su maraña de pensamientos. El miedo de que el duque y el teniente hubiesen venido a ensartarlo por el beso frustrantemente corto que había compartido con Dafne se disipó al darse cuenta de que era su padre quien estaba causando problemas. Otra vez.

—Supongo que mi padre ha hecho algo por lo que seguramente tenga que pedir que le disculpen.

—Es una buena suposición —masculló el joven Lancaster.

—¿Qué ha hecho? —No tenía ninguna duda de que no le iba a gustar la respuesta

—Me niego a chismorrear en el pasillo —dijo el duque—. Vayamos a la biblioteca.

El duque aterrador y el joven teniente proyectaban una imagen muy intimidante mientras se dirigían con zancadas decididas hacia las escaleras. Al observarles, James se preguntó cómo había conseguido aunar la fortaleza de enfrentarse a aquel dúo tan temible tras lo mal que había tratado a Dafne. Ahora, casi le parecían aliados.

Se volvió hacia Dafne y le tendió la mano.

—¿Deseas que te acompañe? —le preguntó ella.

Si incluso después del tierno momento de afecto que habían compartido dudaba de algo tan básico como su deseo o, más bien, su necesidad de tenerla cerca, es que tenía más trabajo por delante del que había imaginado.

—Poco tiempo después del comienzo de nuestra relación, me di cuenta de que eres un regalo caído del cielo, Dafne. Si estás dispuesta a ayudarme a superar otro desastre causado por mi familia, me consideraré todavía más en deuda contigo.

Ella negó con la cabeza, con el rubor apoderándose de su rostro. Se sonrojaba de forma adorable, aunque James sabía que era mejor no decírselo. Ella le tomó la mano que le tendía. Desde luego, habían hecho algún progreso, pero, aun así, pudo sentir cómo dudaba. Tan solo necesitaba tiempo y oportunidades. Al final, acabaría dándose cuenta de que podía confiar en él a pesar de que hasta hacía poco no hubiera sido precisamente honrado.

—¿Qué crees que ha hecho tu padre? —le preguntó ella mientras caminaban juntos por el pasillo.

—Ni siquiera puedo intentar adivinarlo.

—¿Podría ser...?

La pregunta acabó de forma tan abrupta como había empezado. Frunció los labios y apartó los ojos de él a toda velocidad. Había aprendido a reconocer aquel gesto: se estaba conteniendo.

—Dafne, no debes preocuparte nunca de decirme lo que sea.

Ella le estudió un momento, sopesando su sinceridad. Al menos por un instante, debió de parecerle digno de confianza.

—¿Crees que tu padre ha encontrado a otra jovencita para exigirte que le prestes tus atenciones?

—Puede exigir hasta quedarse sin aliento, porque no le servirá de nada —dijo. Aun así, ella no parecía segura.

—Puede que te ofrezca devolverte tus ingresos si lo haces.

—No hay dinero suficiente en el mundo para convencerme de algo así —insistió él.

—¿En todo el mundo? ¿Estás seguro? A mí me parece una gran cantidad de dinero. —Pudo sentir la sonrisa que asomaba a su voz y, lo que era mejor, también pudo verla en su rostro.

Entraron en la biblioteca de su excelencia. El duque y el teniente ocupaban los mismos lugares que habían ocupado la primera vez que se reunió con ellos. Sin embargo, el ambiente no estaba cargado con la sensación de una fatalidad inminente y no había una docena de armas expuestas para enfatizarla. En pocas semanas, habían cambiado muchas cosas.

Vio que Dafne se sentaba cómodamente en una silla cercana al escritorio, aunque no en la que, por experiencia, sabía que era ridículamente más baja que las demás.

—Su padre se ha enterado de que trabaja usted aquí —dijo el duque sin más preámbulos.

—No es que lo haya mantenido en secreto precisamente —replicó James.

—Creo que Techney hubiera preferido que fuese así. —Su excelencia se recostó sobre la silla de manera—. ¿Le suena la expresión «la oveja negra de la familia a la que es mejor olvidar»?

—Es poco menos que mi segundo nombre.

—Firmar contratos debe de ser cansadísimo para ti —intervino Dafne en voz baja.

James reprimió una sonrisa. Para su sorpresa, el duque y el teniente hicieron lo mismo.

—Esta tarde, en el club, tu padre se mostró muy elocuente acerca del inútil de su hijo y de cómo deseaba con desesperación que el chaval no le diera continuamente motivos para... Linus, ¿cuáles fueron sus palabras? Evocó una imagen muy precisa.

El teniente no perdió ni un momento.

—Se quejaba de que sufría la carga de tener un hijo borracho que no servía para nada, con una afición por las apuestas y el juego tan insaciable que necesitaba buscar trabajo con el único propósito de evitar que los fulleros le despellejasen vivo.

Aquello era drástico, incluso para su padre.

—Menuda sarta de...

Su excelencia alzó la mano e interrumpió el resto de sus protestas.

—Por desgracia, no he terminado mi relato.

—¿Hay más? —preguntó. Aunque no debería sorprenderse, lo estaba.

—Al parecer, como no estaba convencido de haberle calumniado lo suficiente, su amoroso padre le contó a todo el que quisiera escucharle que es usted un libertino irredento que se dedica cortejar fingidamente a jovencitas inocentes por entretenimiento. —El poco regocijo que pudiera haber en el tono del duque desapareció por completo—. También ha advertido a todo el mundo de que se ha marcado usted el objetivo de importunar a todas las jóvenes damas de Londres.

James se dejó caer en la silla baja que estaba frente a la mesa del duque. Su progenitor estaba destrozando su reputación frente a toda la aristocracia.

—Supongo que, dado que no ha enviado mis restos mutilados a su patíbulo en Northumberland, no ha dado demasiado crédito a las declaraciones de mi padre.

—Como le he dicho muchas veces, su padre es un idiota, Tilburn.

Él se hundió todavía más en el asiento.

—Un idiota que se está esforzando mucho en criticarme.

—¿Qué está dispuesto a hacer para salvaguardar su buen nombre? —El duque le atravesó con una mirada desafiante.

James no se sentía capaz de estar a la altura de lo que el duque esperaba de él.

—¿Qué demonios puedo hacer?

—¿Usted? —Su excelencia estuvo a punto de reírse—. Usted no puede hacer nada. Yo, por el contrario, podría hacer muchas cosas si quisiera.

—Teniendo en cuenta mi historial con su familia, su excelencia, no merezco su apoyo.

—Así es. —La mirada severa del duque permaneció clavada en él—. Contradecir al conde sería apostar mi reputación a que es usted de confianza. Su honor ha sido muy debatido en esta casa, y no precisamente para bien.

James asintió.

—Es comprensible.

—Bien, Dafne. —El duque apartó la vista de él por primera vez—. ¿Qué opinas de este asunto? ¿Merece lord Tilburn que declare mi confianza en él?

Se le cayó el alma a los pies. Aunque apenas unos momentos antes había prometido que se esforzaría por recuperar la confianza de la joven, sabía muy bien que todavía no la tenía. Su cuñado y su hermano tenían su atención centrada en ella. Ver por sí mismo la negativa en su rostro sería demasiado, así que mantuvo la vista en el escritorio.

—He visto cómo cuida de su madre y su hermano. Se esfuerza mucho para que todo funcione en Techney House. Me imagino que es igualmente responsable con las propiedades familiares de Lancashire —dijo Dafne, aunque con un atisbo de duda—. Sabes tan bien como yo que ha trabajado muy duro como tu secretario y nunca se ha quejado. Estoy segura de que el duque de Hartley estaría de acuerdo.

Aquella era, pensándolo bien, una evaluación muy entusiasta de su ética de trabajo. No había esperado algo así. Sin embargo, de algún modo, los cumplidos le parecían vacíos.

—Eso no es lo que te he preguntado, Dafne —dijo su excelencia—. Lo que quiero saber es si confías en él.

Con aquella aclaración, el duque abordó con precisión lo que había faltado en la respuesta de Dafne. Nada de lo que había dicho había sido siquiera mínimamente personal. Se contempló las manos un instante antes de alzar los ojos hacia su cuñado. James contuvo la respiración.

—Le confiaría mi propia hacienda si la tuviese —se limitó a decir.

Si alguna vez un hombre había recibido una lección de humildad, ese era James, en aquel mismo instante. Ella le confiaría sus tierras y su hogar. No merecía el apoyo de Dafne, pero, de algún modo, lo tenía.

—Linus —dijo el duque—, creo que eso es aprobación suficiente como para poner en marcha nuestro plan.

¿Acaso ya tenían un plan?

El teniente Lancaster se adelantó un paso, exhibiendo una postura severa e inflexible. Con voz nítida y autoritaria, se dirigió a James:

—Déjeme comenzar diciendo, para que no haya lugar a dudas, que le hago esta oferta gracias a la fe inquebrantable que tengo en el juicio de mi hermana, no porque haya decidido confiar plenamente en usted. —Él asintió, indicando que lo comprendía—. Su padre le destruirá si continúa con su campaña —prosiguió—. Incluso aunque frustrásemos sus esfuerzos de inmediato, ya ha causado algún daño. Existen los suficientes rastros de verdad como para hacer que la gente se plantee si lo que dice es cierto. Si desea salvaguardar su nombre, debemos abordar todas sus acusaciones. —Tenía sentido, pero parecía poco probable—. Desde que empecé a servir en la Marina, el duque ha supervisado nuestra hacienda familiar, permitiendo que un hombre de su confianza se encargase de cualquier tarea necesaria. Mi padre todavía vive, pero no es capaz de... Bueno, de nada. Ahora que soy mayor de edad y más capaz de ocuparme de los asuntos de mi familia, he tomado las riendas. Consciente de que voy a volver a altamar, mi idea era contratar a un administrador de la hacienda propio. —James asintió, aunque no estaba seguro de a dónde quería llegar—. Esto es lo que le proponemos, lord Tilburn. Los tejemanejes de su padre han hecho que sea imperativo que no gane usted un sueldo, por si la alta sociedad lo tomase como una confirmación de sus mentiras.

—No tengo medios para subsistir si no...

El teniente le interrumpió con una mirada.

—A ojos de la alta sociedad, no debe ser visto trabajando para su propio sustento. La verdad, por otro lado, podría ser lo contrario. En deferencia a la declaración de confianza de mi hermana, le ofrezco la posición de administrador de la hacienda de mi familia en Shropshire.

James se lo quedó mirando. ¿Le ofrecían un puesto sin tener referencias o sin una entrevista? ¿Le ofrecían un sueldo?

—Sin embargo —continuó—, lo presentaremos de la siguiente manera: como la hacienda necesitaba una mayor supervisión, el duque de Kielder, a sabiendas de que es usted un hombre competente, le ha pedido que se encargue de ello. Él tiene una mejor posición social que yo; verle depositando su confianza en usted ayudaría a restablecer su reputación de hombre honorable. Podría alojarse en la casa solariega, y el mantenimiento de esta procedería de la hacienda. En lugar de un salario específico, recibiría un porcentaje de los beneficios de la hacienda. Es un acuerdo aceptable para un caballero a ojos de la alta sociedad.

—No sé cómo darle las gracias. —La gratitud abrumadora que sentía hizo que sus palabras resultasen casi ininteligibles.

—Que procure no arruinar mi hacienda será agradecimiento suficiente. —Había un atisbo de humor en el tono del teniente. James tenía la impresión de que aquel marino no era, generalmente, tan severo cómo a él le había parecido. Era evidente que apreciaba mucho a su hermana, y comprensible que le costase perdonar al hombre que le había hecho daño.

—La administraré con tanto cuidado como si fueran mis propias tierras —dijo él.

El joven asintió, aparentemente complacido. Su excelencia volvió a tomar el control de la conversación.

—Eso debería solucionar el asunto de su falta de dinero y debería servir para acallar las especulaciones sobre sus deudas de juego y su falta, en general, de responsabilidad. Sin embargo, todavía debemos ocuparnos de los comentarios de su padre sobre el trato que da a las jovencitas inocentes.

—Ya han hecho demasiado, no podría...

—Esta familia no hace nada a medias —insistió su excelencia—. Si Dafne no le ha echado a patadas todavía, estamos dispuestos a estar de su lado.

Su asombro siguió en aumento. Nunca en toda su vida había experimentado semejante muestra de apoyo, y mucho menos de una familia con la que no tenía ninguna relación y a la que había perjudicado tanto.

—Una vez más, le doy las gracias.

El duque se recostó en el asiento, con un gesto contemplativo en el rostro.

—¿Cree que el conde aceptaría una invitación para unirse a nosotros aquí, en Falstone House?

¿Su padre rechazando una invitación de la élite aristocrática? No había ninguna posibilidad de que eso ocurriera.

—Aceptaría sin dudarlo.

—¿Qué estáis planeando vosotros dos? —Dafne parecía más curiosa que preocupada.

—Tan solo diré que va a ser un espectáculo que Harry lamentará haberse perdido —contestó su cuñado.

—¡Oh, cielos! —La risa de Dafne hizo que James sonriera.

—Ahora, vosotros dos, ¡fuera! —ordenó el duque—. Linus y yo tenemos que ultimar algunos detalles.

Ante semejante orden, no podían más que marcharse. James salió al pasillo detrás de Dafne y caminó a su lado mientras se alejaban de la biblioteca. Tenía tal deuda de gratitud con ella que se sentía totalmente incapaz de expresarse. Ella habló primero.

—Conozco la mirada que acabo de ver en el rostro de mi cuñado. Es el mismo gesto que pone cuando viene a quedarse con nosotros el primo que menos le gusta. Parece que tu padre va a ser tristemente maltratado.

—¿Pensarías que soy un villano sin corazón si dijese que espero que eso sea cierto?

—Adam no te decepcionará en ese aspecto.

Cielos, cómo le gustaba aquella sonrisa.

—Soy muy consciente de que no me mostraría su apoyo si no fuese por tu voto de confianza, un gesto por tu parte que ni esperaba ni merezco. No puedo decirte cómo de humilde y en deuda me siento.

Ella no le miró, aunque él pudo ver cómo sus mejillas se sonrojaban un poco.

—Desde luego, espero no ser tan corta de miras como para negarme a reconocer tus virtudes por el mero hecho de que no te enamorases perdidamente de mí de la manera oportuna.

Su intento de mostrarse impasible se quedó corto. Podía ver en sus ojos el dolor que su falta de consideración le había causado, que le seguía causando.

—Dafne, yo...

—Durante los años en que fuimos pobres, mi familia y yo depositamos todas las fuerzas de las que disponíamos en nuestro hogar —dijo de forma apresurada, interrumpiéndole—. La tierra y los arrendatarios merecen ser cuidados y atendidos.

—Prometo hacerlo lo mejor que sé, pero...

—Estoy segura de que te encargarán muchas tareas para preparar la llegada de tu padre. No te distraeré. —Dafne aligeró el paso y miró hacia atrás, por encima del hombro, cuando llegó a las escaleras que conducían a las estancias de la familia—. Que tengas un buen día.

Él contempló cómo subía los escalones y desaparecía. «Que tengas un buen día», contestó en silencio. A pesar de la incómoda retirada y de su convicción de que él no la amaba, había logrado hacer algún progreso. Confiaba en él, al menos un poco. Y, de algún modo, se había ganado el apoyo de su hermano y su cuñado, aunque fuera a regañadientes.

Además de eso, Dafne le había permitido abrazarla e incluso besarla. Había sido tan breve que casi parecía que no hubiera ocurrido, pero, sin duda, era un motivo para tener esperanza.

Capítulo 36

La noche siguiente, en el pasillo, Fanny le indicó a James que quería hablar con él. Era la doncella que los había acompañado a él y a Dafne en aquel paseo memorable por Hyde Park. Llevaba un impresionante ramo de rosas de un rojo oscuro.

—La señorita Dafne prefiere las rosas rojas —susurró Fanny mientras sus ojos recorrían el pasillo a toda velocidad, como si estuviese contándole un secreto de estado y temiese que la pillaran—. Apostaría a que estas son las más rojas que tenemos.

Fanny había mostrado mucho interés en sus lamentables intentos de cortejar a Dafne, preguntándole si había tenido éxito cada vez que se encontraban. Tenía una sonrisa torcida adorable y un entusiasmo contagioso del que James se había encariñado rápidamente.

Aunque las flores eran hermosas y su fragancia impregnaba el aire, no le gustaba la idea de que Fanny se metiera en problemas por cortarlas.

—¿La regañarán por esto? —le preguntó.

Ella negó con la cabeza con seguridad.

—Mi tío es el jardinero aquí, en la casa de Londres. Lo sabe todo sobre el cortejo entre usted y la señorita Dafne. De hecho, todos estamos de su parte, animándole. La señorita es una muchacha tan tranquila y dulce... Se merece a un buen hombre que la quiera.

James tomó el ramo con una sonrisa de gratitud.

—Tal vez si el resto de la servidumbre me apoyara y murmurase unas cuantas palabras amables sobre lo mucho que valgo la pena y lo bueno que soy cuando anden cerca de la señorita Lancaster...

Fanny se rio, con lo que su sonrisa resultaba todavía más asimétrica.

—Eso haremos, lord Tilburn.

Él sonrió, conmovido por el apoyo.

—Deséeme suerte.

—Haré algo mejor —dijo ella—, rezaré por usted.

Cuando alcanzó el pasillo que conducía a la salita, James decidió que Fanny debía de estar rezando con todas sus fuerzas. La dama que había ocupado todos sus pensamientos estaba de pie en lo alto de la enorme escalera principal. Sonrió al verle.

—Pareces muy feliz esta tarde —dijo él.

—Creo que esta va a ser una noche muy amena. —Durante aquel breve intercambio, sus ojos se desviaron en varias ocasiones hacia el ramo en las manos del joven. James reconocía un gesto de esperanza cuando lo veía.

Le ofreció el ramo con toda la galantería de la que era capaz sin resultar ridículo.

—Conozco estas rosas. ¿Has estado saqueando el jardín?

¡Ay! ¡El adorable hoyuelo!

—Parece ser que le gusto al jardinero. Me permitió que te trajera esto.

Caminaron el uno al lado del otro, ambos en silencio, aunque no se trataba de un silencio incómodo. Una sonrisa sencilla y natural apareció en los labios de Dafne mientras olía la fragancia de las rosas. James se limitó a observarla, complacido de que estuviese menos seria de lo que solía estar. Se dijo a sí mismo que, si unas simples flores podían hacerla tan feliz, encontraría la manera de ofrecerle regalos de esa clase más a menudo.

Le tomó la mano y se la llevó a los labios.

—Te he echado de menos —susurró.

Ella parecía convencida de que estaba bromeando.

—¿Desde el desayuno de esta mañana?

—¿Tan extraño es echar a alguien de menos tras una separación tan corta? —preguntó él.

—Si ese alguien soy yo, sí.

James alzó el dedo índice en señal de advertencia.

—Dafne, ¿tengo que volver a colocarte frente a un espejo?

—He estado pensando en esa conversación. —Por su gesto, no podía estar seguro de si lo que había rememorado le resultaba placentero o no—. ¿Hablabas en serio al decir que continuaste el cortejo porque así lo deseabas y no solo porque te obligaron?

Su Dafne se encontraba en la orilla del famoso río, tratando de decidir si aceptar la salida que le ofrecía el dios del río o si darse la vuelta e intentar confiar en su Apolo. Su conexión era tenue, el más fino y frágil de los hilos.

—Lo dije de verdad, con la mayor sinceridad —le dijo—. Me gustaste desde el principio, y ese sentimiento se convirtió en afecto. Pronto, el afecto se volvió más profundo hasta convertirse en un cariño que jamás, en toda mi vida, había sentido por otra persona. Con el tiempo, mi querida Dafne, espero que puedas llegar a confiar en que lo que digo es cierto.

Llegaron a la puerta de la salita y James le soltó la mano, indicándole que entrase antes que él.

Al pasar, Dafne lo miró con incertidumbre. Sin embargo, bajo la perplejidad se escondía un atisbo reconfortante de esperanza.

La voz de la señorita Artemisa resonó en la salita.

—¿Estás del todo segura de que no puedo fingir que me muero? —preguntó con algo parecido a la desesperación— ¿O, al menos, que me desmayo? Soy especialmente hábil fingiendo desmayos.

—Semejante demostración no será necesaria esta noche —dijo la duquesa.

En ese momento, por casualidad, James se encontró con los ojos del duque, y en ellos percibió cierta diversión que no hubiese resultado tan sorprendente en cualquier otro caballero. Siempre había sospechado que aquel hombre se preocupaba mucho por Dafne, pero, hasta ese instante, no se había dado cuenta de que también sentía un gran cariño por la más joven de sus cuñadas.

—Su padre aceptó nuestra invitación casi antes de que se la hiciéramos —anunció su excelencia con una mueca.

—No me sorprende demasiado. —Era probable que el hombre hubiese estado a punto de desmayarse él mismo ante la idea de ser invitado a Falstone House.

—Es absolutamente esencial que no parezca sorprendido por nada de lo que se hable o se haga esta noche. —El duque le lanzó una mirada penetrante para enfatizar la importancia de sus palabras.

—Lo haré lo mejor que sepa, su excelencia, aunque no puedo garantizar que mis habilidades como actor sean buenas.

—Que lo haga lo mejor que sepa es todo lo que le pedimos.

—¿Hay algo que pueda hacer para ayudarle con su misión, su excelencia?

—Puede empezar por no llamarme «su excelencia» todo el tiempo. Su padre debe creer que es usted un miembro más de esta familia.

Pero ¿lo era? James deseaba con fervor que fuese cierto, aunque no estaba convencido.

—¿Cómo desea que me refiera a usted? —No pensaba arriesgarse a intentar adivinarlo.

El duque no se detuvo a pensarlo o debatirlo. Al parecer, ya había decidido cómo iría esa parte del plan.

—Kielder bastará. Aunque los miembros de mi familia me llaman Adam, creo que es más inteligente que no le demos a su padre ninguna razón para que piense que es usted un impertinente.

—¿Y a la duquesa? ¿Cómo debo dirigirme a ella? —Al parecer, había dado con una pregunta inesperada.

El teniente, que estaba en la puerta de la salita, les ofreció una opinión decisiva.

—El privilegio de tratarse por el nombre de pila pocas veces se da entre un caballero y una dama, a menos que tengan una relación incuestionable. Creo que Perséfone debería ser tratada de «su excelencia» o «señora» durante toda la velada. Y es mejor que Artemisa siga siendo «señorita Artemisa». —Le dedicó una sonrisa traviesa a su hermana pequeña—. Aunque le otorga un aire de madurez que no resulta totalmente creíble.

Ella se llevó la mano al corazón.

—¡Tu crueldad ha acabado conmigo! —declaró con dramatismo mientras se dejaba caer al suelo de un modo demasiado elegante.

Ningún miembro de la familia se apresuró a acercarse al cuerpo inerte, ni parecieron preocupados en absoluto. Sus semblantes mostraban una mezcla de diversión y exasperación. James se dio cuenta de que estaba sonriendo, algo que, últimamente, parecía ocurrirle muy a menudo.

Un instante después de haberse desplomado, la señorita Artemisa volvió a ponerse en pie.

—¿No os ha parecido muy convincente? —preguntó, aunque era evidente que estaba segura de que el desmayo había instaurado en el corazón de los presentes un gran temor por su bienestar—. Estoy segura de que lord Techney no podría evitar sentirse conmovido por semejante imagen.

Sus excelencias se limitaron a negar con la cabeza, volviéndose el uno hacia el otro para mantener una conversación privada. El teniente Lancaster se acercó a la señorita Artemisa.

—Si llegamos a necesitar que te desmayes, nos aseguraremos de informarte con antelación.

—Excelente. —No podría haber parecido más satisfecha—. Debemos acordar una seña secreta de algún tipo; una palabra o un gesto para que sepa que tengo que sufrir un oportuno ataque.

James se inclinó hacia Dafne.

—La señorita Artemisa debe de animar la vida de cualquiera.

Los ojos de su hermana sonrieron.

—Si algo puedo decir de mi familia es que la vida entre nosotros nunca es aburrida.

Él se rio al oír aquello.

—La vida con mi familia no es ni mucho menos aburrida, pero es interesante de una forma diferente.

La mirada de la joven se ensombreció por la preocupación.

—¿Cómo se encuentra tu madre?

—Está bien —dijo James—. Y le cuenta a cualquiera dispuesto a escucharla que los tés que le proporcionaste son poco menos que milagrosos.

—Me alegro de que esté mejor. —Para su absoluta sorpresa, Dafne entrelazó su mano con la de él—. Siempre he admirado lo mucho que te preocupas por ella. Eres un buen hijo, aunque sospecho que nadie te lo ha dicho nunca.

Él le acarició la cara suavemente con la mano libre. Un escalofrío de reconocimiento le recorrió desde el brazo hasta el resto del cuerpo. Cada vez que estaba en su compañía, Dafne le afectaba un poco más.

Sabía que ella se estaba ruborizando de placer. Le pasó el pulgar por la mejilla. Con tiempo y un poco de motivación, tal vez podría volver a confiar en él de forma algo más que hipotética. Algún día, tal vez le permitiese cuidar de ella.

Algo golpeó a James justo en la sien; era algo demasiado pequeño y suave como para hacerle daño, pero lo bastante sólido como para captar su atención. A sus pies vio un caramelo envuelto. Sin duda, aquello era lo que le había golpeado, pero ¿quién se lo había lanzado?

Junto a la señorita Artemisa, que parecía estar luchando por reprimir un auténtico ataque de risa, estaba el teniente Lancaster, que no dejaba de lanzar al aire un caramelo idéntico, volviendo a atraparlo sin apartar la vista de él. Con una mirada de advertencia, articuló en silencio las palabras «manos fuera».

James obedeció, aunque de mala gana. No tenía ningún deseo de contrariar al hermano de Dafne, aunque la idea de seguir cerca de ella era sumamente tentadora.

Una de las doncellas asomó la cabeza por la puerta de la habitación.

—Acaba de llegar el carruaje de lord Techney, su excelencia.

—Debería hacer que lo encerraran en el armario de los castigos —dijo el duque—. ¡Qué lástima! Es una pena que esta velada requiera un poco más de sutileza.

—¿El armario de los castigos? —le preguntó a Dafne—. Me muero de curiosidad.

—Es un armario muy grande —le explicó ella—, lo bastante grande como para parecer una habitación sin ventanas. Adam cree que, en cierto modo, es un sustituto aceptable de su adorado patíbulo y sus cepos mientras está en Londres. Hace poco que se ha resignado a la idea de que no podrá convencer a Perséfone para que le deje instalar una barra.

—Entonces, ¿van a torturar a mi padre?

Probablemente, debería haber sentido más lástima por su progenitor de la que sentía.

—Lo van a torturar con sutileza —puntualizó Dafne.

El teniente, que había estado vigilando desde la puerta, volvió a asomarse a la habitación.

—El mayordomo acaba de hacerle pasar.

El duque se volvió hacia su familia.

—Todos conocéis vuestros papeles.

Al parecer, tendría que seguirles el juego a los demás. Se preguntaba cómo de difícil sería.

La señorita Artemisa cruzó la habitación y se situó al lado de James y Dafne. De forma totalmente deliberada, se colocó en una pose de suma inocencia, volviendo el rostro hacia él con una mirada de dulce adoración similar a la que una niña pequeña le lanzaría a un hermano mayor al que idolatrase.

—Eso es pasarse de castaño oscuro, Artemisa —dijo Dafne, con una especie de risa oculta bajo sus palabras—. Se supone que sencillamente debes dejar claro que te agrada lord Tilburn. Mirarle como si fueras un leal cachorrito hace que toda la escena resulte poco creíble.

Ella soltó un suspiro desbordante de martirio y sufrimiento.

—No sabes nada de la teatralidad. Si una ha de interpretar un papel, debe entregarse a él. —Su postura no cambió ni un ápice.

A James, su mirada le recordaba a las que solía recibir de *Bribón*. Le estaba resultando difícil no reírse. Tal vez no fuera capaz de mantenerse impasible con toda la familia embarcada en una actuación tan exagerada.

—Lord Techney —anunció el mayordomo.

Estaba decidido a acercarse a la puerta, pensando en saludar a su padre y hacer las presentaciones necesarias. Sin embargo, una mirada fugaz del teniente Lancaster logró que se quedara en su sitio. Por alguna razón que nadie le había contado, se suponía que debía mantener las distancias.

Durante un instante, su padre rondó la puerta, obviamente confuso ante la falta de reacciones que había causado su llegada. Incluso el mayordomo había desaparecido. Casi como si se acabase de percatar de su presencia, el duque se volvió hacia el recién llegado.

—Ah, lord Techney.

Aquel fue todo el recibimiento que le dieron al hombre. Parecía que no habría frases de bienvenida como «es un placer verle» o un «qué amable ha sido por unirse a nosotros». James reprimió la confusión que sentía, consciente de que su única tarea era parecer sereno durante toda la actuación de aquella noche. Su progenitor parecía confuso por los dos.

La duquesa se apiadó de él hasta el punto de invitarle a que entrase en la habitación e informarle de que la cena se serviría pronto.

El conde entró, aunque con evidente inseguridad. James no podía recordar ningún momento en el que su padre no hubiese parecido absolutamente seguro de sí mismo. Aquella imagen resultaba tan desconcertante como extrañamente satisfactoria.

—Así que usted es el padre de James —dijo el teniente Lancaster cuando el hombre se acercó a él.

Jamás le había llamado por su nombre de pila. Era probable que aquel joven caballero pensase en él en otros términos, poco adecuados para repetir en voz alta.

—Así es. —Su padre seguía sin parecer muy seguro. ¿Cómo habían podido con él tan rápido? Nadie había sido abiertamente maleducado o insultante. Tan solo se habían limitado a aparentar que no les preocupaba lo que pudiera echarles en cara.

—Debe de sentirse muy orgulloso —dijo el teniente—. Es un caballero respetado.

—¿Lo es? —La sorpresa genuina que apareció en el rostro de su padre le resultó muy humillante—. En los últimos tiempos, he oído cosas muy poco halagadoras sobre él.

El teniente pareció quedarse atónito durante un instante, aunque una especie de brillo cruzó rápidamente sus ojos. A continuación, habló con un tono de voz conciliatorio y explicativo, como si acabase de descubrir el motivo de la ignorancia del conde.

—Solo me queda asumir que unos rumores tan infundados circulan de forma exclusiva en entornos menos eminentes que los que frecuenta esta familia.

Desde luego, aquel había sido un golpe directo. Acababan de recordarle de forma bastante clara que, aunque se las diese de señor entre su familia y sus admiradores lamebotas, sus acompañantes en aquella cena ostentaban una posición que, definitivamente, estaba fuera de su alcance.

—¿De veras es su padre, lord Tilburn? —preguntó la señorita Artemisa con un aire de ignorancia absolutamente creíble. Bien podría haberse hecho famosa en los teatros, si aquello no resultase totalmente inapropiado en su posición—. Deseaba poder conocerle.

—¿Debería presentarles? —James esperaba que sus habilidades para la actuación fuesen suficientes para disfrazar la pregunta como una mera formalidad cuando, en realidad, lo había preguntado con la intención de saber qué se esperaba de él.

—Sí, por favor.

Hizo las presentaciones pertinentes y, después, se hizo figurativamente a un lado para contemplar lo que iba a ocurrir a continuación.

—Nuestro padre es un estudioso —le explicó la señorita Artemisa al conde—. En más de una ocasión, los catedráticos de Oxford y Cambridge han requerido de su conocimiento, y muchos de sus estudios sobre la Antigua Grecia son muy reconocidos públicamente. ¿Qué es lo que estudia usted, lord Techney?

¿Su padre? ¿Estudiar? James consiguió mantener un gesto neutral, pero le costó.

—Nunca me he sentido demasiado inclinado hacia el mundo académico —contestó él. Su tono de voz indicaba con total claridad que desaprobaba a aquellos que sí lo hacían.

La señorita Artemisa le lanzó una mirada de suma conmiseración.

—Teníamos un vecino que decía lo mismo. —Bajó la voz hasta convertirla en un susurro de conspiración—. Era terriblemente lento, y no demasiado listo.

Decir que el hombre parecía sorprendido sería quedarse corto. Si no hubiese sido por la mirada de dulce inocencia en el rostro de la muchacha, era probable que se hubiese sentido ofendido de inmediato ante la insinuación de que él mismo no era inteligente.

—Si no le interesa el mundo académico, debe de tener otros talentos. ¿Le gusta viajar? Mi hermano ha visitado casi todo el planeta. —Miró fugazmente en dirección al teniente Lancaster—. Ha pisado los cinco continentes. ¿A cuántos continentes ha viajado usted?

—Hice el *Grand Tour* cuando era joven. —El conde siempre había estado orgulloso de haber cumplido con aquel rito de paso.

—Oh, vaya. —La señorita Artemisa desestimó aquella información como si no tuviese ninguna importancia—. Europa apenas cuenta. Tenemos arrendatarios que han estado en Europa. Seguro que usted ha visitado otras partes del mundo.

—No soy un gran viajero.

Al instante, la muchacha pareció solidarizarse con él.

—Linus nos contó que a algunos de los marineros más jóvenes tampoco les sienta bien viajar. No tienen la constitución para ello, pobrecillos.

Habían comparado a su padre con un ignorante, con un arrendatario y con un grumete de clase baja. Si James podía decir algo de aquella velada era que estaban siendo exhaustivos en su plan. Hubo un momento de silencio lo bastante largo como para resultar incómodo. El conde incluso le dio unos tirones al pañuelo que llevaba al cuello. Jamás le había visto superado de forma tan absoluta, y nada más y nada menos que por una muchacha de quince años. ¿Qué más habría planeado aquella familia tan formidable?

En medio de aquel silencio profundo, el mayordomo anunció que la cena estaba servida. El duque entró al comedor con su esposa, con un aire de superioridad aristocrática que al propio príncipe le hubiese costado imitar. Parecía que parte del menú consistía en tragarse el orgullo.

El teniente Lancaster acompañó a Dafne, y James entró del brazo con la señorita Artemisa, que mantenía su papel casi a la perfección y tan solo tuvo un desliz al sonreírle. Él mantuvo a raya su propia sonrisa a base de tensar la mandíbula.

La conversación durante la cena fue muy similar a la que se había dado previamente. James estaba sentado lo bastante cerca de la duquesa como para escuchar mientras le preguntaba al conde por individuos que estaban tan por encima de él que era imposible que tuviese alguna relación personal con ellos. El teniente, sentado al otro lado de su padre, sacaba a relucir asuntos del Parlamento para después detenerse y disculparse por haber olvidado que lord Techney no había estado cumpliendo sus deberes parlamentarios. La señorita Artemisa no dejaba de observar al invitado con una mirada donde la pena se mezclaba con la decepción. Su excelencia más o menos le ignoraba. Dafne mantenía los ojos fijos en su plato, aunque no estaba seguro de si se debía a su timidez o a una necesidad de ocultar su regocijo.

El conde pareció muy aliviado cuando las damas se levantaron y abandonaron a los caballeros. James pensó que esa reacción había sido terriblemente precipitada. En cuanto a él, no tenía dudas de que la velada no había hecho más que empezar.

Capítulo 37

El duque le hizo un gesto a su mayordomo, indicándole que debía llevarles la parafernalia habitual de después de la cena. Sin embargo, regresó sin un solo decantador o copa. En su lugar, portaba una bandeja de plata en la que yacía una caja que cualquier caballero hubiera adivinado que contenía un par de pistolas de duelo Manton. Su excelencia tomó la caja de madera de cerezo y la colocó sobre la mesa.

James se obligó a recordar que no debía parecer que estaba sorprendido. Por suerte, su padre estaba tan centrado en aquella inesperada imagen que no le prestó la más mínima atención.

En silencio, el duque sacó una pistola inmaculada de la caja. La examinó detenidamente.

—He sabido que ha estado usted muy hablador últimamente.

El conde debió de adivinar que la pregunta iba dirigida a él.

—No estoy seguro de lo que quiere decir.

—Se rumorea que le ha dicho a cualquiera que quisiera escucharle que su hijo es un joven libertino, inútil e irresponsable. Aun así, he depositado mi confianza en él durante la última semana, más o menos, mientras mi secretario está de vacaciones. Dígame —el tono de su excelencia se había vuelto indudablemente frío—, ¿quién de los dos se equivoca con respecto a su forma de ser? ¿Usted? —Atravesó al hombre con una mirada tan oscura que James sintió un escalofrío a pesar de no ser el receptor—. ¿O yo?

—Yo… Esto… —Los ojos del hombre pasaron a toda velocidad de la pistola que su anfitrión sujetaba con tanta seguridad a una daga de aspecto mortífero que yacía asimismo preparada junto a él.

—También he oído decir que asegura que su hijo es un jugador empedernido sin moral o autocontrol, que no tiene consideración hacia su fortuna ni su buena reputación. Lord Tilburn ha sido un invitado en esta casa, ha estado acompañado por los miembros de mi familia, y ninguno de nosotros ha visto ni rastro de lo que usted afirma. Vuelvo a preguntarle: ¿quién es el idiota? ¿Usted? ¿O todos los miembros de esta familia?

El conde palideció de forma notable.

—Tal vez haya exagerado un poco.

—Y esa es otra mentira —prosiguió el duque—. Si hay algo que no puedo soportar es a los impertinentes con las agallas de mentirme mientras están sentados a mi mesa.

En el rostro de su padre no quedaba ni rastro de color. James no podía culparle por su miedo. El duque aterrador recibía aquel nombre por un buen motivo.

—Su hijo ha encontrado un lugar en esta familia, y no precisamente gracias a usted, sino por su forma de ser. Si le calumnia a él, calumnia a esta familia, y eso no pienso tolerarlo. Por si no se ha dado cuenta, soy el duque de Kielder.

Su excelencia dejó la pistola en la mesa, pero mantuvo una mano sobre ella. El duque, el teniente e incluso el mayordomo estaban fulminando con la mirada al tembloroso conde de Techney. James temía que el hombre fuese a sufrir el desvanecimiento que la señorita Artemisa se había ofrecido a fingir.

—Tengo mayor influencia que la familia real —dijo el duque con firmeza—. La alta sociedad no se atreve a llevarme la contraria en nada. Una sola palabra mía, una mirada, y se vería repudiado de forma irrevocable y universal.

Al parecer, su excelencia había comprendido cuál era la única debilidad del conde: el deseo de prestigio e importancia. Él jamás podría amenazarlo de aquel modo, por lo que cada intento que había hecho de socavar sus abusos había resultado inútil.

—¿Me arruinaría? —la voz se le quebró de verdad.

—Arruinar a la gente es para quienes tienen poca imaginación —contestó su excelencia.

El laborioso intento de su padre por tragar saliva debió escucharse incluso desde Irlanda.

—Creo que entiendo lo que quiere decir.

—Qué sorprendentemente astuto —dijo el anfitrión con sorna. Sin añadir nada más, se levantó y salió de la habitación con la evidente intención de unirse a las damas en la salita. Sus acompañantes le imitaron.

—No se me ocurre qué has hecho para ganarte a unos defensores tan feroces —le dijo el conde en un susurro mientras caminaba a su lado. El comentario parecía menos reprobatorio de lo que era habitual en él.

—Decidí ser sincero con ellos —contestó—. A cambio, he aprendido a poner los sentimientos de otros por encima de los míos; una lección que, se lo aseguro, no aprendí en casa.

—Ya he tenido bastantes reprimendas por un día, Tilburn. —Su padre mantuvo la voz baja, pero su tono era de enfado—. Humillaste a nuestra familia y ahora has elegido ver cómo me amenazan por intentar recoger los pedazos de nuestra destrozada reputación.

Entraron en la salita pisándoles los talones al duque y el teniente Lancaster. El gesto del hombre se convirtió de inmediato en uno de sumisa aceptación. Toda la beligerancia que James había escuchado en su tono de voz tan solo un segundo atrás se había esfumado.

No se recreó demasiado en el cambio. Como siempre que sabía que Dafne estaba cerca, la buscó de inmediato con la mirada. Estaba sentada cerca de la chimenea, observándolo con una mezcla de interrogación y preocupación que le resultó infinitamente conmovedora.

La joven se puso en pie cuando llegó hasta ella.

—Adam no quería contarme lo que Linus y él pensaban hacer —le dijo—. Espero que no te haya causado problemas.

—En absoluto. —Esperaba que su sonrisa fuese tranquilizadora—. Puede que hayan logrado lo imposible y hayan convencido a mi padre de que deje de hablar tanto, a falta de una expresión mejor.

—Espero que estés en lo cierto. —Sus ojos se centraron en un punto por encima de su hombro y un aura de inseguridad se apoderó de ella.

James se giró, siguiendo su mirada, y vio cómo el conde se acercaba a ellos. Se vio sobrepasado por la necesidad de protegerla. No permitiría que su padre hiriese los frágiles sentimientos de Dafne todavía más. Se colocó más cerca de ella, consciente de que, con toda probabilidad, parecía muy posesivo, pero esperando que su postura sirviera de advertencia.

—Señorita Lancaster —dijo el hombre.

James resistió la tentación de pasarle un brazo por los hombros. El teniente bien podría hacer que le pasaran por la quilla si sobrepasaba de ese modo los límites del decoro. Aun así, se mantuvo cerca de ella, preparado para recurrir a los puños contra su propio padre en aquella salita si fuese necesario para proteger a Dafne de su veneno.

—¿Sí, lord Techney? —La voz de Dafne tembló un poco, pero mantenía una nota admirable de decisión.

«Al diablo con el decoro», pensó. Enlazó su brazo con el de la joven y se colocó un paso por delante de ella, expresando sin palabras que no iba a permitir que la tratasen mal. Los ojos de su padre se dirigieron hacia el duque y el teniente, y su semblante palideció.

—Mi esposa apenas habla de otra cosa que de la eficacia de su tónico para la garganta. Pensé que debía transmitirle nuestro agradecimiento.

Dafne inclinó la cabeza muy levemente.

—Me sentí complacida de poder ser de ayuda, ya que no parecía estar recibiendo demasiada.

La mandíbula del padre de James se tensó en respuesta a aquel certero golpe verbal.

—Soportaré una reprimenda del duque de Kielder, pero no de una debutante fracasada que...

—Es más que suficiente, padre —le cortó James a través de los dientes apretados.

—Chico, no...

Desde el otro lado de la habitación, el duque se aclaró la garganta de forma audible. El teniente, sin ninguna sutileza, colocó la mano de la espada sobre la vaina.

Dafne se acercó a James. Él mantuvo la mano en la parte trasera de su brazo, dejando que el pulgar le acariciase suavemente, lo que esperaba que ella interpretase como un gesto de apoyo. Si el conde pronunciaba una sola palabra denigrante más, le haría pedazos y dejaría que su excelencia se encargase de los restos.

El hombre les ofreció una especie de reverencia y se alejó. Después se sentó en un sitio ligeramente apartado del resto del grupo. James permaneció junto a Dafne, sin acostumbrarse todavía a ver a su padre acobardado.

La señorita Artemisa se embarcó en una conmovedora lectura de *La balada del anciano marinero*.

James condujo a Dafne hasta un sofá y se sentó a su lado.

—Debes de pensar que soy terriblemente cobarde —susurró la joven, con tanta suavidad que nadie más pudo escucharla.

—¿Por qué demonios iba a pensar eso? —preguntó él en el mismo tono.

—No debería haberme encogido ante tu padre. Debería haber permanecido segura, imperturbable. —Su semblante se entristeció—. En su lugar, me he quedado ahí, temblando, esperando a que me dijese algo hiriente.

La actuación de la señorita Artemisa había captado la atención del resto de la habitación. James sostuvo la barbilla de Dafne entre las manos y le alzó el rostro hacia él antes de darle un beso suave en la frente. Se entretuvo un momento, resistiendo la tentación de besarla de verdad.

Un hombre puede esperar muchas reacciones diferentes después de besar a una dama de la que se ha enamorado. Él, sin embargo, no había esperado que el rostro de la joven se desmoronase, que el brillo de las lágrimas inundara sus ojos y que huyera de la habitación a toda velocidad y en silencio.

❃ ❃ ❃

Salir corriendo de la salita no había formado parte del espectáculo planeado para aquella noche, pero Dafne no sabía qué más hacer. Él la había abrazado con mucho cariño y la había defendido de su padre. Podía sentir cómo sus defensas se derrumbaban por completo, y eso la aterrorizaba.

James apareció en la sala de estar vacía tan solo un momento después de que ella hubiese entrado. Apretó un poco más los puños, irradiando tensión desde cada músculo de su cuerpo.

—Lo siento mucho —le dijo—. No debería haberte besado como lo he hecho, especialmente delante de tanta gente.

«No debería haberte besado». Ese último beso había sido mucho menos íntimo que el que habían compartido frente al espejo. ¿También se arrepentía de aquel?

Intentó alejarse, pero él le tomó la mano, manteniéndola cerca. Con cuidado, hizo que regresara a su lado.

—Gorrioncillo, ¿qué sería necesario para evitar que vuelvas a escaparte? —Aquella palabra de cariño que había atesorado durante tanto tiempo inundó su corazón y, por un instante, le impidió hablar—. El nuestro fue un comienzo difícil, pero te prometo que mi afecto es profundo y real.

—Quiero creerte —susurró ella—, pero me han herido demasiadas veces.

—Recuerda lo que te digo: encontraré la manera de demostrártelo. —Se inclinó hacia ella y la besó con suavidad en la punta de la nariz.

Un escalofrío le recorrió la columna y se le extendió por los brazos y las piernas. Estaba tan cerca que podía oler su jabón de afeitar y sentir su calidez. Él apoyó la frente contra la suya durante el tiempo suficiente para repetir:

—Encontraré la manera.

Capítulo 38

Por qué siento que no me está prestando la más mínima atención, Tilburn? —El comentario divertido del teniente —¿Lancaster sacó a James de su abstracción. De hecho, había estado soñando despierto, algo que, al parecer, se había convertido en su estado habitual en los últimos tiempos.

—Mis disculpas —dijo—, me temo que mis pensamientos estaban dispersos.

Tenía demasiadas cosas en las que pensar como para prevenir que aquello le ocurriese. Los rumores que había iniciado su padre parecían estar disipándose; la alta sociedad le observaba con mayor respeto y aceptación y, en apenas un día, se marcharía para comenzar su nuevo trabajo en Shropshire. Aun así, Dafne tenía más peso en sus pensamientos que todo lo demás.

«Quiero creerle, pero me han herido demasiadas veces». Aquellas palabras estaban grabadas en su mente como un recordatorio constante de que le había hecho daño y de que esas heridas seguían socavando sus intentos de ganarse su afecto. No sabía cómo superar ese obstáculo.

El teniente le tendió una carpeta de papeles sobre la hacienda de Shropshire sobre los que llevaban discutiendo durante buena parte de las dos últimas horas.

—Creo que ya hemos abordado casi todo. El hombre de confianza de Adam puede contestarle a cualquier pregunta que se le ocurra una vez que yo haya zarpado.

¿Qué debía pensar aquel caballero de su recién contratado administrador si no podía concentrarse en lo que duraba una reunión?

—Le agradezco su paciencia, y le aseguro que no suelo distraerme con tanta facilidad.

El teniente Lancaster se limitó a sonreír.

—No le hubiese contratado si pensara lo contrario. Verá, como hermano mayor y protector, estoy decidido a odiarle lo que me queda de vida. —Una carcajada suave les restó seriedad a sus palabras—. Sin embargo, el caballero razonable que, bajo esa fachada, me gustaría creer que soy, hace tiempo que se dio cuenta de que es usted sorprendentemente digno de confianza.

James dejó escapar un suspiro mientras se encogía en la silla.

—Si puedo convencerle a usted de eso, ¿por qué parece que no soy capaz de persuadir a su hermana de creer lo mismo?

—Vaya, hombre, ¿por qué cree? —El joven negó con la cabeza, exasperado—. Ella tiene más que perder en caso de equivocarse.

Se masajeó las sienes con las puntas de los dedos. Había estado estudiando la situación día y noche sin llegar a ningún tipo de conclusión. Ganarse la confianza de Dafne parecía imposible y, aun así, sabía que no podía vivir sin ella. ¿Qué iba a hacer?

El teniente Lancaster masculló algo ininteligible y, después, añadió:

—Voy a dejar el papel de hermano vengativo por un instante y le voy a dar un par de consejos.

Él le sostuvo la mirada.

—Estaría en deuda con usted eternamente si compartiera conmigo sus opiniones.

—Dafne no confía en la gente con facilidad, ni muy a menudo; la vida le ha enseñado a no hacerlo. —En su rostro se apreciaba cierta tristeza—. El declive mental de nuestro padre comenzó justo después de la muerte de nuestra madre. Dafne tenía tres años. Tres. Era demasiado pequeña como para darse cuenta de que la distancia que ponía entre sí mismo y su familia no tenía nada que ver con ella. Acababa de perder a su madre y, justo entonces, su padre poco menos que la abandonó. La recién nacida que, por un milagro, había sobrevivido a la misma experiencia terrible que había acabado con la vida de su madre, necesitaba tanta atención que el resto de la familia no tenía tiempo para aquella otra niñita que se sentía perdida y asustada. No podíamos permitirnos tener sirvientes, así que no había nada parecido a una niñera que le ofreciese abrazos, consuelo o las atenciones más básicas.

James podía imaginarse a Dafne como una niña pequeñita, triste y sufriendo. Aquella imagen le causó un dolor agudo y punzante: una niña pequeña con los penetrantes ojos de Dafne suplicando en silencio que alguien, quien fuese, la amase de nuevo. Era aquella alma vulnerable y abandonada con la que él se encontraba tan a menudo ahora, aquella a la que le costaba creer en sus muestras de afecto por miedo a que hacerlo solo acabase causándole más dolor.

—Ninguno de nosotros se dio cuenta de su sufrimiento: estábamos demasiado ocupados intentando sobrevivir, pero Evander sí lo hizo. —El teniente no podía ocultar el dolor por la pérdida que todavía sentía—. Intentó hacer el papel de hermano mayor, amigo y figura paterna, pero, en realidad, él también era poco más que un niño. Cuando los problemas económicos nos obligaron a marcharnos de casa, Dafne se volvió extremadamente callada, incluso más de lo habitual. Evander se preocupó por ella, y no de un modo casual u ocasional, sino con una ansiedad agobiante que le desgarraba el alma. A veces, cuando nos acostábamos en el barco para pasar la noche, se preguntaba en voz alta si estaría bien, si alguien de la familia se habría acordado de hablar con ella o si había comenzado a desaparecer, como solía hacer. —James contempló cómo su compañero de conversación reprimía de forma visible sus crecientes emociones, algo que también había visto hacer a Dafne. Después prosiguió—: Por lo general, yo le decía que dejase de aburrirme con su cháchara y se durmiera, pero su preocupación constante resonaba en mi mente. Le escuchaba rezar por ella y le veía escribirle con una devoción febril. Cuando murió, sus últimas palabras fueron para suplicarme que la cuidase.

El monólogo se detuvo cuando el oficial, normalmente tan sereno, ataviado con el uniforme intimidante de la Marina Real, tuvo que luchar por contener la lágrima que asomaba a uno de sus ojos. La vida había propinado demasiados golpes a la familia Lancaster. Aquel descubrimiento hizo que James tuviese todavía más ganas de abrazar a Dafne.

—Adam resultó ser un aliado inestimable —dijo el teniente Lancaster, que había recobrado la compostura en gran medida—, pero su lealtad, como debe ser, siempre ha estado primero con Perséfone, y los siguientes en la línea serán sus propios hijos. Dafne es consciente de eso y, con la llegada del primero de esos hijos, ya está empezando a anticipar el dolor del abandono. Espera que la gente la aparte, que la olviden en un abrir y cerrar de ojos, y lo interpreta como una prueba de su propia futilidad. Tras haber visto cómo interiorizaba tantas pérdidas, ¿acaso resulta una sorpresa que, cuando supe cómo la había tratado usted, no quisiera más que darle caza y dispararle yo mismo?

James sabía que él mismo no dudaría en hacerlo si alguien le causase semejante dolor.

—Me sorprende que no lo hiciera —dijo.

—Lo habría hecho —contestó con calma—, excepto por una razón. —Se inclinó un poco, mirándolo con intensidad—. Usted regresó, y no para dar excusas, intentar justificarse o promover sus propios intereses. Regresó y se enfrentó a dos caballeros que hubiesen preferido atravesarle con la espada antes que escucharle, y lo hizo porque estaba preocupado por ella. Y aunque todavía le odiaba y le despreciaba, esperé y observé. Por primera vez en la vida de Dafne, alguien se había negado a abandonarla, por muy inevitables que las otras deserciones hubieran sido. Si había alguna posibilidad de que se pudiera confiar en usted, bien podría demostrar que era justo lo que ella necesitaba: alguien que no la dejase atrás.

—No lo haría. —James notó el rastro de frustración en su propia voz. Nunca parecía ser capaz de convencer a nadie de eso. ¿Cómo podría demostrar que decía la verdad, además de con el tiempo? Y, en realidad, ¿de cuánto tiempo disponía?

—Nunca ha tenido una seguridad real en su vida, aunque eso ha cambiado un poco gracias a Adam —dijo el teniente—. Dafne no es el tipo de jovencita a la que se puede convencer con adornos y fruslerías de que es querida y apreciada. Necesita sentirse segura, sentir que puede contar con alguien. Muéstrele que la entiende y que la valora. Y, haga lo que haga, no se dé por vencido.

—No pretendía hacerlo.

—En tal caso, con el tiempo, tal vez decida que me gusta usted, Tilburn. —Una sonrisa cruzó el rostro del joven una vez más como respuesta a la de James.

—Puede que incluso acabe llamándome James.

—Yo no estaría tan seguro. —replicó el teniente, aunque soltó una carcajada.

«Necesita sentirse segura. Muéstrele que la valora». Quería que se sintiese a salvo, valorada y segura. Quería que supiese que podía contar con él. Pero ¿cómo? Después de todo, ¿qué sabía él sobre construir relaciones sanas? Desde luego, jamás había visto una antes de conocer al duque de Kielder y la familia Lancaster. No se atrevía a esperar convencer a Dafne de nada que no fuese su intención sincera de intentarlo.

Capítulo 39

«**M**iserable» no alcanzaba a describir cómo se había sentido Dafne en las dos semanas que habían pasado desde la partida de James. Se sentía insoportablemente sola, abandonada e insegura. Aunque echaba de menos a Linus y se preocupaba por su seguridad, no notaba su ausencia de forma tan intensa como la de James.

Sin embargo, en aquel momento se dirigía a Shropshire junto con sus hermanas para visitar la casa familiar y comprobar cómo estaba su padre. Él estaría allí, cumpliendo con sus nuevas obligaciones como administrador de la hacienda.

¿La echaba de menos? Le había dicho que así sería, pero no le había escrito. Perséfone había debido de darse cuenta de que Dafne deseaba recibir una carta; sin duda, se había percatado de lo abatida que se sentía cada vez que llegaba el correo sin una misiva de James.

—Sin un acuerdo formal entre vosotros, no puede escribirte —le había recordado Perséfone tras una semana entera de decepciones—. Lord Tilburn es digno de admiración al preocuparse por tu reputación. No dudo de que, si estuviera en situación de hacerlo, te escribiría.

—¿De verdad lo crees?

—Y tú, ¿de verdad lo dudas? —La mirada a mitad de camino entre la regañina y la empatía de Perséfone permanecía muy vívida en su mente incluso una semana después, mientras veía pasar el campo al otro lado de las ventanas del carruaje.

Era probable que Perséfone estuviese en lo cierto: James le habría escrito si no fuese porque la alta sociedad lo vería con malos ojos. Su pasado no estaba libre de problemas; en el presente, su entrega hacia ella era real. Sin embargo, ¿qué les deparaba el futuro?

Si su familia se dio cuenta de su preocupación durante el viaje, no dijeron nada al respecto. Perséfone todavía parecía un poco enferma y Adam no dejaba de preocuparse por su comodidad y su bienestar. Artemisa mantenía un flujo constante de cháchara, al que atendieron vagamente hasta que su cuñado le mandó sumergirse en una de esas «novelas baratas» y dejar de «taladrarnos los oídos». Ella se lo tomó con filosofía y sacó de inmediato una novela gótica del ridículo, demasiado grande, que llevaba.

Una oleada de emociones contradictorias inundó a Dafne cuando el carruaje entró en el camino de gravilla que conducía a su hogar. Los recuerdos felices se mezclaban con los tristes. Los gestos de rechazo continuos de su padre luchaban por dominar sus pensamientos en lugar de la risa alegre de sus hermanos durante las pocas escapadas que hacían a su lugar favorito para celebrar un pícnic. Además, entre todo aquello se encontraban los pensamientos sobre James, que estaría allí, en algún lugar.

El mayordomo les recibió en cuanto llegaron. En un aparte que Dafne se esforzó por escuchar, informó a Adam de que lord Tilburn estaba con un arrendatario, encargándose de un asunto urgente y que deseaba que supieran que lamentaba no estar disponible para darles la bienvenida.

No estaba segura de si sentía agradecimiento por la prórroga o decepción por no poder verle.

Todos se dirigieron a sus dormitorios con la despreocupación que resulta de la familiaridad.

¿A cuál de los arrendatarios había tenido que ir a visitar? Dafne los conocía a todos y le dolía el corazón solo de pensar en que cualquiera de aquellas familias tan trabajadoras tuviese problemas. ¿Se trataba de una crisis menor o de algo más acuciante? Se sacudió de encima la preocupación. James era más que capaz de atender los asuntos de una hacienda, y lo haría con una dedicación inquebrantable.

Deshizo el lazo del sombrero que llevaba puesto cuando llegó al dormitorio, con sus pensamientos dispersándose en mil direcciones a la vez. Tan solo se dio cuenta de lo que había a su alrededor cuando estuvo dentro. Se quedó helada, con la boca ligeramente abierta y con el sombrero, que sujetaba por el lazo, colgándole distraídamente de la mano.

Su dormitorio estaba totalmente transformado. Durante los años que habían vivido allí, la pobreza había convertido la mayor parte de su hogar en un lugar austero y práctico. Aunque desde la boda de Adam y Perséfone había tenido los medios y el permiso para remodelarlo, Dafne nunca lo había hecho con su dormitorio. Sus habitaciones tanto en el castillo de Falstone como en Falstone House, en Londres, eran cómodas y agradables, pero las había personalizado demasiado.

Aquel dormitorio, sin embargo, el único que siempre había sentido que era verdaderamente suyo, no tenía el aspecto de siempre. Las cortinas desgastadas y de color apagado habían desaparecido y habían sido sustituidas por unas de un blanco transparente, que se mecían con la brisa ligera que se colaba por la ventana abierta. Sobre la cama ya no estaba extendida la colcha confeccionada con retales; en su lugar, había un cubrecama de verdes brillantes y marrones, con unos almohadones maravillosos complementando su esplendor. En la mesilla había un jarrón con flores frescas junto a una miniatura que Dafne no reconoció de inmediato.

Tomó el retrato diminuto y los ojos se le llenaron de lágrimas. Aunque jamás había visto aquella miniatura en concreto, reconoció al instante a la persona que representaba: su madre. Cómo deseaba haber podido conocerla o tener cualquier recuerdo de ella que no fuese de segunda mano.

A continuación, posó los ojos sobre un sillón, descolorido y desvencijado, que reposaba cómodamente junto a la pequeña chimenea que había al otro lado de la habitación. Hizo caso omiso del nudo que se le formó en la garganta al ver el mismo asiento en el que había pasado los primeros tiempos que recordaba sentada en el regazo de su padre, escuchando sus historias. Los únicos recuerdos felices que tenía junto a él estaban unidos a aquel mueble maltrecho. Pero ¿quién lo había puesto allí? ¿Quién podría haberse dado cuenta de lo importante que era para ella?

Pasó los dedos por los contornos todavía familiares de la parte trasera y los brazos, buscando de forma desesperada en su memoria el sonido de la voz de su padre, la risa y la felicidad que una vez había podido escuchar en ella. Esperaba que, en unos días, pudiese reunir el coraje para sentarse en el sillón y rememorar al hombre que fue en el pasado, y a la niña despreocupada que casi podía recordar haber sido.

Se apartó y volvió a colocar la miniatura de su madre en la mesilla de noche. Después, cruzó la habitación hasta un mueble que nunca había visto, pero que sabía perfectamente para qué servía. Gracias a sus incontables visitas al boticario local, había aprendido a reconocer un gabinete de boticario. Desde entonces, siempre había deseado tener uno.

Las dos docenas de cajones estaban adornadas con preciosas incrustaciones y desgastadas de una forma que resultaba encantadora. Todavía tenían las etiquetas correspondientes. «Hinojo, nébeda, matricaria». Había muchas hierbas que había comprado a base de escatimar gastos y ahorrar cuando era una niña, y que había aprendido a utilizar por un miedo desesperado a que algo le ocurriese a su familia y acabase perdiéndolos a todos.

Un cajón en particular le llamó la atención: «mirra». Probablemente, otras niñas soñaban con muñecas o vestidos bonitos; ella solía prometerse a sí misma que, si alguna vez conseguía una fortuna, compraría mirra. Nunca lo había hecho.

Dafne abrió el cajón y soltó una exclamación ante lo que vio. Mirra; contenía mirra. Todos los demás cajones también estaban llenos del producto que indicaba la etiqueta. Allí, frente a ella, se encontraba lo que hubiera supuesto un gran tesoro durante sus años de penurias.

En la parte más alta del gabinete podía distinguir la esquina de un libro, así que se estiró para alcanzarlo. Era una guía de hierbas y medicinas para boticarios. Pasó las páginas sin detenerse a leer los artículos. Mientras lo hacía, un trozo de pergamino doblado cayó y se deslizó hasta el suelo. Lo recogió y desdobló el papel, que resultó ser una nota escrita con una letra desconocida, dirigida a ella.

«Señorita Lancaster:

Lord Tilburn me ha hecho saber que tiene usted habilidades e interés por la curación a través de las plantas medicinales. He alcanzado una edad en la que continuar con mi labor ya no resulta práctico. Saber que este gabinete y sus contenidos estarán en manos de alguien que lo merece me deja mucho más tranquilo».

La misiva estaba firmada por «M. Hapstead», un nombre que jamás había escuchado, aunque suponía que sería un boticario de edad avanzada. No podía creer que le hubiese regalado el gabinete, por no mencionar su contenido, sin más; era una colección demasiado valiosa. Alguien debía de haberlo comprado. La carta mencionaba a James, pero Dafne sabía que este no tenía fondos en absoluto. Adam, aunque cuidaba de ella como si fuese su propia hermana, si es que hubiese tenido una, no hubiese comprendido cuánto iba a significar para ella algo así.

Se dio la vuelta, volviendo a examinar el cambio que se había producido en su habitación. Que ella supiese, los miembros de su familia rara vez entraban allí. Ella tampoco se aventuraba en las habitaciones de los demás; eran dominios privados. A nadie se le hubiera ocurrido orquestar semejante cambio, y nadie se hubiera dado cuenta de que hacía tiempo que resultaba necesario. El ama de llaves no hubiese llevado a cabo un cambio de decoración, pues algo así no estaba bajo su jurisdicción.

Aturdida, se sentó en la cama apenas reconocible. Conforme la sorpresa empezó a disiparse, llegó a la conclusión indiscutible de que le encantaba su nuevo dormitorio; lo adoraba. La habitación transmitía serenidad; incluso los colores eran precisamente los que ella hubiera deseado: terrosos y relajantes. Aunque nunca había visto tantos cojines decorativos en toda su vida, aquel toque resultaba encantador, más que excesivo. Uno incluso tenía bordadas decoraciones diminutas: unas flores delicadas y, tal como comprobó al acercarse un poco más, pájaros. El corazón le palpitó con fuerza. No era cualquier tipo de pájaro: eran gorriones.

James. Tan solo a él se le habría ocurrido aquello.

Volvió a recorrer la habitación con la mirada. No; no podía imaginar a un caballero pensando en alterar la apariencia de una habitación. Aun así, de un modo u otro, casi parecía posible.

Dafne abrazó el cojín adornado con gorriones, aferrándose a él mientras su cerebro intentaba darle sentido a todo aquello. Entonces, se dio cuenta de que había pasado por alto una carta que había estado parcialmente oculta por el cojín que ahora sujetaba.

La letra era de Linus. De vez en cuando, la familia recibía una carta suya dirigida a todos, asegurándoles que estaba bien e informándoles de sus actividades, aunque sospechaban que se callaba las partes más difíciles de sus vivencias. Jamás le había escrito específicamente a ella.

Se quitó los botines y se sentó en la cama. Se recostó sobre la suave montaña de cojines y rompió el sello de la carta de Linus.

«Queridísima Dafne:

Me conoces lo suficiente como para saber que no soy muy dado a escribir cartas. Sin embargo, he llegado a comprender que te he causado daño al no compartir contigo algo que tendría que haberte contado hace años. Se trata de un recuerdo difícil, y raras veces hablo de él.

Recuerdo muy bien tu tristeza cuando Evander y yo nos hicimos a la mar. Ni siquiera la ignorancia de la juventud pudo ocultarme ese hecho.

Evander recibía muchas burlas de nuestros compañeros de tripulación por todas las cartas que te escribía. Por lo general, no habíamos llegado a puerto y él ya tenía una misiva (o, a veces, más de una) lista para enviar a casa. A veces me pregunto si eres consciente de cuánto te adoraba».

Nadie de la familia hablaba nunca sobre Evander. A veces parecía como si nunca hubiera existido.

«Le echo de menos. Cielos, le echo mucho de menos».

Respiró de forma temblorosa, pues las emociones la sobrepasaban. Volvió a centrarse en la carta, atraída hacia ella por alguna fuerza invisible.

«No pretendo causarte más daño; me importas demasiado como para verte herida. Espero que entiendas que tan solo pretendo mostrarte que nunca fuiste olvidada. Yo estaba con nuestro hermano cuando murió. Habló de ti, Dafne. Incluso en sus últimos momentos, pensaba en ti. En los años que han pasado desde entonces, también yo he pensado en ti a menudo. Y confieso que me sentí aliviado al comprobar que Adam había llegado a apreciarte como lo hacía Evander y como yo he aprendido a hacerlo.

Probablemente, debería haberte transmitido estos sentimientos en persona, pero las conversaciones emotivas nunca me han resultado fáciles. Por favor, quiero que sepas que soy sincero, por muy torpe que pueda resultar al expresarme.

Sinceramente tuyo,
Linus».

No estaba segura de cuánto tiempo pasó volviendo a leer la carta, con los brazos rodeando todavía el cojín. Los recuerdos de su difunto hermano le brindaron los habituales sentimientos de dolor y pérdida. Pero, mientras estaba allí sentada, algo cambió. Una sensación de paz comenzó a impregnar su tristeza.

Más allá del ligero susurro de las nuevas cortinas, todo estaba en silencio. Echó un vistazo al retrato de su madre, al sillón de su padre y, después, al gabinete de boticario. La habitación no podría haber resultado más sosegada o perfecta.

Sabía que, de algún modo, James había tenido algo que ver en todo aquello. Aquel era el joven caballero amable y gentil que había atesorado desde el mismo momento en el que se conocieron; el caballero al que había amado a pesar del dolor y el sufrimiento de los últimos meses.

Él era el dueño de su corazón, y pensaba encontrar el valor para confiárselo.

Capítulo 40

James, nervioso, caminaba de un lado a otro frente a la puerta del dormitorio de Dafne. Sabía que había llegado y estaba seguro de que estaba dentro. ¿Le parecía bien todo lo que había hecho? ¿Se había precipitado? ¿Lo había convertido todo en un desastre?

Había encontrado el cojín bordado en un escaparate de Coventry cuando se marchó de Londres. Los gorriones le habían recordado a ella. No había pretendido hacer nada más que dejarlo en su dormitorio, pensando que, quizá, le arrancaría una sonrisa cuando llegase.

Durante su primer día en Shropshire, se había colado en la habitación de Dafne y se había quedado petrificado. Había visto habitaciones de doncellas y casas de arrendatarios más refinadas que aquel dormitorio. Temiendo que su trabajo en Shropshire acabase siendo más arduo de lo que le habían hecho creer, había echado un vistazo a todas las habitaciones de la familia.

Las demás resultaron ser normales: una mezcla de elegancia, funcionalidad, modernidad e incluso algún toque tradicional. Tan solo la habitación privada de Dafne seguía pareciendo de una acuciante pobreza. ¿Por qué nunca habían reformado aquella habitación? ¿Cómo había podido permitir su familia algo así?

Mientras estaba allí de pie, estudiando los muebles desgastados y la ropa de cama deshilachada, había vivido un momento de inspiración pura. Su hermano había insistido en que Dafne no se sentía a salvo, segura o valorada. ¿Qué dama lo haría, viviendo en un entorno tan claramente inferior al del resto de su familia, en un recordatorio constante de los años en que habían pasado penurias?

—Por favor, que no lo odie —susurró, deseando que Dios lo escuchara. La intervención divina parecía la única posibilidad de ganarse el corazón de Dafne—. O, si lo odia, que no me odie a mí. —Optó por cubrir todas las posibilidades por si la Providencia resultaba ser esquiva—: Y si el dormitorio resulta ser insuficiente, que al menos apruebe el gabinete de boticario.

Había vendido con gusto su reloj y su alfiler de diamantes para pagar el gabinete, pues, en cuanto lo había visto, había sabido que lo significaría todo para su amada. Tan solo esperaba que no le hubiesen engañado; que, tal como él pensaba, fuese realmente un gran descubrimiento.

El pomo de la puerta giró. James intentó proyectar un aire despreocupado. Parecería muy ridículo si le pillaban rondando el dormitorio. Observó cómo se abría con los nervios a flor de piel.

Ver a su Dafne tras dos semanas de separación le dejó sin aire. Tal vez su belleza discreta escapase de la atención de la alta sociedad, que estaba fascinada por todo lo que era estridente y llamativo, pero no podía imaginar el encanto de ninguna otra dama causándole semejante impresión.

Su aparición pareció sorprenderla más que cualquier otra cosa.

—James.

Las preguntas brillaban en sus ojos, aunque no pronunció ninguna de ellas en voz alta. Si ella era demasiado tímida como para preguntar por la habitación de forma directa y él no tenía las agallas de sacar el tema por sí mismo, bien podrían quedarse en el pasillo de forma indefinida, hablando de asuntos insustanciales y sintiéndose agitados e incómodos.

Tan solo necesitaba recobrar la compostura, dejar de actuar como un niño en pañales y lanzarse.

—Dafne...

Interrumpió sus palabras de forma abrupta cuando ella volvió la cabeza repentinamente en dirección al sonido de una tos seca y áspera. Durante su corta estancia en Shropshire, James había llegado a conocer muy bien aquella tos.

Dafne volvió la vista hacia él con el rostro lleno de preocupación y pena.

—Ese ha sido mi padre, ¿verdad?

El asintió y ella volvió a mirar en dirección al dormitorio de su padre mientras otra tos resonaba dentro de aquellas paredes. Frunció el ceño, preocupada; toda su postura denotaba dolor.

—Mi padre se está muriendo de verdad.

No podrían culparle por lo que hizo a continuación. Cualquier caballero con corazón hubiese sido incapaz de hacer otra cosa. La tomó entre sus brazos y la abrazó con cuidado, en silencio.

No podía ofrecerle palabras que contradijeran su afirmación. Desde luego, el hombre iba a morir. Resultaba evidente incluso para él, que no tenía experiencia alguna en esas cosas. El médico local dudaba que fuese a aguantar lo que quedaba del verano.

James había insistido en visitar al hombre enfermo varias veces cada día. Aunque dudaba que nada de lo que había dicho hubiese atravesado la niebla que envolvía la mente del señor Lancaster, le informaba de su trabajo y sus esfuerzos con respecto a la hacienda. Pretendía que fuese una muestra de respeto por el padre de la dama a la que amaba y un gesto de reconocimiento hacia la persona capaz que el hombre había sido alguna vez.

Entre las cosas, muchas veces indescifrables, que murmuraba, James había captado algunos detalles esenciales. Había escuchado fragmentos de las visitas que el señor Lancaster había hecho durante la infancia a la hacienda de Shropshire, una propiedad pequeña y sin restricción de herencia que, al final, su padre le había dejado a él. El relato le ofreció una mejor comprensión de la historia de aquellas tierras y de sus anteriores usos. Sin embargo, más valioso todavía había sido poder comprender al padre que, sin saberlo, había roto el corazón de su niñita. Lo que había descubierto había ablandado los sentimientos de James hacia el caballero.

—¿Te gustaría ir a verle? —le susurró a Dafne, que permanecía a salvo entre sus brazos.

Notó cómo negaba con la cabeza incluso antes de escuchar su negación.

—Iré con los demás. Más tarde. Yo no... Esperaré.

—Creo que deberías hacerle una visita, Dafne.

—Ni siquiera se acordará de mí. — La voz ligeramente quebrada reveló el dolor que sentía.

—No te reconocerá —dijo James—, pero te prometo que se acuerda de ti. Ella alzó la vista para mirarle.

—No me recordaba ni siquiera cuando vivía aquí, antes de que estuviese tan senil.

Le tomó la cara entre las manos con delicadeza. La tristeza que escuchaba en sus palabras le causó a él una punzada en el pecho. Qué sola debía de haberse sentido durante su infancia.

—Deberías ir a verle, querida mía.

—No creo que pudiera soportarlo. —Durante un momento, su rostro exhibió una profunda aflicción.

—Iré contigo —dijo James—. No tienes por qué enfrentarte a esto tú sola.

—¿Me tomarás de la mano?

¿Acaso podía dudarlo?

—Por supuesto.

Impulsada de nuevo por la determinada valentía que había acabado asociando con ella, Dafne tomó aire y se dirigió a la habitación de su padre, con la mano temblorosa atrapada entre las de James.

El joven abrió la puerta. La mano de Dafne se tensó cuando entraron. De algún modo, la habitación estaba en penumbra, aunque no demasiado. La enfermera que se encargaba del señor Lancaster era una mujer capaz y muy trabajadora que mantenía el lugar limpio y bien aireado. A diferencia de lo que ocurría con demasiadas habitaciones de convalecientes, no les rodeó el olor pesado y rancio de la enfermedad. El ayuda de cámara del caballero se esforzaba con la apariencia del hombre, aunque su patrono no pudiera darse cuenta o valorar el servicio. Aun así, los esfuerzos que hacían para mantener la dignidad del señor Lancaster decían mucho de la humanidad de ambos sirvientes.

—Buenas tardes, señora Ashton —saludó James a la enfermera que, al oír que entraba alguien, se había girado y pausado sus tareas—. La señorita Lancaster ha venido a visitar a su padre.

La señora Ashton asintió y sonrió con una mirada de aprobación y empatía. Sin duda, sabía mejor que nadie el poco tiempo que quedaba para aquellas visitas.

—No sé si puedo hacer esto —susurró Dafne, acercándose tanto a él que sus brazos se rozaron.

—Voy a estar aquí contigo, querida. —Ser su apoyo y su defensor le resultó muy diferente a todas aquellas veces que había tenido que interpretar ese papel en el pasado. Ella no se lo estaba exigiendo, pero no se podía dudar de su sincera gratitud.

Dafne permaneció callada conforme se acercaba a la cama en la que su padre había permanecido los últimos meses. James le estrechó la mano, intentando recordarle que no se enfrentaba sola a aquella experiencia tan difícil.

—Buenas tardes —dijo James, al darse cuenta de que el señor Lancaster estaba despierto.

El hombre volvió el rostro delgado hacia donde estaban. Cada vez que respiraba, sonaba como un resuello saliendo de su cuerpo de forma lenta y trabajosa. Dafne no reaccionó de forma visible, aunque estaba seguro de que el deterioro de su padre la afectaba.

El señor Lancaster entrecerró los ojos, con un atisbo de confusión momentánea. Entonces, asintió a modo de saludo.

—Buenos días tengas, Robert — dijo con un estertor.

—¿Robert? —susurró Dafne.

Se inclinó un poco hacia ella y le dio una explicación en voz baja:

—Creo que es el nombre de su hermano.

Los ojos de ella, preocupados y tristes, se encontraron con los suyos.

—¿Cree que eres mi tío Robert?

—Muchas veces piensa que la señora Ashton es su madre. —Quería que Dafne entendiese que esas faltas de reconocimiento no tenían nada que ver con ella o con la opinión que su padre tuviese de ella, sino con su estado mental.

—Había pensado en ir a montar a caballo hoy. —La voz áspera del señor Lancaster hizo que volvieran a centrar la atención en él.

—¿Le importa si le presento a una preciosa jovencita antes de que se dirija a los establos? —le preguntó James. Durante sus primeras visitas al enfermo, había aprendido que era mejor seguirle la corriente con cualesquiera que fuesen las divagaciones mentales que dominasen su conciencia.

—Siempre hay tiempo para una chica guapa. —La afirmación del anciano precedió a un ataque de tos profundo y prolongado.

Dafne, que solía mostrarse serena, estaba de pie con angustia evidente y mirada de desolación. Con la mano libre, le acarició la parte superior de la espalda.

Tras beber de un vaso que la señora Ashton le había acercado a los labios y mascullar un infantil «gracias, mamá», el hombre volvió a fijarse en James y Dafne.

—¡Hola, Robert! —dijo, olvidando que ya se había dirigido a él—. No te he oído entrar.

James no contestó. La atención del señor Lancaster estaba centrada en su hija, aunque era probable que no supiese quién era en realidad.

—Se parece a mi Dafne —dijo el caballero como de pasada.

—¿De verdad? —Cambió la mano al hombro más alejado de Dafne. Aquello era lo más cercano a un abrazo que se permitiría estando en público.

—Mi Dafne es una chica lista. —Las palabras del enfermo volvieron a ser susurrantes, ya que le costaba volver a llenar los pulmones—. Es una cosita pequeña, pero tiene una buena cabeza sobre los hombros.

—Eso me han dicho —contestó. Junto a él, Dafne se había puesto aún más pálida y tenía los ojos fijos en su padre.

—Igual que su madre. —El señor Lancaster asintió lentamente, con la mirada perdida. —Bonita y espabilada, ingeniosa y con cerebro. —Su voz se volvió todavía más suave—. Como su madre.

—Sin duda, algún día conseguirá un buen marido —dijo James.

Entonces, el anciano le miró con el ceño fruncido, claramente irritado.

—Ya está casada; conmigo, patán. —Acompañó aquella afirmación con una retahíla de epítetos que Dafne no debería tener que escuchar.

James susurró una disculpa.

—No es capaz de recordar lo suficiente como para morderse la lengua. —Después, se dirigió al señor Lancaster—: Me refería a Dafne.

—Tengo una niña que se llama Dafne. —El hombre volvía a respirar con dificultad—. Es una chiquilla adorable. Le gusta sentarse en mi regazo y me hace preguntas muy inteligentes.

Cuando volvió a sufrir un ataque de tos, la señora Ashton le tendió el vaso de agua una vez más. Le lanzó una mirada a James, comunicándole sin palabras que, tal vez, deberían concluir la visita. Era consciente de que el aguante del caballero era poco menos que inexistente. Asintió.

—Deberíamos dejar que descanse —le susurró a Dafne.

Ella permaneció en absoluto silencio mientras la conducía de la mano fuera de la habitación. Cerró la puerta a sus espaldas. Por suerte, el pasillo estaba vacío, y tuvo un momento para sopesar cómo de desbordada se sentía.

—Espero que no te haya resultado demasiado triste, Dafne.

Ella se esforzó por mantener la compostura. No podía dejarla en el pasillo enfrentándose a sus emociones a la vista de cualquiera, pues se sentiría muy avergonzada. Le pasó un brazo por los hombros y la condujo hasta la salita de estar contigua. Estaba vacía, así que dejó la puerta abierta. Cuando se sentó junto a ella en el sofá, Dafne apoyó la cabeza sobre su hombro. Suspiró, y él le tomó una mano entre las suyas.

—Ahora entiendo lo que querías decir cuando me has asegurado que mi padre me recordaba, pero que no me reconocería.

—En algún momento ha hablado de todos vosotros —dijo—. Aunque pasa de forma impredecible de creer que él mismo es un niño a hablar de sus propios hijos.

—Entonces, ¿se acuerda de nosotros?

—De todos, menos de Artemisa. No parece tener ningún recuerdo de ella. La señora Ashton cree que recuerda la familia tal cual era antes de la muerte de su esposa, pero que ha bloqueado cualquier recuerdo posterior.

—Después de aquello, pocas veces estaba con nosotros —dijo ella—. En realidad, eso tampoco es del todo exacto. Con los chicos hablaba a veces, y con Perséfone muy a menudo, pero lo hacía poco con Atenea y nunca prestó realmente atención a Artemisa.

—¿Y qué hay de ti, Dafne? ¿Cómo era contigo?

No respondió de inmediato. James le acarició la mano suavemente, consciente de que los recuerdos que tenía no siempre eran felices.

—Una vez, cuando no tenía más de siete años, me dijo que no le servía para nada, que prefería estar solo que conmigo.

Él se sintió apenado. ¿Era de extrañar que hubiese aprendido a protegerse del rechazo antes siquiera de que ocurriera?

—Tu padre habla más de ti que de cualquiera de los otros. Y te aseguro que nunca es para criticarte. Hay mucho orgullo y adoración en sus recuerdos.

—Entonces, ¿por qué me pidió que me alejara? —La tristeza impregnaba cada palabra. Algo en su tono hacía pensar en una niña pequeña, dolida y asustada.

James se volvió lo suficiente para poder mirarla casi de frente, aunque eso hizo que tuviese que romper el contacto entre ellos. Ella debió sentir su mirada, porque se alzó para observarle.

—Sé que esta tarde has pasado por una experiencia muy dura, pero ¿podrías resistir que te contase algo más? ¿Algo que, probablemente, también te perturbe?

—¿Es algo horrible?

—No.

Ella asintió, y lo tomó como un permiso para continuar. Esperaba estar haciendo lo correcto.

—Tu padre me contó... O, más bien, le contó a quien quiera que pensase que era yo durante aquella visita, que, aunque su esposa era conocida por su belleza, lo que había atrapado su interés y su corazón habían sido su ingenio, su inteligencia y su bondad. Dijo que aquellas cualidades eran lo que hacía que siempre regresase a ella. —Dafne parecía estar aguantando, así que prosiguió—: En otra visita, me contó que su segunda hija era la que más se parecía físicamente a su esposa. —Ella asintió—. Sin embargo, dijo que, de todos sus hijos, la pequeña Dafne era la que más le recordaba a su madre; que pasar tiempo contigo era como estar en compañía de una versión en miniatura de su esposa.

—A mí nunca me dijo algo así —susurró la joven.

—Creo que ese es el motivo por el que pasaba tanto tiempo contigo cuando aún eras muy pequeña, porque le recordabas a ella. Las mismas cualidades que apreciaba en ella, las apreciaba en ti.

—Pero después ya no me quiso. —Sus ojos habían adquirido aquel brillo suplicante que a James le llegaba al corazón.

—Con total sinceridad, Dafne, creo que no podía soportarlo. Le recordabas demasiado a la mujer que había perdido y que tanto extrañaba, por lo que el dolor le llevó al límite. No es excusa para cómo actuó ni lo justifica, pero debes entender que su abandono no respondía a ninguna falta por tu parte ni a una falta de amor por la de él, sino a un intento fallido de salvarse a sí mismo de la agonía de su aflicción. Además, creo que, para cuando el dolor se mitigó de forma natural hasta el punto de querer regresar a la vida normal, su mente había comenzado a deteriorarse y ya no era consciente de la realidad.

Ella apartó la vista de él. No parecía enfadada u ofendida, solo reflexiva.

—Desde luego, me has dado mucho en lo que pensar.

—Espero que lo hagas —respondió él—. La vida te ha puesto demasiadas cargas sobre los hombros y esta es una que no necesitas arrastrar. —Le apartó un mechón castaño de la frente—. Pareces sumamente cansada —advirtió, sintiéndose culpable.

—Estoy tan agotada que me pesan los párpados.

—Deberías descansar. Tal vez, incluso podrías pedir que te lleven una bandeja a la cama para cenar.

—Puede que lo haga. —Se puso en pie y James la imitó.

Tras alejarse de él unos pasos, se dio la vuelta.

—Quería preguntarte —dijo titubeando—, ¿has tenido algo que ver...? Quiero decir, ¿has sido tú el que ha renovado mi habitación?

James sintió un nudo en el estómago. Se había olvidado de su presuntuosa muestra de afecto.

—Así es —confesó. Sintiéndose nervioso de pronto, se apresuró a enumerar sus excusas—. Era muy sombría. No podía imaginarte siendo ni remotamente feliz allí. Tan solo pretendía hacer unos pequeños cambios, pero el proyecto empezó a crecer de forma desproporcionada. Espero que no estés molesta conmigo, y que al menos sea un poco de tu agrado.

Ella volvió a acercarse a donde estaba; esperó a que lo condenara. Su mano delicada le tocó el rostro con cuidado. Se puso de puntillas y le dio el más suave de los besos en la mejilla.

—Es perfecta —susurró.

Estaba tan sorprendido por semejante agradecimiento, que ni siquiera pestañeó. Tan solo recordó respirar cuando ella ya había salido de la habitación. Estaba muy cerca de conseguir su afecto, podía notarlo. Las barreras que Dafne había erigido para proteger su corazón maltrecho habían empezado a desmoronarse, y tan solo necesitaba encontrar la manera de entrar.

Capítulo 41

A la mañana siguiente, junto a la taza de chocolate de Dafne llegó una nota de James pidiéndole que, más o menos a la hora de la comida, paseara con él por los terrenos. Ni siquiera tuvo que considerar la invitación: la aceptó de forma automática.

Le vio antes de que él la viera a ella, pues algo había atrapado su atención en la dirección contraria cuando Dafne salió de la casa. La brisa le revolvía el pelo, dándole un aspecto relajado y natural. La tensión que había mostrado durante aquellas primeras semanas de la temporada londinense había desaparecido. Le había sentado muy bien librarse de la tiranía de su padre.

En el momento en que sus ojos se posaron en ella, sonrió abiertamente. El corazón de Dafne se sintió reconfortado por el placer que se apreciaba en su rostro. Nadie parecía nunca tan contento de verla como James.

—Buenos días, Dafne —dijo a modo de saludo, y le tomó la mano. No se limitó al saludo más formal, que consistía en besar el aire que había sobre su mano, sino que presionó los labios en su piel de forma directa—. Espero que no tengas ningún otro compromiso este mediodía.

Ella negó con la cabeza, recordándose a sí misma que debía continuar respirando.

—¿Y tú?

—Solo este. —Le tomó el brazo y lo enlazó con el suyo. Después, caminaron en silencio un momento—. Tu hogar ha llegado a gustarme de verdad, Dafne. —Tenía aspecto de sentirse contento y tranquilo.

—Es hermoso —contestó ella—, aunque no lo viste en sus peores días. Sin los medios para mantenerlas, me temo que tanto las tierras como la casa acabaron excesivamente desatendidas. Las atenciones de Adam han arreglado eso a lo largo de los últimos siete años.

—No me refería tan solo a la apariencia —dijo James—. No sé muy bien cómo explicar de forma precisa lo que quiero decir. Creo que es el ambiente lo que he llegado a valorar más. Es un sitio pacífico. El lugar donde crecí no era nada parecido. No me había dado cuenta hasta que vine aquí de cuánto había sentido esa carencia siendo niño.

«Pacífico». Asintió para sí misma. La hacienda siempre había sido así para ella, incluso aunque aquella sensación no la hubiese librado de las preocupaciones y las dificultades.

—Recuerdo que, cuando íbamos de pícnic, me tumbaba sobre la manta y contemplaba las nubes pasar sobre mi cabeza, limitándome a asimilar la calma que había a mi alrededor.

—Suena absolutamente perfecto —dijo él.

No dejaba de sorprenderla de forma constante, pues entendía las cosas que ella apreciaba sin tener que preguntar.

—Teníamos un lugar especial: era el que más nos gustaba. —Revivió los recuerdos mientras hablaba de ellos—. Estaba lo bastante lejos de la casa como para que, por un momento, pudiésemos olvidarnos de la llamada de las responsabilidades y las preocupaciones. Se nos permitía ser niños despreocupados durante la escasa hora que pasábamos allí.

—Entonces, ¿era un lugar feliz para ti?

Ella suspiró.

—Mucho.

Tomaron un camino que discurría junto a una arboleda. Una brisa ligera hacía que las hojas susurrasen y formaba ondas en la hierba que flanqueaba el estrecho camino, que les llegaba a la altura de los tobillos. Dafne apoyó la cabeza en su brazo y se dio cuenta de que hacerlo le resultaba totalmente natural.

—Anoche estuve preocupado por ti —dijo él—. Estabas muy callada.

—He tenido demasiadas cosas en la cabeza.

—A veces ayuda hablar con alguien —insistió James.

Ella volvió el rostro hacia él.

—Tú siempre has estado dispuesto a escucharme, e incluso consigues aparentar que no te molesta que te haga perder el tiempo.

—Quizá sea porque no me molesta.

—¿Ni lo más mínimo? —Dudaba que escuchar la narración de sus problemas le resultase una forma placentera de pasar la tarde.

—Me gusta mucho hablar contigo —dijo él—. No tienes la cabeza hueca ni eres exigente y, lo que es aún mejor, no eres una arpía.

—¿Una arpía? —Dafne soltó una carcajada al escuchar aquello—. Espero que no.

Él dejó de caminar, así que ella también se detuvo. James le soltó el brazo. Justo empezaba a sentirse alicaída, se colocó frente a ella, le tomó las manos entre las suyas y sonrió.

—He echado de menos tu risa. Se deja oír demasiado poco.

El rostro se le encendió. Él permaneció en silencio, observándola, con los ojos desviándose constantemente hacia sus labios. El corazón de Dafne le latió con fuerza en la garganta. Él tragó saliva, todavía en silencio, concentrado en sus rasgos. Después, expulsó una bocanada de aire.

—Sería mejor que ocultase ese hoyuelo, señorita Lancaster. Le juré a tu hermana, con absoluta sinceridad, que me comportaría con el mayor decoro. —De algún modo, aquello solo logró que ella sonriese todavía más. Él negó con la cabeza, con un brillo de regocijo en los ojos—. ¿Ves? Este es el motivo exacto por el que tuve que desechar la idea de un pícnic.

Retomó el camino una vez más. Dafne le alcanzó rápidamente.

—¿Un pícnic? —Todavía no había asistido a un pícnic aquella temporada. No podía contar el de Londres, no después de que acabase en un desastre monumental.

—Incluso pregunté por el lugar en el que tu familia solía celebrar los pícnics —dijo James, que caminaba con garbo—. Resultó estar demasiado aislado, sobre todo si tenemos en cuenta tu poca disposición a mantener fuera de mi vista ese hoyuelo. —Le sonreía como si prefiriese estar allí, con ella, que en cualquier otro lugar del mundo.

—¿Qué es lo que has planeado en su lugar?

James adoptó una actitud muy seria, aunque el regocijo permanente que parecía tirar de las comisuras de sus labios lo contradecía.

—Un paseo muy formal por los terrenos, señorita Lancaster.

—¿Y no hay ninguna posibilidad de que hagamos un pícnic?

—Tu hermana y tu cuñado se opondrían con firmeza, y aunque me gustan mucho los pícnics, también me gustaría mucho seguir vivo.

Su tono bromista era contagioso.

—Supongo que tu vida sería un precio muy alto que pagar por un solo pícnic.

—Me complace que pienses eso —dijo él. Le gustaba ver cómo sonreía tan abiertamente, pues rara vez lo había hecho antes de romper las relaciones con su padre—. También me complace que hayas aceptado una actividad tan deslucida como dar un paseo conmigo. Caminar con un tipo ordinario como yo no puede resultar una excursión demasiado placentera para una dama tan hermosa como tú.

«Una dama hermosa». Para ocultar que se había sonrojado intensamente, Dafne le ofreció un comentario ligero.

—Me parece que estás coqueteando conmigo.

—Por supuesto que lo estoy haciendo —replicó él. Un ladrido emocionado interrumpió lo que quiera que fuese a decir a continuación. James se giró en dirección a aquel sonido—. ¡Maldita sea! —masculló en voz baja—. Ese cachorro se las ha arreglado para estropear otro momento más...

Ella retiró su mano y comenzó a caminar sin prisas de vuelta a la casa.

—Entonces, os dejaré a los dos solos.

Él la llamó con un tono de voz casi suplicante.

—Por favor, no te marches.

Las palabras resonaron en su mente una y otra vez. El sonido le hizo acordarse de la niña que había sido, de los años de infancia e incluso, más recientemente, de las súplicas silenciosas que había reprimido durante la partida de Linus. «Por favor, no te marches» habían sido siempre sus palabras. Había implorado muchas veces, usando precisamente aquella frase, pero jamás se la habían dirigido a ella.

Se dio la vuelta justo cuando James la alcanzó. Su mirada parecía cercana al pánico. ¿De verdad se había sentido tan triste ante la posibilidad de que se marchase?

—Dafne. —Exhaló su nombre, y el alivio llenó aquella palabra hasta casi hacerla explotar—. No pretendía que las cosas acabasen siendo un desastre. He estado devanándome los sesos, intentando encontrar la forma adecuada para abordar todo esto, pero el romance y el cortejo no son mi fuerte.

—¿Romance? —Aquella palabra emergió de sus labios con tanta suavidad que probablemente él no la escuchó.

—Mereces todo eso, pero yo soy un zoquete con estas cosas. Lo intentaré. Te juro que lo haré. Pero, Dafne, por favor, tan solo... —Le sujetó la mano en un gesto casi frenético—. Por favor, no me abandones. —El corazón de Dafne palpitó y los pensamientos empezaron a amontonarse en su mente—. Soy consciente de que la vida te ha enseñado a no confiar fácilmente. Mi propia historia contigo no hizo más que empeorarlo. Pero te juro que no voy a abandonarte, así que, por favor, no me abandones tú a mí.

Santo cielo, parecía desesperado, preocupado hasta el punto de sentir una gran agitación.

—¿Por qué es tan importante para ti que me quede? —preguntó, rezando para que la respuesta fuese la que más anhelaba escuchar.

Él le tomó el rostro entre las manos. Acercándose un poco más a ella e inclinándose para que estuviesen a la misma altura susurró:

—Porque no puedo vivir sin ti. —Cerró los ojos, irradiando angustia—. Porque, si alguna vez me dejases, acabaría roto. Sería como Apolo, que lloró a su Dafne el resto de su vida; o como tu padre, que todavía sufre por su esposa. Estaría perdido sin ti, Dafne.

—Oh, James. —La emoción quebró sus palabras mientras la esperanza crecía en su interior.

Él apoyó la frente contra la suya, con los ojos todavía cerrados.

—Te amo —dijo en voz baja—. Te amo.

Aquellas eran las palabras que jamás había creído que escucharía, aunque había soñado con que él se las dijera desde que tenía doce años.

—No me estaba marchando, James.

Él abrió los ojos y se apartó solo lo suficiente como para poder mirarla.

—¿Ahora, o nunca? —insistió, como si dependiese de la respuesta para seguir adelante.

Las implicaciones de aquella pregunta le golpearon con tanta fuerza que necesitó un momento para recobrar el aliento. Quería que estuviesen juntos para siempre. La amaba.

—Nunca te abandonaré, James.

Él la besó con cuidado, estrechándola con entusiasmo y delicadeza, como si fuese un tesoro muy frágil. Separó sus labios sellados, pero, de inmediato, lo pensó mejor y volvió a besarla.

—Deberíamos regresar a la casa —dijo tras un momento—. De lo contrario, tu cuñado cumplirá sus promesas y me matará finalmente.

—No se lo permitiré.

Él siguió rodeándole la cintura con un brazo mientras recorrían el camino de vuelta.

—Es el duque aterrador —le recordó él.

—Sí, pero yo no le tengo miedo.

James le depositó un beso en la cabeza.

—No le temes al duque de Kielder, no te sentiste intimidada por mi padre ni abatida por la grosería de las Bower. Además, por algún tipo de milagro, has empezado a perdonarme por todos los errores que he cometido contigo.

—He estado muy ocupada esta temporada.

Él se rio y la estrechó todavía más.

—Eres extraordinaria, querida mía.

Dafne temía que fuese a despertarse en cualquier momento para descubrir que todo aquello era poco más que un sueño glorioso.

Capítulo 42

Por favor, bébaselo, papá. —Dafne mantenía una taza de té humeante cerca de los labios de su padre—. Necesita descansar, y esto le ayudará a dormir.

Él no puso ninguna pega. Dafne había estado cuidándole durante la última semana; su devoción por él se hacía evidente en cada gesto cariñoso de ayuda. James le había dicho que era extraordinaria, pero se estaba dando cuenta de que esa definición se quedaba corta.

—¿Se lo ha bebido todo, señorita Lancaster? —La señora Ashton pasó al lado de James y entró en la habitación. Que Dafne cuidase de su padre le había permitido disponer de tiempo libre de vez en cuando, algo por lo que había dado gracias al Cielo—. Me gustaría ver que descansa mejor.

—A mí también. —Se levantó, aunque su mirada preocupada no abandonó el rostro de su progenitor—. Parece que ha mejorado un poco esta semana.

—Es gracias a su tónico. —La señora Ashton ocupó la silla que Dafne había dejado libre—. Ahora, deje que yo me encargue del señor Lancaster. Me atrevo a decir que su señoría anhela estar con usted.

Ella miró en dirección a James, lanzándole aquella sonrisa secreta que solo le dedicaba a él.

—Has sido muy paciente.

Él rechazó aquella disculpa encubierta.

—Siempre es un placer observarte mientras atiendes a alguien.

Ella le tomó de la mano sin titubeos y sin preocupación. Habían llegado muy lejos en muy poco tiempo. Seguramente fuera el hombre más afortunado del mundo.

Artemisa estaba en el pasillo, justo al lado de la puerta que daba acceso al dormitorio del señor Lancaster.

—Papá está despierto, si deseas verle —le dijo Dafne a su hermana.

Ella se encogió de hombros.

—Tan solo pasaba por aquí.

—Pero no le has visitado ni una sola vez esta última semana. —Dafne apoyó una mano en el brazo de Artemisa. Ella se la apartó.

—Él no me ha mencionado ni una sola vez en los últimos quince años. No me echa de menos, y yo no le echo de menos a él.

Sacudió el cabello mientras se alejaba con la barbilla bien alta, en gesto desafiante. James no se creyó aquella muestra de indiferencia y, probablemente, Dafne tampoco.

—Parece que toda la familia se ha sentido herida de algún modo a causa del declive de tu padre.

Ella asintió con la mirada fija todavía en la figura cada vez más lejana de Artemisa.

—Cada uno tendremos que reconciliarnos con la situación a nuestra manera.

Le pareció que sonaba algo llorosa.

—¿Querida?

—Me preocupo por ella, eso es todo. Y por Linus. Y por Atenea. Y por Perséfone. —Se volvió y le dedicó una sonrisa temblorosa—. Ahora probablemente me dirás que me preocupo demasiado.

—Es porque te importa, Dafne. Me encanta esa faceta tuya. —Le pasó los dedos por la mejilla que, de pronto, estaba sonrosada—. Y me encanta cómo te ruborizas.

—Entonces, eres afortunado de que me sonroje con tanta facilidad.

Él volvió a tomarle la mano y caminó con ella en dirección a la parte trasera de la casa.

—¿Cuándo pretende tu familia regresar a Northumberland?

—En unos quince días, más o menos. Perséfone y Adam quieren empezar a preparar la sala infantil del castillo de Falstone y entrevistar a alguna niñera de la zona.

Tan solo dos semanas.

—Supongo que tendrás que marcharte con ellos.

Ella apoyó la cabeza en su hombro mientras salían al jardín.

—No puedo quedarme. Mi padre no es capaz de actuar como carabina.

—No, no lo es. —Por muchas razones, aquello era desafortunado—. Esta casa estará muy vacía sin ti.

—Siempre he sido yo a quien han dejado atrás —contestó ella—. No estoy acostumbrada a ser la que se marcha.

James sentía el corazón en la garganta. A pesar de ello, se obligó a decir las siguientes palabras:

—Podrías quedarte. De hecho, me gustaría que lo hicieras.

—No puedo, no somos familia.

Él siguió insistiendo, ahora que parecía poder mantener su valentía.

—Me gustaría que lo fuésemos, mi queridísima Dafne. —Se detuvo y se volvió hacia ella, tomándole ambas manos entre las suyas—. Sé que todavía tengo muchas cosas que reparar y que no merezco toda tu confianza, pero, algún día, algún día cercano, espero que... Rezo por haber demostrado ser merecedor de tu amor y tu afecto.

Ella le besó la mejilla, algo que, últimamente, hacía más a menudo.

—Ya lo eres, James.

—Pero ¿es suficiente como para esperar que, algún día, nunca tengamos que volver a separarnos?

Los ojos de ella se clavaron en su rostro.

—¿Qué es lo que quieres preguntarme?

Él se llevó sus manos a los labios.

—Te estoy preguntando si... ¿Quieres casarte conmigo, Dafne? —Su sonrisa floreció al instante, aunque no respondió a la pregunta que le había planteado de forma tan apresurada—. ¿Querida mía? —insistió, nervioso.

—Mi respuesta es que sí, por supuesto. Un millón de veces sí.

Le invadió una oleada de alivio. La estrechó entre sus brazos y le llenó de suaves besos el cabello y el rostro.

—Haré todo lo que esté en mi mano para asegurar tu felicidad —le prometió mientras la besaba—. Lo juro.

Entonces, oyeron un ladrido que sonaba muy similar a un asentimiento. James detuvo sus muestras de afecto el tiempo suficiente como para lanzarle a su cachorro entrometido una mirada de desaprobación y, a la vez, de diversión.

—¿Has estado espiando todo este tiempo, perro maleducado?

—Es un pequeño bribón —añadió Dafne.

James soltó una carcajada. Después, volviendo a abrazarla, la alzó del suelo y empezó a dar vueltas en una muestra desvergonzada de celebración. Sus risas resonaron entre los árboles que les rodeaban.

Capítulo 43

Al duque de Kielder deberían haberle dado el control de todo lo que ocurría en el reino. Aquel hombre era capaz de conseguir lo imposible de forma habitual. Tan solo habían pasado diez días desde que James le había pedido permiso formalmente para casarse con Dafne y, sin embargo, allí estaban: casados y listos para embarcarse en un viaje de bodas abreviado que no había tenido ni que planificar ni que financiar.

—No soporto ver a los recién casados —le había dicho su excelencia cuando James le había expuesto sus quejas—. Te estoy pagando para perderte de vista. Es un regalo de bodas para mí mismo. Di una sola palabra más y te tiraré del tejado.

Así que James le había concedido el favor y había decidido no mencionar el hecho de que también había obtenido y pagado la licencia especial que les había permitido casarse en tan poco tiempo. Tampoco dijo nada sobre la milagrosa llegada de su madre a Shropshire. Excepto por su viaje corto y, de algún modo, funesto a Londres, la dama no había abandonado los terrenos colindantes a Techney Manor en veinte años. Ben hizo el viaje desde Northumberland, portando con él las disculpas de la familia Windover, pues el cada vez más próximo confinamiento de la señora Windover no les permitía asistir.

Tal vez, el acontecimiento más milagroso de todos fuese el de la presencia de su padre. Su actitud sorprendió tanto a James como a su hermano, hasta el punto de que casi les pareció incoherente. No intentó intimidarlos, amenazarlos o amedrentarlos ni una sola vez. Habló con Dafne con la mayor elegancia y respeto. Prácticamente ignoró a su esposa, algo por lo que todos se sintieron muy agradecidos. La única persona con la que sus interacciones no fueron aparentemente normales fue el duque. James no sabía con exactitud qué era lo que había ocurrido entre los dos caballeros, más allá de lo que había presenciado en la memorable cena familiar varias semanas antes, pero era evidente que su tempestuoso padre estaba aterrorizado por el nuevo cuñado de su hijo.

James estaba cerca de la entrada, esperando. Habían pasado tres horas desde la boda. Una comida para celebrar el matrimonio que le había parecido casi eterna al fin había terminado y, en cualquier momento, su nueva esposa se uniría a él y podrían comenzar el viaje. Una sonrisa asomó a sus labios. «Mi nueva esposa». Hacía menos de un mes, se había visto acosado por las dudas, preguntándose qué milagro sería necesario para ganarse al fin su amor y su confianza. Ahora disponía de toda una vida para demostrar que era merecedor de ambos.

—Hablemos un momento —dijo el duque, acercándose a él. Probablemente, aquel hombre siempre sería intimidante, aunque había descubierto que ya no se sentía tan nervioso en su presencia como antes.

—Por supuesto, su excelencia.

Él le dedicó una mirada de verdadero enojo.

—No voy a permitir que los miembros mi propia familia me llamen «su excelencia». Al menos no los que están en el lado de los Lancaster. Te guste o no, ahora eres uno de ellos.

—Pues resulta que me gusta mucho —dijo James. Dafne siempre sonreía cuando su cuñado mascullaba con aquella irritación. Él todavía no había alcanzado aquel nivel de familiaridad, pero casi sintió un atisbo de regocijo.

—Los parientes a los que puedo tolerar me llaman Adam —insistió el duque, aunque no de un modo que invitase de forma natural al cariño familiar. Aun así, de algún modo, no parecía que se lo pidiese a regañadientes.

—Lo intentaré —replicó—, aunque admito que no me saldrá de forma natural.

—Por supuesto que no. No eres un estúpido presuntuoso. Esfuérzate, al final te saldrá.

—Lo haré.

El gesto del hombre pasó rápidamente de enojado a amenazante. James dio un paso atrás de forma involuntaria.

—Si no me equivoco —dijo Adam en un tono grave y algo siniestro—, es costumbre que un tutor le suelte un par de vagas amenazas al nuevo marido de su protegida por si dicho marido le hace algún daño a su nueva esposa. —James asintió, echando un vistazo rápido a la bota derecha del otro, donde había descubierto que siempre llevaba escondida una daga—. Sin embargo, yo no hago amenazas vagas. —Entrecerró los ojos—. Si resultase que no eres mínimamente digno de la confianza que Dafne ha depositado en ti, acabarás colgado del patíbulo del castillo de Falstone, te bajaremos de forma habitual para darte una paliza, después te ataremos con cadenas en las mazmorras y te arrojaremos a lo que yo llamo «el nido de las ratas», donde las alimañas estarán encantadas de conocerte. Después, te invitaré a reunirte conmigo en el bosque, que es denso y enorme, y te dejaré allí para que te devoren los lobos.

Aquella amenaza era lo menos vaga posible.

—Entendido, su excelencia.

—No pareces preocupado. —Aquello parecía enojar y complacer al duque al mismo tiempo.

—No tengo intención de tratar mal a Dafne nunca —dijo James—. Es demasiado importante para mí. Si parece que no estoy preocupado por su detallada descripción de la tortura, es tan solo porque sé que nunca haré nada que me valga semejante trato.

El duque miró alrededor, obviamente asegurándose de que estaban solos. Después, bajó la voz y, en un tono que revelaba incomodidad, dijo:

—Soy consciente de que no debería tener favoritas, pero Dafne lo es. Llegó a mí siendo una niña rota y perdida. —Ningún miembro de la aristocracia hubiese creído posible que la voz del duque aterrador se tiñera de una emoción repentina—. Aunque se ha convertido en una dama de gran compostura e ingenio, todavía es frágil en muchos aspectos. Es importante para mí; su felicidad es importante para mí.

—Entonces, parece que tenemos algo en común, su exce... Adam. Dios, ha sonado peligrosamente impertinente. —Su excelencia exhibió una sonrisa sincera. Aunque aquello acentuaba las cicatrices de su rostro, a James le pareció más humano y accesible en ese momento—. Dafne es tan importante para mí que no puedo expresarlo en palabras —continuó—. La quiero más de lo que nunca imaginé que querría a otra persona, y la apreciaré cada día del resto de mi vida.

Su excelencia asintió con firmeza.

—Asegúrate de que así sea. Y asegúrate de haber regresado dentro de una quincena, tal como has prometido. Mi esposa está ansiosa por regresar a casa y cuando ella se siente intranquila, yo estoy intranquilo.

El sonido de unos pasos les alertó de la llegada de las damas de la casa. James contempló cómo Dafne se acercaba, con un sentimiento de suma felicidad. Se consideraba afortunado por los milagros que le habían llevado hasta ese momento.

Un frenesí de actividad se desató mientras se acercaban a la puerta. El carruaje estaba listo para partir. Toda la familia parecía estar despidiéndose a la vez, generando un caos de voces. James reprimió su propia frustración al darse cuenta de que todavía había varias personas separándole de su esposa.

—¡Un momento! —La voz estruendosa del duque interrumpió toda aquella locura, y todo lo que estaba ocurriendo en la entrada se detuvo de inmediato. Observó a sus familiares y a los empleados que había allí reunidos. Primero les habló a las doncellas—: Lleven las sombrereras de *lady* Tilburn al carruaje. —Mientras salían de forma apresurada, se dirigió a un lacayo que había cerca—. Busque otro sitio donde ser útil. —Tras haber despachado a toda la servidumbre, centró su atención en sus parientes—. Estoy seguro de que las damas ya se han despedido y han intercambiado suficientes buenos deseos antes de unirse a nosotros. Por lo tanto, es el momento de que lo hagan los caballeros.

La duquesa sonrió a su esposo con ternura.

—Por supuesto. —Le dio un afectuoso beso en la mejilla a la hermana que se marchaba y, tomando la mano de la señorita Artemisa, retrocedió.

Su excelencia fijó su mirada en Dafne. Ninguna palabra surgió de forma inmediata. Se limitaron a observarse el uno al otro con emociones similares surcando sus rostros: cariño, afecto y un rastro de tristeza. Entonces, el duque abrió los brazos y ella se sumió en su abrazo fraternal. Aun así, ninguno de los dos dijo nada. En un par de ocasiones, él pareció estar a punto de decir algo, pero no lo hizo. Tras un instante, se separó un poco y la miró con gran seriedad.

—No olvides que te enseñé cómo usar una pistola. —Con la cabeza hizo un gesto en dirección a James. Dafne le sonrió y asintió. El duque todavía no soltaba a su cuñada. Una vez más, una mirada que indicaba con claridad que quería hablar, pero no podía hacerlo, cruzó su rostro—. Cuídate —susurró al fin.

—Lo haré —contestó ella con voz temblorosa.

Él se apartó de forma abrupta.

—No tengáis a los caballos parados. —Las palabras sonaron como una orden y una reprimenda, aunque con la voz un poco quebrada.

¿Quién en la alta sociedad podría adivinar que tras el imponente exterior de hierro del duque de Kielder latía un corazón que no estaba del todo hecho de piedra?

Dafne se colocó junto a James. Permitió que la tomara del brazo y que cruzase con ella la puerta en dirección al carruaje que les estaba esperando. Él le tendió la mano para ayudarla a entrar, y después se sentó junto a ella. El carruaje dio un bandazo al ponerse en marcha.

Esperaba que Dafne contemplase por las ventanas con nostalgia mientras el hogar de su infancia desaparecía de la vista. En su lugar, le contempló a él, y le sonrió con remordimiento.

—Sé que regresamos en tan solo dos semanas y que este será nuestro hogar durante un tiempo, pero... —La emoción interrumpió sus palabras. Él le tendió un pañuelo—. No me había dado cuenta de lo difícil que es ser quien se marcha —dijo mientras se secaba los ojos.

James le pasó el brazo por los hombros, acercándola hacia él y estrechándola. Se mantuvieron así mientras sus emociones se calmaban y se sintió complacido al notar que ella se apoyaba en él. Tras varios minutos, Dafne rompió el silencio:

—Cuando fuiste tan amable con una niña diminuta de doce años en una terraza, ¿podrías haber imaginado que un día te casarías con ella?

James soltó una carcajada.

—Sin duda, hubiese sido muy raro que un hombre casi adulto hubiese pensado eso de una niña de doce años.

—Pero no al revés —replicó ella—. Yo decidí allí y entonces que me encantaría casarme con alguien que fuese exactamente como tú.

James movió el brazo de forma que le rodease la cintura en lugar de los hombros, y le pasó el otro brazo por delante para abrazarla de verdad. Ella se acurrucó contra él, y resultó un gesto tan confiado y natural que, en ese momento, el corazón de James se volvió un poco más suyo.

—Siendo totalmente sincero, querida mía, durante los años que pasaron después de aquel encuentro fortuito, en muchas ocasiones pensé que, si encontrase a una jovencita, mayor, por supuesto, pero con la misma valentía y dulzura, me casaría con ella en un abrir y cerrar de ojos si me dejase.

Dafne apoyó la mano en su pecho y alzó la vista hacia él, con una sonrisa totalmente ausente de la tristeza que tantas veces la había empañado.

—Entonces, ¿te vas a quedar conmigo?

Él le dio un beso pausado en la frente, y después en la mejilla. Se detuvo justo a la altura de sus labios y susurró:

—Siempre, mi gorrioncillo.

Selló la promesa con un beso de todo corazón.

Agradecimientos

Es probable que no hubiese podido escribir con ningún tipo de precisión un personaje que poseyera la habilidad particular de Dafne Lancaster sin algunos recursos tremendamente útiles:

Chemist and Druggist y *The Therapeutic Gazette*, dos revistas profesionales británicas del siglo XIX que proporcionaban información sobre la profesión de boticario a partir de 1800.

La guía de 1865 de William Joseph Simmonite, *Medical Botany*, que ofrecía información inestimable e increíblemente precisa sobre el uso de las hierbas para el tratamiento de enfermedades y dolencias en el siglo XIX.

Además, quisiera mostrar la más profunda gratitud a:

Karen Adair, que me mantiene ocupada y esperanzada, que se ríe y llora conmigo y que me anima a seguir cuando más lo necesito.

Pam Howell y Bob Diforio, el mejor equipo que una escritora pudiera desear.

Samantha Millburn, que siempre lleva mi escritura a un nivel superior. ¡Eres increíble!

Mi familia, por soportar todo el caos y animarme a contar estas historias.

Descarga la guía de lectura gratuita
de este libro en:
https://librosdeseda.com/